KB260576

재일동포 연구총서 2
재일 동포문학과 디아스포라 2

전북대학교 재일동포연구소 편

Publishing Corporation

※ 본 저서는 2004년도 한국학술진흥재단의 지원에 의해 연구된 성과물로 발간되었음
(KRF-2004-072-AS3026)

이번에 출간되는 <재일 동포문학과 디아스포라(전3권)>은 한국 학술진흥
재단의 지원아래 재일 동포문학 연구자들이 3년 동안 연구해 온 성과물을
단행본으로 펴낸 것이다.

재일 동포문학이란 일본에서 우리 동포들이 일본어로 쓴 문학을 지칭하는
말로서, 현재 일본문단에는 4명의 아쿠타가와(芥川)상 수상 작가를 비롯한
많은 동포작가들이 문학활동을 하고 있다. 이들 작가들은 일본 내 많은 독자
들을 확보하고 있으며 이들 작품에 대한 연구도 평론가들에 의해 이루어지
고 있다. 이에 비해 국내에는 몇몇 유명작가의 작품만이 번역 소개되고 있을
뿐 학계에서의 연구는 아직 부진한 형편이다. 그 이유는 여러 가지 있지만,
이들 문학이 일본어로 발표되었기에 우리 문학권 밖으로 방치해 왔다는 점
을 가장 큰 이유로 들 수 있다.

그러나 재일 동포문학은 우리 동포가 쓴 문학으로 민족성을 주제로 조선
의 색채를 띠고 있다는 점에서 우리 문학의 성격을 가지고 있으며 연구해야
할 가치가 있다. 특히 현재는 많은 작가들이 이미 작고했으며 자료들도 유실
되어가고 있어 더 이상 방치하면 재일 동포문학은 그 존재가 사라질 위기에
처해있기에 이들 문학 연구가 더욱 절실하고 시급하다고 할 수가 있다.

다행이 최근 학계에 소수 민족 문제나 디아스포라에 대한 관심이 높아짐
에 따라 동포문학에 대한 연구가 이루어지고 있으나 대부분의 연구가 일부
작가들의 개별적이고 단편적인 연구에서 그치고 있을 뿐, 제대로 된 입문서
나 문학사조차 나오고 있지 못한 것이 현재의 실정이다.

이에 국내에서 재일 동포문학 연구자들이 그동안 연구의 문제점을 반성하
고 새로운 방향의 연구를 모색하게 되었다. 그리하여 지난 2004년에서 2007
년까지 3년에 걸쳐 공동 연구를 수행하였으며, 연구를 시작할 때 연구방향을

구체적으로 다음과 같이 정하였다

　1) 자료를 발굴, 수집, 정리하여 목록으로 작성하고 연구자에게 연구정보를 제공한다. 2) 소외된 작가군을 발굴하여 재일 한국인 문학의 영역을 확대함과 동시에 문학사를 완성하여 재일 동포문학의 위상을 정립한다. 3) 공동연구를 수행함으로써 연구자들 사이의 네트워크를 형성하고, 연구보조원들을 신진 연구자로 양성한다. 4) 한일 공동세미나를 개최하여 재일 동포문학에 대한 양국 연구자들의 시점을 확인하고 나아가 연구원들 간의 본격적인 교류를 꾀한다.

　그러나 시작할 때 의욕은 좋았지만 3년간의 공동연구를 마친 시점에서 반성을 해볼 때 부족한 점이 너무 많아 용두사미로 그치고 만 것을 고백하지 않을 수가 없다. 우선 자료 발굴 정리하여 목록으로 발간하여 연구정보로 제공한다는 계획은 미완으로 남길 수밖에 없었다. 소외된 작가군을 발굴하고 문학사를 완성하여 재일 동포문학의 위상을 정립한다는 계획도 후일을 기약하기로 했다. 그나마 작가에 대한 연구 성과 38편을 단행본 3권으로 묶어 재일 동포문학의 입문서 및 연구 자료로 제공할 수 있게 된 것이 다행이라고 할 수 있지만, 이 역시 대다수가 주요작가에 대한 연구로서, 소외 받아온 작가는 물론 마땅히 다루었어야 할 주요 작가들도 대다수가 누락되었다는 아쉬움이 남게 되었다. 다만 위안으로 삼는 것은 공동연구를 통하여 연구자 간의 네트워크를 형성하고 공동연구에 참여한 연구 보조원 중에 박사 학위자를 포함한 다수의 후속 연구 인력을 배출하였다는 점이다. 또 한국과 일본에서 열린 3차례의 국제 세미나를 통해 동포 문인 및 일본인 연구자들과 교류의 폭을 넓혔다는 것도 값진 수확이라고 할 수 있게 되었다.

　우리 연구자들은 3년간의 공동연구의 성과물이 재일동포 문학을 이해하고 연구하는데 도움이 되기를 기대하며, 미완으로 남아 있는 과제는 다음 연구를 통하여 해결할 것을 약속하며 이만 펜을 거둔다.

2008년 7월 30일
연구자 일동을 대신하여
이 한창

차
례

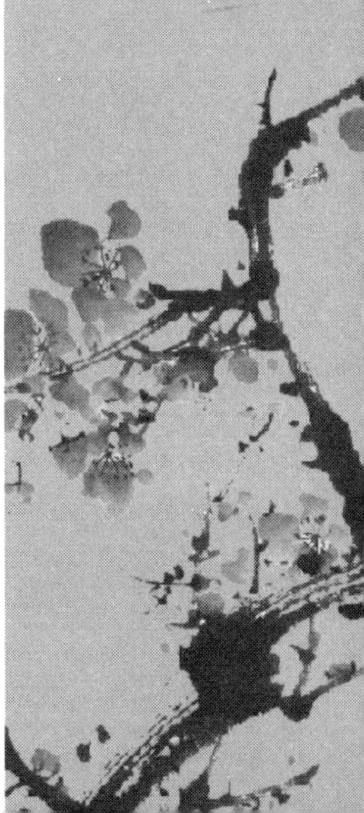

1. 분단에서 이산離散으로

「재일조선인문학」의 행로

가와무라 미나토 川村湊

　몇 년 전, 나는 한국 서울에서 열린 「한민족 문학자 대회」에 갔다. 처음에 「한민족」 문학대회라고 늘었을 때에는 「범(汎)민족」이라는 생각이 들었지만, 그렇다면 「ポム민족」이 될 터이므로 「한민족」이라면 「하나의 민족」혹은 「韓민족」이 될 것이다. 나는 「韓민족」은 아니나 「韓민족」 문학에 관심을 가지고 있는 일본민족 문학자의 한사람으로서 초대를 받은 것이다.

　이 문학자 대회는 획기적이었다. 한국의 문학자는 물론이거니와 일본의 재일조선인 문학자, 중국의 조선족 문학자, 러시아나 중앙아시아에서는 일찍이 소련에 있었던 "고려인" 문학자들이 왔다. 재미(在美), 재 유럽의 문학자, 그리고 브라질, 멕시코 등 중남미에서의 한국인(韓민족) 문학자가 한 장소에 모인 것이다. 이것은 이를테면 한국의 민주화가 성공하여 민간에서(군인이 아닌) 대통령이 직접선거로 선출, 집권하고 있는 사실과 관계가 없다고만은 할 수 없다. 그 전까지의 군사정권 시대에는 사회주의권이던 중국이나 구 러시아에서의 참가가 어려웠기 때문이다.

또한 재일조선인 문학자에게 있어서도 이 모임은 어떤 의미로 획기적이었다. 대회 개회식에는 맞추지 못했지만, 첫 날 만찬회에 가까스로 당도한 김석범 씨와 이회성 씨가 함께 회장에 들어왔을 때에는 주위에서 놀람의 탄성이 일었을 정도다(그것은 금세 박수로 바뀌었다). 재일조선인 문학자(그중에서도, 한국 국적이 아닌)의 한국 입국이 현재만큼 개방적이지 않았던 것, 재일의 세계가 예전처럼 결속력이 강하지 않은 것을 우리들은 알고 있었기 때문이다.

오사카에서 김시종 씨, 홋카이도에서는 김중호 씨, 평론가·연구자로서는 안우식 씨, 윤학준 씨, 그리고 논픽션 작가 김찬정 씨, 가인 이정자 씨도 참가한 이 대회는, 일본에서도 이만한 사람들이 모일 일은 없을 거라고 생각될 정도였다. 일본인으로서 초대된 후루야마 고마오(古山 高麗雄) 씨와 나(그리고 사기사와 메구미(鷺澤萌) 씨 ― 단, 그녀는 쿼터 한국인임을 표명하고 있다)는 「한민족」문학자들의 압도적인 열기에 다소 주춤할 정도였다(후루야마 씨도 사기사와 씨도 사망한 이상, 이 일을 알릴 수 있는 일본인은 나 밖에 없는 듯하다).

이 때 나는 오랫동안 소련에서 문학연구에 종사해 온 늙은 고려인 문학자와 지구 반대편에서 날아온 브라질 이민 1세 시인과 조금 이야기를 나누었다. 「하나의 민족」이라는 관념 아래 모였다고 생각되는 그들 문학자의 사고방식은 결코 단순한 것이 아니었다. 또 문학자로서 사용하는 용어도 제각기 달랐다. 재일문학자들은 대부분 일본어로 작품을 쓰고 있었고, 재미 문학자는 영어나 조선어로, 재 유럽 문학자들은 저마다의 모국어가 아닌 언어로써 작품을 쓰고 있는 사람들이 많았다. 중국 조선족 문학자들은 민족어인 조선어로 작품을 쓰고 있었다.

그리고 주최자인 한국 민족작가회의의 문학자들은 한국어로 작품을 쓰는 것을 당연시 하고 있었다. 나는 새삼스레 재일조선인 문학자가 「일본어」로 작품을 쓰는 것에 대한 "의미"를 생각하게 되었다.

「한민족문학자대회」는 실로 「韓민족」=조선민족의 근대 역사를 투영한 것과 진배없었다. 그것은 마치 일본의 근대화처럼 「흑선」이라는 외세에 의해 억지로 쇄국의 문을 열게 된 국가와 민족이 겪은 「근대화」의 상처자국을 생생하게 드러내는 것이었다. 조선에게 「흑선」은 일본의 군함이었다. 불평등조약을 들이밀며 보호국으로부터 식민지화의 길을 강요한 것은, 이와 같은 일을 아메리카와 유럽 열강에게 강요당한 일본이라는 이웃나라였다. 일본은 한 발 앞선 근대화의 성과를 방패로 하여, 그 고통의 청구서를 이웃 나라가 대신 지불하도록 하려 든 것이다.

간도에서 조선인들이 「만주」땅으로 향했던 것은 이러한 일본의 조선반도 진출에 따른 결과였다. 마치 당구공처럼, 고향땅에서 쫓겨난 사람들은 북쪽의 미개척지로 표류할 수밖에 없었다. 중국 조선족의 기원은 고구려나 발해 등에 있는 것이 아니라 바로 「근대화」의 진행과정에 있었던 것이다.

일부 조선인들은 연해주에서 소련으로, 그리고 반대로 일본열도로 건너온 사람들은 사할린으로, 소련으로도 이동하였으며, 스탈린의 정책에 의해 소련 각지에서 중앙아시아 각지로 이주되었던 것이다. (이른바 「고려인」의 기원이다).

민족이동의 물결은 아직 끝나지 않았다. 미소의 냉전 하에서 "열전"이던 조선전쟁은 반도가 남북으로 분단되고, 군사동맹의 결과로써 아메리카, 중국, 소련, 각각 "맹주국"으로의 이주가 실행되었다(물론 미국으로 이주하는 경우가 압도적으로 많았다). 이리하여 조선민족의 이동은 근현대사의 전개 속에서 벌어진 민족 디아스포라의 예로써, 더없이 특징적으로 「현대」 상황 속에 부상해 온 것이다.

재일조선인문학에 대해 생각할 때에는 이러한 조선민족의 이산상태, 민족 디아스포라의 상황을 생각하지 않을 수 없다. 「한민족문학자대회」가 열린 한국의 문학 세계에는 당시 「분단문학」 즉 「분단시대의 한민족문학」이라는 이해방식이 제기되고 있었다. 대한민국과 조선민주주의인민공화국이라는 남북분단 현실 앞에서, 조선문학(한국문학)은 "분단시대"를 살아가고 있다는 자각이 무엇보다도 필요했던 것이다. 물론 거기에는 "통일문학"이라는 미래에 건 기대와 희망이 있었다.

하지만 한국의 민주화나 경제성장이 통일을 촉진하기는커녕 도리어 "분단"을 고정화 하는듯한 움직임으로써 작용하기 시작했을 때, "분단문학(즉, 통일문학의 이상)"의 이념은 급속하게 그 빛을 잃고 제 각기 성격에 따라 자립한 「한국문학」, 「북조선문학」, 「중국조선족문학」그리고 「재일조선인문학」의 자립성, 확립이 논의되기 시작했다. 재일조선인문학이 일본의 문학 세계 속에서 하나의 장르 혹은 카테고리로 자리매김 하게 된 것도, 이러한 움직임과 결코 무관하지는 않다. 현재에도 조선총련의 지도 아래에 있는 작가동맹 재일 지부는 모국어인 조선어로써 작품을 쓰는 것을 당연시여기고, 어디까지나 「조선문학」의 일부로써 「재일문학」을 인정하고 있을 따름이다. 한국의 문학자가 특이한 발전 형태를 가진 특수한 「한국문학」으로써 재일문학을 파악하려는 견해도 이것과 본질적으로는 크게 다르지 않은 이해방식이라고 할 수 있을 것이다. 그들의 사고방식으로는 문학은 「민족」에 귀속되는 것으로써 「언어」나 「문학적 전통」 등에 귀속되는 것이 아니다.

하지만 이러한 사고방식을 문자대로 내셔널리즘(민족주의)으로써 일축해버리는 것은 간단하기야 하겠으나 과연 생산적일까. 국적도 사용언어도 개인적인 내력도 제각기 다른 「한민족」문학자들이 한 자리에 모여서 이야기를 나누는 것이, 완전히 부정당할만한 일인 것일까.

현재 일본의 언론계에서는 한국의 내셔널리즘을 묻는 목소리가 높아지고 있다. 일본과는 달리 「우리」나 「한겨레(우리들, 하나의 민족)」를 주장하는 것이 민주적, 좌익적인 색채를 띠고 있던 한국사회에 있어서 「민족주의」는 확실히 민주주의나 민권주의처럼 "좋은 것"으로써 긍정적으로 이야기되는 경우가 많았다. 그것은 물론 편협한 에스노센트리즘(자민족중심주의)이나 극단적인 쇼비니즘에 빠질 위험성을 늘 내포하고 있다. 무엇보다도 한국의 언론 세계에서 그것이 내셔널리즘이며 민족적인 정신에 기저하고 있다는 자각이 누락된 것처럼 보이는 경우가 적지 않았던 것이다. 그것은 특히 역사문제나 영토문제에서 두드러진다. 일본뿐만 아니라 중국과의 관계에서도 민족주의적 정신을 내포한 갈등은 표면화되고 있으며, 단순히 「식민지시대」의 청산되지 않은 과제만으로 남아 있는 것은 아니다.

「한민족문학자대회」도 그런 눈으로 보면 한국 문학자들의 내셔널리즘의 발로이자, 그 산물로써 보지 못할 것도 없다. 「한」이 「韓」임과 동시에 「하나」의 의미라는 것은 앞에서 언급했지만, 여기에는 「하나」외에도 「거대한」 「위대한」이라는 의미의 형용사이기도 하다는 것을 잊어서는 안 된다. 물론 그것은 「한민족」이 아닌 나의 단순한 오해나 억측이라면 좋겠지만 반드시 그렇다고 단언할 수만은 없는 것이, 나와 후루야마 씨 이외에도 「한민족」문학에 관심을 가지고 있거나 혹은 전문적인 "외국인" 연구자 및 문학자도 많을 터인데, 그런 사람은 거의 게스트로서 초대되지 않았기 때문이다. 거기에 민족의 "피"라는 논리가 우선 되고 있다고 보는 것은 나의 편견일 뿐일까. 나는 개회식 의식 때 후루야마 고마오(古山高麗雄) 씨가 「고산고려웅 씨」라고 한국식 독음으로 소개되는 것을 듣고, 그 무의식적이며 무자각적인(아마도) 내셔널리즘에 허를 찔린 기분이 들었다.

하지만 그런 민족주의적 경향의 위험성을 제하더라도 「한민족문학자대회」가 개최된 의미는 크고 획기적이었다고 말할 수 있을 것이다. 그것은 조선민족의 20세기가 실로 민족 디아스포라의 시대였다는 것을, 그곳에 참가한 문학자 한 사람 한 사람이 몸소 증명하고 있었기 때문이다.

조선어로 시를 쓰면서 러시아어로 평론을 적어 나가는 노 저널리스트. 군정하의 한국에서 탈출하여 남미에서 농업이민자로서 생활하며 한국어와 일본어로 시를 쓰는 노시인. 아메리카에서 실업가로 성공하여 한국어 문예잡지를 계속 출간해 온 여성 편집자. 국적, 언어, 성명, 종교, 문화풍토, 문화전통이 각기 다른 개개의 문학자들은, 실로 그 개인으로서의 존재 자체가 앞에서 기술한 바와 같은 디아스포라 민족의 역사를 구체화하고 가시화한 존재인 것이다.

그것은 조선반도에서 살고 있는 남북 주민들의 "분단"뿐만 아니라, 필시 "산종(散種, 디아스포라)" 된 민족의 한 세기에 걸친 경험을 서로 확인하는 귀중한 체험으로서의 의미를 가지고 있는 것이다.

재일조선인문학도 그 무렵부터 분명한 변화를 보이고 있었다. 『메소드(メソッド)』로 문예상을 수상한 긴 마스미(金眞須美) 씨는 「불타는 초가(燃える草家)」와 「로스앤젤레스의 하늘(羅聖の空)」이라는 소설을 썼다. 「羅聖」은 「라성」이라고 읽으며, 로스앤젤레스의 한국식 발음이다(「羅府」라고 읽기도 한다). 이 소설은 흑인차별을 계기로 일어난 로스앤젤레스 폭동사건, 같은 유색인종인 흑인과 한국인 이민자들이 대립한 사건을 배경으로 하는 이야기이다. 「재미교포＝재미한국인」이 처한 아메리카 사회의 문제점을 그린, 「재일문학」으로서는 특이한 테마라고 해도 좋다. 재패니스-코리안 보다도 오히려 인구수가 많아진 아메리칸-코리안이 재일조선인 문학이외에도 「일본어 문학」 세계에서 다루어지는 경우는 거의 없었는데, 긴 마스미 씨의 이 작품들은 단순히 「재일문학」의 테두리에 머무르지 않고 지구적인 범주에 속하는 「재일문학」을 예감하게 하는 것이었다.

또 이회성 씨나 김찬정 씨가 일찍이 소련령에 속했던 연해주나 중앙아시아를 여행하고, 그 경험과 조선계 사람들과의 만남을 작품화 한 것도 지금까지의 「재일문학」의 테두리를 확장시키는 일이었다. 이회성

씨는 『유역으로(流域へ)』에서 "화태(연해주)에서 홋카이도, 그리고 도쿄로"라고 하는 자신(혹은 자신의 일족)의 "이동"의 역사가 본질적으로는 그러한 「고려인(고려사람)」의 이동, 이주의 역사와 중첩 되는 것을 인식하고 있다. 이것은 「재일조선인문학」의 체험을 좀 더 넓은 입장에서 민족 디아스포라의 경험과 연결하는 일이며, 확실히 그것은 해협으로 단절된 일본과 한국의 "한민족" 문학을, 그리고 38선에 의해 분단되어있는 북조선과 한국·일본의 "한민족" 문학을, 어딘가에서 이어가고자 하는 노력과 통할 것임에 틀림없다.

강신자 씨의 이들 한국인, 조선인, 고려인들이 공유하는 「가요」를 둘러싼 여행도 이러한 재일조선인문학을 새로이 탐색하는 한 가지 시도라 해도 좋을 것이다. 실향의 땅, 망향의 노래는 어느덧 그 지역, 토지에 정착하게 된 「망명자」의 노래가 되어 분명 그 토지의 노래로써 계속 불리게 될 것이다.

『<재일>문학전집』에 수록되는 것을 꺼려하고 「재일조선인문학」이라는 테두리 안의 존재마저 부정하려는 유미리 씨이지만, 『8월의 저편(8月の果て)』이라는 장편소설로써 한층 더 새로운 「재일조선인문학」의 가능성을 보여주었다고 해도 좋을 것이다. 그것은 일본어와 한국어라는 언어의 틀에서 벗어난 것이며, 또한 산문인 소설, 운문인 시와 노래, 특히 구두회화체인 희곡이라는 문학 장르의 모든 경계를 "초월"하려는 시도였다. 작품 속에서 이야기되고 그려진 내용만으로 말하자면, 그것은 작가 유미리씨의 사소설에서도 있을 수 있는 일로(그 전의 연작 『命』 등은 분명 사소설이었지만), 자기 가족의 「족보」를 이야기로 꾸민 것이라고도 할 수 있다.

작가 유미리 씨는 작품에서 무당굿을 하는 무당처럼, 죽은 자의 말을 전달하거나 그 원한을 풀기 위한 굿에서 가무기도(歌舞祈禱)를 하듯이 온갖 퍼포먼스를 실행하고자 하는 것이다.

이것이 재일조선인문학이 저 깊은 곳에서 부터 이어온 조선인으로서의 "민족성"이며(김석범 씨 소설의 최하층에서 볼 수 있는 것 같은), 그런 의미에서 『8월의 저편』은 재일조선인문학의 정통성을 이은 딸인 것이다.

문학작품은 언어로부터 분리될 수는 없지만, 한편 언어 그 자체에 얽매여버리면 문학작품으로서 보편성을 가질 수 없다. 그것은 마치 「나」의 생활체험에 속박될 수밖에 없는 사소설적 문학이, 그러한 「나」의 생활체험에서 벗어나야지만 보편적인 인간을 그릴 수 있는 것과 같다. 재일조선인 문학이 민족적으로 조선인이라는 속성에서 벗어날 수 없는 것은, 재일조선인문학이라는 정의 그 자체가 민족성을 전제로 하고 있기 때문이다. 그렇지 않고서는 그것은 이미 「재일조선인문학」이라고 칭할만한 의미를 가지지 않는다.

나는 일찍이 「재일조선인문학」이 끝났다고 발언 했다. 문학은 각각의 작품이 존재할 뿐이며, 그 작품들을 역사적으로 한 데 모았을 때 무슨 무슨 문학이라는 호칭이나 명칭이 탄생한다. 「재일조선인문학」이라는 호칭도 그러하여, 그러한 호칭이 문학사적으로 인정받는다는 것은 이미 그 장르 혹은 카테고리가, 생산성이나 창작성을 잃었을 때이다. 「신화」나 「모노가타리」가 「신화문학」, 「모노가타리문학」이라고 명명 되었을 때는 이미 그 창작활동이 완전히 끝난 상태라는 것과도 같은 맥락이다.

「분단문학」이라는 명칭은 그것이 어디까지나 과도기적인 상태에 놓여있다는 것을 자각함으로써 그 상태로는 정착하는 것도 자립하는 것도 거부한다는 변명에 지나지 않았다. 하지만 「분단문학」은 「분단시대하의 문학」이기는 해도 문학 그 자체가 "분단"의 아픔에 대한 경험을 문학화한 것은 아니었다. 설령 그렇다고 하더라도 그것은 한국문학에서는 이호철 씨나 김원일 씨, 이문열 씨나 임철우 씨와 같은 소설가들의 작품에 한정되어 논의 될 수 있는 개념이었다(일본의 「전후문학」이라는 명칭이 그와 비슷하다. 이것은 엄밀히 말해 「전후파」 문학에서만 사용하는 것이 온당한 학술용어가 아닐까).

요컨대 내가 말하고자 하는 것은, 문학의 역사라고 하는 것도 또한 구성주의적인 것으로, 재일조선인문학으로써 포괄되는 것은 그러한 문학 장르나 카테고리가 더 이상의 생산성을 가지지 못하게 되었을 때 비로소 인식되어 카테고리로 분류되는 것이라는 극히 당연한 사실에 지나지 않는다.

조선민족이 20세기에 가지고 있던 것은, 민족 디아스포라라는 확실한 "이산"의 경험이었다. 하지만 이 "이산"이라는 말은 "분단"이라는 단어가 가진, 피가 흐르는 것 같은 "하나"를 향한 희구성(希求性)은 없다. 그것은 분명 「엎지른 물은 주워 담을 수 없다」는 뜻이며, 이산민들을 한데 모아 복원시키는 것은 역사적으로도 극히 드물고 어려운 일에 속한다는 의미이다(물론 이것은 유태인의 이스라엘 건국에 대한 이야기다. 그것이 현재에도 팔레스타인의 "이산"등 더욱 심각하고 곤란한 정치상황을 야기하고 있는 것은, 익히 알려진 사실이다).

그것보다도 그러한 디아스포라, 민족 이산의 경험을 "산종(散種)"의 가능성으로 바꾸어 가는 것이 앞으로 우리들에게 부여된 과제일 것이다. 그것은 언어나 문화, 종교와 이데올로기의 초월을 지향하는 문학이며, 광대한 대지에 흩뿌려진 문학의 보편성이며, 그 인간으로서의 가치를 묻는 일인 것이다.

그 때가 되면, 근대라는 시대의 역사적 산물인 「재일조선인문학」은 "한 톨의 보리"였다는 것이 증명될 것이다. 그것은 어떤 광야나 옥토에서도 강인하게 살아가며, 꽃을 피우고, 열매를 맺는다. 만약 그것이 죽지 않고 살아남았을 때의 얘기지만.

2. 재일 시인의 시세계(1)

해방부터 1965년까지

사가와 아키 佐川亜紀

 ## 서 론

재일시의 전사(前史)로써 해방 전·일제 시대 조선의 근대 시인과 프롤레타리아 시인들의 일본어 작품은 재일시 문학 형성을 생각할 때 중요하다. 왜냐하면 일본에서도 근대시 이전에는 정형 단시밖에 존재하지 않았듯이 조선에서도 정형시만이 존재했기 때문이다. 일본에서 구어 자유시의 성립은 서구 근대시의 선례 위에 성립했는데, 재일 시 문학도 예외는 아니었다.

일제시대 때 조선시인과 투고자들은 다음 3분야, 모더니즘시·서정시·프롤레타리아시 작품을 썼다. 이 중 모더니즘시와 서정시는 그 후 한국에서 발전했지만 재일시는 비록 기법 면에서 모더니즘과 신서정의 요소를 많은 부분 포함하고 있을지라도 주류는 프롤레타리아시와 사회주의 리얼리즘의 흐름을 계승했다. 그 주요한 이유 중 하나로 아시아에서 항일운동과 사회주의 운동이 함께 전개되었던 사정을 생각할 수 있다. 북조선과 중국 등에서 전후 사회주의자와 사회주의적 문화가 가장 많이 인정을 받았던 것도, 이들 사회주의자들이 항일투쟁을 전개해 왔다는 점에서 찾아 볼 수가 있을 것이다.

재일시사(在日詩史)를 다음과 같이 나누어 생각해 보고자 한다.

① 1945년~1965년(초창기)

해방의 기쁨, 조국과의 일체감. 일본은 임시 주거지, 일본어는 거짓 언어. 일본인 좌익과의 프롤레타리아 국제연대 지향에서 파국으로. 북조선 및 북조선 계열의 재일 문학조직에 대한 영향력이 크다. 정치사회가 격동하던 정치와 이념의 시대.

② 1966년~1980년(확립기)

재일 생활이 기반. 재일 언어의 자각. 일본인총체 및 일본문화의 모습을 묻는다. 여성시인의 등장. 북조선 계열 문학조직과의 갈등과 이탈. 북조선 계열 문학조직은 조선어에 의한 창작을 추진. 한국의 민주화투쟁·민주문학자를 향한 공감. 생활과 문화 고유화의 시대.

③ 1981년부터 현재(다양기)

재일 모습의 다양화. 귀화, 일본인과의 결혼, 혼혈아, 쿼터의 증가. 일본어의 모어화. 영어도 포함한 다언어화로, 언어의 상대화. 일본은 한국에의 접근과 북조선에 대한 공포라는 이중구조. 조선반도에서 남북의 화합과 함께 재일 젊은이도 친화적. 재일 문제를 세계문학의 시점에서 생각하기 시작한다. 세계문학의 글로벌화와 민족문학·고유 언어의 모순을 지구적인 차원에서 보기 시작한다. 표현방법도 포스트모던의 성격을 띠는 등 다양해지며, 비교문학적 시점에서의 접근도 기대된다. 다양화와 세계화의 시대.

또 일본에서는 지금도 자유시보다 단가와 하이쿠 같은 전통적 정형

단시가 주류를 이루지만, 한국·조선에서는 시조보다 자유시가 성행하고 있다. 재일시 또한 구어 자유시가 대세이며, 단가와 하이쿠를 짓는 자도 있으나 사회적으로 현대 시인들이 알려져 있다. 시의 형태는 한국·조선과 비슷한 양상을 보인다.

 **초기를 대표하는 시인·허남기**

1945년 해방을 맞아 재일 조선인의 문학 활동은 새로운 단계에 들어선다. 조선인의 긍지의 복권과 새로운 민족국가의 문화주체라는 의식이 높아졌다. 하지만 일본은 일시적인 주거지일 뿐, 귀국하여 조국 건설, 민족문화생활에 보탬이 되겠다는 것이 재일 조선인 대다수의 심정이었다. 그들에게는 조선과 조선어가 본래의 고국, 고국의 언어일 뿐, 일본과 일본어는 임시 거주지, 임시로 사용하는 언어 또는 번역어에 불과했다. 재일 고유의 독자성을 주장하는 것은 터부시되는 경향이 있었다.

재일 문화를 보다 빨리 재일동포와 일본인에게 알리려고 했던 것은 1946년 4월에 창간된 일본어 잡지 「민주조선」이다. 여기에 4호부터 허남기의 일본어 작품이 게재되었다. 허남기는 초창기를 대표하는 뛰어난 시인으로, 최초의 재일시인이기도 했다. 그 특징은 다음과 같다.

① 조선과의 일체감이 강하고 조선인으로서의 긍지를 호소한다.
② 초기 작품에서부터 사회주의 리얼리즘을 지향하고 있으며, 서사시에도 뛰어나다.

③ 조선인민의 일본 제국주의와 미국 제국주의에 대한 저항, 한국 독재정권에 대한 풍자. 북조선 체제와 주석에 대한 예찬 등을 주제로 삼았다.

④ 간결한 단어에 의한 기록성과 함께 대구·후렴 등 비유적 기교에 의한 음악성, 추상화와 비유에 의한 보편성을 가진다. 초기에는 내면의 형상화도 엿보인다.

⑤ 초기에는 하이네의 영향을 많이 받았다.

⑥ 교육자이기도 했으므로 아이들을 위한 시가 많다.

⑦ 북조선 문학정책에 동일화하는 경향이 차츰차츰 짙어졌으며, 북조선 계열의 시문학을 대표하는 시인으로서 끝까지 활동했다.

허남기는 전기 『닭은 울지 않을 수 없다허남기 이야기』(손지원 편저 조선청년사 1993년)에 의하면 1918년 한국 경상남도에서 태어났는데, 유소년 시절부터 문학을 좋아하여 부산 제2상업학교에서 학우와 독서회를 열어 『국제프롤레타리아문학총서』나 중국문학자인 노신의 소설 『아Q정전』을 읽고 깊은 감명을 받았다고 한다. 그리고 1934년부터 36년에 걸쳐 도쿄에서 발행된 문학잡지 「문예수도」에 시를 투고하였으며 이에 게재되었다. 34년 10월호에 입선하여 게재된 허남기 17세 때의 작품 「아침」에는 그의 자질이 잘 드러나고 있다.

> 남동생이 토끼를 잡으러 간다던 아침
> 사파이어처럼 파랗게 개인 아침이다.
>
> 돈이 1엔만 있다면!
> 하고 중얼거리던 아우
> 나도 따라 가고 싶은 아침이다.

　남동생은 자포자기하여 자고 있다
　친구가 두 명이나 권유하러 왔는데
　「오늘은 머리가 아프다」하고 거절하고 말았다
　그 남동생은 자고 있다

　남동생이 토끼를 잡으러 간다고 말했던 아침
　사파이어처럼 파랗게 개인 아침이다 (「아침」)

허남기의 시에서 볼 수 있는 그의 자질로는 다음과 같은 점이 눈길을 끈다.

* 가난과 핍박받은 경험을 주제로 한다.
* 과잉 수식과 설명을 배제하였으며, 단어가 평이하고 간결하여 한 행이 짧고 읽기 쉽다.
* 무거운 내용이지만, 어딘지 모르게 경쾌함이 느껴진다.
* 「돈이 1엔만 있다면」하고 기술하는 즉물성.
* 「사파이어처럼 파랗게 개인 아침」에서 드러나는 근대 서양적 미적 감각.
* 제1연과 제4연의 반복처럼, 반복·대구적 표현을 많이 사용한다. 리듬적 구성이며,
　가사나 행진곡의 리듬과 통하는 부분이 있다.
* 서민성, 프롤레타리아성.
* 남동생 및 아이들에 대한 애정.

허남기는 1939년, 22세의 나이로 일본에 건너갔다. 조선에서 치안유지법에 저촉되어, 대전형무소에 수감되는데, 석방 후에도 감시를 받았기에 자유를 갈망하는 마음과 문학공부에 대한 의욕이 어우러져 일본

으로 건너간 듯싶다. 일본에서 영화과 재학시절, 연극에 열중하여 조선 학생들과 조선어로 연극을 하는 극단 「형상좌(形象座)」를 만들어 고전 문학 「춘향전」의 상연을 기획했지만, 조선 독립운동을 꾀했다는 명목으로 일제 검거 되었다. 허남기는 검거를 면했으나, 극단은 해산되었다.

　1945년 8월 해방 후 그해 10월, 재일 조선인 연맹이 결성되자 문화부속 촉탁으로 활동을 시작하여, 조선인 학교의 교재 편찬과 「조련 뉴스」제작에도 관여하였다. 허남기는 일본어 작품을 「민주조선」에 발표함과 동시에 조선어로도 「해방신문」 등에 작품을 발표했다. 46년에는 사이타마 현 가와구치시에 있는 조총련계의 소학교 교장에 취임했다. 1948년 9월에는 조선민주주의 인민공화국이 건국되어 많은 재일동포들 사이에서 기쁨이 넘쳐났지만, 미국정부와 일본정부가 탄압에 착수하여 북조선 국기를 내건 축하대회 개최를 방해하고자 했다. 이에 대해 허남기는 10월 10일 사이타마 현 경축대회 석상에서 자작시 「국기」를 낭독하고, 「국기는 누구의 것인가」라고 청중에게 물었다. 49년 9월에는 북조선 창건 1주년 축하행사 해산명령을 내린 일본 정부안에 반발하여 일본 군국주의가 부활하고 있다며 「양치(羊齒) 종족의 부활」을 썼다. 이처럼 허남기의 시는 저항의 수단으로써 시대 상황에 대응하여 사람들에게 낭독하여 들려주는 것을 목적으로 하고 있다. 그는 대표작 「닭」(처음 제목 「시인」)에서 노래한 것처럼, 비참한 시대의 거친 바람에 저항하여 노래하는 시인의 역할을 완수하려고 했다.

　　　온종일 바람이 불고 있는,
　　　풍량계 꼭대기에서
　　　닭이 흔들려 떨어지지 않으려고 안간힘을 쓰며
　　　슬픈 시각을 고하고 있다.

닭은
울지 않을 수 없는 것이다.
닭은
바람에 맞서서 눈물을 닦아주고 있다.

　조선학교 교장으로서의 활약도 눈부신데, 「전 조련 초등학교 교장의 시」라고 부제가 붙은 시나 민족교육을 테마로 한 시도 발표했다. 그 중 민족교육 탄압에 반대해서 쓴 「이것이 우리들의 학교다」가 유명하다.

이것이 우리들의 학교다
— 1948년4월, 도쿄 도쿄바시 공회당에서 열린 「조선인교육 불법 탄압 반대 학부형 대회」에서 낭독하기 위한 시

아이들아
이것이 우리 학교다.

교사는 아직 초라하고
교실은 단 하나뿐이고
책상은
너희들이 마음놓고 기대노라면
삐하고 곧이라도 찌그러질 것 같은 소리를 내고
문창에는 유리 한 장 넣지를 못해서
긴 겨울엔
사방에서 살을 베는 찬바람이
그 틈으로 새어 들어
너희들의 앵두 같은 두 뺨을 푸르게 하고

그리고
비오는 날엔 비가

눈 내리는 날엔 눈이
또 1948년 춘삼월에는
때 아닌 모진 바람이
이 창을 들쳐
너희들의 책을 적시고 뺨을 때리고
심지어는 공부까지 못하게 하려 들고
그리고 두루 살펴보면
백이면 백가지 무엇 하나
눈물을 자아내지 않는 것이 없는
우리들의 학교로구나

허나 아이들아
너희들은
니혼노 각고요요리 이이테스 하고
서투른 조선말로
- 우리도 앞으로 (조국이 통일되기라도 한다면)
일본학교보다 몇 배나 큰집을 지을 수 있잖느냐고
되려
이 눈물 많은 선생을 달래고

그리고
또 오늘도 가방 메고
씩씩하게 이 학교를 찾아오는 구나

아이들아
이것이 우리 학교다
비록 교사는 빈약하고 작고
큼직한 미끄럼타기 하나 그네 하나
달지 못해서
너희들 놀 곳도 없는
구차한 학교지마는

아아, 아이들아
이것이 단 하나
조국 떠나 수만리 이역에서
나서 자란 너희들에게
다시 조국을 배우게 하는
단 하나의 우리 학교다
아아
우리 어린 동지들아(1948)

　일본에서 민족교육, 조선어교육을 적극적으로 시행했던 것은 북조선
계의 학교였다. 그에 대해 끝까지 일본 정부는 배우는 자유마저 빼앗
으려고 했다. 1949년에는 「학교폐쇄령」을 발표하는 등 여러 가지 탄압
을 가했다. 이 작품이 감동적인 것은, 전반에서는 교육시설의 빈약함을
솔직하고 구체적으로 묘사하고, 후반에서는 그러한 고난에 굴하지 않
는 아이들의 모습을 떠올리게 하는 점이다. 조국을 잊지 않고, 이국의
어려운 환경에서 자라는 아이들이 가진 긍지와 조국과의 관계를 유지
하려는 노력이, 재일 교육현장의 열의로써 다가와 읽는 사람들의 가슴
을 때린다. 이 작품에는 허남기의 재일 시인으로서의 모습이 잘 드러
나고 있다.

　1950년 6월에 조선 전쟁이 발발하여(한국전쟁:북조선은 조국해방전
쟁이라고 정의했다), 53년 7월에 휴전협정이 맺어질 때까지가, 허남기
의 문학 활동 특히 일본어 작품의 발표·출판이 가장 활발했던 시기이
다. 50년 10월에는 시집 『일본시사시집』(朝日書房)을 출판하고, 51년
에는 장편시 『화승총의 노래』를 「인민문화」에 발표했으며, 52년 2월에
는 번역시집 『조선은 지금 전쟁 중이다』를 출판했다. 4월에 번역시집
『조기천시집 백두산』을, 7월에는 『조선의 겨울 이야기』(靑木書店)를,

8월에는 『화승총의 노래』(靑木書店)를, 9월에는 장편 서사시 『거제도』(理論社)를 출판했다. 불과 2년 사이에, 허남기의 대표작이자 초기 재일시의 기념비적 작품으로 꼽히는 대부분의 시집들이 출판된 것이다.

특히 장편 서사시인 『화승총의 노래』는 일본에서도 유명한 작품으로, 한국에서도 출판되었다. 마키무라 히로시(槇村浩)가 쓴 「간도 빨치산의 노래」(1932년)를 제외하고 일본 근대시의 역사에서 서사시가 그다지 성행하지 못했기 때문에, 위 작품은 일본어 장편 서사시 작품으로써 특히 이채로움을 띠고 있다. 「조선의 수많은 슬픈 아내와 어머니 그리고 딸들에게 바친다」라고 부제가 붙은 이 장편 서사시에는, 1894년 동학농민전쟁에 화승총을 가지고 집을 나간 할아버지, 1919년 3·1 조선독립 만세운동에 참가한 아버지, 현재 항일 무장투쟁·조국해방투쟁을 하고 있는 아들 준의 3대에 걸친 투쟁을 할머니가 들려주는 형식으로 그려져 있다. 이 장편 서사시는 명확한 주제와 그에 바탕을 둔 정연한 구성으로 서사시로써는 드물게 음악성을 띠고 있다는 특징을 가진다. 첫 번째 주제는 허남기가 1952년 7월 20일의 靑木文庫 版 「후기」(처음 나온 것은 51년 5월의 「인민문화」)에서 말하고 있듯이, 조선 전쟁이 단순한 전쟁이 아니며 조선 인민의 역사적 투쟁이라는 의미를 부여한 것이다.

「조선 인민의 영웅적인 조국해방 투쟁은 일부의 반동 저널리즘이 떠들어 대는 것처럼, 일제의 패전 후 「은둔왕국」이던 조선에 갑자기 나타난 히스테릭한 「흉포성」의 발로도, 그 「표변성」의 결과도 아니다. 그것은 실로 오랜 세월동안 수많은 폭압에 시달려온 조선 인민들의 내부에 축적되어 온 눈물과, 그 눈물들이 발효되어 나타난 결의의 총결집이다. 특히 동학당의 농민봉기와 3·1독립운동 사이, 또 그 후에도 계속 이어져 내려온 조국의 자유와 독립을 위한 투쟁은, 결코 하나하나 따로 떨어져 있는 고립되고 일시적인 투쟁이 아니라, 조선의 독립·민족의 해방이라는 커다란 역사적인 물결 속에서, 그 흐름을 바르게 계승하고 보다 더 강력한 것으로 발전시키기 위한 다양한 축으로써 일어났다」는 것이다. 즉 조선 전쟁은 갑오농민전쟁, 3·1독립운동과 나란히 조국 해방이라는 소망을 실현하기 위한 과정이라는 것을 강조하고 있다. 조선전쟁 당시 한국이나 미국은 반공이라는 목적으로 싸웠으며, 일본에서도 이에 대한 논의가 나누어져 있었기 때문에 북조선은 국제적으로 전쟁의 정당성을 선전할 필요가 있었을 것이다. 할머니가 화자인 설정은 허남기 자신이 어머니를 조국에 남겨두고 일본으로 건너 온데서, 불효를 슬퍼하는 마음도 반영하고 있다. 「자식들을 싸움터로 내 보내고 남편이 없는 빈 집을 지키면서 자식들을 키우다가 다시 그 자식들을 싸움터로 내 보내는 것이 아무리 힘들다 할지라도 조선의 처녀, 조선의 아내, 조선의 어머니들이 짊어져 온, 그리고 현재 또 짊어지지 않으면 안 되는 운명인 것.」「불효자식으로서 나 자신이 어머니에게 바치는 눈물이기도 하다는 것」이며, 작품 속의 주인공인 준이 1939년에 일본에 건너온 점 등으로 미루어 허남기 자신을 반영한다고 할 수 있다.

　더욱이 조국 조선이 일본 제국주의에 의해 독립을 상실해 가는 과정을 일본인에게 알릴 의무를 느끼고, 일본이 바야흐로 미국 제국주의의 식민지 코스를 밟아가는 것을 경고하면서, 일본인들 스스로 자유와 독립을 쟁취하기를 바란다고 말하고 있다. 그리고 자신을 「조국해방전쟁의 전열에 참가한 조선 젊은이의 한 사람」으로 평가한다. 또한 조선전쟁이 동학 농민봉기, 3·1독립운동, 항일투쟁과 이어지는 정신으로써 치러지고 있다고 보고 있기 때문에, 같은 구조의 시행을 3회나 반복하는 구성을 취하고 있다. 무엇보다 이 장시가 감동적인 것은 동학

농민봉기, 3·1독립운동, 항일투쟁에 참가한 사람들을 선명하게 부각 시키고 명확하게 전달하기 때문이다. 시국적인 대응이나 정치 과제라 기보다 조선 인민의 역사적인 저항정신이 전해져 오고 있다. 실은 이 시의 원형은 「민주조선」1948년 10·11월 합병 호에 게재된 「조선 풍 물시(그 일곱번째) 태백산맥」속의 50행으로 된 시 「총의 노래」이다.

「총의 노래」는 『화승총의 노래』 1의 부분과 극히 닮았는데, 그곳에 서는 할아버지의 머리가 참수되어 매달린 갑오농민전쟁과 3·1독립운 동이 등장할 뿐 현재의 투쟁은 암시적으로 그려져 있다.

> 너는 총을 닦고 있다.
> 너는 아버지와 할아버지의 헌 옷자박지로
> 할아버지와 아버지의 화승총을 닦고 있다
> 할머니와 어머니의 눈물로 총신은 녹슬고
> 아버지와 할아버지의 원한 피로 얼룩진
> 그 진짜 조선의 총을 닦고 있다
> 너는 그것을 총안에 걸고
> 너는 거기에 화약을 채운다
> 그리고 불을 달아 기세 좋게 방아쇠를 당긴다
> 할아버지가 찾은 원쑤와
> 아버지가 찾은 원쑤들이
> 겹치며 마구 밀려오고 있다」(「총의 노래」부분)

「화승총의 노래」에서는 할머니가 준에게 말하는 것처럼 투쟁하는 모습과 구체적인 적의 모습, 그리고 무엇을 위하여 투쟁하는 지를 상 세하게 노래하고 있는데, 현재의 조국 해방 투쟁이 들어가 있다는 점 이 「총의 노래」와 크게 다르다. 「화승총의 노래」의 서두 부분은 다음 과 같다.

준아
너는 지금
총을 닦고 있다.
너는 지금
문경새재의 박달나무와
충주 산속의 무쇠로 만든
그 옛날의 백량짜리 총
이 할미가
시집올 때 가지고 온
옷가지 모두와
은가락지 은비녀를 몽땅 팔아
겨우 할아버지께 사드릴 수 있었던
그 화승총을 닦고 있다
-- 중략 --
설령 그 총이
낡아빠진 화승총이여서
적들이 쏘아대는 카빙총이나
기관총보다는 못하다 하라
그러나 그 총이 쏘는
총알 하나하나에는
할아버지의 원한 아비의 원한
어미와 할미와의 3대에 걸친
불행한 이 땅 여인들의 원한이 재어질 것이다」

위의 시에서 「적이 자랑하는 카빈총이나/ 기관총」이라는 어귀에는 적인 미군의 공격이 나타나고 있다.

이 서두와 같은 시구가 4회 반복되고 있으며 거의 같은 시구도 수없이 반복된다. 대체적으로 살펴보면 「지금 총을 닦고 있다」라는 후렴과 「조국의 독립과 자유를 탈취하는 싸움에 나서는 것이 좋다」의 후렴 사

이에는 할아버지와 아버지 그리고 아들 3대에 걸친 투쟁을 그린 구조로 되어 있지만, 이 반복과 후렴이 지루하지 않은 것은 짧고 간결하여 템포가 좋기 때문이다. 후렴은 선전구호로도 효과적이지만, 허남기의 경우 「민주조선」에 처음 게재된 「물가에서」(4호), 「수림」(7호)에 간결한 단어로 이루어진 후렴이 들어가 있어, 정치가 전면에 등장하지 않는 시에서도 즐겨 사용하고 있는 것을 보면 근본적으로 시인의 리듬이라고 생각된다. 「물가에서」에서는 하나의 바위를 계속해서 삼키려고 하는 파도를 형상화하였는데, 이는 「화승총의 노래」에서 대를 이어 투쟁해 가는 사상과도 통한다. 초기 작품으로써 1행이 짧은데다가 공백이 많아서 매우 상쾌한 인상을 준다. 보통 일본어와는 달리 단어와 단어 사이의 공백은(예를 들면 「그(その)」와 「화승총(火繩銃)」사이의 1자 공백) 조선어의 띄어쓰기에서 온 것인지 분명히 알 수는 없지만, 독특한 리듬을 자아내고 있다. 또 대구적인 표현을 많이 사용하는 것도 허남기 시의 특징이다. 후렴·대구·띄어쓰기가 있어서 서사시이면서도 산문적인 설명투로 되지 않고 음악성이 눈에 띈다. 그것은 가와무라 미나토 씨(川村湊氏)가 지적하듯이 조선 여성의 「신세타령」의 리듬을 취하면서 이야기하는 전통과도 관계가 있을 것이다. (『태어난 그곳이 고향』. 재일조선인문학론 1999년. 평범사) 마키하라 히로시의 「간도 빨치산의 노래」도 조선인민의 저항운동을 그린 장시이지만, 문체는 묘사나 설명이 많아 산문성이 강하다. 또, 허남기가 번역한 북조선의 시인·조기천(趙基天)의 장시 『백두산』(머리글에 「이 시편을/ 영웅적 해방군인/ 소련군에/ 바친다」고 쓰고 있다)에는 과장된 수식어가 과다하게 보인다.

「첩첩 층암이 창공을 치뚫고
절벽에 눈뿌리 아득해지는 이곳
선녀들이 무지개 타고 선녀가 내린다는 천지」

허남기는 하이네에게 배웠다고 시집 속에서도 적고 있지만, 이처럼 극도로 단순화된 신선한 표현 역시 그 영향을 받은 것인지도 모른다. 「조선의 겨울 이야기」는 처음 「민주조선」에 「조선풍물시」라고 표제를 붙여 연재했는데 책으로 정리할 때 일부러 하이네의 「독일의 겨울 이야기」와 비슷한 제명으로 바꾸었을 정도이다. 전기 작가인 손지원(孫志遠)도 하이네가 유태인이라는 점과 유년 시절에는 나폴레옹 군대가 라인지방을 점령하고 있었다는 점, 프랑스 혁명 때에는 프랑스에 망명하여 파리에서 마르크스와 만났던 점(마르크스는 「독일의 겨울 이야기」의 출판을 도와주기도 했다), 이국에서 사거했던 점 등을 들어 허남기의 인생과 시가 하이네의 인생과 닮았다고 말한다. 분명 하이네는 유태인과 독일인, 프랑스와의 사이를 살아가며, 서정시, 연애시와 함께 사회를 예리하게 풍자한 시도 썼는데, 독일 나치가 그의 시집을 불태우기도 했다. 이러한 점 때문에 그의 민주적 성향의 비판력이 증명되어 제2차 세계대전 후에는 찬양받았다. 무엇보다 「독일의 겨울 이야기」가 제1장에서 공산주의 강령과 같은 글도 포함한 정치적 서사시라는 점과 지나는 마을마다 정치적, 사회적, 문화적 시점에서 비판적으로 관찰하고, 그것을 시로 정리한 것이 기본 구조를 이루고 있다는 점에서 「조선의 겨울 이야기」와 통하고 있다.

「독일의 겨울 이야기」의 쾨른의 예배당 장에는

해골이 셋, 해괴한 치장을 하고, 누렇게 변색된 가련한 두개골에
왕관을 쓰고, 뼈만 남은 손에
기다란 옥 장식물까지 들고 있었다. (중략)
그 남자가 가까이 다가오고 도끼로
미신의 가련한 해골을
내려쳐서 산산조각으로 만들었다.
인정사정없이 두들겨 팼다.

라는 부분이 있는데, 이 부분은 「불국사」, 「석굴암」 등의 시에서 종교 유적을 구습적 권위에서 해방시키지 않으면 안 된다고 한 허남기의 주장에 가깝다. 「조선의 겨울 이야기」의 「조망(眺望)」에는, 조선의 흰옷을 입은 사람들을 떠올리며 「이것이 나의 고국이다, 이것이 나의 독일이다,」라고 말하며 하이네나 마르크스에 심취하고 있음을 나타내고 있다. 하이네는 소련이나 동독일에서도 높이 평가받고 있지만 일본에서도 명치이래, 모리 오가이(森鷗外)가 그의 시를 번역한 것을 계기로 많은 문학자들에게 친숙해졌다. 「조선의 겨울 이야기」의 발문을 쓴 나카노 시게하루(中野重治)도 동대 졸업논문이 하이네였으며, 1936년에는 『하이네 인생 독본』을 냈다. 마키무라 히로시의 장시에도 「바이런·하이네-옥중의 단상」이 있는 등 하이네의 시는 사회시 분야에도 적지 않은 영향을 주었다. 하지만, 하이네는 코스모폴리탄이며, 민족주의와 대립했다는 의견도 있다.

하이네의 영향을 받은 허남기는 1952년에 발행된 일본의 사회파 시 잡지 「열도」의 창간위원이 되었다. 「열도」의 발행인 세키네 히로시(關根弘)가 지은 시는 즉물성, 단어의 명쾌함, 서민성, 마지구스에의 접근, 독일시인에 대한 관심 등에서 하이네의 시와 유사점이 보인다. 세키네 히로시가 작풍에 영향을 받은 것 이라기보다는 공통점이 있다고 해야

할 것이다.

허남기는 일본과 미국의 억압과 한국 독재정권에 대한 저항, 조선인으로서의 긍지를 선명하게 표출했다. 일본의 좌익 지식인으로부터도 지지를 받고, 알기 쉽고 명확한 시구 때문에 재일만이 아니라 일본인 독자도 많이 있었다. 『서정시집』을 엮은 이즈미 케이야(出海溪也), 「조선의 겨울 이야기」의 서문을 쓴 나카노 시게하루, 쓰보이 시게지(壺井繁治) 등 많은 일본의 시인·비평가도 그를 높이 평가했다. 나카노 시게하루는 발문에서 「상당히 오랫동안 시달려 온 조선, 지금도 역시 시달리고 있는 조선, 하지만 분명히 해방되어 가는 조선, 그 나라와 민족에 대한 끝없는 사랑을 이 시집에서 노래하고 있으며, 또 아파하고 신음하고 있다고 할 수 있을 것이다. (중략) 이들 지명이 모두 그대로 민족이라는 것, 여기에 이 시집의 근본적 성격, 조선의 민주적 민족 혁명의 발전된 모습의 반영, 해협을 사이에 두고 조선을 향해 손 내미는 일본에 살고 있는 조선인의 모습이 안타깝게 그려져 있다」고 평했다.

조선전쟁 휴전 후, 허남기의 일본어 작품 수는 적어진다. 허남기는 1957년에 조선작가동맹 정맹원이 되고, 1959년에 결성된 재일본 조선인문학 예술가동맹(약칭·문예동)의 위원장이 되었다. 문예동 강령에는 문학 예술가들을 북조선 아래로 결집시키고, 조국의 자주적 평화통일 실현을 위해 싸우며, 조국의 혁명적 문예전통을 계승한 당의 문예 제작 방침에 기초하여 동포를 교양시켜 국제적 문화교류를 촉진시킨다는 목표가 있었다. 그리고 조선어로써 창작활동을 하는 것을 기본으로 하고, 사회주의 리얼리즘 나아가 주체사상에 투철할 것이 의무화 되었다. 결국 허남기는 이때부터 거의 북조선에 종속되어 지시를 받게 된다. 그 후 88년에 사망할 때까지 새로 나온 일본어 시집은 59년의 『조선해협』뿐이며, 번역시집으로써 60년 『현대조선시선』, 86년 『축복의 노래』『남쪽으로부터 송가』, 시선집으로 69년『허남기시집』, 79년『허남기의 시』를 출판하기에 이른다. 조선어시집은 62년『조국을 향해서』(북조선평양에서 출판), 67년『돌에 깃든 이야기』, 78년『낙동강』, 80년『조국의 하늘 보기』(북조선에서 출판)등으로 늘었다. 1966년에 조선 총련의 중앙상임위원회 부의장에 취임하였으며, 72년에는 김일성탄생 60주년에 김일성 훈장을 수여받고, 77년에는 조선민주주의인민공화국 최고인민회의 대의원에 당선되는 등 사회적 요직도 역임했다. 북조선 주석을 형상화하고 찬양하는 노선에 따라서 주석을 개인숭배하고 영웅화한 시도 다수 썼으며, 공화국의 정치 체제·문화 정책에 공헌한 시인으로서 생애를 마쳤다.

허남기는 기본적으로 북조선 문학정책을 추종하여 창작했다. 현대작가로서는 주체성이 결여된 면이 있었으며, 재일 특유의 독자적인 문제를 다루는 데는 초기단계에 머물렀다. 하지만 그것은 허남기의 시 자체에 내포되어 있던 약점 때문에 생겨난 것일지도 모른다. 그의 시의 음악성은 대중에 폭넓은 영향력을 미쳤으나, 음악성의 형식화는 비판적 현실주의를 말살시켰다. 그가 70년대 이후, 일본 독자에게 잊혀지고 있었던 것은 스탈린 비판이 문학에도 영향을 미쳤기 때문이다. 원래부터 영미 문학파 시인들이 전체주의를 비판하고 있었지만, 일부 러시아 문학파나 좌익 시인들 사이에 반 사회주의 리얼리즘 또는 사회적인 테마를 꺼리며 미학 속에 틀어박히려는 경향이 나타나, 시문학 전체에까지 파급되기 시작했다. 소련 붕괴 후 그 움직임은 가속화되었다. 북조선의 문학정책도 원래는 소련의 사회주의리얼리즘론에서 유래되었다는 점에서 리얼리즘의 성격이 나타날 때는 문학적으로도 가치가 있었다. 그렇지만, 사회주의 혁명에 봉사하는 문학, 즉 정치가 문학을 억압하고, 그 정치성이 개인숭배로 경직화되면서 창조의 자유를 잃어

버리게 되었다. 그렇다고 문예동에 속했던 시인들이 모두 일률적인 창
작을 했던 것은 아니다. 그 가운데는 일정한 틀에 순응하면서도 개별
적인 활동을 했던 시인들도 있는데, 이점에 대해서는 이후에 조사·연
구해야 할 필요가 있다.

3 재일시 확립의 시작·김시종과 동인지 활동

　재일 시문학을 확립한 중심 시인 중 한명인 김시종이 일본어로 작품
을 쓰기 시작한 것은 꽤 이른 시기인 1950년 무렵부터이다. 허남기가
「조선 풍물시」(후에 『조선의 겨울 이야기』)에서 모국에 대한 주제로
시를 발표했던 것에 비해, 김시종은 재일생활을 묘사하는 시를 발표했
다. 이것은 문학의 이후 전개 양상을 암시하고 있다. 김시종이 1949년
6월 일본에 건너간 이유는 미군정하의 총선거에 반대해 처참한 탄압을
받았던 제주도 4·3사건(1948년) 때문이었다. 또 일제하에 황국 소년
이 되어 일본어에 의해 지배되어 있던 내면을 파헤쳐 들어내고, 부친
과의 소원했던 과거를 통감한 것을 에세이집 「클레멘타인의 노래」 등
에 나타냈다. 허남기와 김시종의 차이는 1. 허남기는 최후까지 북조선
에 기반을 뒀다. 김시종은 오사카의 재일생활에 기반을 두고 재일 정
치조직에서 이탈했다. 2. 허남기는 자신의 조선어 작품을 정통으로 생
각하고, 일본어를 공적인 외국어로 보고 있었지만 실질적으로는 일본
어 작품이 선행했다. 초기에 허남기는 일본어에 대해서 <우리 조선인
들이 가장 두려워하고 가장 미워하던, 칼과 금술로 된 제복의 그림자

가 전혀 없는 인민의 희망인 새로운 별에 의해서 결속된 외국어라고 하고, 또 재일조선인은 그 일본어에 의해서 일본인과 손을 맞잡게 될 인민들이라고 해석한다(「문예시평(文藝詩評)」제5호)>라고 말하고 있다. 김시종은 재일들이 사용하는 일본어를 이화되고 창조된 일본어로 생각하고 무기로 사용하려고 한다. 3. 리얼리즘의 분화. 허남기는 사회주의 리얼리즘을 신봉했다. 김시종은 일본의 시인·오노 도자부로(小野十三郎)의 영향을 받아 <서정의 과학>, 비평적·즉물적 리얼리즘을 목표로 했다. 4. 허남기는 이념적·형식적·보편적이지만, 김시종은 감성적·육체적·민속적이다. 허남기의 「상처투성이인 시에 주는 노래」와 김시종의 「유민애가(流民哀歌)」를 비교해 보면 다음과 같다.

상처 투성이인 시에게 주는 노래

허남기

너희들
상처투성이인 나의 시들
말라빠진 두개의 날개와
부질없이 두리번거리는
두개의 촉각을 가진
붕대 투성이인 나의 시들
입술에는
이국제의 튼튼한 재갈
손과 발 하나하나에는
발 족쇄와 손 족쇄
철컥철컥
무시무시 사슬소리 쩔럭이는 나의 시들

너희들
상처투성이인 나의 시들
지금이야말로 일어나라
오늘에야말로 어깨를 걸고
한줄로 줄지어 서라
우리들 상처 입은 자
우리들 학대받은 자의
때가 오고 있다
오늘이야말로 철쇄를 바수고 일어서라 (후략)

유랑민 애가 - 또는 '학대당한 자의 노래'

김시종

돼지우리 같은
오사카 한 모퉁이에서
에이헤이요 라고
도라지 노래 한 구절이라도 부르면
천천히 쿨렁쿨렁 눈물이 솟는다

잊지 못한다
그 노래를 좋아하시던 아버지
쓰레기를 줍고 고물을 찾으러 다니다
막걸리라도 한잔 마시면
아버지는 자주 이 도라지 노래를 불렀다

소리도 나지 않는 쓰레기통을
두드리며 노래 부르고, 두드리며 울고
어린 내가 조르면
괜히 고함만 치시던 아버지
그것은 분명 외로움 탓이었을 것이다

> 도라지 도라지 하고 노래를 부르실까
> 아리랑 아리랑 하고 노래를 부르실까
> 탄광에서 죽은 아버지를 생각하며
> 감자처럼 타죽은 어머니를 생각하며
> 에이헤이요 라고 노래를 불러 볼까(후략)

두 시 모두 뛰어난 작품이지만, 허남기의 시는 추상적이고 비유를 이용해 일반화했으며 리듬이 정연한 편이다. 「상처투성이의 노래」라고 말하면서 조선인으로서의 긍지를 강조하고 있지만, 동료들에 대해서 약간은 명령조의 어투를 구사하고 있다. 김시종의 시는 재일 고유의 생활을 구체적으로 묘사했으며 조선어나 고유명사를 사용하여 감정이나 감각 등을 잘 표출하고 있다. 또한 리듬은 토속적이며 동료 간의 회화체이다. 제목도 허남기의 시는 「상처투성이인 시에 주는 노래」라고 상처투성이인 것을 인정하고 있는데, 거기에 재일시의 긍지를 드러내고 있어 감동을 주기는 하되, 북조선을 예찬한 시처럼 긍지가 지나쳐서 현실과 동떨어진 공허한 시구가 될 위험성이 있다. 김시종의 「유민애가」는 재일이 이주민이라는 것을 스스로 인식하고 「학대받은 자의 노래」라고 노래하고 있는데, 고유한 재일의 인생과 감정을 잘 그려내고 있다. 허남기의 시는 일본어에 지배당하는 데서 그치지 않고, 지배를 받은 자가 그것을 의식했을 때의 상처를 노래하고 있어 세계적인 보편성이 느껴진다. 그러나 김시종도 재일의 독자적인 성격을 끝까지 파고 들어감으로써 재일의 생을 현실감 있게 부각시켜 보편성을 드러내고 있다.

김시종이 독자적인 위상을 갖게 된 것은 50년대 북조선 계열의 재일조직이 보다 철저하게 조국의 종속아래 들어가고자 노선을 변경했을 때, 북조선에게 직접적으로 예속되려는 그 정책을 비판했기 때문이다. 1953년 2월에 창간된 시집 「진달래」도 당초에는 재일조직의 요청에

비롯하여 발간되었다. 김시종은 주간이 되어 왕성하게 시를 발표했는
데, 18호에 시 「오사카 총련(大阪總連)」, 20호에는 에세이 「장님과
뱀의 입씨름(盲と蛇の押し問答)」를 썼다. 조직의 획일주의·정치주
의에 대해 의문을 품은 내용이었는데, 북조선 조선작가 동맹·시분과
위원회 위원장의 이름으로 「조선민보」에 방대한 비판문을 게재하였다.
그리고 조선전쟁이 끝나고 1955년 일본공산당이 제6회 전국협의회에
서 그때까지 소련의 코민포름 및 중국 공산당의 지도아래 시작한 무력
혁명 노선을 극좌 모험주의라고 자기비판하고 노선을 전환했다. 재일
조직도 노선을 전환 했으며, 김시종이 투쟁한 조선전쟁 시대의 민전
활동역시 극좌 모험주의라고 규탄을 받았다. 「휴전협정이 성립하고,
일본이 점차 평화안정 공황기에 들어가게 됨으로써 조선 전쟁기간 중
에 벌였던 우리들의 투쟁은 극좌 모험주의라는 호된 비판을 받았다.
나는 그 점을 인정했다. 내가 극좌적이었다는 과격함 때문이 아니라
생명에 위험이 없는 『일본』이라는 안전지내에서 안이한 삶을 영위한
전사였다는 씁쓸한 조소 때문이었다. 나는 급속하게 재일조선인 운동
의 대열에서 탈락하게 되었다. 재일이라는 상황아래 자신의 주체를 자
주적으로 보존하고자 노력하면 노력할수록 자기성찰을 하려는 자신은
더욱 외로워질 뿐이었다.」(「골편고」)

「이 급하게 이루어진 노선전환은 당연히 체제를 굳히려는 캠페인을
필요로 했으며, 대중의 눈길을 끌만한 무언가 "사상적 과오"의 샘플이
필요했다. 애처로운 「진달래」가 그에 딱 들어맞는 과오의 샘플로 이용
되었다.」(「기억의 내장을 비트는 시」에서)

1959년 6월에 김시종·정인·양석일은, 시집 「카리온(カリオン)」을
새롭게 창간했다. 「교조적인 정치주의에 무비판적으로 끌려 다녔던 점
에 대하여 자신들을 혐오한 나머지 <조선인>이라는 자의식까지도 애매

하게 했던 한 시기의 「진달래」 동인에 대해서도 냉엄한 비판을 가했다. 그리고 장래 조선 문학의 희생양으로서 살아갈 것을 믿어 의심치 않는 신념을 가지고 발행하였다,고 교조적 정치주의를 비판하면서도 조선인으로서의 의지를 확고히 하겠다는 방향을 드러냈다. 「진달래」 「카리온」의 동인지 활동은 재일시의 독자성을 확립하는데 큰 역할을 했다.

동인이었던 양석일은 후에 소설가로서 재능을 꽃피웠는데 처음에는 시인으로서 출발했다. 1936년 일본 오사카 시에서 태어나 56년에 김시종과 만나서 시 잡지 「진달래」, 「카리온」 등에 시를 발표했다. 『몽마(夢魔)의 저편에』(1980년 梨花書房) 소설로 『피와 뼈』(1998년 幻冬舍,山本周五郎賞), 『밤을 걸고』, 『택시 광조곡』 등 다수 있다. 양석일은 일찍부터 실존주의 철학자인 카뮈, 사르트르, 카프카 등에 관심을 갖고, 단순한 이상주의를 비판해 왔다. 후에 소설 『밤을 걸고』의 원형이 된 시도 있다. 일제하 제주도 4월 혁명 때 죽은 자들의 지저(地底)의 목소리와 몽마를 불러일으키고, 땅바닥을 기는 듯한 끈끈한 문체로 이야기한다. 「나는 일본 땅에서 혁명의 허상을/ 꿈을 꾼 것에 지나지 않는다,(「무명의 시」)라며 명석함을 겸비한 채 꿈의 바닥에, 인간의 깊은 구멍에 떨어져서 어둠의 단어를 찾는다. 환상적 리얼리즘의 방법은 일본의 시인 구로다 기오(黑田喜夫)와 통하는 점이 있다. 구로다 기오는 일본 마을의 어두운 면이나 토속의 반역성을 파헤치고, 독특한 환상과 우화의 방법을 가진 사회파 시인으로서 현대시사에서 중요한 위치를 점하고 있다.

또 다른 유능한 시인 정인도 방법상 혁신적인 시점을 가지고 있었다. 1931년 오사카시 이쿠노구 이카이노에서 태어나, 김시종・양석일과 함께 시잡지 「진달래」 「카리온」에 참가했으며, 후년 『감상주파(感

傷周波)』(1981년, 7월)를 출판했다. 정인의 시집 『감상주파』의 후기에서 김시종은 「진달래」가 참된 문학지로 전환될 수 있었던 것은 정인의 출현에 의해서였다고 말하고 있다. 「그의 모든 발언은 실로 신선했다. 어설픈 "사회주의 리얼리즘"에 지배당하여 무턱대고 조직이 내린 대명제만을 가지고 날뛰고 있던 "창작집단" 속에서 정인이 가진 탈 정치적이며 근대적인 면이 오히려 정기를 발산해 신선했다」 「어느 작품을 봐도, 그의 작품들은 그것들이 쓰여지던 당시의 가장 도전적인 정치상황의 누각인 것을 알 수 있을 것이다.」 정인은 재일의 정치조직에서 이탈하지 않은 내부 비판자였다. 시 표현에 있어서는 냉정한 관찰과 자기성찰로 사물의 이미지를 제시하는 높은 수준의 지성적인 모더니즘 시로, 「감상」을 각성한 의식으로 재구성하고, 오노 도자부로의 「서정의 과학」을 실현하고 있다.

김시종에게 가장 큰 영향을 끼친 일본의 시인은 오노 도자부로인데, 그는 일본의 전후시 전체에 있어서 단가까지 포함하여 날카로운 문제를 제기 한 이론적 지주였다. 유명한 「단가적 서정의 부정」, 「시의 리듬은 비평」 등은 침울한 서정성으로부터 건조하며 즉물적인 현대시까지 핵심이 되는 것이었다. 관념적인 낭만주의를 비판하고, 현대의 황폐와 위기를 냉철하게 꿰뚫어보는 투시력 및 건조한 물질성이 특징이다. 음악성에 대해서도 「노래와 또 다른 노래에」를 주창하여, 전통적 5·7조나 가볍고 안이한 가락을 비판하고, 시각성을 중시했다. 오노 도자부로는 아나키스트로 출발했는데, 생에 그러한 측면이 있었기에 사회주의 리얼리즘과의 안이한 타협을 거부했던 것이다.

김시종은 일찍이 1955년에 출판한 제1시집 「지평선」(진달래 발행소)의 자서(自序)에서 그의 사상적 바탕을 분명하게 밝혔다.

자서 (『지평선』서문)

김시종

자신만의 아침을
너는 원해서는 안 된다.
빛이 비치는 곳이 있으면 어두운 곳이
있는 법
절대로 무너지지 않는 지구의 회전을
너는 믿고 있으면 된다.
햇살은 네 발밑에서 오르고 있다.
그것은 큰 포물선을 그리며
그 반대편 네 발밑에서 진다.
닿을 수 없는 곳에 지평선이 있는 것은 아니다.
네가 서 있는 그 지점이 지평선이다.
바로 지평선이다.
멀리 그림자를 드리우고
기울어간 석양에는 이별을 고해야만 한다.

새로운 밤이 기다리고 있다.

「네가 서 있는 그 지점이 지평이다」라는 말은 재일의 생활이야말로 재일문학의 지평이라는 것을 나타내고 있다. 더불어 현실에 뿌리박고 살아온 리얼리즘을 계속 추구하겠다는 각오이기도 하다.

제1시집에서 보이는 김시종 시의 특징은 다음과 같다.

① 조선과의 거리- 조선과 일체화될 수 없는 안타까움. 망향. 자신의 무력감이 나타나 있다.

② 영상성과 상상력 - 본질을 나타내는 한 장면을 포착하고 다시 상상을 전개한다.

③ 재일의 삶을 생활 속의 실제 모습과 구체성을 담아서 그린다.

④ 조선전쟁 등 조선반도의 어려운 현실에 대한 분노와 자신에 대한 책망이 드러나 있다.

⑤ 육체적, 감각적 표현이 나타난다.

⑥ 비키니 섬의 원폭실험이나 마츠카와(松川)사건, 미군 기지문제 등으로 일본과 미국을 비판했다.

⑦ 초기에는 일본어 사용을 기형화된 조선청년과 같이 부정적으로 생각했다.

1957년에 제 2시집 『일본 풍토기』(國文社)를 발표하고, 「요도가와(淀川) 강변」나 「이카이노(猪飼野) 2번가」에서의 재일의 생활, 미국 아래 군사적으로 부활하는 일본을 날카롭게 포착하고, 나아가 재일 안에 있는 북과 남의 분열, 「조선」을 제대로 그려낼 수 없는 괴로움을 그렸다. 그러나 그 후에도 조직적 비판은 계속되어, 재일시사의 획기적인 시집 『니가타(新潟)』를 가까스로 출판한 1970년까지 집필을 억압받는 상태가 계속되었다. 그때까지는 김시종의 문학사상과 방법이 재일 속에서 이단으로 간주되었던 것이다.

4 점재된 예술파 · 김태중, 최현석

해방직후, 정치의 소용돌이에 말려 들어가지 않을 수 없었던 재일 창작환경에서, 김태중의 출발은 특이한 것이었다. 1929년 일본에서 태

어나 홋카이도 무로란(室蘭)시에서 자라고, 구제 중학교 시대에 두 명의 문학 소년과 만나 문학에 눈을 떠, 시 회람 노트를 만들었다. 중학 고학년 무렵에, 나카무라 미노루(中村稔)의 시 「해녀」에 감동받고 현대시에 다가간다. 도쿄대학 불문과에 들어가 동창인 이지마 고이치(飯島耕一), 구리타 유(栗田勇), 구도 유키오(工藤幸雄)들이 펴낸 유명한 동인지 「카이에(カイエ)」에 가담했다. 「카이에」는 프랑스 문학의 영향을 받은 고도의 예술 작품을 게재하던 문학지로서써 전후시 역사에서 특필되고 있다. 이자마 코이치의 슈르리얼리즘(초현실주의) 소개와 실제 작품은 일본 전후시에 매우 큰 영향을 미쳤다. 김태중은 대학을 졸업한 1954년에 서점 유레카(ユリイカ)에서 제1시집 『사로잡힌 거리』를 간행했다. 재일 시집으로써 꽤 이른 시기의 출판이지만, 그 작풍도 프랑스 문학의 향이 느껴지는 특이한 것이었다. 조선 전쟁에서 상처 입은 조국에 대한 기도와 일본에 있는 자신에 대한 책망을 유연한 감성과 신선한 이미지로 나타냈는데, 프랑스 시인 에류아르(paul eluard 1895-1951)와도 같은 시정이 느껴진다. 에류아르는 정치에 깊은 관심을 보이고 공산주의에도 접근했으며, 문화 전체의 혁명을 시도했다. 그는 일본에도 소개되었으나 시의 기법만이 크게 발전을 이루었다. 해방 전에도 조선의 초현실주의자(Surrealiste) 이상이 단기간에 걸쳐 전위적이며 뛰어난 일본어 작품을 남겼는데, 그 후에도 한국에서는 계속해서 초현실주의 작품이 쓰이고 있는데 비해 재일에서는 김태중을 잇는 사람은 거의 없었다고 봐도 무방하다. 김태중 자신도 제1시집을 출판하고 한동안 시를 멀리한 채 사업에만 전념했다. 다시 시단에 나타난 것은 2005년의 시집 『내 고향은 호남의 땅』(思潮社・北海道新聞文學賞受賞)를 통해서 였다. 후년의 시 작품은 한층 더 직설적이라는 점에서, 동포들에 대한 뜨거운 마음을 계속 품고 있었던 것을 느낄 수 있다.

장남이 사고사를 당한 후의 작품에는 슬픔이 응축되어 있다.

　1965년에 제1시집 『구과(毬果)』를 출판한 최현석은 예술가 개인으로서의 존재를 중시했다. 후기에 「『나는 풍경에 관능적인 매혹을 느꼈다』를 발표했다. 재일 조선인의 한 사람으로서 내가 간행한 시집이 존재감이 희박한 것에 대해 나는 생각하지 않을 수 없다」라고 기술하고 있는데, 세련된 단어와 선명한 이미지를 제시하고, 비참한 장면에서도 관능이 드러나게 하는 등 한 미의식이 특이한, 수준 높은 시인이었다. 1935년에 한국 전라북도 남원에서 태어나, 4살 때 가족 모두가 일본으로 건너왔다. 고교생 때부터 시를 쓰기 시작해, 미요시 다쓰지(三好達治)나 프랑스 시인 아르튀르 랭보(Arthur Rimbaud)에 매료되어, 와세다 대학에서 러시아 문학을 전공하다 중퇴했다. 『구과』는 전부 21세까지 수년 동안 쓴 것이라고 한다. 1973년에 서울과 남원을 방문했으며 그 후 10회 정도 방한했다. 『구과』의 재판을 한글로 번역해서 1985년에 간행했다. 한국 시인 서정주가 서문에 「『구과』는 감성과 지혜의 심층을 탐구한 흔적이 어렴풋이 엿보이는 중후한 시집이다. 이 시 안에 담긴 시 정신 중 내가 공감한 것은 강인하고 굽히지 않는 긍정적인 의지력이다.」고 평하고 있다. 서정주가 공감했듯이 재일의 강인한 삶의 의지가 밑바탕에 흐르고 있지만, 섬세한 서정성과 내면성도 눈에 띈다. 「재판(再版) 후기」에서 최현석은 국적의 차원보다 「보다 인간적 차원으로 수렴·확산시킬 입각점이 필요할 것이다」라고 했으며, 옛 시인들의 시나 구 중 하나로써 「- 모든 것은 개개의 것을 포함하고, 개개의 것은 모든 것을 포함한다-」라고 주장하고 있는데, 아마 시로 표현하는 입장을 꿰뚫어 보고 있을 것이다. 초기 시인으로서 개개의 것에 대해 의식하고 있었다는 점에서는 주목할 만하다. 제1시집 초판과 동시에 시와 멀어져 공장경영에만 매진하고 있는 것이 아쉽다.

생활이 곤란한 중에 시를 계속해서 쓴다는 것은 보통일이 아니다. 특히 일본에서는 재일시에 대한 사회적 관심은 높으나, 예술적 측면에서 평가하고 인정하는 힘이 약했다. 더욱이, 일본에서 소설가는 창작으로 생계를 꾸려갈 수 있지만 시인은 생계를 꾸려나가기가 무척 힘들다. 시집은 대부분 자비 출판으로 이루어지며 오히려 비용을 부담해야 하는 어려움이 있다. 다양한 예술적 방법을 추구하기 위해서는 1980년대까지 기다려야만 했다.

3. <재일>문학 여성작가·시인

이소가이 지로 磯貝治良

 남성중심의 문학에서 여성작가의 대두

식민지시대가 그러했듯 해방 후 재일조선인 일본어문학은 남성작가와 시인들에 의해 출발하였다. 「남성 중심사회」인 재일조선인문학은 1960년 대 말까지 계속되었다.

1970년대에 들어서서 성율자, 박수남, 종추월, 이명숙, 최일혜 등의 여성작가·시인들의 이름이 등장하지만, 다섯 손가락으로 꼽을 만큼 드문 존재였다. 게다가 그녀들은 일부 독자의 눈에만 띄었던 존재로서 일본 문학계에서는 화제가 되지 않았다. 그녀들의 데뷔 작품을 들어 보자. 성율자는 소설 『이국의 청춘』(76년·蟠龍社), 박수남은 편저 『죄와 죽음과 사랑과』(三一書房), 종추월은 『종추월시집』(71년·編集工房ノア), 이명숙은 시집 『어머니』(79년·銀河書房), 최일혜는 시집 『내 이름』(79년·コリア評論社)이 데뷔 작품이다.

1980년대에 이르러 이양지가 『나비 타령』(群像 1982년 11월호)으로 등장하여 여성작가의 존재가 겨우 주목받기 시작하였다.

그렇지만 80년대에 단행본으로 발행된 여성작가의 작품은 손꼽힐 정도 밖에 되지 않는다. 내가 알고 있는 범위로는 (위의 70년대에 등장했던 작가·시인 5명의 저서를 제외하고) 박경미의 시집 『수프』(80년·紫陽社), 미쿠모 도시코의 시집 『고향이 둘』(80년·ポエトリ-センタ-), 김창생의 산문집 『나의 이카이노(猪飼野)』(82년·風媒社), 가야마 스에코(香山末子:김말자)의 시집 『구사쓰(草津)아라랑』(83년·梨花書房), 이정자의 가집 『봉선화 노래』(84년·雁書館), 원정미의 소년소녀 문학 『우리 학교의 치마바람』(85년·ホルプ出版), 시마 히로미(嶋博美)의 시집 『고구마 소주를 파는 엄마』(85년·詩學社), 곽조묘의 논픽션 『아빠·KOREA(父·KOREA)』(86년·長征社), 성미자의 『동포들의 풍경』(86년·亞紀書房), 하기 루이코(萩ルイ子) 시집의 『어린 친구』(87년·鳥語社), 김영·양징자의 공저 르포 『바다를 건넌 조선인 해녀』(88년·新宿書房), 김향도자(金香都子)의 논픽션 『猪飼野 路地裏通りゃんせ』(89년·風媒社) 등이 있다.

1) 〈재일〉 사회 의식의 변화와 여성작가·시인의 등장

해방 후부터 1960년대까지 〈재일조선 문학〉에는 왜 잡지에 두세 명의 이름만이 나오고 말 정도로 여성들이 등장하지 않았던 것일까?

일반적으로 말하자면, 재일조선인 사회의 여성을 둘러싼 시대적 배경이 그 원인이라고 생각할 수 있다. 재일조선인 사회의 밑바닥에 깔려있던 유교적 가치관과 풍습의 산물인 남존여비라는 제약이, 여성들이 지적 생활로 나아갈 수 있는 경로를 차단하고 있었던 것이다. 더불어 일본 사회의 극심한 차별과 빈곤 속에서, 제1세대 여성들은 가족의 생활을 지탱하는 노동 담당자로서, 「밥이 곧 하늘」이던 생활 속에서 생존하는 것 외에는 언어로 자기표현을 할 수 있는 여지가 없었다.

알기 쉽게 말하자면, 여성을 비천하게 바라보는 환경과 생활에 쫓기는 나날 속에서 교육의 기회와 지적관심의 테두리 밖에 놓여져, 문화나 예술로부터 소외되고 있었다고 할 수 있을 것이다.

하지만 본질적으로는 그녀들이야말로 재일조선인 사회를 지탱하는 생활력과 민중의 지혜를 체현하고 있었다. 이를테면 문화 · 예술 · 문학이 근대주의에 의해 지배되기 이전에, 민중문화의 기층을 체현하고 있었다고 할 수 있다.

제1세대의 고난과 노고, 그리고 살아가는 힘이 <재일> 2세대의 생존 기반을 지탱했다. 일본사회의 고도 경제성장과 병행하여 <재일>사회의 경제적 안정도 차차 자리 잡게 되었으며, 그것이 정주지향과 더불어 <재일> 사회전체 뿐만 아니라 여성의 생활 양식과 의식 양상에 변화를 초래하여 자기 표현에 관심을 가지게 되었다.

70년대에 들어서 여성작가 · 시인의 등장은 이른바 제1세대 여성들이 다음 시대에 남긴 자기 표현이라고 하는 생명의 진통이었다.

70년대 <재일>사회의 특징은 교육에의 관심과 더불어 기성의 민족조직 활동에서 자립하여 개인의 인권의식에 눈뜬 시민적 권리투쟁이 나타난 점이다. 그것은 히타치(日立) 취직차별 철폐 운동에서 볼 수 있듯이 일본인과의 협동 속에서 싹 텄다. 재일한국인 정치범(양심수) 구원 운동도 그러한 맥락의 하나라고 할 수 있다.

그런 일본사회 속에서 <재일>의 사회적 · 시민적 권리를 획득하고자 하는 운동과 병행하여 <재일>의 독자적인 새로운 아이덴티티를 모색하려는 움직임이 부상한다. 조국으로의 귀속지향이나 일본사회로의 동질화지향과는 그 위상을 달리하는 <재일 지향>이다. 물론 <재일>사회나 개인에 있어서 그러한 움직임들은 뚜렷하게 셋으로 분리되지 않고, 통합 수렴 하며 모색되었다.

그리고 간과해서는 안 되는 것이, <재일 지향>도 또한 민족의지에서 벗어나는 것이 아니라, <재일>의 보다 현실적인 존재 본연의 모습을 추구한 것으로 미래를 내다 본, 일종의 불씨 역할을 하였다는 점이다.

1980년대, 「단 한 명의 반란」으로 시작되어 요원의 불길처럼 타올랐던 지문 강제날인 거부 투쟁도 민족의지의 실현을 동기로 하여 일본 국가와 사회의 부조리를 규명하려는 인권투쟁이었다. 70년대에 움텄던 <재일>사회의 의식변화는 이 사건을 더욱 결정적으로 만들어주는 요인이 되었다.

그러한 <재일>사회의 의식 변화와 활발해진 자기표현 욕구, 그리고 제2세대 여성작가·시인들의 활동 사이에는 분명한 인과 관계가 존재하는 것이다.

2) 1990년대 이후의 문학적 변모와 여성작가·시인의 대두

1990년대 이후, 3세대의 등장 그리고 구세대의 생활·의식 양상의 변화와 더불어 재일조선인 사회와 그 변화를 반영한 재일 조선인문학이 한층 크게 변모하였다. 나는 <재일>사회 혹은 <재일>문학으로의 변화라고 규정하였다.

재일 조선인문학에서 <재일>문학으로 변모했다는 것을 뒷받침할만한 몇 가지 이유를 들자면 다음과 같다. 일본 이름의 작가 (혹은 일본 국적을 가진 작가)들이 이전에 썼던 「국적 불명」의 작품과는 별개로,

스스로의 출신과 삶에 관계되는 주제로 작품을 쓰기 시작한 것이다. 다른 한편으로는 3세대(여기서 말하는 3세대는 출생 시기에 의거한 재일 3세의 의미가 아닌 문학 세대를 일컫는다) 작가 · 시인들이, 민족적 경로를 명확히 하면서도 반드시 <재일>적 주제나 그에 국한된 작품을 쓰지 않는다는 점을 들 수 있다. 즉, 1세대, 2세대 작가 · 시인들이 문학적 아이덴티티의 축에 민족의지를 반영한 것에 비해, 90년대 이후 등장한 문학적 세대는 아이덴티티 문제의 폭을 한층 유연하게 정착시켰다. 문학적 전략을 개인의 내면 또는 <나>로 이동 시킨 것은 그 발로이다.

대략 다음과 같이 말할 수 있다. 1990년대 이후에 들어서도 김석범, 김시종, 이회성, 양석일 등 제1, 제2 세대에 의한 「정통」재일 조선인문학이 건재하다는 것을 생각해보면, 90년대 이후의 문학전선을 앞에서 기술한 바와 같이 일원적으로 요약하는 것은 결코 타당하지 않다. 변화의 특징직인 측면을 지적한 섯에 지나지 않는 것이다.

한편, 90년대 이후의 변화 중에서도 가장 특징적인 양상으로써 여성작가 · 시인의 등장과 활동을 들지 않을 수 없다. 현재는 여성작가의 활약이 남성작가와 어깨를 나란히 하고 있다고 말할 수 있을 정도이다.

여성작가들의 대두하게 된 원인은 앞에서 예로 들었던- <재일세대>의 아이덴티티라는 문학적 전략이, 조국 · 민족 · 역사 · 정치상황이라는 커다란 주제에서 가족 이야기나 혹은 개인, 즉 <나>에 의거하게 된 것과도 깊은 관계가 있다고 생각된다. 1세대에게 여성들의 신세란 목숨을 연명해야 하는 생활 속에서 커다란 주제와 마주할 시간적 여유 없이 가족에게 헌신하는 것이었다. 2세대 여성들은 70년대부터 80년대에 걸친 <재일>사회와 그 의식 변화의 흐름을 받아들여, 자기표현으로 시선을 돌렸다. 그러한 과정의 성과로써 90년대 이후에 여성작가 ·

시인이 대두했다고 생각해도 좋을 것이다.

일본사회 전체에도 적용되는 이야기지만, <재일>사회에서 세대교체 및 생활기반의 안정이 가져 온 여성의 교육기회와 사회참여의 확대, 의식해방 진전이 그녀들의 문화 활동과 자기표현에 활력을 불어넣었다.

더불어 여성작가·시인의 문학적 감성이 90년대 이후 문학전선의 흐름과 부합되는데, 이는 어쩌면 여성작가·시인들의 문학적 감성이 새로운 <재일>문학의 조류를 만들어낸 것이라고 할 수 있지 않을까?

<재일>문학의 90년대 이후 변화를 한 가지 더 꼽자면, 지금까지 주제가 조선 반도나 <재일>의 신세타령에 한정된 것이 많았던 재일조선인 문학과 달리, 3세대에 의한 한국 체험이 더해져 그려지기 시작한 점이다. 이것은 한국사회의 민주화로 <재일>과 일본 사이의 소통이 원활해져서 젊은 세대가 다양한 형태로 오갈 수 있게 되었기 때문일 것이다.

남성작가이긴 하지만, 이기승의 「제로항(ゼロはん)」(1985년·제28회 군상신인문학상)은 <재일>세대의 한국체험을 그린 최초의 작품으로 손꼽힌다. 여성작가 중에서는 사기사와 메구무(鷺澤萌)의 『개나리도 꽃, 벚꽃도 꽃』(1994년·新潮社) 『너는 이 나라가 좋으냐』(97년·新潮社) 을 들 수 있다. 또한 이양지가 민족 악기와 전통 무용에 매혹되어 한국에 건너 온 것은 80년대 전후인데, 그녀의 「유희」(군상 1988년 11월호) 가 아쿠타가와상을 수상한 것이 90년대 무렵이라는 사실도 상징적이라고 할 수 있다.

1990년대 이후에 등장한 주요 여성작가의 이름과 데뷔작을 나열해 보면 다음과 같다.

강신자 『극히 평범한 재일한국인』(90년·朝日文庫, 제2회 논픽션朝

日 저널상), 박경남 『(구미코! 경남씨와 이야기하다』(90년·未來社), 후카자와 가이(深澤夏衣) 『밤의 아이』(93년·講談社, 제 32회 신일본문학상 특별상), 이상금 『반쪽짜리 고향』(93년·福音館書店, 노마아동 문예신인상. 작가는 일본에서 살고 있지는 않지만, 재일시대의 성장과정을 그리고 있다), 유미리 『물고기 축제』(93년·白水社, 제37회 岸田國士희곡상수상), 김연화 『은엽정다화(銀葉亭茶話)』(94년·集英社, 제23회 코발트노벨대상), 박명미 「언제나 바다는 펼쳐져 있다」(군상95년 10월호), 김 마스미(金眞須美) 『메소드(メソッド)』(96년·河出書房新社, 제32회 문예상우수작), 김계자 「소나기(むらさめ)」(02년·제28회 부락해방문학상) 등 이다.

시 분야에서는 유묘달의 『이조추초(李朝秋草)』(90년·檸檬社), 이방세의 『흰 저고리』(92년·國際印刷出版), 나쓰야마 나오미(夏山直美)의 『프레파라드의 고동(プレパラートの鼓動)』(92년 交野が原發行所), 김이자의 『흰 고무신』(93년·石の詩會), 김수선의 『제주도 여자』(95년·土曜美術社出版販賣), 전미혜의 『우리말』(95년·紫陽社), 이승순의 『지나간 세월을 벗어버리고』(97년 書肆樹社), 이미자의 『먼 둑』(99년·土曜美術社出版販賣) 등이 있다. 가집에는 김영자 『사랑』(05년·え學の森)가 있다.

시 분야에 대해서는 모리타 스스무(森田進)·사가와 아키(佐川亞紀)가 엮은 『재일 코리안 시선집』(05년·土曜美術社出版販賣)이 있는데, 해방 전부터 현재에 이르기까지의 시인의 작품, 프로필을 총망라하여 선택·수록한 작품집이다. 상기 80년대, 90년대 이후 다수의 시인에 대해서는 이 『재일 코리안 시선집』을 참고하였다.

2 민족의지와 병행하는 가족·나·性의 이야기
- 1970 ~ 80년대

1970년대 ~ 80년대에 등장한 여성작가·시인들의 창작 모티브, 주제 선택, 상황설정, 방법 등의 특성은 한 마디로 말해서 탈 이데올로기이다.

해방 후, 남성작가·시인들을 중심으로 한 재일조선인문학은 조국, 민족, 역사, 정치라는 커다란 주제에서 출발하였다. 제2세대 작가·시인들의 문학도 80년대까지는 민족전체의 소생이나 <재일>의 근거를 둘러싸고서 비록 강약의 차는 있어도 이데올로기적 혹은 이념적 추구 위에 성립되었다. 일본에서의 <나>를 추구하고 있는 경우일지라도 그 점은 크게 다르지 않다.

이에 비해 여성작가·시인들은 민족적 이데올로기나 정치적 이데올로기와 같은 이데올로기 및 이념으로부터 벗어나 출발했다.

80년대에 들어섰다고는 해도 냉전체제, 민족분단, 비민주사회, <재일>을 둘러싼 일본국과 사회 제도의 모순 등, 이데올로기가 무효화 되지 않은 채 계속되는 시대상황 속에서 여성작가·시인들은 도대체 어떻게 거기로부터 벗어날 수 있었던 것일까? 여러 가지 이유가 있을 테지만 그 중에서도 여성문학을 지탱하는 창조적 감성, 생활감각, 삶의 의식 등의 특성을 생각할 수 있다. 결국 재일조선인문학에서 여성문학은 가족·나·성을 둘러·싼 <자아>의 확인과 자기표현에 의해 출발하여 성립했다고 정의내릴 수 있을 것이다.

그러나 70년대 ~ 80년대 여성작가·시인들을 개괄할 때 그 <자

아>의 확인과 자기표현의 배경으로써 민족의지가 존재하고 있었다는 사실을 잊어서는 안 된다.

1) 종추월

종추월(1944년, 사가현(佐賀縣)출생)의 첫번째 시집『종추월 시집』(編集工房ノア)은 1971년에 출판되었다. 일본 시단은 거들떠보지도 않았으나 그것은 폐색감이 존재하는 일본어시에 다소 충격을 주는 것이었다.

수록 된 24편의 시는 어머니의 신세타령이나 아버지의 잔소리를 통해 <재일>부모세대의 생활 및 감정을 이야기하며, 동시에 시인 자신의 성장과정과 생활을 소재로 삼고 있다. 그녀의 시는 육체를 통해 표현해내는 음성 언어, 즉 언어의 리듬을 충분히 발휘하여 민족 노래에 한없이 가깝게 생활 속의 활력을 자아내는 유머까지 포함한다. 그 시공간은, 일본 현대시가 얽매여있던 에크리튀르(Écriture)의 폐색성을 충분히 이화(異化) 하는 것이었다.

첫 번째 시집과 그 이후의 시를 더해서 84년에『이카이노 · 여자 · 사랑 · 노래』(プレーンセンター) 가 출판되었다. 새롭게 더해진 시도 첫 번째 시집의 특성을 대부분 이어가고 있지만, 내면으로 향하는 자기응시의 시가 등장하여 여자로서의 성에 대한 정념과 그것을 둘러싼 조국에 대한 정념과의 갈등을 한층 농밀하게 표현 하고 있다. 바꿔 말하면, 여자로서 <자아>에 대한 집착이 강해졌다고 할 수 있다. 그러한 시적 모티브의 변화를 수반하여 언어표현에도 사고적인 요소가 나타났다.

종추월은 시를 창조함으로써 무엇을 지향 하는 것일까?

「내 윤회의 노래」라는 시가 상징하고 있듯이, 「덧없는」조국의 주박과 재일교포로서 짊어지게 되는 고난 등으로부터 <자아>를 해방시키려고 하는 것으로 보인다. 그 방법이 이데올로기나 이념에 의지하지 않고 여성의 생명력에 의지한다는 것은 말 할 것도 없다. 덧붙여 말해, 시적 표현의 세계에서 그녀들의 생활감각, 신체감각, 생명감각, 역사감각은 끝없이 원초적인 <사상>에 근접해 있다고 생각할 수 있다.

종추월은 그 후에도 계속 시를 써 내려가며 산문에 의한 자기표현에도 눈 뜨게 된다. 1986년에 간행된 최초의 산문집 『이카이노 타령』(思想の科學社)이 그것이다.

『이카이노 타령』은 태반이, 작가자신의 생활과 노동을 포함하여 돌덩이 같은 허리를 가지고 재일이라는 수라 세계를 살아가는 여성들─남자들을 능가하여 생활을 지탱하는 어머니들, 시어머니, 무당인 여자 등─을 그리고 있다. 가난하지만 강인하며 때로는 익살스럽기도 한 그녀들의 살아가는 방식이야말로 작가에게는 <아름다움>인 것이다. 그에 관련해 작가는, 여성·어머니·성의 육체를 통해 획득한 <윤회사상>에 한층 확신을 강화한다.

주목해야 할 것은 그러한 육체에 대한 사고의 확신이 여성의 성적인 내면을 추구함으로써 획득되는 것이 아니라는 점이다. 그 과정에는 민족의지가 개입 되어 있다. 예를 들어 <윤회사상>이 5·18 광주 민주화 운동 속에서 원통한 최후를 맞이한 젊은이들을 위로하는 진혼과 소생, 기원에 의해 탄생했듯이 말이다.

종추월은 시든 산문이든, 언어표현의 샤먼이다.

『이카이노 타령』의 다음해에 간행된 『사랑해』(影書房) 에서는 외부세계 ─민족분단의 현실, 군사 독재정권, 「5·18 광주 민주화 운동」, 일본의 국가·사회·천황제 등─ 를 보는 시선이 눈에 띄게 날카로워진다. 모순에 대항하는 문제의식과 발언은 규탄과 러브콜이 어우러져 매우 엄격하고 직설적으로 표현되어 있다. 시대의 소용돌이가 그녀를 그렇게 만들었던 것이다.

한편 종추월은 소설로 시선을 돌려 재일 문예잡지인『계간 민도(民濤)』에 「이카이노 느긋한 안경(猪飼野のんき眼鏡)」(87년 11월동·창간호), 「하나비−히라노 운하」(90년 3월춘· 10호) 를 발표한다.

두 작품 모두 작가 자신과 그 주변을 소재로 하여 주인공 및 가족, 공동체를 에워싼 재일의 처지를, 후에 작가가 주위로부터 비판 받을 만큼의 리얼리티로써 냉철하게 그리고 있다.

마지막으로 단행본에 수록되지 않은 시, 「너는 아직 기억하고 있는가」(신일본문학 85년 6월호)를 부기해 둔다.

2) 성율자와 그 밖의 작가 · 시인

내가 알고 있는 바로는 1970년대에 소설을 발표한 처음이자 유일한 재일여성작가는 성율자(19 ?년, 후쿠이(福井)현 출생)이다.

데뷔작은『이국의 청춘(異國の靑春)』이며, 그 후『이국의 여행(異國への旅)』(創樹社), 『하얀 꽃 그림자(白い花影)』(82년· 創樹社)를 발행했다. 작품은 사랑의 감정 및 유교적인 가치관 안에 있는 여성멸시에 대하여 강하게 저항하고 있다. 그에 덧붙여 타국생활 속에서 「조선인이라는 사실을 숨길 수밖에 없는 주인공의 민족적 갈등 등이 그려져 있다. 또한 민족적자각과 인간적 독립의 통과의례를 여성의 시점에서 바라보았다. 후에 성율자는 소설에서 떠나 평전『조선사의 여자들』(86년· 筑摩書房)을 발행한다.

1970년대에 발행된 시집에는 이명숙(1932년 오사카시 출생)의 『어머니에게』(79년·銀河書房)와 최일혜(1942년 출생)의 『내 이름』(79년·コリア評論社)가 있다. 이명숙의 시는 1세대였던 어머니의 타향살이에 대한 지혜와 냄새를 생활언어 및 리듬을 통해 애착을 담아 노래하며 또한 일본국적을 취득한 것에 대한 우울함과 자책을 피력했다.

최일혜의 시는 고향에서 멀어진 애달픔을 감상에 젖지 않은 채 자신의 의지를 담아 노래한다. 일본에서의 생활을 사실적으로 반영하기 보다는 능동적으로 심상을 표현하고 있다.

소설이나 시 장르에 속하는 것은 아니지만 선구자적인 우수한 여성작가로서 박수남(1936년 출생)이 있다. 그녀는 「고마쓰가와 사건(小松川事件)」의 사형수인 이진우(李珍宇)와의 교류를 담거나 히로시마 원폭의 피해자들에 대해 추적한 저작들을 남겼는데, 편저로는 『죄와 시와 사랑과』(7?년·三一書房), 『이진우 서간집(李珍宇)』(?년·三一書房), 『조선·히로시마·반일본인』(?년·三省堂), 『또 하나의 히로시마』(82년·舍廊房出版部) 등이 있다.

(1) 이양지

시선을 1980년대로 돌려 보자.

82년에 이양지(1955년 야마나시(山梨)현 출생, 92년 사망)가 데뷔작 「나비타령」을 발표. 재일조선인문학 여성작가로서는 최초로 일본의 상업 문단에 등장하였다.

그 이전에도 남성작가의 상업 문단 등장이 많지는 않았다. 물론, 이 사실은 불명예가 아니라 명예일지도 모른다. 김달수나 김석범도 소위 문단작가와는 위상을 달리하고 있었다. 그동안 재일조선인문학의 산맥을 지탱해온 것은 상업문단과 관계하지 않고 활동해온 작가들이며, 현재의 <재일>문학 작가들도 크게 다르지 않다.

이양지는 작가 데뷔 이전부터 한국문학의 번역 등을 일본 잡지에 게재하여 자기만의 독특한 문장으로 이름을 떨치고 있었다. 그것이 작가로서의 재능으로 꽃 핀 것이다. 이양지 최초의 소설집은 『해녀』(83년·講談社) 로, 「나비타령」은 그 안에 수록되어 있다.

「나비타령」은 부모의 이혼 소송을 둘러싸고 일어나는 가족의 불화와 붕괴, 그리고 그런 집을 피해서 가출한 주인공의 심리과정을 배경으로 하고 있다. 작품은 사적인 체험을 모티브로 하고 있다고 해도 좋을 것이다. 그러나 작품 속의 심리과정은 방랑에 몸을 맡기는 것이 아니다. <재일>의 불안감이나 가정의 우울, 성의 폐색감 등으로부터 <나>를 해방하고자 하는 여행이다. 덧붙여 말해, <나>의 자립과 있을 곳을 찾는 여행인 것이다.

그러한 존재의 위기에 맞서려는 주인공의 심리과정을 육체에 메스를 가하는 것 같은 날카로운 문체로 그린 것이 「나비 타령」이다. 주인공은 가야금과 전통무용의 활로를 찾아 서울로 유학길에 오른다. 결국 <나>를 해방시키기 위해 그녀의 루트, 조국의 것을 찾는 여행에 나서는 것이다. 그러한 데뷔작의 설정은 이후의 창작 편력과 유고작인 『돌의 목소리(石の聲)』의 주제를 살펴볼 때 매우 중요하다.

이양지는 「나비타령」에 이어 「해녀」(군상 83년 4월호), 「오빠」(同 83년 12월호) 에 재일의 처지와 더불어 육친의 불행을 그린 후 다음 단계로 나아간다. 『각』(85년·講談社)을 통해 본격적으로 한국체험을 그리기 시작한 것이다.

26세의 재일한국인인 <나> 순이는 서울로 건너가 모국어와 가야금, 춤을 배우고 있다. 그런 순이의 수일간 – 하숙생활, 어학당, 사람들의 관습, 전혀 다른 일본과 한국의 남자, 방에서의 고독한 시간 -이 그려져 있을 뿐 특별한 일은 일어나지 않는다. 작품에는 일본 태생으로서 일본에서 성장한 <나>의 「그 나라」에 대한 위화감과 애정이 잘 부각되어 있다.

그러한 소설공간을 정념의 굴곡과 생리의 단층에서 끓어오르는 언어로써 딱딱하고 간결한 문체로 그려내고 있다. 그것은 이양지만의 농밀하면서도 선명하고 독특한 색조이다.

그렇지만 『각』은 공간뿐만 아니라 <나>의 내부의 시간을 주제로 하는 작품이기도 하다. 제목인 『각』은, 째깍, 째깍, 째깍……하고 초를 쪼갤 때 나는 소리에서 유래한다. 그 때의 소리는 <나>의 내부에 자리하고 있는 자의식의 소리처럼 초를 쪼개고, 작가는 집요하게 이를 대상화한다.

「내가 무언가를 말 하고 있다. 말하고 있는 내 목소리를, 나는 듣는다」 「무언가를 생각하고 있는 나를, 나는 본다」 「그런 표정을 짓고 있는 나를, 나는 응시했다」 등의 표현은 자의식과 그 대상화에 담긴 생각을 잘 나타내고 있다.

『각』속에서 <나> 순이는 가야금을 「미인」이나 「여자의 나신」 등으로 의인화한다. 그리고 가야금의 현을 마치 사람을 상처 내듯이 쥐어뜯는다. 그와 대조적으로 자의식의 대상화는 <나>를 제3자화 혹은 물질화한 것처럼 보인다. 그러한 가야금의 의인화와 <나>의 제3자화 또는 물질화 사이의 대비는 조국의 것에 대한 위화감과 애정의 갈등으로 볼 수 있지 않을까?

<나>로부터 외부를 차단하고 오로지 스스로와의 대화를 통해 자의식을 대상화하며 이를 통해 비 조국적인 존재인 <나>를 중립적인 위치에 두려고 한다. 또는 조국을 상징하고 있는 대상과 관계의 단절을

통해 외부 세계와의 통로를 폐쇄한다.

그러나 한편 가야금에 대한 이분법적인 애증의 감정은 고향의 상징을 향한 혐오와 동경이 뒤얽혀 있는 상태를 나타낸다. 그러한 복합의식은 일본에 대한 거부와 그리움이 뒤얽힌 감정과도 표리 관계에 있다고 할 수 있을 것이다. <나> 순이는 조국의 것인 가야금과, 비 조국의 존재인 자기 정립과의 갈등을 둘러싸고 해체와 회귀의 갈림길에 서서 분투하고 있는 것이다. 『각』를 통해 이양지는 오늘날에도 이어져 내려오고 있는 <재일>세대의 난문을 그려냈다.

이양지는 『래의(來意)』(군상 86년 5월호)에서 『각』의 주제를 다시금 사용하고 있으나 수법에 있어서는 전혀 다른 시도를 하고 있다. Y와 가즈코라는 친구 관계의 두 여자를 설정하여 그녀들의 관계성 속에서 <나>와 그 자의식을 포착해내려고 한다. 나아가 종장에서는 파도 소리에 몰두하여 그 속으로 몸을 내던짐으로써 자의식이라는 고치에서 나비가 되어 탈피함을 암시한다.

『래의』로부터 2년 후, 이양지는 『유희』(군상 88년 11월호)로 제100회 아쿠타가와상을 수상한다. 이 작품이 발표되었을 때 필자는 조금 의외라는 생각이 들었다. 작가는 이미 상당히 한국어를 습득하였으며 살풀이 공연을 할 정도로 조국의 상징에도 융화되어 있을 터인데, 그녀가 처음 서울에서 배우기 시작했을 때의 체험이 주인공의 유희를 통해서 소설화 되어 있었기 때문이다.

조국의 상징과의 갈등은 작가에게 그렇게도 깊은 트라우마로 남았던 것일까? 다시 한 번 처음으로 돌아가서 그리지 않으면 안 될 정도로 그녀의 문학을 사로잡고 있었던 것일까? 혹은 그녀와 같은 일을 겪고 고민하는 후속세대 여성들과 고난을 공유하려는 심정으로 써 내려간 것일까? 작품 수준에 있어서도 하숙집 언니의 시점을 도입하는 새로운 시도가 있기는 하나, 제재에 의지하는 부분이 많아 문체의 긴박 감이 떨어졌다.

이양지는 1992년 5월 22일, 37세의 젊은 나이로 돌연 병사하였다. 심하게 굴곡진 인생을 살았으며 창작활동도 매우 활발한 편이었으나, 따지고 보면 작가활동은 겨우 10여년에 불과했다.

이양지의 사후, 「돌의 소리」(군상 92년 8월호) 가 발표되어 유고작 이 되었다. 이 작품은 이양지가 생전에 구상한, 전 10장으로 이루어진 장편이다. 제1장 원고 230매 정도에서 그친 미완성으로, 퇴고가 끝나 지 않아 문장의 반복이나 설명적 표현이 많다. 그러나 한 편의 중편소 설로서 읽을 만한 작품이며, 이양지가 스스로의 문학을 집대성하려고 계획했던 작품이라는 것을 충분히 알 수 있다. 『돌의 소리』는 잡지 발 표 및 같은 해 講談社에서 단행본으로 나왔으며 『이양지 전집』(93 년·講談社) 에도 수록되었다.

우선 『돌의 소리』의 줄거리를 적어 보겠다.

화자인 <나> 임주일은 <재일>2세 남성이다. 일본에서 대학을 졸 업한 후, 한국과 거래하는 작은 무역회사에 취직했으나 적성에 맞지 않아 1년 정도 근무한 후에 그만두었다. 이해관계를 따지지 않고 한국 에 가려고 결심하여, 현재는 서울에서 유학중이다. <나>에게는 5년간 사귄 일본인 연인 에이코(英子)가 있는데, 서울 유학은 그녀와의 이별 을 의미했다.

에이코로부터 <나>에게 도착한 편지도 결별을 고하고 있었다. 편지 에는 그녀의 처지 및 내면세계가 애달픈 필치로 적혀 있다. 그와 동시 에 <나>의 남성적 에고이즘을 수반하는 성격이 드러난다. 독자는 거기 에서 두 가지를 발견할 수 있을 것이다. 바로 여성 작가의 시선 과 성별 차를 둘러싸고 일어나는 <재일>과 일본인 간의 위치관계의 도착이다.

작가 자신과 여성의 입장이 다르다고는 해도, <나>의 처지가 반복해서 설정·회상되고 있다. <나>의 아버지는 4명의 부인을 가졌으며, 가정이나 어머니에게 어두운 기억만을 드리운다. <나>는 아버지를 향한 지울 수 없는 증오를 느꼈던 적이 있으며, 그 증오스러운 체험은 이윽고 <아버지 살해>의 방향으로 전개되어 갈지도 모른다.

서울에 온 <나>에게는 이전에 한국에서 유학했던 적이 있는 <재일>여성 연인 카나(加奈)가 있지만, 그녀는 지금 일본에 돌아가 있다. 카나와의 교제도 회상의 수법으로 삽입되어있다. 카나는 한국 민속무용을 배우는 한편 바흐 등의 서양음악을 도입하여 「소리를 추다(音を踊る)」라는 춤의 창작에 정열을 불태우고 있다. 또한 한글에도 강한 매력을 느끼며 <나> 즉, 임주일의 세 개의 검은 사마귀를 볼 때마다 조선민족의 시조인 3신(단군=환인, 환웅, 환검)의 표식으로써 떠올린다.

그런데 소설의 현재 시점에서 <나>는 「サルンチマンX氏へ」라는 타이틀을 가신 긴 담본과 흡사한 장편시를 쓰고 있다. 그 장편시의 스토리 속에는 무가(巫歌)에서 전승되는 한국의 민속적인 신 「바리공주」의 「버림받은 공주」 신화가 되살아나고 있는데, <나>에게 있어서 카나는 바리공주와 다름이 없다.

<나>는 일본으로 돌아간 카나와 일절 연락 하지 않기로 마음먹었지만, 다음에 서로 연락을 취할 날이 이미 정해져 있다. 그 날은 <나>가 장편시 「サルンチマンX氏へ」를 완성하고 카나가 창작무용을 완성하는 때로, 이제 얼마 남지 않았다.

또 <나>에게 스스로 부과한 일과가 있다. 두 권의 대학 노트를 준비하여 한 권에는 매일아침 새벽녘 꿈에서 깨어날 때, 눈뜨는 바로 그 순간에 생각나는 말 - 「올바름」 「정신이라는 치밀한 유혹」이라는 말 - 들을 적고 그 노트를 「뿌리의 빛줄기(根の光芒)」이라고 이름 지었다.

나머지 한 권은 전 날의 일지로 「아침의 나무(朝の樹)」 「낮의 나무(晝의 樹)」를 기록한다. 그 행위는 <나>에게 있어 일상적인 의식이다.

『돌의 소리』의 상황 설정에서 주목되는 것은 주인공이자 화자인 <나>가 남성이라는 점이다. 그러한 설정은 작가 자신의 서울체험과 사고체험 그리고 내부 정경을 객관화 하려는 의도가 담겨있다는 것을 짐작할 수 있다.

특히 <나>는 시를 쓰고 언어를 추구하는데 반해 카나는 창작무용을 연기하고 한글을 탐구한다는 설정은 이양지가 추구하는 두 개의 세계- 소설(언어에 의한 표현)과 춤(신체에 의한 표현) -가 주제로써 병행하고 있다. 앞에서 필자가 『돌의 소리』를 이양지의 집대성적인 작품이라고 소개한 이유가 바로 여기에 있다.

이쯤에서 작품 속에 나타난 <재일>의 난문에 대해 언급하겠다.

<나>는 서울에서 일상 언어로써 한국어를 사용하고 있다. 그 환경 속에서는 한자나 일본어가 잘 떠오르지 않아 시(일본어)를 쓸 수가 없다. 그러한 체험은 서울에서 생활하며 언어감각과 정신이 균형을 잃어한 때 소설을 쓸 수 없게 되었던 이양지 자신의 자기 분석적 고백일지도 모른다. 흥미 깊은 점은 『유희』의 주인공 혹은 <재일>세대가 한국 체험을 하면서 일반적으로 당면하게 되는 문화 쇼크와 반대의 난문을 <나>가 조우하고 있는 것이다.

앞에서도 <나>의 가정환경에 대해 간단히 언급하였지만, 왜 <재일>에게 「가정」은 복잡한 문제로써 앞길을 가로막는 것일까? 이 작품에도 그 난문은 두드러지게 나타난다.

『돌의 소리』의 모티브·주제 속에는 이양지의 삶의 위치가 잘 나타나 있어서, 그 의미만으로도 집대성적인 작품이라고 할 수 있다.

<나>는 학생시절에 <재일> 동포 모임 멤버들과 접촉했다. 그러나

선배 동포들의 정치·민족·<재일>의 존재 방법에 대한 의미부여, 혹은 이데올로기적인 기성 가치론에 대해 개인의 욕구에 의해 내부에서 일어나는 위화감을 느끼며 거부한다. 이것은 <나> 즉 작가가 시·소설·한글이라는 언어와 무용·음악이라고 하는 내부감각에 의지하여 스스로 존재의 뿌리를 추구하려고 했다는 것을 의미한다.

그러나 의지하고 있는 내부감각이 한글이나 민속무용과 같은 조국의 것이며 여기에서 탈피 할 수 없는 이상, 고난은 간단히 해소될 수 없다. 실존의 뿌리에 개인을 두고 아이덴티티를 구하면서도 민족의 역사와 문화라는 커다란 주제를 껴안지 않을 수 없었다. 이양지의 표현 행위는 그 배반적 논리와의 투쟁이며 그러한 투쟁을 통해서 문자적 리얼리즘이 탄생하였다.

일본인인 에이코의 편지 속에, 사람의 존재성을 「어떤 사람」으로서 규제하는 것을 거부하는 작가 자신의 자세가 도입되었듯이, 이양지에게도 개인과 민족의 관계는 종종 역전되었다. 역전 된 관계를 추궁하고 해결하는 방법으로써 작가가 『돌의 소리』에서 시도했던 것은 인간 실존을 응축하고 순화하려는 「사고실험」이었다. 『돌의 소리』에서 「사고실험」은 이미 의미가 부여되고 가치화된 <인간>이라는 관념과의 항쟁으로써 나타난다. 그것은 체험이나 기억으로 하여금 생의 모습을 위장하게 하는 현실과, 내부 사고로써 규제된 관념과의 갈등이라는, 실존탐구에 있어서 피할 수 없는 불안과 시행착오의 과정을 거치면서 진행된다. 보다 근원을 향하여 앞서거니 뒤서거니 하며 진행되는 것이다.

소설『돌의 소리』의 주제와 방법 전체가 <나>를 모델화 한 실험과정이라고 할 수 있다. <나>가 쓰고 있는 담론적인 장편 시 「ルサンチマンX氏へ」의 창작과정이나 「뿌리의 빛줄기」 「아침의 나무」 「낮의 나무」에서, 언어를 둘러싼 기억과 의식, 표현의 갈등, 나아가 무용과

음악을 둘러싼 신체 표현의 탐구 등, 주제와 방법자체가 확연한 「사고실험」임을 나타내고 있다.

한편 「아침의 나무」, 「낮의 나무」에 기록된 일기체의 부분--<나> 임주일의 성장과 일상경험, 하숙집 후배인 태남이나 인길 등 주변 인물들의 일상 모습, <재일>의 존재방법, 에이코의 편지--등은 설명적・묘사적으로 쓰여 있다. 즉, 내면화하지 않은 채 「리얼리즘」의 수법으로 외부 세계를 묘사하고 있는 것이다.

이러한 「사고실험」과 「리얼리즘」의 수법 등을 중첩하여 소설로써 구축하고자 했던 것이, 전 10장으로 구상했던 미완의 장편 『돌의 소리』라고 생각된다. 따라서 『돌의 소리』는 「나비타령」, 「해녀」, 「오빠」의 초기계열 작품과 「각」, 「찾아온 의미」, 「유희」의 중기계열 작품의 주제, 방법 등을 집대성하려고 계획했던 유고작이라고 할 수 있다.

(2) 김창생

김창생은 6・25(조선전쟁) 가 한창 때인 1951년 오사카시 이쿠노구(生野區)의 이카이노(猪飼野) 에서 태어났다. 그녀는 「일본 속의 조선」이라고 일컬어지는 그 땅을 고향이라고 부른다. 최초의 단행본 『나의 이카이노』(82년・風媒社)는 그녀의 청춘 시절의 자화상이자, 정신의 궤적을 기록한 산문집이다. 그 정신의 궤적은 「일본인」으로 살아온 그녀가 반쪽바리로 가졌던 고민과 조우하여, 이윽고 적극적으로 인생에 뛰어들어 고뇌를 헤치고 민족에 닿아가는 자기형성의 궤적이다.

『나의 이카이노』는 개인사의 기록을 쫓은 작품집이지만, 소설 이상으로 독자를 환기 시키는 힘을 가지고 있다. 그리고 훗날 그녀가 쓰게 될 소설의 원석이 아로새겨져 있다. 작가의 감성이 자기 자신에 대해서 또 외부세계에 대해서 신선한 감응으로 짙게 뒤덮여 있다. 그것은 작가가 삶과 타협하지 않고 대결하는 자세에 의한 발로이다. 또한 감응력과 긴장감으로 빛나는 문장은 김창생의 표현의 특징이기도 하다.

작가는 어머니의 죽음에 대해 적는다. <재일>의 처지에 대한, 씻어낼 수 없는 원망을 가슴에 안은 채 죽은 어머니, 어머니의 사후에야 비로소 그것을 이해하게 되는 작가. 그 작가의 가슴에 어머니는 이국생활을 견디어낸 조선 여자의 표본으로, 재일 2세인 자신에게는 피부에 와 닿는 조선 바로 그것이었다는 강한 생각이 자리 잡게 된다. 즉, 어머니를 이해해 가는 과정이 김창생에게는 조국의 얼을 획득해 가는 궤적이었다고 할 수 있다.

작가의 타협 없이 팽팽히 긴장 된 눈은 이카이노에서 살아가는 아주머니들의 후덕한 빛과 그림자를 포착한다. 어머니, 아주머니 등 여자들의 마이너스적인 면까지 통틀어서, 작가에게 그녀들의 「다산을 증명하는 맷돌 같은 허리」는 일본 속의 고향이며, 타향 속의 조선이다.

어머니의 원망과 탄식 가득한 처지에 대한 이해라고 해도 좋고 아주머니들을 향한 공감이라고 해도 좋은 그것들은, 조국의 얼이 첨가되고 조국의 얼을 획득해 가는 과정인 것이다. 그 과정에는 여자라는 자각과 자립이 깊이 관계되어 있다. 덧붙여, 여자로서의 자립과 민족과의 동일성은, 잘 꼬여진 두 개의 굵은 밧줄인 것이다. 「사회적 통념에 흔들리지 않고 여자로서의 삶과 성이 융합된 끝없는 지평선 그 동일선상에 나의 조국통일은 있다.」라고 김창생은 서술하고 있다.

그리고 사회에 대항하는 대결 자세와 자기 자신에 대한 타협 없는 삶의 방식이 여자로서의 삶과 성을 해방하여 인간으로서의 자립을 추구한다. 작가의 행동성은 그것이 단순한 결의표명에 그치는 것이 아님을 증명한다. 어머니학교에 참여하고, 아주머니들이 배우는 야학 등에

자원봉사자로 참가하고 한센병 요양소에 있는 동포를 방문한다. 전두환 정권을 지지하여 민주화운동을 비판하는 할머니를 이해시키려고 간절히 호소한다. 어린 딸에 대한 애정과 엄격함도 민족을 되돌리기 위해서이다. 「일본의 겨울을 녹이려는 것이다」라고 작가는 기술한다.

내가 알고 있는 바로는 김창생이 발표한 최초의 소설은 「붉은 열매」(在日 문예『민도(民濤)』88년 5월夏·3호) 이다. 「붉은 열매」가 실렸던 『민도』 창간호 좌담회에서 김창생은 「변두리에서 변변치 못하게 살아가고 있는 사람들의 삶」이라는 발언을 했다. 「붉은 열매」는 작가 자신의 체험을 모티브로 하고는 있지만, 그러한 삶도 반영하고 있는 것이다.

우선 간단히 줄거리를 써 보겠다.

주인공·옥녀는 사랑도 정도 없었던 남편 양호와의 생활에 종지부를 찍고, 조선학교 초급 1학년 진아와 함께 공동주택 아파트인 희망 하이츠에 살며 찻집에서 일하고 있다. 소녀인 진아는 공상을 하는 버릇이 있다. 옥녀역시 옥자라고 불리던 소녀 시절, 소녀만화의 히로인을 공상하는 아이였다. 다투기만 하는 부모와 난폭한 오빠가 있는 가난한 집이라는 현실에서 벗어나기 위해 공상 세계에 빠져 들었던 것이다.

옥녀의 시어머니는 「아이를 하나 더 낳아라」하고 말하고는 무당을 불러 굿을 하지만 옥녀는 남편에게 숨기면서까지 피임약을 복용한다. 남편이라고는 해도, 「나는 철학하는 여자는 필요 없어」, 「부인의 자궁도 관리하지 않는 남자를 남편이라고 할 수 있을까?」라는 말을 서슴없이 해버리는 남자로서, 옥녀를 여자로 나아가 사람으로서 인정하지 않는다. 난폭한 남자이기도 했다. 그러나 20세의 옥녀는 남편과 맞지 않는 것을 고민하면서도, 무언가 채워지지 않는 것을 찾고자하는 절규를 마음속에 숨겨두고 있었다.

그러한 집안에서 옥녀의 기분을 달래주는 것은 시어머니였다. 같은 여자이자, 같은 민족, 같은 재일 생활을 이해하는 사람으로서 시어머니는 옥녀의 우울한 기분을 달래준다. 그러나 옥녀는 마음을 독하게 먹고서, 시어머니와 남편의 사진을 태워버리고는 집에서 나와 버린 것이었다.

결말에 이르러서는 옥녀가, 진아가 쓰는 한글 이응의 문자와 능금의 형태를 비교하면서 「그 사과의 씨는 언젠가 결실을 맺는 날이 있을까?」라고 중얼거리는 장면은 인상적이다. 시어머니와 남편이 있는 집에서 벗어난 옥녀가 우리의 딸, 우리의 성, 우리나라에 걸고 있는 기대와 불안이 차곡차곡 담겨져 있는 것이다.

「붉은 열매」는 민족과 조국, 일본사회의 차별이라는 문제를 의식의 표면에 내세우지 않으면서도, 주인공의 결혼과 이혼 이라는 인생의 현장을 다루고 있다. 주인공의 신체적인 면을 다루면서도 정감의 단면을 그린다.

그럼에도 불구하고 신변적인 심경소설은 아니다. 그 이유 중 하나로는 옥녀와 시어머니와의 관계에서 여자들의 삶의 무게, <재일>의 노동의 무게가 느껴지기 때문일 것이다. 그렇다고 해서 작가가 <재일> 여성의 신세타령을 그리는 듯 한 문체는 아니다. 다른 한 가지로는 문체의 효과를 생각할 수 있다. 김창생의 문체는 이야기가 정념으로 흐르는 것을 아슬아슬하게 막아내는 긴밀한 묘사와 깨끗함이 특징인, 의지적인 문체라고 말할 수 있다.

그런데 이카이노를 문학의 홈그라운드로 삼고 있는 작가들이 할머니, 어머니, 아주머니, 무당 등의 여성을 그릴 때, 무엇인가 공통적인 부분이 보인다. 그것은 종추월 뿐만 아니라 남성작가 원수일에게도 해당된다. 분방함, 현명함, 어리석음, 해학 등이 여자들에게서 넘쳐나는 것이다. 그것은 <재일>이라는 구차한 현실을 활력과 배짱으로써 뒤집어 보인다. 세상의 상식에 개의치 않는 사고와, 행동에서 나오는 엉뚱

함 같은 것. 그 「동떨어진 현실」로부터 메르헨적인 분위기를 느낀다면 이상한 것일까?

그러나 필자는 시어머니나 아주머니들을 그리는 김창생에게도 같은 느낌을 가지고 있다. 김창생의 경우에는 무엇보다도 세밀한 인상이 수반되지만 말이다. 진아와 옥자(옥녀)의 공상하는 버릇, 또 한글 이응의 형태에서 사과를 떠올리며 소망을 담는 장면에서 메르헨적 감성을 포착하는 것은 어렵지 않을 것이다. 필자가 작품 속에 나오는 여성들의 「동떨어진 현실」에 메르헨적 분위기를 느끼는 것은 앞에서 말한 에피소드에서 언급된 메르헨의 영향을 받았기 때문일까?

김창생의 소설 중에는 「붉은 열매」가 무엇보다도 뛰어나다는 것이 필자의 의견이다. 「붉은 열매」에 대한 언급이 길어진 것은 그 때문이다.

「붉은 열매」는 육친과 가족을 그린 「세 자매」, 「피크닉」, 한센병 요양소 동포와의 교류를 기록한 「고국을 멀리」과 같이 작품집 『붉은 열매』(95년·行路社) 에 수록되어 있다. 김창생에게는 이 외에도 소설 「귀향」(新日本文學 95년 6월호), 이로하 카드(いろは歌留多)를 본뜬 가나다라 카드에서 착상하여 풍부한 위트로 <재일>을 노래한 작품『이카이노 발 코리안 가루타』(99년·新幹社) 가 있다.

３ 소년소녀 문학과 논픽션계 문학의 작가

1980년대에 등장한 작가로서 「강변길)」(문학계 87년·동신인상수상) 의 사기사와 메구무(鷺澤萠 1968년 도쿄 출생, 2004년 4월 11일

자살, 향년 35세) 를 잊을 수 없다. 그러나 그녀의 코리안 랜드가 집필되기 시작하는 것은 1990년대 이후이기 때문에 이에 대한 소개는 뒤로 미룬다.

단행본은 간행되지 않았지만, 동인잡지 등에 소설을 발표한 여성작가는 현재만큼 많지는 않아도 80년대에 꽤 있었던 듯하다. 60세를 넘기고 부터 창작을 시작해 재일문예 『계간 민도』에 「약속」(88년 2월 春·2호) 「언덕에 모이는 사람들」(88년 9월秋·4호) 「해협을 건너는 사람들」(89년 6월夏·7호)를 발표한 조규우(1923년 경상도 출생)와 재일조선인작가를 읽는 모임의 문예지 『가교』에 「여름(夏)」(84년·5호)를 발표한 이래, 현재도 열심히 단편을 발표하고 있는 유용자(1948년 교토부 출생) 등을 떠 올릴 수 있다.

소년소녀 문학에서는 원정미(1944년 오사카 태생)의 『우리 학교의 치마바람』(85년·ほるぷ出版) 가 높은 평가를 받았다. 조선 초급학교 아동들의 유머 넘치는 생생한 모습과 일본 초등학교 아동들과의 축구 시합을 배경으로 한 조그마한 대립과 우정을 그리고 있다. 초등학생과 고등학생의 차이는 있지만 설정은 소문의 영화 「박치기」와 비슷한 내용을 담고 있다.

도쿄부 안에 있는 먼지투성이 운동장과 낡은 교사를 가진 조선초급학교. 5학년인 용승과 급우들, 「히스폭탄」이라고 불리는 히스테릭한 김선생, 덜렁이 최홍길 선생 등이 등장한다. 한편, 일본 초등학교는 원숭이 군단이라고 불리는 아동들과 고릴라 선생. 학생들 중에는 조선인 아버지와 일본인 어머니 사이의 불화로 인해 가정이 파괴되어 오사카로 이사 가는 아이, 일본학교로 전학 가는 아이 등 <재일> 특유의 복잡한 사정이 나타나있다. 그런 외중에 일본학교에서 전학 온 소녀 순미의 고민이 눈길을 끈다.

순미는 학교의 분위기와 모국어에 분위기에 적응하지 못하고, 배제 당하고 있다는 소외감에 고민하고 있다. 그러나 순미는 여러 가지 문제를 접하면서 현실에 눈뜨게 되고, 소외감을 극복해 간다. 전에 일본 학교에 다니고 있을 때 영국에서 일본으로 돌아온 귀국 자녀 급우의 고민을 알지도 못하고 웃었던 일, 잔류고아로서 중국으로부터 귀국한 일본인의 자살을 뉴스로 들었던 일, 급우가 할머니에게 들었던 강제연행, 강제노동에 대한 이야기를 해 주었던 일 등. 그러한 사건들이 순미를 눈 뜨게 한 것이다.

순미의 성장은 「아름다운 나의 조국」에 대한 발견으로 이어진다. 조선민주주의인민공화국을 향한 귀속의식, 즉 「정치성」을 포함하고 있지만, 작가는 소녀 순미를 통해 조국지향의 의지를 표현하고 있다고 봐야 옳을 것이다.

작품 속에는 할아버지가 한일합방, 일본으로의 유랑, 3 · 1 독립운동 등을 이야기하고 있으며, 아버지가 동경대학교를 졸업하고도 회사에 들어갈 수 없었던 이야기가 에피소드로 들어 있다. 아동들은 운동장의 철망을 사이에 두고 서로 야유를 하거나 신사에서 싸움을 하는데 이때 조선인 아동이 부상을 입어 입원하게 되자, 고릴라 선생이 원숭이 군단 아이들을 인솔하고 병문안을 와서 자기소개를 교환한다는 에피소드가 연이어 일어나며, 이윽고 축구 시합을 개최하기에 이른다.

전반에는 내내 지고 있던 조선 초급학교가 후반에서는 만회하여 역전이 예상되지만, 작가는 1대1 무승부로 시합을 끝내고 있다. 작가의 민족 감정이 우정과 공생 추구에 자리를 양보한 것이다.

원정미의 작품으로는 이 외에도 아동문학 「오바케와 도깨비)」(サリ그86년 1월~88년 12월 · 1~5호), 창작 민화집 『이야기 하르방-제주도 옛날이야기』(96년 · 新幹社) 등이 있다. 아동문학 문야의 작가 몇

명을 들어보겠다. 옛날이야기나 전설을 현대어로 고쳐서 문학적으로 표현한 이경자의 『とんちき小僧テウギ』(ブレーンセンター), 민화 「다섯 마리 소(5頭の牛)」(97년·「풀피리」창간호), 아동문예동인지 『개구장이』, 『사리코』와 동포지 『뭇 별(群星)』, 『나비야』 등에 많은 동화를 발표한 김절자, 『할아버지의 담배통』(ブレーンセンター)를 출판한 고정자, 양유자는 「베란다의 꽃밭」(『民濤』88년 11월冬·5호)를 발표했다.

1980년대에는 창작 분야와 별개로, 논픽션 분야에서 <재일>여성작가의 뛰어난 업적이 눈에 띈다.

곽조묘(1956년 출생)는 『아빠·KOREA』(86년·長征社)로 아버지의 인간상과 생활사를 기록하였다. 일본에 건너온 뒤 고용살이 이발사, 고무신·캐미컬 슈즈의 제조, 부인이나 아들과의 관계, 술로 지새는 나날 등, 어떤 의미로는 전형적인 <재일>1세대의 개인사적 자취를 더듬고 있다. 동시에 2세대의 입장에서 작가 자신의 자화상을 담았다. 또 다른 작품으로 『하늘을 날다(宙を舞う)』(91년·ビレッジプレス) 등이 있다.

양징자(1957년 홋카이도 출생)와 김영(1959년·도쿄 태생) 공저 『바다를 건넌 조선인 해녀』(88년·新宿書房)도 1세대 해녀들로부터 들은 내용을 기록한, 뛰어난 르포타주이다.

작품 속에 등장하고 있는 해녀들의 개인사는 하나 같이 곤란한 생활, 가혹한 노동, 노령과 병의 불안 등 고난으로 물들어 있으나, 제각기 해녀로서의 긍지와 끝없는 활력, 인간 냄새 풍기는 개성의 발산을, 두 저자는 생생하게 그려내고 있다.

저자들은 해녀들의 개인사뿐만 아니라 그 배경에 놓여 있는 역사도 놓치지 않고 있다. 해녀들이 제주도에서 일본으로 건너갈 수밖에 없었던 이유는 식민지하 일본의 수산정책에 의한 남획 때문이었다. 그것은 바다의 「산미증산계획」임과 동시에 식민지 지배사의 일면이기도 했다. 그러한 배경을 저자들은 확실하게 밝히고 있는 것이다. 또 해녀들이 전쟁 전에는 준조합원으로 가입할 수 있었던 지역 어업조합에 전쟁 후 가입할 수 없게 된 것은 「일본인이 아니다」라는 이유 때문이었다. 그러한 「전후처리」도 명확히 밝히고 있다.

그렇다고 해서 『바다를 건넌 조선인 해녀』는 고발자의 입장에서 쓴 것은 아니다. 객관적인 시점이 작품을 뛰어난 르포타주로 만들었다. 그리고 해녀들에게 접근하는 두 저자의 모습은 여자로서의 동일성과 1세대에 대한 민족적 공감 등이 교차하고 있다.

성미자는 『동포들의 풍경』(86년·亞紀書房)에서 <재일>사회가 한결같이 제창하는 민족의식의 두꺼운 껍질을 깨부수려고 하였다. 작가의 정치적 입장이 중립적이지는 않지만 2세대의 시선과 여성의 감성으로 「동포들의 풍경」을 포착하여 이념이나 이데올로기의 우위성에 대해 이의를 제기했다. 김학영, 이회성, 쓰카 고헤이(つかこうへい) 등의 남성 작가가 그린 작품에 대해서도 동일한 시선으로 보고 있다고 할 수 있다. <재일> 스스로가 <재일>문학에 대해 논하는 것은 매우 드문 일이지만, 성미자가 이들 세 작가의 작품을 논한 것은 신선했다. 이 밖에도 성미자는 <재일>의 생활과 그 뿌리를 두 다리로 굳건히 서서 버티고 있는 돈보리 지역 동포들의 일상을 활기차게 그린 『가부키 동네 딴따라 행진곡(歌舞伎町ちんじゃら行進曲)』(90년·德間書店) 과 『파친코의 업계보고서』(98년·晚聲社) 등의 작품이 있다.

마지막으로 『猪飼野路地裏通りゃんせ』(89년·風媒社)의 (1945년 출생) 김향도자(金香都子)을 소개한다. 이 작품에는 작가의 성장, 학교생활, 한국방문, 사람과의 만남, 민족학교(백두학원 건국초등학교)교

원, 일, 강제 지문 날인 거부 등 자신의 역사적 체험을 통해 민족적 · 인간적 형성 과정을 풀어내고 있다. 어머니의 고생, 작가와 동세대의 <재일>, 혹은 여성이 겪었을 법한 차별 및 빈곤과 초등학교 5학년부터 시작하는 노동 등의 괴로운 체험도 적혀 있다.

그러나 작가는 작품 타이틀에서 드러나는 것처럼 나서지 않고, 때때로 유머와 감동적 장면을 교차시키며 그리고 있다. 거기에서 김향도자의 유연하고 강한 사고와 감성을 읽을 수 있다.

1) 1980년대에 등장한 여성 시인과 가인

시 분야에는 본문 첫 부분에 소개했던 『재일 코리안 시선집』에 이미자의 「재일여성 시인들」이라는 에세이가 실려 있으며, 사가와 아키(佐川亞紀)도 「시사해설」에서 언급하고 있다. 여기에서는 그 내용도 참조하여 내 나름의 간단한 소개를 해 두는 바이다.

1983년에 카야마 스에코 (香山末子 · 김말임, 1922년 경상남도 진양군 출생, 96년 사망) 의 『구사쓰(草津) 아리랑』(梨花書房)이 간행되었을 때 우리들은 그녀를 주시하였다. 그녀는 19세 때 일본으로 건너와 남녀 아이 둘을 출산한 후 한센병이 발병하여 요양소에 입소하였다. 병은 치료했으나, 실명과 손가락 절단 이라는 신체장애에 괴로워하며 술독에 빠져 살다가 74세 때 요양소에서 죽었다. 그러한 고난 속에서도 49세 때부터 일본어 시를 쓰기 시작하여 4권의 시집을 남겼다. 『구사쓰 아리랑』 이외에도 『꾀꼬리 우는 지옥 계곡』(91년 · 皓星社) 『파란 안경』(95년 · 皓星社) 『에이프런의 노래』(02년 · 皓星社) 등이 있다.

카야마 스에코의 시는 물론 요양소 생활 속에서 탄생한 인생시라고 할 수 있지만, 시의 제재는 그녀의 인생을 통째로 옮겨놓은 듯 다채롭다. 할아버지나 아버지 등의 혈연과 소녀시절을 보냈던 고향의 풍경을 떠올리면서 노래하는 망향의 시이자 발병 했던 시절을 되돌아보고 주변의 사물을 빌어 요양소에서의 일상과 남은 생을 노래하는 시이며, 더불어 작은 생명체들을 향한 티 없이 맑은 시선과 아름다운 심성을 전하면서 사람들과의 만남에 생생하게 감응하는 시이기도 하다.

카야마 스에코는 전형적인 이야기 수법으로써 시를 노래하고 있다. 본디 수법 이전의 원초적인 언어로 노래하기는 했지만, 시력을 잃은 뒤 입으로 말하는 것을 타인에게 문자로 적게 한 후로는 그 특징이 더욱 두드러지게 나타나 우리들의 감각을 자극하고 있다. 그녀의 시를 읽고 있노라면 세상을 보는 것은 시력이 아니라 내면의 눈 이라는 것을 알게 된다. 카야마 스에코는 물리적으로도 비유적으로도 마음의 눈으로써 시를 썼던 것이다.

시인은 이중 고향 상실자였다. <재일>의 처지인 만큼 이미 조국을 잃었고, 한센병자로서 혈족들에게도 소외당하였다. 그녀의 그러한 활기와 유머는 올바르게 생과 마주하며 걸어 온 인생의 역정을 잘 보여주고 있다. 그 원초적이라고도 할 수 있는 살아가는 힘이, 카야마 스에코의 시의 힘이 되고 있다.

유묘달(1933년 경상남도 출생, 96년 10월 5일 사망)은 경력이나 시어의 특징과 수법에 있어서 카야마 스에코와는 대조적이라고 할 수 있다. 유묘달은 교토 여자대학 사학과를 졸업하고 재일 언론매체인『국제 타임즈』기자를 거쳐 대학 강사로 근무하면서 재일조선인문학예술가동맹(문예동)에 몸담고 있었다.

시집을 간행한 것은 1990년 이후부터 이나, 80년대부터「통곡」(『民濤』88년 5월夏・3호) 등을 발표했다. 간행된 시집에는『이조추초(李

朝秋草)』(90년 · 레몽사), 『이조백자』(92년 · 求龍堂), 『청춘윤무』(01년 · 創風社出版) 등이 있다.

유묘달은 조선의 도자기나 풍습, 풍경, 인심 등을 통해 본인의 시상과 <재일>의 신세에 대해 표현했는데, 그녀의 착상 속에는 항상 여성의 감각과 시선이 함께 한다. 특히『이조백자』에서는 조국의 얼을 향한 짙은 동경과 함께 한층 시원시원하고 경쾌하며 활달한 시풍을 보여준다.

그녀의 시풍은 1세대의 특징이라고 할 수 있는 조선적인 냄새나 종추월 등에게서 보이는 정념의 발로, 민중적 활동과는 전혀 다른 양상을 띤다. 「근대시」의 소양을 뒷받침하는 사유와 표현 양식, 부드럽고 투명한 세련된 시공간의 창조가 유묘달 시의 특징이다. 그러한 그녀가 60세 전반의 나이로 세상을 뜬 것은 애석한 일이다.

이 이외의 1980년대에 등장한 다른 시인들의 시에 대해서 필자가 충분히 알고 있는 것은 아니지만, 작가와 시집 이름만은 나열해 두겠다.

미쿠모 도시코(みくも年子)(1941년 효고(兵庫)현 출생, 79년에 일본국적 취득)는『고향 둘(ふるさとふたつ)』(80년 · ポエトリ-センタ-)『끌어안고 소매치기(抱きつきスリ)』(86년 · 詩學社)『열매의 종의--(實の種の一一)』(96년 · 土曜美術社出版販賣) 시화집『혈온(血溫)』(96년 · 同)를 냈다.

하기 루이코(萩ルイ子)(1950년 오사카부 출생)는『어린 친구』(87년 · 鳥語社)『백자』(92년 · まろうど社)『내 길』(01년 · 淸風堂書店出版部)을 발표했다.

시마 히로미(嶋博美)(1950년 사가(佐賀)현 출생)는『고구마 술을 파는 엄마』(85년 · 詩學堂)『아빠의 나라 엄마의 나라』(88년 · 素人社)『삼태기를 짊어진 섬』(94년 · 行路社)『부표(浮漂)』(98년 · 同)『화장(化粧)』(02년 · 동)이 있다.

박경미(1956년 도쿄 태생)는 시집 『수프』(80년·紫陽社) 『그 아이』(03년·書誌山田) 외에도 에세이집, 그림책, 번역서 등을 냈으며, 한국의 전통음악·무용의 연구에도 두각을 나타내는 등 다채로운 활동으로 재능을 드러내고 있다.

이상 4명의 시인에 대해서는 제각기 다양한 몇 편의 시가 『재일 코리안 시선집』에 수록되어 있다.

(1) 이정자

정형형식을 띤 언어표현에는 중국의 한시와 조선의 시조 등이 있지만, 5·7·5·7·7의 31문자로 이루어지는 단가가 일본적인 표현형식인 것은 틀림없는 사실이다. 그 일본적인 표현형식에 관심을 가지는 <재일>이 늘고 있는 듯, 신문이나 잡지의 가단(歌壇)란을 살펴보면 뛰어난 재일 가인들의 이름이 꽤나 눈에 띈다. 그 중에서도 일찍이 등장하여 가장 널리 알려져 있는 가인이 이정자(1947년 미에(三重)현 우에노(上野)시 출생) 이다.

이정자의 첫 번째 가집은 『봉선화 노래』(84년·雁書館)이다. 가집은 소녀 시절의 피차별 체험, 재일세대(2세)의 처지와 슬픔, 일본인 남성을 향한 사모와 갈등을 노래한 연애시, 부모·조모·자식 등 혈연을 향한 마음, 민족을 향한 자각과 접근, 조국에 이끌리는 시선으로 바라본 분단의 비애와 망향의 심정, 일본인·일본사회에 대한 지탄 등을 노래한다.

<재일>, <조상의 나라>, 여성의 성을 둘러싼 노래의 제재는 두 번째 가집 『나그네타령(ナグネタリョン)』(91년·河出書房新社) 이후, 가집 『잎 벚꽃(葉櫻)』(97년·同) 『신세타령(身世打令)』, 가문집(歌文

集)『봉선화 노래』(02년·影書房) 에서도 같은 경향을 띠며 이는 점차 심화된다.

> 신발을 벗고/ 홀로 되어 서 있는/ 참억새 들녘/
> 저 건너편은 한국/ 뒤돌아보면 일본
> ― 靴ぬぎてひとりたたずむすすき野のむこうは祖國ふりむけば日本

위 와카 한 수가 이정자의 위치를 잘 나타내고 있다. 멀리 떨어져 있는 조상의 나라는 참억새 들녘에서 보이는 바다 저 건너편에 있어, 가인의 시선은 어쩔 수없이 그 쪽을 향한다. 태어나고 자란 까닭에 매우 친근한 일본은 등져야 하는 방향에 있을 뿐이다. 혹은 이렇게도 말할 수 있다. 조상의 나라를 향해서 곧 바로 일직선으로 향해야 할 시선인데도, 등 뒤의 나라 일본으로 향하는 시선을 거역할 수가 없다. 그 감정과 의지 사이에서 나아가지도 물러서지도 못한 채 우두커니 서 있는 장소가 이정자의 삶의 위치이자 노래의 위치이며, 나아가 <재일>의 위치인 것이다.

가인은 「서 있다」고 노래하지만 그 한 마디에 고정된 인상은 없다. 이정자의 노래에는 의지와 갈등이 능동적이다. 그 의지와 갈등이 생의 현장에서 무위에만 머무르고 있다면, 갈등이란 자신들이 의지하고 서 있는 장소가 드러나고 마는 <재일>의 의지와 갈등 일 것이다. 이정자가 서경, 서정을 노래한다고 하지만 그것은 자기와의 치열한 싸움 끝의 시적 깨달음 즉 메타포이다. 그리고 그녀의 경우 자신과 마주보는 것은 좋든 싫든 간에 <재일>의 처지와 마주하는 것 이다. 조국과 <재일> 사이에서, 그녀는 존재의 뿌리를 찾는데 멈추지 않는다.

이정자에게 있어서 조국의 얼·민족의 얼과 연결되는 근거는, 어머니의 얼·아버지의 얼 이다. <재일>은 나고 자란 일본 풍토에 침식되어 가는 것을 피할 수 없는 운명이지만, 아버지·어머니를 향하는 시선에는 가인의 마음속에 자리한 고향을 향한 그리움이 있다. 부모의 나라에 서서 「이방인으로서의 자신」을 알게 되었더라도, 부모의 마음 속에 있는 조선은 딸인 이정자의 것이기도 하다.

민족의 얼을 향한 그리움이 깊어지면 깊어질수록 <일본>에 대한 애증도 깊어진다. 이정자가 <일본>을 노래할 때에는 「고발」의 양상을 띠는 경우가 많다. 그러나 그것은 단순한 「고발」로써 끝나지 않는다. 어머니의 얼·아버지의 얼을 일본인에게 완벽히 전달할 수 없고 일본 을 고향으로 삼은 처지에서 벗어날 수 없는, 그러한 그녀 자신의 아픔 을 수반한 복합된 의식으로써의 애증인 것이다.

이정자는 첫 번째 가집의 후기에, 단가로 노래하는 일과 자기 형성 의 과정을 되돌아보며 다음과 같이 말하고 있다. 「노래함으로써 자신 도 민족도 해방되어 가겠지요. 언제부터인가 본명을 말할 수 있게 되 었습니다. / 나를 본명으로 인도한 단가는 영혼의 회복을 가져왔습니 다.」피차별 체험 속에서 말로 표현하지도 못하고 울적하게 남아 있던 것, 어머니·아버지에게 전해 들었지만 아직 해소하지 못한 것들이 단 가로 노래함으로써 확실한 형태로 완성될 것이다. 덧붙여 말해, 조국을 향한 마음도, 단가 속의 표현을 통해 생성된 것이지 않을까?

두 번째 가집 『나그네타령』에서는 어떤 성숙함이 엿보인다. 그 성숙 함은 여자의 성을 노래한 단가, 연애시, 미의식으로 흘러넘치는 서정, 서경을 그린 단가에서 자주 볼 수 있다. 여성가인으로서 이정자를 이 해할 때 그것은 아주 중요하다. 조국도 <재일>의 신세도, 고향 일본 도 받아들여 가인의 것으로 노래할 때, 성은 해방 된다. 물론 반대로 말할 수 있을지도 모른다.

「단가적 서정」이라는 말이 나타내듯이, 단가는 일본적 서정을 표상한다고 볼 수 있다. 그 단가를 통해 <재일>을 노래한다는 행위 자체가 싸움에 임하고 있는 것이라고 말할 수 있다. 그러나 나그네는 단순히 유랑 하고 있는 여행자가 아니며, 언젠가는 다다르게 될 「약속의 땅」을 찾아 가는 여행자이자, 그 과정 자체를 의미한다. 그렇게 함으로써 가인은 반드시 목적의 땅에 도착하게 될 것이다. 필시 가인은 나그네의 <한>을 풀 수 있을 것이다. 풀어진 <한> 은 조국과 <재일>과 여성으로서 살아가고 있는 가인의 삶의 힘으로 전환될 것이다.

4. 재일문학과 단가

한무부韓武夫를 중심으로

다카야나기 도시오 高柳俊男

1 서 론

사람은 일생을 살아가면서 많은 일들을 겪고, 또 정신적인 체험을 한다. 때로는 놀라고 때로는 기뻐하면서, 경우에 따라서는 슬퍼히고 괴로워하면서 하루하루를 살아간다. 그렇게 살아가면서 느끼는 희로애락과 감정을 언어로 표현한 것이 문학이라고 한다면, 시가는 인간에게 있어서 가장 원초적인 문학형태라고 할 수 있다.

일본 시가의 경우, 시와 마찬가지로 단시형 문학에 속하는 단가(短歌)나 하이쿠(俳句)가 차지하는 비중을 무시할 수 없다. 직업적인 가인(歌人)과 하이진(俳人)의 수는 적을지도 모르지만, 각종 신문이나 잡지의 독자 투고란을 보면 짐작할 수 있듯이 단가·하이쿠 애호가는 그 수를 헤아릴 수 없을 정도로 많다. 자비 출판으로 세상에 나오는 가집(歌集)·하이쿠집(句集)도 매년 그 숫자를 셀 수 없을 정도다. 일찍이 『소화 만엽집(昭和萬葉集)』(講談社,1979-80년)이 시도했던 것처럼, 그들 작품을 통해, 격동의 시대를 살아온 서민들의 다양한 경험과 심경을 읽을 수 있을 것이다.

그것은 재일 조선인의 경우에도 어느 정도 들어맞는 이야기라고 생각한다. 그 중에서도 특히, 일본어를 모어로써 가지고 자란 재일 2세 이후 세대들의 경우 일상적인 생활 속에서 겪는 복합적인 감정이나, 자신 앞에 놓인 부조리한 상황과 복잡하게 얽힌 생각들을 문학으로 나타내려고 했을 때, 단가와 하이쿠는 가까운 곳에 위치하고 있었다.

그러나 재일조선인 문학 안에서 단시형 문학의 흐름은 아직까지 제대로 체계화 된 적이 없다. 분명, 재일 조선인 문학을 총괄적으로 다루려고 한 가와무라 미나토(川村湊)의 『태어난 그곳이 고향(生まれたらそこがふるさと)』(平凡社, 1999년)의 표제가 이정자의 노래에서 따온 것이라는 점에서, 단시형 문학을 다룬 장이 있기는 하다. (제Ⅲ부 3장 「『이 나라』의 抒情- 윤덕조부터 이정자까지」) 단, 여기에서 천황제나 침량전쟁을 찬양하는 전쟁 前·中의 맥을 이은 가집으로써 소개된 것은 1984년 이정자의 『봉선화 노래』(雁書館)였다. 가령, 「주」에서 간단히 언급하고 있는 가인까지 포함한다고 할지라도, 대략 1970년대 이후에 활동한 김하일(金夏日)이나 유순범(兪順凡:川野順)이 시작이며, 시대적으로도 그 사이에 커다란 공백이 있다.

그러한 인식은, 얼마 전에 간행된 이소가이 지로(磯貝治良)·구로다 가즈오(黑古一夫)편 『＜재일＞문학전집』(勉誠出版, 2006년)에도 나타나 있다. 전18권 중에 제17권 「시가집Ⅰ(詩歌集Ⅰ)」에 단가가 수록되어 있는데, 여기에 등장하는 것은 역시 김하일과 이정자 두 사람 뿐이고, 하이진(俳人)은 단 한 사람도 수록되어 있지 않다. 한편, 제17권 「시가집Ⅰ」과 제18권 「시가집Ⅱ」에 수록된 시인은 모두 합쳐 17~8명에 달한다.

본 논문은 1950년대부터 노래해 온 단가를 1960년대에 가집 『양의 노래』(櫻桃書林, 1969년)로 정리한, 한무부라는 잘 알려지지 않은 한 가인의 발자취를 살펴보고자 한다. 또 같은 시기인 1960년대 이후에 『인간기록』(白玉書房, 1960년), 『고일본가(告日本歌)』(白玉書房, 1978년) 등과 같은 가집을 세상에 내놓은 리카·기요시에 대해서 언급하고, 전후 이른 시기의 재일조선인 작가활동과 노래에 나타난 정신의 궤적을 더듬어보려고 한다.

2005년에 간행된 모리타 스스무(森田進), 사가와 아키(佐川亞紀) 편 『재일 코리안 시선집』(토요미술사 출판판매)은, 해방 이전부터 쓰여진 재일 조선인의 시를 살펴보고, 거기에서 재일 시인들의 자기표현과 일본 사회에 던지는 메시지를 이해하고자 하는 의욕적인 작품집이다. 단시형문학에도 앞으로 이와 같은 작품집이 발간되어야 할 필요성이 있다. 어쨌든 본고는 그러한 작품집이 실현되기를 바라는 바이며, 따라서 이에 대한 문제 제기를 시도하고자 한다.

2 한무부의 성장과정

앞에 게재한 가집 『양의 노래』의 후기와 『만(蠻)』(이이다 아키코(飯田明子)가 편집 발행인인 단가 동인지) 18호 (1975년3월)에 실린 「설환기(雪幻記)」라는 두개의 자전적인 내용을 통해 한무부의 성장과정을 살펴보도록 하자.

한무부는 1931년, 재일 2세로 오사카 이카이노(猪飼野)의 공동주택에서 태어났다. 어머니는 사망하고 아버지와는 생이별했기 때문에 할머니 손에서 자라났다. 할머니는 1960년 북조선귀국 사업이 시작된 직후 숙부와 함께 북한으로 귀국하여 8년 후 생을 마쳤는데, 그 소식을 뒤늦게 듣고 읊은 일련의 단가를 살펴보면, 엄마 없이 자란 그가 얼마나 할머니를 그리워했는가를 엿볼 수 있다.

1937년, 동급생 중에 3분의1이 조선인이었다는 쓰루하시심상소학교(鶴橋尋常小學校, 현재 御幸森小學校)에 입학했다. 그러나 호적이 없다는 이유로 입학식 종료 후 학급 배정을 받지 못해, 언제까지고 운동장에 서 있을 수밖에 없었다. 「나의 긴 인생의 슬픔과 열등의식을 결정지은 길고긴 하루」였다고 한다.

1945년, 이카이노 고등 소학교를 학도 동원된 채로 졸업했다. 재학 중에는 다른 아이들과 달리 엄마 없는 슬픔과 공책 한 권 살 수 없을 정도의 빈곤에서 비롯된 고통을 맛보았다. 이윽고 황민화 교육의 영향으로 소년병에 지원해 합격했지만, 다행히도 곧 8.15해방을 맞이했다. 할아버지는 해방 직후 남한으로 귀국했다.

해방 후에는 교토(京都)로 이사해 리츠메이칸(立命館) 고교에 입학하지만, <재일본조선인연맹>의 특권으로 무료로 영화만 보던 끝에, 학비를 내지 못하고 퇴학을 당했다. 아버지가 이바라키현(茨城縣)에 살고 있다는 것을 알고 그 곳에 가서 양돈 사업과 밀주 만드는 일을 거들었다. 그러나 아버지에 대해서, 또한 그 이상으로, 신성한 어머니의 이미지를 깨트리는 새어머니가 도무지 좋아지지 않아서, 아버지가 그 지역의 민단지부장으로 취임하게 되자 따로 나와 생활하게 되었다. 쓰쿠바(筑波)산 기슭의 풍요로운 자연 환경 속에서 보내는 생활은 사춘기에 접어든 청년의 민감한 감수성을 크게 자극했을 것이다.

당시는 6·25전쟁으로 돌입해 가는 시기로, 재일 사회도 양 진영으로 분열되어 격렬한 투쟁과 항쟁을 전개해 갔다. 그런 소용돌이 속에서 한무부는 과격한 민족운동에 참여하지 않고 「자신의 존재이유를 찾기」위해 정치보다는 문학의 길을 추구했다. 시가 나오야(志賀直哉)의 작품에서 고전에 이르기까지 여러 방면의 일본 문학을 빠트리지 않고 섭렵하는 가운데, 이시카와 다쿠보쿠가 한일합방 때 읊은 「지도상의 조선을 시커멓게 먹으로 칠하면서 가을바람 소리를 듣는다」는 한 수에 크게 감동을 받아, 이것을 계기로 그 자신도 단가를 짓기 시작했다고 한다.

그러던 중에 척추마비를 앓게 되어 1년 정도 요양생활을 했다. 다시 사회로 복귀한 후에는 아버지의 빠찡코 사업을 거들면서 단가를 지어 신문이나 잡지 등에 투고했다. 이를 계기로 아사히 신문 이바라키판의 단가란(短歌欄) 심사위원이던 오노 노부오(大野誠夫)의 「사랑(砂廊)」 문하에 들어가 본격적으로 단가를 공부하게 된다.

일본인 여성과 결혼한 후, 1956년에는 오사카로 돌아가 화학공장 노동자가 되었다. 그 스음 「단가연구신인상」에 가작, 제3회 「가도카와 상(角川賞)」후보에 오르는 등, 단가의 수준도 향상되어 그 재능을 인정받기에 이르렀다. 그러나 장남(후에 실명)의 탄생과, 또 부인이 병들고 자신도 힘에 부치는 육체노동 때문에 창작활동이 점차 뜸해져 갔다고 한다.

1959년부터 시작된 북조선귀국사업이 한창일 때, 잡지『단가』(角川書店)가 1960년 12월호에 재일가인의 단가와 평론을 수록한 특집 「조국을 노래하다」를 기획한다. 마침 그곳에서 작품을 의뢰받은 것을 계기로, 1963년 봄에는 「작풍(作風)」(「사랑」의 후신)에 복귀하여 다시금 단가를 지었다고 한다. 특집 「조국을 노래하다」에 대해서는 나중에 기술하도록 하겠다.

이처럼 공백 기간을 거치면서 만들어진 단가를 한 권의 책으로 모아 정리한 것이, 한무부의 유일한 가집인 『양의 노래』이다. 이 가집은 1969년, 오노 노부오가 발행인인 사이타마현(埼玉縣) 이루마시(入間市)의 櫻桃書林에서 『작풍총서 제16편(作風叢書第16篇)』으로 출판되었다. 800엔이라고 정가가 붙어 있지만, 대부분의 가집이나 구집이 그러하듯이 실질적으로는 자비 출판에 가까운 것이었으리라 생각된다. 가집의 이름은 「일본이라는 나라에서 양의 해에 태어나, 양처럼 길을 잃고, 양처럼 소극적으로 살아온 한 조선인의 가난한 한탄」에서 따왔다고 한다.

그 후 제2 가집은 나오지 않았지만, 한 동안은 『만』, 『단가』같은 잡지나 합동 가집을 통해 창작활동을 계속하고 있었던 것을 알 수 있다. 전술한 『소화 만엽집』에도 한무부의 단가가 모두 합쳐 9수 수록되어 있는데, 그 중에 4수가 『양의 노래』를 간행하고 난 이후의 작품이다.

1992년 가을에 뇌질환으로 쓰러져 투병생활 하다가 1998년에 타계했는데, 향년 67세였다. 본명 외에도 시기에 따라 「니시하라 다케오(西原武夫)」, 「고이즈미 다케오(小泉武夫)」라는 일본 이름을 사용했다.

 3 한무부의 단가에 대해

그러면, 위에 서술되어 있는 인생을 살아오면서 단속적으로 창작된 한무부의 단가는 어떠한 것이었을까. 또 재일조선인인 그에게 있어서 단가를 짓는다는 것은 어떠한 의미를 가지고 있었던 것일까.

한무부 본인은 가집 『양의 노래』의 「후기」 서두 부분에서, 단가는 「마음속에 뿌리를 내리고, 나락의 저 밑바닥에 까지 떨어져 내릴 것만 같은 나를 내면에서부터 강하게 붙잡아 주었다. 단가는 나의 혼이고, 사상이고, 강한 민족의식을 일깨워준 나의 이데올로기이기도 했다」고 기술하고 있다. 그것은 1997년, 구집『신세타령』(石風社)을 세상에 내놓은 강기동(姜琪東)이「있는 힘을 다한 저항」「가장 뾰족하고 날카로운 단도」라고 표현한 작구 활동과도 일치하는 점이 있다고 할 수 있을 것이다.

이 부분만을 발췌해 놓고 보면 조선인으로서 민족적인 자기주장이 강하게 반영된 내용인 것처럼 비춰지나, 실상은 그렇지 않다. 가집『양의 노래』에 조선인으로서의 마음을 직접적으로 읊은 단가가 차지하는 비율은 그다지 크다고 할 수 없으며, 또 그러한 단가도 민족이나 조국에 대한 감정을 있는 그대로 드러냈다기보다는, 굴절된 심정이나 내면에 감춰진 의지를 담은 내용이 많다. 음영 속에는 애수가 감돌지만, 그렇다고 해서 통속적인 감상주의에 안주하지도 않는다.

시대적으로 보면, 1956년부터 60년까지의 단가를 시대 순으로 제2부「일본의 봄」에 수록하고, 제1부「양의 노래」에서는 1963년부터 68년까지의 단가를 역시대순으로 수록했다. 따라서 그 안에는, 북조선 귀국사업, 4.19혁명, 한일조약, 베트남 전쟁, 김희로 사건 등을 시대적 배경으로 하여 읊은 단가도 포함되어 있다.

또 형식적으로는 스승 오노 노부오가「서문」에 쓴 것처럼,「전통시의 정통을 밟아 옛 표기법을 사용하고, 일본 고어의 아름다움을 사랑하며, 상당히 고전적」이라고 할 수 있겠다.

구체적으로 몇 수를 열거해 본다.

　＊ 일본인처럼 / 거짓으로 꾸미는 /
　　민족의 / 서글픔을 가지고 / 나는 살아왔노라.

＊ 센진인 내게 / 시집온 아내에게 /
상처 입히는 / 매춘부라는 말을 / 가장 미워한다.

＊ 나를 위하여 / 조선사람 되려고 /
정갈함 마저 / 공들여서 가꾸는 / 집 사람의 정절.

＊ 격정적으로 / 행동할 것만 같은 /
두려움을 경계하며 / 허리를 굽혀 사는 / 나는 이방인이라.

＊ 주체할 수가 / 없는 분노에 미쳐 /
아내를 때리다 / 불쑥 쏟아져 나온 / 상스러운 조선어.

모두 다 초기 작품이다. 조선인에 대한 편견이 심했던 시대라서, 손
가락질 당하지 않으려는 저자세로 언제나 일본인을 가장하며 살아갈
수밖에 없었던 작자의 고충이 잘 드러난다. 그렇지만 때로는 어찌할
수 없는 분노를 아내에게 쏟으며 「이년」이라는 욕설을 입에 담았을 것
이다. 이런 종류의 인종(忍從)의 노래를 접하게 되면, 같은 심정으로
읊은 강기동의 구집(句集) 『신세타령』이 다시금 생각난다.
　　이러한 일련의 노래를 살펴보면,

＊ 하얀 포장도로 / 가로지르는 영구차 /
소리도 없이 / 내 텅빈 그림자를 / 치고 뺑소니하다.

＊ 염천의 / 포장된 도로를 /
쇠사슬 울리며 / 달리는 유조차에게도 / 내게도 화 있을진저.

라고 읊은 노래도, 글자 이면에는 깊은 의미가 깃들어 있다는 것을 느낄 수 있다.

필자는 이러한 노래 이외에도 다음과 같은 노래를 매우 인상 깊게 읽었다.

* 빨간 고추가 / 경작지의 가장 / 앞에 자리하고 /
  마치 대포인양 / 하늘을 찔러대다.

* 많은 결실을 / 맺는 보리를 / 총으로 삼아 /
  하늘을 찔러댄다 / 비를 맞아가면서.

전자는 피망 같은 것과는 달리, 고추는 위를 향해 하늘을 찌를 듯이 열매를 맺는다. 색깔도 초록에서 점차로 선홍색으로 변해, 초록색 이파리와의 대조가 선명하다. 단순한 농촌 풍경을 읊은 것 같지만, 그 속에 숨어있는 저항의 의지를 느끼게 하는 빼어난 노래라고 생각한다. 익을 수록 고개를 숙이는 벼이삭과는 달리 보리의 결실을 노래한 후자의 노래에서도 저항의 자세를 강하게 느낄 수 있다.

또, 아내의 호적에 넣었기 때문에 국적이 다른 아들과의 관계나 갈등을 읊은 노래는 가슴을 메이게 한다.

* 부정할 수도 / 없는 혈연관계여 /
  호적이 없는 / 아들의 환상에 / 나타나는 검은 꽃.

* 자라나는 / 아들의 서글픔을 / 속에 감추고 /
  유리에 일그러진 / 검푸른 해를 본다.

＊ 애비를 향한 / 자식의 분노여 /
한 겨울 / 유리 조각에 부서져 / 빛을 발한다.

모두 한무부가 부른 노래의 특성과 예사롭지 않은 표현 기교가 발휘되었다. 필자가 알고 있는 한, 이 가집『양의 노래』에 대해 가장 본격적으로 평한 것은, 와가쓰마 도오루(田井安曇/我妻泰)가 단가 잡지『미래』에 1976년 4월호부터 다음해 1월호까지 단속적으로 6회에 걸쳐 연재한『양의 노래·한무부 사주(韓武夫私注)』이다. 이 논고는 나중에 와가쓰마 토오루의『현대 단가고』(不識書院,1980년)에 수록되고, 또『와가쓰마 도오루 저작집(田井安曇著作集)』제2권(不識書院, 1998년)에도 수록되었다. 여기에서 와가쓰마는 한무부에 대해「재일 조선인 중에서 첫 손가락으로 꼽을 만큼 훌륭한 가인」이라고 적고「아니, 정확히 말해서 민족 여하를 막론하고 매우 뛰어난 가인」이라고 고쳐 적을 정도로 높이 평가하고 있다.

4 재일조선인 문학 속의 단가

이러한 한무부는 재일조선인 문학사 속에서 어떻게 자리매김 될 것인가? 재일 조선인 중에서, 일본의 전통적인 문학형식인 단가에 매료되어 단가로 자신을 표현한 사람이 과연 얼마나 될까?

앞서 말한『단가』1960년 12월호 특집「조국을 노래하다」에는, 허남기(許南麒)와 이승옥(李丞玉)의 평론 외에 리카 기요시, 하희경(河義

京), 니시하라 다케오(西原武夫·韓武夫), 스기하라 소자부로(杉原宗三郎 : 한센병 요양소「多磨全生園」입주), 가나야마 미쓰오(金山光雄: 金夏日의 일본명), 김충구(金忠龜) 등 재일 조선인 6명의 단가가 15수에서 30수까지 수록되어 있다.

이중에서도 특히나 활동이 두드러졌으며, 높은 평가를 받는 사람이 리카 기요시다. 이승원(李承源)이라는 조선이름을 가진 리카 기요시(호적 이름은 李家淸一)는 1923년, 조선 진주에서 태어나 1930년에 일본으로 건너온 재일 1세대이다. 1세대라고는 하지만 어렸을 때 도일했기 때문에 조선어는 구사하지 못한다. 제1가집인『인간기록』이 나왔을 때, 잡지『단가』1960년 10월호는 그에게 지면을 제공했는데, 이 잡지에 그가 자신의 가집에서 선정한 단가 50수가 게재되었다. 작풍을 살펴보면, 한무부 보다 직접적으로 리얼리즘을 노래한 것이 많다고 할 수 있을 것이다. 앞서 언급했던 와가쓰마 도오루도 한무부와 마찬가지로, 리카 기요시에 대해 일찍부터 주목하여 평론을 남기고 있다.

이 두 사람을 포함한 6명중, 5명이 단가 모임에 소속되어 있었다. 또 이 6명 이외에도,『소화 만엽집』별권 색인을 보면, 재일 조선인으로 보이는 이름이 여럿 눈에 띈다. (본고 마지막에 있는「자료1」참조) 그리고 보면, 재일조선인 중에서 단가를 읊는 가인들은, 현재 일반적으로 알려져 있는 것보다 훨씬 더 많을지도 모른다.(「자료2」참조)

그러나 조금 전에 검토한 것처럼「재일 조선인과 단가」라고 했을 때, 떠오르는 것은 대개 김하일과 이정자(李正子)에서 그치며, 그때까지의 가인들의 문학 활동은 재일조선인 세계에서 완전히 잊혀 있었다. 그 이유는 아마도, 초기 일본에서 거주하던 조선인 가인의 가집이, 대형 출판사가 아닌 곳에서 출판되었기 때문일 것이다. 그러나 더 중요한 이유는, 허남기가 이 특집호에「엉터리·단가론(似非·短歌論)」

(『양의 노래』 「후기」에 일부 인용) 에서 말한 것처럼, 조선인이라면 조선어로 창작활동을 해야지, 일본어로, 그것도 왜 하필이면 단가란 말인가 라고 의문을 제기한 데서 찾아볼 수 있을 것이다.

잡지 『단가』가 1960년에 재일조선인 가인특집으로 「조국을 노래하다」를 편성한 것은, 사실은 그 전년도 말부터 시작된 북조선 귀국사업에 호응하기 위한 것이었다.

이 잡지의 권말에 실린 「후기」에는 「이국에서 그것도 그 나라의 전통 시 형식에 의해 조국에 대한 상념을 달래 온 이들 가인들의 애처로움과 고달픔은, 우리 일본인 모두가 마음의 문제로 받아들여야 한다고 생각합니다」라고 쓰여 있다. 그럼에도 불구하고 이 글에서 허남기는, 이들 재일가인이 단가로써 귀국사업을 환영하는 심정을 노래하는 것에 대해, 「비극」 「비장한 출발」 「기묘한 느낌」과 같은 부정적인 언어로 표현했다. 자신들의 문학을 「무슨 말로 쓸 것인가?」라는 용어 논쟁은 해방 후 초기부터 존재했으며, 일본어에 의한 재일조선인 문학을 「기형시(奇形視)」하는 견해도 일부 뿌리 깊게 남아 있었다. 그러나 여기에서는 사용언어와 함께 표현형식이 문제시되어, 민족적으로 「정당」해야 한다는 입장에서 단죄되었다. 이러한 풍조 속에서, 즉 일본적인 것을 상징하는 문학형식으로써 자기를 표현한 작가들의 창작 활동은, 한정된 범위 내에서 은밀하게 영위될 수밖에 없었다고 생각된다.

허남기의 주장에는 재일조선인으로서의 「조국관」이나 「민족의식」을 둘러싼, 어떤 시대정신이 각인되어 있어서, 식민지 시대에 강요당한 일본문화, 그 중에서도 그 전형이라고 볼 수 있었던 단가에 대한 반발심리가 작용하고 있었다는 점을 알아 둘 필요가 있다. 그러나 현재는 그러한 관점보다도 바로 『대만 만엽집(臺灣萬葉集)』이 그렇듯이, 설령 「다른 나라」의 말과 문학형식이라고 할지라도, 그들 가까이에 있었던 수단에 불과할 뿐이며, 그 수단으로써 자기표현을 해 온 재일조선인, 특히 직업적인 작가나 이른바 문단이나 논단의 지식인과는 성격을 달리하는 서민의 내면세계와 작품세계를 그린 단가를 허심탄회하게 들여다보는 편이 중요하지 않을까. 이러한 관점에서 본다면, 종래 알려져 있지 않은 단시형 문학의 가인들이나, 간과했던 귀중한 단가, 하이쿠의 작품 활동을 묻혀버린 역사의 여기저기에서 발견할 수 있을 것이다.

「민족적」인가 아닌가를 평가의 중요한 지표로만 삼아서는 안 된다는 이러한 지적은, 재일조선인의 일반적인 문학이나 다른 문화 활동에도 적용될 수 있을 것이다. 이 짤막한 소논문을 마치면서 내가 강조하고 싶은 것은, 한무부를 비롯하여 알려지지 않은 재일 가인들의 삶과 정신의 궤적 및 작품 활동을 재일조선인사 속에서 정당한 위상을 정립함과 동시에, 「국적」이나 「민족」을 새롭게 이해하려하는 최근의 변화에 부응하여, 재일조선인에 의한 자기표현의 역사 전반을 보다 넓은 시야로써 재인식할 필요성이 있다는 것이다. 다음에 게재한 「자료1」 「자료2」도, 그러한 의도로써 제공하는 자료들이다.

【자료 1】 『소화 만엽집(昭和萬葉集)』에 수록된 재일 가인

※ 『소화 만엽집』(전20권, 별권1권, 講談社)에서, 한국·조선계의 가인을 골라 보았다. 다만, 일본식 이름을 가진 사람 중에 누락이 있을지도 모른다.

- ■ 한무부
  - · 제11권에 가집 『양의 노래』에서 2수
  - · 제13권에 가집 『양의 노래』에서 1수
  - · 제14권에 가집 『양의 노래』에서 2수

- 제16권에 합동가집 『곤충제(昆蟲祭)』(1972년) 에서 2수, 『단가』1971년 11월호에서 2수, 계4수

■ 리카 기요시
- 제 7권에 가집 『인간기록』에서 2수
- 제 9권에 가집 『인간기록』에서 6수
- 제11권에 『신일본가인』1955년 2월호에서 4수
- 제12권에 가집 『인간기록』에서 1수
- 제13권에 『단가』1963년 3월호에서 1수, 『단가』1962년 9월호에서 1수, 계2수
- 제18권에 가집 『고일본가』에서 2수

■ 川野順 (兪順凡)
- 제 5권에 『아라라기(アララギ)』1941년 12월호에서 1수
- 제11권에 『미래』1956년 6월호에서 2수
- 제12권에 『미래』1957년 3월호에서 2수, 1957년 9월호에서 1수, 계3수
- 제13권에 『미래』1960년 3월호에서 1수, 1962년 1월호에서 1수, 계2수
- 제19권에 『미래』1974년 8월호에서 1수

■ 김하일
- 제11권에 합동가집 『육지 속의 섬(陸の中の島)』(1956년, 여기에서 이름은 「金山光男」) 에서 1수
- 제12권에 합동가집 『맹도령(盲導鈴)』(1957년) 에서 2수

- 제17권에 『아라라기』1972년 5월호에서 1수
- 제18권에 『아라라기』1973년 6월호에서 1수, 『고원(高原)』 1973년 7월호에서 1수, 『아라라기』1973년 9월호에서 4수, 계 6수
- 제20권에 『아라라기』1975년 5월호에서 1수

■ 하희경
- 제13권에 『단가』1963년 5월호에서 1수

■ 김충구
- 제13권에 『단가』1963년 12월호에서 2수

■ 윤정태(尹政泰)
- 세17권에 『단가』1972년 6월호에서 4수
- 제18권에 『미래』1973년 12월호에서 2수

■ 이정자
- 제18권에 『아사히신문』1973.11.25 에서 1수
- 제19권에 『아사히신문』1974.3.23, 1974.7.7 에서 각1수, 계2수
- 제20권에 『아사히신문』1975.4.27, 1975.6.8 에서 각1수, 계2수

■ 박정화(朴貞花)
- 제19권에 『아사히신문』1974.4.6 에서 1수, 1974.1.26 에서 2수, 계3수
- 제20권에 『아사히신문』1975.7.4 에서 1수

■ 손춘임(孫春任)

· 제19권에 『아사히신문』1974.3.16 에서 1수

■ 박순경(朴順慶)

· 제19권에 『아사히신문』1974.3.2 에서 1수

· 제20권에 『아사히신문』1975.5.11에서 1수

■ 손호연(孫戶姸)

· 제 9권에, 가집 『무궁화』(1958년) 에서 5수

※ 손호연은 한국에서 거주한 극히 드문 가인으로서, 재일조선인은 아니지만, 여기에서는 굳이 넣어둔다.

【자료 2】 전후 재일조선인 개인 가집 리스트 (발행 연대순)

※ 가집은 자비출판 되어 관련자에게만 배포하는 일이 많기 때문에, 입수나 확인이 어렵다. 이 리스트도 불완전한 것에 지나지 않지만, 앞으로의 연구발전을 위해 여기에 실었다. 관심 있는 분들의 협력을 얻어 점차 보충해 가고 싶다. 특히, 쉽게 보기 힘든 작품을 중심으로, 간단한 내용을 발췌하고 해석을 덧붙여 놓았다. 단가 애호가가 지방에도 많이 있다는 것을 나타내는 의미로 거주지가 분명한 사람에 대해서는 그것도 기재했다.

● 리카 기요시 『인간기록』(白玉書房,1960년)

도요하시(豊橋) 시에 거주. 소속은 「핵그룹 동인·신일본가인 회원」 등에 속해 있으며, 이 책도 「핵그룹 총서 NO1」으로 출판되었다. 전후, 재일조선인에 의해 정리되어 발간된 가집 중에 가장 이른 시기에 속한

다고 할 수 있다. 마지막 발문이 있는 페이지에는 권 마다 번호가 매겨져 있다.

리카 기요시는 1943년 20세의 가을, 사이토 류(齊藤瀏)의 『만엽명가감상(萬葉名歌鑑賞)』을 읽고 자극을 받아 단가를 짓기 시작했다. 그때부터 지은 4000 수가 넘는 단가 중에서 383 수를 선별하여 대체로 제작 연대순으로 수록했다고 한다. 권말에 수록된 「나의 맨얼굴」로 이 알려지지 않은 가인의 성장과정을 알 수 있었다. 자신이 경영하는 헌 책방 앞에서 찍은 사진도 한 장 삽입되어 있다.

• 한무부 『양의 노래』(櫻桃書林, 1969년)

오사카시 이쿠노구(生野區) 이카이노에 거주. 이 가집에는 스승인 오노 노부오(大野誠夫)의 「서문」이 쓰여 있으며, 「작풍총서 제16편」이라고 제목이 붙어 있다. 23페이지에 걸친 「후기」는 가인의 경력을 알려줄 뿐만 아니라, 전전과 선후 격동의 세월을 살아온 한사람의 재일조선인의 정신사로써도 귀중하다. 단가라는 문학 형태에 대해서, 「이방인인 내가 만들어 보고 조금도 이상하게 느끼지 않고, 오히려 뿌리 깊은 전통과 그 신선함에 감탄했다. 일본문학에서 소설이 쇠퇴할 수는 있어도 단가는 결코 쇠퇴하지 않으리라 확신한다」라는 견해가 기록되어 있다.

• 김하일 『무궁화』(光風社, 1971년)

저자는, 군마현(群馬縣) 구사쓰(草津町)에 있는 국립 한센병요양소인 「栗生樂泉園」에 거주. 1926년 경상북도에서 태어나, 1939년 일본에 건너옴. 1941년에 한센병이 발병, 도쿄 다마전생원(多磨全生園)을 거쳐, 전후에 「구리우낙천원(栗生樂泉園)」에 들어감. 1949년, 시력을 잃어버렸음에도 단가를 배우기 시작해 가고시마 쥬조(鹿兒島 壽藏)가

주재하는 「조석회(潮汐會)」에 입회했으며, 기독교에 입교했다. 위에 게재한 「자료1」에 있는 것처럼, 김하일은 그 때까지 합동 가집에 노래가 실린 적은 있지만 개인적으로는 이것이 첫 가집이다. 「조석총서 제58편」이라고 이름 붙은 이 책에는, 단가를 짓기 시작한 1949년 이후의 노래가 동일 연대순으로 수록되어 있다. 자신의 발병, 점자를 혀로 읽는 일과 조선어 학습의 어려움, 가족의 근황 등을 노래한 것 이외에, 조선 전쟁이나 북조선 귀환, 한일회담 등, 조선을 둘러싼 그때그때의 정세를 담아서 지은 단가도 많다. 스승인 가고시마 쥬조가 「서가」를, 아라가키 소토야(荒垣外也)가 「해설」을 붙였다. 「후기」중에, 이 가집의 출판을 계기로 종래 사용하던 일본이름 「가나야마 미쓰오(金山光雄)」를 버리고, 본명인 김하일을 사용하기로 했다는 것이 명시되어 있다. 또한 김하일은 뒤이어 제2 가집 『황토』(단가신문사, 1986년), 제3 가집 『야요이(やよひ)』(短歌新聞社, 1993년), 제4가집 『베틀을 짜는 소리(機を織る音)』(皓星社, 2003년)을 출판했는데, 꼼꼼한 연대순 배열이나 노래에 사회 정세를 담아낸 점에서, 제1 가집의 특징을 그대로 이어가고 있다.

● 가와노 준(川野順) 『가시나무(荊)』(自費出版, 1972년)

저자는 가고시마현(鹿兒島縣) 가노야시(鹿屋市)에 있는 국립한센병요양소 「호시즈카경애원(星塚敬愛園)」에 거주. 1915년 경상북도에서 태어나, 1933년에 도일. 1937년에 한센병이 발병해, 이후 말년까지 각지에 있는 한센병요양소에서 생활할 수밖에 없었다. 1940년에 「아라라기 단가회」에 입회하고, 기독교에도 입교하여 세례를 받는 등, 앞에 게재한 김하일과 공통점을 찾아볼 수 있다. 조선 이름은 유순범이지만, 여기서는 밝히고 있지 않다. 이름을 일본 명으로 한 이유를, 이 책 「후기」

에서, 「오랫동안 사용해 온 이 이름에, 나 자신은 일종의 애착을 갖고 있지만, 지금은 한센병이 의학적으로 불치병은 아니더라도, 후유증을 가진 세균 보균자라는 뿌리 깊은 세상의 편견을 의식하지 않을 수 없기 때문에 굳이 본명을 쓰지 않기로 했다」고 설명하고 있다. 일본 한센병 요양소 생활자 중에는, 재일조선인이 차지하는 비율이 높은데, 재일조선인 차별 외에 한센병에 대한 사회의 편견을 의식해서 본명 이외의 일본이름·조선이름으로 살고 있는 경우가 많다. 내 반세기와 그 때 그 때의 노래라는 부제에서도 알 수 있듯이, 전반 4분의 3이 자신의 발자취를 기술한 인생기록이고, 후반 약 4분의1 분량이 그러한 생활 속에서 만들어진 단가로 채워져 있다. 가인의 사후에, 이 책의 내용과 그 후에 지은 노래 및 에세이 등을 수록한 두꺼운 책『미친 자석반(狂いたる磁石盤)』(新幹社, 1993년)이 출판 되었다. 여기에 수록된 시마 히로시(島比呂志)의 글이나 고메이지 미노루(古明地實)의 해설에 의하면, 이 『가시나무(荊)』는 요양소 생활을 하는 사람이 손수 만든 책인데도 불구하고 제5판까지 나올 정도로 잘 팔렸다고 한다. 자전적인 부분은 KLM(한국구라협회) 회장인 신정하가 번역하여, 한국어판『荊棘의 반생기』(三一閣)로 출판 되었다.

● 윤정태(尹政泰)『쓸 수 없는 의지(書かれざる意志)』(短歌新聞社, 1976년)

히로시마현(廣島縣) 후쿠야마시(福山市)에 거주. 권말의 후기에 해당하는 「늦게 쓴 말」은, 「물러서지 않는 피지배자의 후예의 결의로써 『쓸 수 없는 의지』는 대다수 독자들에게 차라리 묵살 당하기를 간절히 바라는 것이다. 그것이 나의, 우리들 재일조선인의 20대를 장식하는 가장 어울리는 청춘일 것이다」라고 굴절된 말로 끝을 맺고 있다. 단가

자체도, 젊은 혼의 발로라고 할 수 있는 과격하고 난해한 표현이 두드러진다. 식민지에서 지배자인 일본인 2세로 조선에서 태어나 자란 경력을 가지고, 재일가인의 활동을 후원해온 가인 곤도 요시미(近藤芳美)가 「서문」을 썼다. 그 글에는 「조선인인 윤군이 자신을 표현하는 언어로써 다른 나라 언어이며, 예전에 압제자의 언어였던 일본어를 사용해 단가라는 시 형식을 선택해야만 하는 사실」에 대해, 마음이 무거워질 수밖에 없는 심정이 잘 나타나 있다.

● 리카 기요시 『고일본가』(白玉書房,1978년)

「『느릅나무(楡)』그룹 총서No1」이라고 이름붙인, 리카 기요시의 제2 가집이다. 제1 가집을 상재한 후 18년 동안에 지은 약 2200수 중에서 450수를 선정하여 대체로 제작 연대순으로 배열하였다. 가집의 말미에 자전적인 글이 3편 있으며, 전 작품집처럼 저자의 스냅사진 1장이 실려 있다.

● 이정자 『봉선화 노래』(雁書館, 1984년)

저자는 미에현(三重縣) 우에노시(上野市)에 거주하는 재일조선인 2세로, 단가 모임인 「미래」에 소속되어 있는 가인이다. 중학교 때 단가와 접했으며, 20세쯤에 자신의 민족에 대한 것을 모색하는 과정에서, 단가를 짓기 시작했다고 한다. 이 첫 번째 가집인 『봉선화 노래』는 재일여성의 가집으로는 가장 이른 시기에 속한다고 할 수 있다. 재일조선인을 둘러싼 소외감과 부조리를 타파하고, 빼앗긴 민족의 이름과 문화를 회복하려는 지향성이, 노래의 기조를 이루고 있다. 「아사히 가단(朝日歌壇)」의 심사위원으로, 이정자를 발굴하여 가집의 출판을 권유했던 곤도 요시미가 「서문」을 썼으며, 그녀의 성장과정과 노래와의 만남에 대해 적은 「곤도선생님께 드리는 편지」라는 글이 별쇄인쇄의 형식으로 본 가집에 딸려있다. 제2 가집인 『나그네 타령』(河出書房新社, 1991년)은 재일조선인의 가집이 자비출판이나 소형 출판사가 아니라, 대형 출판사의 출판물로 나온 효시라고 할 수 있다. 여기에서 뽑은 3수의 노래가 삼성당에서 발행한 고등학교 1학년 「국어」교과서에 수록된 것과 더불어 실로 한 시대의 획을 긋는 사건이라고 할 수 있겠다. 그 일로 이정자는 재일가인들의 대표 격인 가인으로서 대우 받게 되었다. 이정자는, 이 외에 제3 가집으로 『잎 벚꽃(葉櫻)』(河出書房新社, 1997년), 제4 가집으로 『맞바람 언덕』(作品社, 2004년)을 내는 등, 지방에서 왕성한 가인 활동을 하고 있다.

- 정상달 『わき道より道しぐれ道』(自費出版, 1986년)

도쿄도(東京都) 북구(北區)에 거주. 맨 마지막 부분에는, 「히라야마 기요코(平山淸子)」라는 일본이름도 나란히 명기되어 있다. 남편 신현무의 7주기를 기해서 모아둔 516수를 정리하여 그의 명복을 빌고 싶다는 마음으로 만들었다. 「후기」에는, 「한국에서 자라 결혼을 계기로 낯선 일본에 와서 산지 40여년,(중략) 돌아가신 남편과 조국 한국을 그리워하며, 그리고 이 나라 일본을 사랑하면서, 목숨이 붙어 있는 한 단가를 계속 지어 갈 생각」이라고 했다. 사실 이것은 정상달의 제3 가집이고 그 이전에 『무궁화』『오후의 투명(午後の透明)』이라는 두 작품이 있다고 하는데, 필자는 아직 보지 못했다.

- 모토무라 히로시(本村弘) 『지카다비(地下足袋)의 노래』(オーム出版社, 1990년)

저자는 「최」라는 성을 가진 아버지와, 「키무라」라는 성을 쓰는 어머니 사이에서 태어난, 이를테면 한일 혼혈이다. 그러한 입장을 노래로 표현하고, 「신일본가인」에도 소속되어 있다고 하는데 필자는 보지 못했다.

● 김이박 『제상(堤上)』(まろうど社,1991년)

교토시 거주. 1942년 경상남도에서 태어나, 2년 후 어머니에게 업힌 채로 도일했으며, 조선대학교를 졸업했다. 김이박(金里博)이라는 이름은, 조선인에게 가장 많은 성씨인 「김」「이」「박」을 합쳐서 만든 펜네임이라고 한다. 이 책 「후기」에, 「한국어로 일상회화를 본국인과 같은 수준으로 구사할 수 없는 사람은, 어떤 변명을 한다고 해도 한국인이라고 할 수 없다는 것이 나의 신조」라고 확실하게 말하고 있다. 이처럼 김이박은 조선의 전통적인 단시형 시가인 시조에도 소질이 있어, 『한길(ハンギル)』(海風社, 1987년)이라는 제1 시조집을 출간했다. 또 한글로 쓰는 시 작품 활동도 계속하고 있는데, 이 책 권말에 있는 「경력」에는, 조선어로 시 활동을 하는데 평생을 바친 「고·강순의 문하생」이라고 쓰여 있다. 『신문적기(しんぶん赤旗)』 등에 단가 작품을 발표한 김충구(위에 게재한 「자료1」참조)가 「발문」을 썼다.

● 박정화(朴貞花) 『신세타령』(砂子屋書房、1998년)

도쿄도 마치다시(町田市)에 거주. 1973년, 처음으로 단가를 「아사히가단」에 투고한 이후의 노래가 정리되어 있다. 감정을 직접적이고 솔직한 언어로 표현한 노래가 많고, 또 조총련의 색깔이 짙다. 이 「아사히가단」에서 박정화를 발굴해, 여러 가지로 도움을 준 곤도 요시미가 「서문」을 썼다. 곤도는, 그녀의 노래는 기교적으로 뛰어나다고 할 수는 없지만, 우리는 용솟음치는 육성의 부르짖는 소리를 들어야만 한다,

라고 말하고 있다.

● 박옥지(朴玉枝)『신세타령』(自費出版, 2000년)

에히메현(愛媛縣)에 거주. 1937년, 효고현(兵庫縣)에서 태어난 재일조선인 2세. 1999년 NHK주최 전국단가대회에서, 이 가집 안에 실린 작품「동생이/ 형에게 이식하여 준/ 신장 하나/ 나의 두 아이가/ 실려서 간다」이 최우수상을 수상한 적도 있다. 단가를 짓기 시작하여 약 10년 동안에 지은 단가가 정리되어 있다. 사스마 야키(薩摩燒) 14대인 심수관이「서문」을 썼다. 사진이 들어 있는 인터뷰 기사가,『민단신문』2000년 7월 12일자에 실려 있다.

● 김・英子・영자『사랑』(文學の森, 2005년)

후쿠오카현(福岡縣) 이즈카시(飯塚市)에 거주. 1960년에 태어난 재일2세. 본녕은 김영자이지만, 가인으로서는 부모가 지어준「에이코(英子)」라는 이름을 남기고 싶다는 생각으로「김・英子・영자」라고 이름 붙였다. 중학교 교과서에 실려 있는 와카야마 보쿠스이(若山牧水)의 노래에 매혹되어 단가를 짓게 되었다고 한다. 표제어『사랑』이라는 말대로, 이 가집에는 이성에 대한 사랑과 연모, 그리고 자식에 대한 어머니의 사랑 등이 일상생활 풍경 속에서 표현되어 있다. 또 일본사회에 대한 위화감과 재일의 입장에서 본 모국에 대한 위화감도 솔직하게 표현되어 있다. 사진이 들어 있는 인터뷰 기사가『민단신문』2005년 6월8일자에 실려 있다.

5. 정연규의 삶과 문학
1920년대 중반부터 1930년대 중반까지

김태옥

1 서 론

정연규는 재일한국인으로서 처음으로 일본어소설을 쓴 작가로 평가
받고 있지만, 그에 대한 연구 작업은 거의 이뤄지지 않고 있다.[1] 다만
다카야나기 도시오(高柳俊男)가 정연규의 연보를 대략적으로 정리했
으며, 任展慧는 『日本における朝鮮人の文學の歷史』에서 간단하게
언급하고 있다. 또한 호테이 도시히로(布袋敏博)는 『日帝末期日本語
小說硏究』에서 도일한 직후에 쓰여진 단편소설을 중심으로 비교적 상
세하게 정연규를 소개하고 있다.

戰後에 쓴 그의 저작과 가족들의 증언에 의하면, 1921년 10월 21일
23세라는 젊은 나이에 언론·저작·출판·엄금의 명령을 어겼다는 이
유로 국외추방을 당해 도일 했다고 한다. 물론 문제가 된 작품은 국문소
설 『魂』이 發行禁止 된 것을 말하는 것으로, 拙稿에서 기술한바 있다.[2]

---

1) 호테이 도시히로(布袋敏博),(1996)『일제말기 일본어소설연구』서울대학교 대학원,
   23쪽

1921년 도일하여 종전까지 그의 삶의 궤적을 더듬어보면, 1930년을 전후로 큰 사상적변화가 있었음을 짐작할 수 있다. 즉 만주사변이 일어난 다음 해, 1932년 5월 정연규는 마루야마 쓰루키치(丸山鶴吉)와 滿蒙時代社를 창립하고 황도문예사상지라 할 수 있는『滿蒙時代』잡지의 편집·발행인으로서 만주사변을 적극 지지하고 선전하는 일에 앞장서게 된다.

혼히 친일협력은 일제의 강요에 의해 이루어진 것으로 보지만, 자발적이고 내면화되지 않은 것은 친일협력이라고 볼 수 없다. 일제시대에 친일협력한 조선인 문학인들 중에 상당수가 1938년 중일전쟁이후, 일본이 동북아의 패권을 장악하게 되자 조선의 독립은 더 이상 기대할 수 없다는 패배감에 절망하면서 친일파시즘에 자발적으로 협력하게 된다.3), 정연규는 이보다는 훨씬 이른 시기인 1931년 만주사변을 기점으로 적극적인 친일협력의 길을 걷게 된다. 이러한 정연규의 친일협력은 어떠한 계기와 과정이 있었던 것일까, 그의 연구초기부터 가져왔던 의문이었다.

그는 조선에서는 추방되고 일본에서는 주변인으로 살아가야 하는 자신의 정체성 위기에 직면했을지 모른다. 그 위기를 극복하기 위해, 그는 일본사회의 주류에 편입해야 했고, 보다 적극적인 친일협력을 함으로써 친일을 가장한 글쓰기의 이중성을 드러내고자 했을 것이라 추측해 볼 수 있다. 다음은 戰後에 쓴 글의 한 부분이다.

---

2) 拙稿, 김태옥「정연규의 삶과 문학 - 1920년대 중반까지」, 한국일본어문학회, 2005. 12
　　그러므로 본 논문은 전 논문의 후속논문이라 할 수 있다.
3) 김재용 외 (2003)『친일문학의 내적논리』,역락, 20-25쪽

> 나는 조선의 약소민족의 한사람으로 태어나 젊어서부터 일본 제국주의
> 로부터 쫓기는 몸이 되어 조국을 떠나 일본으로 흘러들어왔다. 終戰까지
> 囚人生活 24년 동안 나는 하루도 자신이 피압박민족이고 조선인임을 잊
> 어버린 적이 있었던가. 그 정도로 일본 제국주의 아래에서의 수인생활은
> 말로 다할 수 없는 참혹한 것 이었다.[4]

그는 終戰까지 살았던 24년을 <수인생활>이라고 표현하고 있고, 자신이 조선민족이었던 것을 하루도 잊어버린 적이 없었다고 고백한다. 이것은 그가 일본에서 사는 동안 창씨개명을 하지 않았던 것과 자녀들의 이름도 그대로 한국식으로 지었던 것, 그리고 1960년에 일본생활을 청산하고 가족을 남겨둔 채로 귀국하여 한국에서 남은여생을 보냈다는 점이다.

그렇다고 해서 드러난 친일행위가 다 면책될 수는 없겠지만, 본 논문에서는 그의 친일협력에 대한 경도과정과 내적논리를 파악하기위해 1920년 중반부터 1930년 중반 사이에 쓴 그의 평론을 중심으로[5] 친일협력의 논지를 살펴보고자 한다.

2 1920년대 중반의 저작 활동

정연규가 도일하게 된 1920년대 일본은 민주주의와 자유주의가 풍비했던 다이쇼(大正)데모크라시 시대였다. 도일직후인 1923년에 쓴 장

---

4) 鄭然圭, (1947)『日本軍閥帝國主義の陰謀』, 皇學會,, 2쪽
5) 앞의 책, 호테이씨는 정연규가 1925년 8월부터 1929년 8월까지 침묵하고 있다고 기술하고 있다. 26쪽. 본 논문은 이 시기에 쓰여진 글을 대상으로 한다.

편소설 『방황하는 하늘가』(さすらひの空)와 단편집 『생의 번민』(生の 悶へ)은 당시 프롤레타리아 작가들로부터 환영을 받아 일본문단에 화려하게 데뷔하게 되는 계기를 마련해 주었다. 다음은 프롤레타리아 작가였던 마에다가와 고이치로(前田河廣一郎)가 도쿄 아사히신문(東京 朝日新聞)에 연재했던 「조선인작가 정씨의 근황」의 마지막 부분이다.

정군은 집착력이 강한 작가이다. 그의 육체적 특징은 병적일 정도로 한 가지 일에 몰두하는 고집성과 은근에 가까울 정도로 죽음에 대한 환각을 갖고 있다. 또 그는 모든 현상을 죽음과 바꿔놓는 작가이다. 그러므로 그의 삶은 죽음을 투시한 삶이기 때문에 통찰력에는 풍부하지만, 삶 자체를 위한 삶이라고는 할 수 없다. 그는 『생의 번민』에서 <인생의 활동은 티끌 속에서 자신의 죽음을 재촉하는 것이다.…시체와 해골을 탐하는 것이 인생이다.>라고 쓰고 있다. (중략) 그의 전 작품을 구성하는 주요소로서의 감상주의는 얼마나 색이 바래있고 얼룩진 것인가를 보라. 여기에서 우리는 정군에게 생생하고 발랄한 무언가를 구하기 전에, 많은 음모사건이 일어나고 있는 병합의 동기부터 따져 보아야 한다. 나는 작가로서 정연규군이 필연적으로 가야할 길은 고통과 상처, 그리고 마지막에 생명력을 가진 삶에 부딪치는 최악의 용기일거라고 생각한다. 우리 모두 정군을 환영하자.6)

당시 정치적 망명자와도 같았던 정연규에게 일본인 작가가 보여준 우정과 격려는, 식민지민으로서 굴복하지 않고 죽음을 무릅쓰고 살아가려는 조선인 청년작가로 보였기 때문에 가능하지 않았나 생각된다. 결국 조선에서 쫓겨나 도일할 수밖에 없었던 상황에서 쓴 작품이었기 때문에, 그의 삶 자체에서 묻어날 수 있는 숱한 곡절과 죽음에 맞닿아 있었던 체험들을 작품화했을 것으로 추측해 볼 수 있다.

6) 前田河廣一郎 ,(1923,7,19-22) 「鮮人作家鄭君の近業」(1)-(4), 東京朝日新聞,

1) 동양 평화를 위한 제안

1920년대 중반 이후부터 정연규는 소설가라기보다는 평론가와 사상가로 신문과 잡지 등에 논문을 발표한다. 특히『日本及日本人』이라는 잡지에 세편의 논문을 기고하는데,[7] 그 중에서「有色人種自覺의 가을」이라는 내용을 살펴보기로 한다.

> 우리 유색인종에게 백색인종은 얼마나 위협적이고 도전적이고 침략적인 존재인가. 우리는 백색인종의 침략에 대비해 방어적 대비를 강구해야만 한다. 그러기위해서는 먼저 우리자신을 돌아볼 필요가 있다. 우리 유색인종은 종래의 사사로운 감정에 대한 반감과 왜곡을 버리고 서로 도와 일어나야만 하는 중대한 시기에 직면해 있다. 그러므로 우리는 우리자신의 잘못에 대해 서슴없이 이야기해야 한다. 정말로 우리 유색인종에게는 상호간에 배타심이 없고, 같은 인종이면서 민족이 다르다는 이유로 어느 한쪽이 고통을 받고 있는 일은 없는가. 원래 이 배타심은 경제적인 것과 감정적인 것에 기인하지만, 그 대부분은 감정적인 것에서 오는 경우가 많다. (중략) 현재 日支(일본과 중국)간의 갈등, 日鮮(일본과 조선)관계는 상호 감정적인 배척으로까지 치닫고 있음을 볼 때, (중략) 전체 유색인종을 위해 가장 슬퍼해야 할 것 중에 하나이다. 이것 때문에 모든 결속도 악수도 깨어져 버리는 것이다.[8]

이러한 논지는 미국의 유색인종에 대한 인종적 편견과 멸시·배척 정책을 배경으로, 당시 군축을 결정한 워싱턴체제에 대한 강한 불만을 나타내고 있던 일본사회의 분위기를 반영한 것이라 볼 수 있다.

이 글은 일찍이 미국으로 이민 간 중국인·인도인·일본인이 어떠

---

7)「有色人種自覺の秋」1925.10,「支那人朝鮮人の排日思想感情」1926.7,「朝鮮の洪水と救濟策」1926.8
8) 鄭然圭(1925.10),『日本及日本人』,「有色人種自覺の秋」, 74-90쪽

한 인종차별을 받았는가를 상기시키며, 인종주의에 입각하여 백색인종(구미열강)의 아시아 침략에 대비하기 위해 유색인종(동양인)은 모두 힘을 모아야 한다는 주장이다. 이것은 당시 유럽중심의 세계사를 일본을 중심으로 재편해 보고자하는 일본제국주의의 야욕을 대변한 것으로 보인다. 즉 지금이야말로 <아시아는 하나다>9)라는 슬로건아래 일본·조선·중국 등 멀리는 인도까지 아우르는 유색인종의 단결과 자각이 필요한 중대한 시기라는 것이다. 그런데 근래 중국과의 갈등이나 조선과의 관계가 서로 감정적인 배척으로 치닫고 있는 것은, 일본인의 민족적 우월감 때문이라고 매우 유감스러운 입장을 보이고 있다.

특히 조선인은 이러한 일본인의 민족적 우월감에 대해 민감하게 반응하는데, 그 이유에 대해 다음과 같이 기술하고 있다.

> 조선인들은 일본인의 민족적 우월감에 매우 민감하다. 일본인을 만나면 '또 모욕당하지는 않을까' 두려워할 정도이다. 그래서 습관적으로 일본인의 민족적 우월감에 증오와 반감을 갖고 있다. 일본인은 조선인에 대해 같은 종족에 속하는 가장 가까운 이웃나라이고, 풍속·습관·단점까지도 알고 있다고 하는데, 조선인은 과거의 조선 문화가 우수했다는 자부심 때문에, 현재 일본문화가 훨씬 앞서 있음에도 불구하고 일본인을 가볍게 보려는 경향이 있다. 그렇기 때문에 일본인의 민족적 우월감에 대해 더욱 분노를 느끼게 되고, 그러한 악감정이 쌓여 배일적인 행동으로 나타나게 된다.10)

---

9) 오카쿠라 텐신(岡倉天心)의 『東洋의 理想』은 1903년 영국에서 출판, 1925년 일본에서 번역 유통되기 시작했는데, 그의 정신주의는 무력에 의해서가 아니라 각각의 고유한 문화권에 내재하고 있는 정신적 에너지를 지렛대로 삼아 세계를 변혁하려고 하는 간디나 타고르의 자세와 공통점을 갖고 있지만, <아시아는 하나다>라는 슬로건은 대동아공영권의 사상적 근거가 되었다.

10) 鄭然圭,(1926.7) 『日本及日本人』, 「支那人朝鮮人の排日思想感情」, 7-16쪽

1920년대 중반의 일본은 일본인 스스로도 일등국가·선진국이라는 자부심에 우쭐대던 시기였다. 당연히 이웃나라를 무시하고 멸시하던 태도야말로 중국인·조선인의 분노를 사게 되어 배일적인 감정으로 이어지게 된다고 지적하고 있다. 그러므로 일본은 <동양에 대한 책무>를 다하기 위해 민족적 우월감을 버리고 아시아 제 국가들을 계도해야 하고, 조선도 뒤틀린 감정에서 벗어나 <동양평화를 위해 向上의 일념에 열심>을 내야한다며 양쪽을 다독이는듯한 논지를 전개하고 있다. 결국 동양평화를 위한다는 명분은 조선을 침략·병합하고 중국에까지 진출하여 아시아의 맹주가 되려는 일본의 야심을 대변한 것으로밖에 보여 지지 않는다.

마지막 부분에 <나는 조선인이 배일적 행동을 취하든 친일적 행동을 취하든 그것은 각자의 마음이지만, 단 확실한 신념을 가진 행동에 대해 인간이 인간을 미워하는 반인간적이고 반사회적인 행동을 취하는 것은 바람직하지 않다>라고 마무리하고 있다.

2) 총독부의 조선통치에 대한 비판

이 시기에 정연규는 재일작가라는 신분으로 여러 잡지와 신문에 논문을 기고하는데, 대개가 조선과 조선인에 관한 논문들이었다. [11] 특히 조선의 홍수와 재일조선인 노동자에 대해 깊은 관심을 가지고 있었다. 해마다 조선에서는 홍수의 피해가 심각했다. 1925년에는 두 번이나

---

11) 「朝鮮水害救濟策」『朝日新聞』(1925.8), 「朝鮮洪水と救濟策」『日本及日本人』(1926.8)朝鮮の年末年始廻禮」「朝鮮人還鮮論」「朝鮮人勞動者の質的考察」「朝鮮勞動者移入に對する一つの提案」以下『東洋32-1』(1928), 「朝鮮の泥的」「朝鮮の蛇と迷信」「朝鮮人蔘の話」以下『週刊朝日』(1928), 「朝鮮同胞歸鮮論」『朝鮮情報通信』(1930)

큰 홍수가 있었고, 그로인한 재산과 인명피해는 실로 엄청났다. 다음은 매년 되풀이되는 홍수의 원인과 대책에 대하여 논한 글이다. 그는 여기에서 조선에서 홍수가 자주 발생하는 것은 자연적인 환경 때문이기도 하지만, 조선의 빈곤과 나태한 민족성에서 그 원인을 찾을 수 있다고 했다. 무엇보다 총독부의 조선통치에 대해서도 일침을 가하고 있는데, 이것은 사태를 정확하게 보고 있다고 할 수 있겠다.

> 빈곤. 빈곤이 홍수를 일으키는 하나의 원인이라고 하면 매우 의아하게 생각할지 모르지만, 현재 조선인이 소유하고 있는 산야는 植林이 하나도 되어있지 않을 뿐만 아니라 여전히 벌채를 하고 있다. 이것은 植林이 필요하다는 것을 알고 있지만, 매일 먹을 식량이 없는 그들에게는 산에 나무를 심을 만한 여유도 없고, 나무를 베어 팔아야하기 때문에 산은 점점 민둥산이 되어버린다. (중략)
>
> 간판통치. 조선과 같은 농업국은 통치에 임하는 자가 먼저 治山과 治水事業에 전력을 쏟아 무엇보다 먼저 산을 푸르게 하고 물을 다스려 관개 수리와 땅을 비옥하게 하여 도탄에 빠진 백성들이 갱생할 수 있도록 해야 할 것이다. 그런데 현재 조선 통치는 외관만을 잘 보이려고 하기 때문에 산야는 점점 황폐되어 가고 있고, 백성들은 가혹한 세금 때문에 먹을 게 없어 기아에 허덕이고 있다. 그렇다면 京城의 경복궁 안에 있는 총독부청사는 2천만 조선민족의 눈물과 원한에 젖어있다고 할 수 있다.[12]

이미 조선경제는 일본 자본가들의 횡포와 수탈로 황폐해져 가고 있고, 매년 홍수로 인한 빈곤은 악순환 되어 많은 사람들이 굶어 죽어가고 있다. 이러한 때에 총독부는 치산·치수사업에 힘을 쏟아 도탄에 빠진 백성을 구해야 함에도 불구하고, 외관만 잘 보이려는 간판정치와 차별정치로 인해 조선민족의 원한을 사고 있다고 지적하고 있다. 이것

---

12) 정연규(1926.8), 『日本及日本人』, 「朝鮮の洪水と救濟策」

은 당시 조선인이 일본인을 대상으로 한 잡지에 총독부의 조선통치를 과감하게 비판한 글이라고 볼 수 있다.

이즈음에 정연규는 조선의 실정을 일본에 알리고 여론을 환기시키기 위해 『朝鮮情報通信』이라는 잡지를 발행하게 된다. 이 잡지는 조선의 정치·사회·여론 등, 다방면에 걸친 내용을 자필로 쓰고 등사판으로 발행한 旬刊雜誌이다. 다음은 이 잡지의 창간사 全文이다.

> 日韓倂合이 된지도 벌써 20년이 된다. 그동안 일한 상호간의 행복증진과 동양평화 확보에 대한 목적은 달성되었는가. 병합 당시인 明治43년부터 지금까지 통계에 의하면 조선인의 인구는 매년 증가하고 있지만, 조선인 주요 곡물 소비량은 매년 감소하고 있다. 병합 당시를 0으로 할 때, 현재 전 인구의 약 1.5%의 飢餓率을 기록하고 있다. 이러한 결과는 조선민족의 장래를 위험하게 할 뿐만 아니라 조선인의 해외 이주율을 증가시켜 약 200만이 만주로 이주하고 약 60만이 일본으로 입국하고 있는 실정이다. 이것은 조선민족의 성격을 파괴시킴과 동시에 일본의 국가신뢰의 파괴율을 높이게 되어 내외적으로 일본의 장래를 위태롭게 하는 요인이 되고 있다. 이것은 日韓倂合의 목적에도 어긋나고 日韓이 함께 망하게 됨을 피할 수 없다. 이에 나는 미력하지만 『조선통치평론』을 간행해 日韓의 여론을 환기시키고, 다른 한편으로, 본 통신을 발행해 조선의 실정을 있는 그대로 일본의 朝野에 알림으로써 가장 합법적이고 정의로운 방법으로 日韓相互간의 행복을 증진하고 동양의 영원한 평화 확보를 위해 최선을 다하려고 한다.[13]

이미 주지하다시피 일본의 조선침략은 <일한연대와 동양평화>라는 미명아래, 일본을 맹주로 동아시아지배를 실현하기 위한 것이고, 이후 <대아시아주의> <동아연맹론> <대동아공영권론>과 같은 맥락으로

---

13) 『朝鮮情報通信』, 朝鮮情報通信社, 1929.8.5, 1회 20페이지 정도 분량으로 10회까지 출판되었음을 확인할 수 있었다.

이해할 수 있다. 그런데 여기서 정연규는 한일합방의 목적을 <일한 상호간의 행복증진과 동양평화>라고 말하고 있을 뿐만 아니라, <가장 합법적이고 정의로운 방법으로 일한 상호간의 행복을 증진하고 동양의 영원한 평화확보>를 위해 최선을 다 하겠다고 다짐하고 있다. 그는 여기서 일본제국주의가 내걸었던 상투적인 표현을 그대로 수용하고 있으면서, 조선민족의 장래를 염려하고 있는 모순을 범하고 있다고 볼 수 있다.

3) 재일조선인 노동자의 실상을 고발

1929년은 미국에서 시작된 공황으로 일본에도 심각한 영향을 끼치고 있을 무렵이다. 특히 농산물의 가격폭락은 농촌경제를 피폐하게 만들었을 뿐만 아니라 소작쟁의가 빈번하게 발생했다. 그런데 위 글에서도 알 수 있는바와 같이, 조선에서의 사정은 더 심각하여 조선인의 일본입국이 증가함에 따라 일본 내 실업문제는 더욱 악화되었다.

일본경제가 이러한 상황에 놓이게 되자, 일본에 입국한 조선인노동자들을 조선으로 돌려보낸다는 <朝鮮人還鮮策>이 제기되었다. 그때 일본의 자유주의자를 비롯하여 일선융화론자 및 조선인들은 모두 한목소리로 반대하고 나섰다. 즉 조선인 노동자를 귀환시키는 것은 민족적 차별이며, 非일선융화정책이고, 일본의 이익을 위해 조선노동자들을 굶어죽게 하는 非인도적인 처사라는 이유를 들어 크게 반발하였다.14) 이에 대해 정연규는 반대론자들의 주장을 일축하며 <朝鮮人還鮮論>을 적극 지지하고 수용해야한다는 입장을 보이고 있다.

---

14) 鄭然圭(1930)「朝鮮人還鮮論」,『東洋』33-1.4.5, 30쪽

정연규의 「朝鮮人還鮮論」은 다음과 같은 소제목으로 기술했다.

(1) 조선노동자 환선 반대론의 논거
(2) 조선인 도래의 원인
(3) 인구문제에서 본 조선인의 입국
(4) 식량문제에서 본 고찰
(5) 조선인의 입국과 파괴성
(6) 덕성에서 본 조선인의 도래
(7) 노동문제에서 본 조선인의 입국

그는 이 논고에서 이렇게 많은 조선인이 도래한 원인에 대해, 학생의 경우는 조선 내에 학교 부족을 들었고, 노동자의 경우는 조선에서 실업자가 증가했기 때문이라고 했다. 그런데 도항저지에도 불구하고 소선인의 일본입국이 계속 증가하고 있는 것은 총독부의 인구정책 및 조선통치가 잘못되었기 때문이라고 지적하고 있다.

> 어째서 총독부는 도항을 막지 않는 것일까. 그것은 조선 내에 실업자가 증가하도록 통치를 하고 있으면서, 실업자가 증가하면 조선 내에 반란율을 높이기 때문에, 조선통치의 안전한 정책과 반란율을 낮추기 위해서 조선인의 도항을 허락하는 것이라고 추측할 수 있다. 그러나 이것은 조심스러운 추측이고, 일본이 조선인의 도래를 막지 않는 가장 큰 이유는 일선융화정책 때문이다.15)

총독부가 일본으로 도항해 오는 조선인 노동자를 막지 않는 것은, 일본 국내에서 조선인노동자의 저렴한 노동력을 필요로 하기 때문이

---

15) 위의 책, 34쪽

다. 그러나 총독부의 속내는 조선인노동자들을 同化政策 대상으로 삼아, 그들의 민족성을 상실하게 함으로써 일본민족으로 만들려는 의도로 조선인의 일본 입국을 허용하고 있다고 보고 있다. 이 동화정책에 대해서 그는 다음과 같이 기술하고 있다.

> 일선융화에 대해 사람들은 단순히 일본과 조선 양 민족 간에 친목을 돈독하게 하고 우정을 맺는 관계라고 알고 있지만,(중략) 일선관계에 있어서 융화란 조선민족이 그 민족성을 잃어버리고 일본민족화 하는 것이다. 즉 동화정책과 같은 의미이다. 그러므로 먼저 식민지민의 역사·환경·민족사상과 그 사상에 의한 도덕성을 파괴시키고 상실시켜야 한다. 그런데 현재 조선인들에게서 나타나는 성격 파탄이나 도덕성이 파괴되어 가는 것은, 이러한 제 조건들이 상실된 결과이다. 특히 경제적인 착취는 日鮮간에 투쟁을 더욱 격렬하게 할 것이다.16)

일본의 동화정책은 조선민족의 고유정신을 말살하여 일본화 시키려는 것이지만, 일본에 도항해 온 조선인노동자들의 경우는 일본으로서도 매우 위험한 요소를 내포하고 있다고 보고 있다. 즉 조선인 노동자들은 경제적으로 착취당한 결과, 도덕성이 파괴되어가고 일본인에 대한 증오와 적개심이 증폭되어 배일사상을 갖게 되는데, 이것은 자기민족해방이라는 단일목적으로 발전할 수 있다는 것이다.

그러나 조선에서 이루어지고 있는 일본의 식민지통치야말로 그 자체가 합법적으로 이루어지고 있기 때문에, 조선에 대해서는 훨씬 강력하고도 위험한 파괴력을 행사할 수 있다. 즉 조선인이 도일해 오는 숫자에 비례해서 일본인의 조선입국이 늘어나기 때문에, 조선인은 일본인의 식민지 파괴성을 막기 위해서라도 조선인의 인구유출을 막아야한

---

16) 위의 책, 49쪽

다. 그러므로 일본에 입국한 조선인노동자들은 하루속히 조선으로 돌아가게 하고, 조선민족의 인구율을 높여서 일본인의 조선입국을 막는 것이야말로 조선의 장래를 도모할 수 있는 길이라고 주장하고 있다.

정연규는 또 이것과 같은 논지인 「朝鮮同胞歸鮮論」이라는 논고에서도, <조선인은 왜 조선으로 돌아가야만 하는가.>라는 물음을 제기하며 재일조선인들에게 다음과 같이 호소하고 있다.

> 동포제군이여! 생각해 보아라.
> 우리가 악질적이고 비도덕적이 되어, 울분을 삭이지 못하여 감정적인 망동을 일삼고, 둘만 모이면 남을 중상비방하고 참새처럼 떠들어대고 닭처럼 서로 싸울 때, 결국은 부모자식 간에 싸우는 형국으로 망해가는 민족의 모습인 것이다. 제군들은 이것을 깨닫지 못하는가! 우리들이 서로 미워하며 싸우는 것은 적을 도와주는 격이다. (중략) 우리는 지금 우리 민족의 멸망을 어떻게 막을 것인가라는 가장 엄숙하고도 중대한 문제에 봉착해 있다. (중략) 조선동포여! 우리가 정말로 우리 민족의 상래를 생각한다면, 모든 싸움도 운동도 그것이 무엇을 위한 것인가에 대해 깊이 생각해야만 한다. 조선민족이 존재하기 때문에 조선민족 해방이 있을 수 있다. 그러면 우리는 어떻게 우리민족의 멸망을 막을 것인가. (중략) 우리민족의 효본민족성을 살려 민족성이 강한 통일을 이루어, 일본의 비동화성의 파괴에 대항해야 한다. 그리고 조선민족의 인구수를 증가시켜야만 조선민족의 장래가 있다.[17]

일본의 조선 통치는 동화정책이 중심이 되어 진행되어 왔는데, 일본민족의 동화력이 조선민족의 비동화성을 파괴함으로써 조선민족을 일본민족의 노예로 만들려 하고 있다. 즉 조선민족의 효본 민족성을 파괴시켜 조선민족을 자멸의 길로 빠져들게 하려는 정책이라는 것이다.

---

17) 정연규(1930,7) 『朝鮮同胞歸鮮論』, 朝鮮情報通信社, 3쪽

또 조선인의 일본입국을 막지 않는 것은 조선민족이 일본민족에 동화
되지 않는 것에 대해 양적으로 처분하기 위해 조선민족의 해외이주를
장려하고 있다고 보고 있다. 그러므로 조선민족의 장래를 생각한다면
조선인은 하루라도 빨리 조선으로 돌아가 조선민족의 인구수를 늘려야
만 한다고 호소하고 있다.

3 1930년대의 저작활동

1) 아시아주의자로서의 변신

원래 아시아주의는 구미열강의 아시아침략에 대항하여 아시아의 단
결을 도모하려는 아시아연대론에서 출발하였다. 근대화에 성공한 일본
은 주변 국가들에 대한 우월감과 맹주의식을 바탕으로 아시아의 지도
자로 자임하면서, 일본이 지배하는 동아시아의 통합을 위장하는 대아
시아주의라는 용어로도 사용되었다.[18] 그 후 천황주의를 비롯한 많은
우익단체의 주요한 이념으로 채택되어 대륙침략정책을 은폐하는 역할
을 담당하기도 했다.

일본의 국가주의와 대아시아주의의 효시라고 할 수 있는 단체로 玄
洋社가 있는데,[19] 다음은 이 단체의 대표적인 인물이었던 도야마 미
쓰루(頭山 滿)와 정연규와의 관계를 잘 알 수 있는 부분이다.

---

18) 한상일(2002) 『아시아연대와 일본제국주의』,도서출판 오름, 338쪽
19) 玄洋社-대아시아주의를 지향하는 국권주의 단체로, 도야마 미쓰루(頭山 滿)는 이
    단체를 이끌어갔던 대표자 역할을 담당했다.

내가 도야마 미쓰루(頭山滿)선생님을 처음으로 만난 것은 關東大地震이 일어났던 해 8월이었다. 그때부터 선생님의 도움으로 報知新聞社에서 東京朝日新聞社로 옮기고, 그 신문사를 나와 이 滿蒙時代社를 경영하기까지 아주 오랫동안 선생님으로부터 여러 가지 교훈을 받았다. 선생님의 침묵은 유명하지만, 나를 유독 귀여워해주셔서 나는 항상 할아버지를 만나는 기분으로 찾아가면 선생님도 언제나 자신의 손자처럼 귀여워해주셨다. (중략) 특히 내가 위험하기만한 思想운동에 관여하고 있었지만 지금까지 감옥에 들어가지 않고 지낼 수 있었던 것도 선생님의 가르침에 잘 따랐기 때문이다.[20]

정연규는 자신의 도일경위에 대해 <1921년 반일문학 작품이 압수되고, 1922년 11월에 조선총독부로부터 추방되어 일본에 오게 되었다>고 여러 곳에서 기술하고 있다.[21] 그는 1923년 9월 관동대지진이 일어났을 때, 다른 재일조선인들과 마찬가지로 무고하게 잡혀가 수감되었는데, 혐의가 없음이 밝혀져 석방된 사실이 있었다.[22] 그런데 위 글을 통해 그는 이미 대지진이 일어나기 전부터 도야마를 알고 있었고, 할아버지처럼 여러 가지로 도움을 받았다고 증언하고 있다. 당시 도야마(1855-1944)는 우익의 거물이라 할 수 있는 위치에 있었고, <일본은 아시아를 제패하고 그 맹주가 되어야한다>는 대륙침략의 첨병역할을 담당했던 현양사의 최고지도자이기도 했다.[23] 그런데 정연규는 조선총독부의 저촉을 받아 도일할 수밖에 없었고 반일문학자이자 민족주의자로 자처했던 만큼, 어떻게 도야마라는 인물과 사상에 감화될 수 있었는지 의구심을 갖게 된다.

---

20) 정연규(1934.7)『滿蒙時代』「頭山翁皇道講話」, 滿蒙時代社, 9-11쪽
21) 정연규(1947)『日本軍閥帝國主義陰謀』,皇學會, 14쪽.(1961)『일본이 또 우리나라 침략을 시작했다』, 민족사상사,(1965)『간접침략』,金泳出版社, 561쪽.
22) 讀賣新聞,(1923.10.21)「朝鮮人小說家鄭君釋放」
23)『일본사대사전5』平凡社, 1997, 118쪽

또 조선총독부 경무국장이었던 마루야마 쓰루키치(丸山鶴吉)에 대해서는 친아버지처럼 따르고 존경했다고 기술하고 있다.[24]

> 나를 항상 감싸주시고 자애심으로 어루만져주신 분으로 마루야마 쓰루키치(丸山鶴吉)선생님이 계신다. 마루야마 선생님을 대할 때는 나의 아버지를 대하는 것 같은 느낌이 든다. (중략) 한번은 선생님이 경시총감으로 계실 때 가르침을 받은 적이 있었다. 그 때 나는 선생님 말씀을 들으며 식은땀을 흘린 적이 있다. 하지만 마루야마 선생님이 나를 얼마나 귀여워하고 계시는지 잘 알고 있다. 만약에 내가 잘못된 일을 한다고 해도 마루야마 선생님께서 반드시 책임을 지실 것이라는 것도 잘 알고 있다. (중략) 이 아세아통제운동을 하는데 있어서도 도야마 선생님과 마루야마 선생님의 이름을 빌리면 일이 훨씬 쉽게 진행될 것이라는 것을 알고 있지만 선생님이 허락하신 일인데도 그렇게 할 수가 없는 것은 혹시라도 일이 잘못되어 누를 끼치면 안 된다는 생각이 들기 때문이다.[25]

마루야마는 1922년 3월부터 1923년 9월까지 1년 6개월 동안 조선총독부 경무국장으로 재임했는데, 공교롭게도 정연규가 조선총독부로부터 추방되었다고 하는 시기와 일치한다. 그리고 정연규의 형 정연기는 이미 조선총독부 관리로 있었던 점을 감안할 때,[26] 정연규는 도일하기 전부터 마루야마를 알고 있었던 것은 아닐까 추측해 볼 수 있다.

이렇게 정연규는 현양사의 거물이었던 도야마와 경찰 관료였던 마

---

24) 마루야마 쓰루키치(丸山鶴吉 1883-1956)는 조선총독부 경무국장과 일본 경시총감을 지냈으며, 1928년에는 친일주구 단체인<相愛會>이사장으로 있으면서 조선민족운동을 파괴하는데 앞장서왔던 인물이다.
25) 정연규(1934.7), 『滿蒙時代』「頭山翁皇道講話」, 滿蒙時代社, 9-11쪽
26) 鄭然基(1891-?)는 1915년 총독부 농상공부 산림과를 시작으로 주로 충청도, 강원도 산림과에서 오랫동안 근무했다. 1930년에 원주군수, 1935년에 강릉군수 등을 역임하며 여러 차례 표창과 훈장을 받았다.
　『朝鮮功勞者銘鑑』, 民衆時論社, 1936, 809쪽

루아마와 가족과도 같은 관계를 유지하고 있었기 때문에, 그들의 사상에 동조할 수 있었고, 그들의 비호를 받아 滿蒙時代社를 통해 사상운동의 일선에 투신하게 되는 계기가 되었을 것이다.

2) 『滿蒙時代』誌 創刊

만주와 몽고는 러일전쟁에서 <일본이 피로써 획득한 생명선>이라는 기치 아래, 전 일본이 경제적·군사적으로 특수권익을 보장받을 수 있는 지역이었다. 그러므로 1931년에 일어난 만주사변은 중국으로부터 만주·몽고를 분리시켜 일본의 식민지로 만들려는 계획적이고도 의도적인 전쟁이었음은 이미 주지의 사실이다. 1932년 6월 만주국이 성립되는 것과 때를 같이해, 그 시대가 지향하고 있는 요구에 맞게 『滿蒙時代』는 창간되었다. 다음은 『滿蒙時代』창간호에 실린 권두언의 全文이다.

> 들어라 세계만국이여! 萬世一系 천황폐하의 크신 위엄으로 滿蒙에서 우리의 권익은 확보되었다. 우리 국위는 점점 높아지고, 聖代는 점점 번창하고 있다. 들어라 7천만 국민이여! 우리의 피가 또다시 뜨거운 힘으로 외칠 때가 왔다. 우리의 붉은 피는 지금 뜨겁게 끓어오르고 있다. 우리는 위 아래로 마음을 하나로 뭉쳐 폐하의 어의를 받들어 모셔 滿蒙이 우리의 생명선인 까닭을 이해하고 국론을 통일하여 滿蒙에 대한 우리의 국책을 확립하고, 이로써 성장해 가는 滿洲新國家에 충분한 동정과 협력을 다해 우리의 國體의 精華를 내외에 선양하고 전 아시아를 우리의 젊은 理想의 선혈로 물들여야한다.[27]

---

27) 위의 책, 권두언

『滿蒙時代』는 만주와 몽고에 대한 사정을 소개하는 것과 국론을 통일해 對滿政策의 확립을 위해 노력하는 잡지로서의 역할을 다하기 위해 탄생되었음을 알리고 있다.

정연규는 이 잡지의 편집·발행인으로서, 경찰관료 출신인 마루야마 쓰루키치(丸山鶴吉)와 함께 창립하게 된다. 또 창간호에 기고한 사람들을 보면 陸軍大臣·아라키 사다오(荒木貞夫), 前陸軍大臣·미나미 지로(南次郎), 前滿鐵理事·오쿠라 킨모치(大藏公望), 前拓務參與官·스기우라 다케오(杉浦武雄)들로 당시 군부와 재계에 막강한 힘을 가진 인물들이었다. 특히 육군대신이었던 아라키 사다오는 황도파의 중심인물로, 당시 일본이 직면한 위기를 전통적인 일본주의에 입각한 황국사상을 망각했기 때문이라고 보았다.28) 또 마루야마는 1929년부터 1931년까지 동경시 경시총감으로 재임했던 인물이었음을 감안하면, 『滿蒙時代』誌의 창간은 정계와 군부의 지원이 없이는 불가능했을 것이라 짐작하고도 남음이 있다.

이러한 1930년대 상황 아래서 군부와 재계의 막강한 지원을 받고 있던 정연규는 재일조선인으로써 천황주의를 신봉하는 황도주의 사상가로 거듭나야만 했을 것이고, 보다 적극적인 황도주의 정신으로 무장하지 않으면 안 되었을 것이다. 다음은 정연규의 황도사상을 엿볼 수 있는 부분이다.

> 황도정신이란 일본정신-일본인의 혼을 말하는 것으로, 중국인·조선인에게도 이 황도정신은 다 존재하는데, 동양각국 중에서 일본이 가장 발달되어 있다. 환언하면 양심 있는 사람에게는 모두 존재한다고 할 수 있는데, 그 정신이 국가사회조직 위에 완전히 구현되어 忠孝사상의 國體가

---

28) 한상일(1988) 『일본의 국가주의』,까치, 77쪽

> 되고 도덕이 되고 인간최후의 혼이 되어 있는 것은 일본 뿐 이다. 황도정
> 신이라고 하면 일본인 정신, 특히 일본의 침략정신인 것처럼 오해하고 있
> 는 것은 큰 잘못이다. 모든 침략정신은 비황도정신이다. 조선인이나 지나
> 인이 자기 민족을 위해 일하는 곳에 황도정신이 있다.(중략) 그러므로 우
> 리가 日中親善이나 日鮮融和에 대해 말할 때, 조선인·중국인이 먼저
> 한 인격체로서 成人이 될 수 있도록 지도해 주는 것이 중요하다. 우리는
> 전 세계인이 단일민족화 하기 전에 각 나라가 자기 민족적으로 발달하는
> 것이다. 그것이 전 세계인류가 단일민족화하는 까닭이고, 황도정신의 위
> 대한 점이다. 조금도 인위적인 조작을 하지 않고 스스로 변화되는 곳에
> 황도정신, 즉 神 그대로의 경지인 것이다.[29]

그가 말하는 황도정신은 좋은 것을 좋다고 말할 수 있고, 바른 것을
바르다고 말할 수 있는 양심과 같은 것으로, 모든 침략정신을 배격하
고 있는 것처럼 말하고 있지만, 결국 나와 남이 모두 행복하고 평화롭
게 살아가기 위해서라는 허울 좋은 명분으로 위장하고 있음을 알 수
있다. 즉, <일본은 먼저 조선과 중국을 가르치고, 전 세계를 황도주의
정신으로 단일민족화 한다.>는 명분이야말로 황도정신 속에 감추어진
침략성을 드러낸 것이라고 볼 수 있다. 만주와 몽고는 이미 대륙침략
의 교두보로서 중요한 곳이었던 만큼, 이 황도정신을 수행하기 위해
사상적으로 무장된 자들을 양성하여 파견하는 일은 그 시대가 요구하
고 있었다고 할 수 있다. 이 일을 滿蒙時代社에서 담당했는데, 정연규
는 이 일에 혼신의 힘을 기울였다고 한다.

> 내가 원고료로 모아두었던 가난한 지갑을 내놓고 매월 적자를 각오하
> 며 이 만몽시대 잡지를 만들어 만몽의 실제 사정을 소개하고 있는 이유
> 는, 아시아 통제운동 즉 사상 선전대인 만몽교도사 운동을 일으키고 싶기

---

29) 鄭然圭(1933.10) 『滿蒙時代』, 「生活皇化」,79-82쪽

때문이다.(중략) 만주사변은 자본주의적 제국주의 침략과는 전혀 다른 것으로 일본의 황도정신 신봉자들에 의해 만주 3천만 민중의 민족주권확립과 민족자결에 의한 낙토건설의 대아시아이즘의 이상에 의해 이루어진 것이다. 그러나 일부 일본인의 비 일본인적 행위와 만주인의 오해로 인해 만주인은 일본에 대한 반항심으로 불타고 있다. 이러한 때 일본은 왜 진짜 일본의 사정과 만주사변의 진의를 만주인에게 알려서, 황도정신이 무엇인가를 설명하고 아시아의 평화와 복리증진의 이상을 설명해 그들의 오해를 풀려고 하지 않는가.(중략) 그래서 나는 자신의 쓰디쓴 경험을 바탕으로 만주인을 따뜻하게 가르치는 한편, 그들을 지도하고 보살피기 위해 일본인의 만주이주운동을 시작하고 싶은 것이다.[30]

『滿蒙時代』가 창립된 다음 해인 1933년 신년호에는 큰 지면을 할애하여<全아시아통제운동>이란 제목으로 만주로의 이민을 권장하는 내용이 있다. 이것은 만주로 이주하려는 이민자들 중에서 황도정신을 선전하는 <만몽교도사>를 양성해 <滿鮮민족에게 일본 황도정신을 가르치고 아시아 단일통제사상을 선전함과 동시에, 순교자정신을 가지고 그 지역민의 노복이 되어 지역민을 돌봐주는 한편, 신문화의 매개자가 되어 일본생산품을 최저가격으로 중개하는 역할을 담당>하기 위해 아시아 각지에 파견한다는 것이다.

이것은 만주에서 배일운동이 격화되어 일본상품의 불매운동으로 번지는 등, 일본의 입지가 위태롭게 되는 것을 막기 위한 포석에 지나지 않았던 것임을 알 수 있다.

정연규는 이후에도 『滿蒙時代』에 많은 논문을 게재했는데, 그 제목들만 보더라도 일본주의로서의 황도주의 사상을 일관된 논지로 전개하고 있음을 알 수 있다.[31]

---

30) 정연규(1933.1) 『만몽시대』, 「만몽교도사운동」, 18쪽
31) 「滿洲國を聽く」 「侵略の成果か否か」 「滿洲敎導師運動」 「滿洲は武斷か敎導か」

이와 같이 1930년대 일본은 강력한 파시즘적 국가주의로 아시아에서 위세를 떨치게 되는 시대상황 속에서, 정연규는 재일조선인이었지만 아시아주의자였던 도야마와 경찰관료 출신인 마루야마와 가깝게 지낼 수 있었기 때문에 자연스럽게 그들의 사상과 정책에 동조할 수 있었고, 더 적극적인 친일협력의 길로 나아갈 수밖에 없었는지 모른다.

4 결 론

일제시대를 살았던 지식인들이 체제의 강요에 의해 어쩔 수 없이 하게 된 친일협력을 소극적 협력이라 한다면 그 속에서 내적논리는 찾을 수 없을 것이다. 그러나 적극적인 친일협력은 반복적이고 지속적이기 때문에, 그 속에 엄연하고도 분명한 내적논리가 존재한다는 특색을 가진다.[32]

그런 면에서 정연규는 일제시대의 한 중심에서 민족적인 문학 활동으로 저촉을 받아 도일하게 되었지만, 만주사변이 일어난 때를 기점으로 황도주의를 선전하는 사상가로서 적극적인 친일협력의 길로 들어서게 되었다. 이에 본고에서는 1920년대 중반부터 1930년대 초반에 썼던 저작을 통해 정연규의 친일로의 경도과정을 살펴보았다.

도일직후에 발표한 정연규의 장편소설 『정처 없는 하늘가(さすらひの空)』[33]는 일본 프롤레타리아 작가들로부터 환영을 받았지만, 1925

「滿蒙關係事業統制論」「滿洲國指導理念短評」「凱旋して見れば」「滿支人の葛藤」「ファッショから皇道へ」「生活皇化」「日露戰爭と皇道主義」「戀愛皇化觀」
32) 민족문학연구소(2006) 『탈식민주의를 넘어서』, 소명출판, 99쪽

년 이후에는 몇 편의 단편소설을 끝으로 문학가로서 보다는 사상가로서 글을 쓴다.[34]

특히 그는 일본의 중심에서 일본인을 대상으로 하는 잡지에, 주로 총독부의 조선에 대한 정책들을 대담하게 비판하고 있는데, 이때까지만 해도 조선과 조선인에 대한 애정이 남달랐음을 볼 수 있다.

그러나 『滿蒙時代』라는 잡지를 통해서 나타나는 적극적인 친일로의 경도는 보통 일본인의 수준을 뛰어 넘는 것이라 하겠다. 어쩌면 그것은 그가 진짜 일본인이 아닌 조선인이었기에 일본에서 살아남기 위해서는 더 강도 높게 천황주의를 부르짖을 수밖에 없었는지 모른다.

이후 정연규는 1930년대 후반부터 황도사상에 근거한 이론서들을 대거 집필하게 되는데[35], 앞으로 이 이론서들의 연구를 통해 그의 사상적인 본체가 확연하게 드러나게 될 것이다.

---

33) 『さすらひの空』,宣傳社(東京), 1923.2
34) 「光子の生」『解放文藝』,(1925.8), 「大澤子爵の遺書」『新人』(1925.9), 「彼」『週刊朝日』(1925.11)
35) 『朝鮮米資本主義生産對策』『大和民族皇道生活運動』,滿蒙時代社,1936. 『維新政治論』『皇道政治論』『日本精神論』『國體理論集』『國體信仰解義』『皇道理論集』,黃學會,1941.

6. 「재일 조선인문학」과
김태생金泰生의 풍경

하야시 고지 林浩治

 1 서 론

1970년대 이회성(李恢成)이 <아쿠타가와 상>을 수상하면서 조선인 작가의 신신한 감각이 담긴 일본어 문학이 문단 및 매스컴에서 높은 평가를 받았다. 거의 동시에 「까마귀의 죽음(鴉の死)」의 작가 김석범(金石範)이 「재일조선인문학」에 관한 평론을 잇달아 발표하면서 「재일조선인문학」이라는 말이 일반화되었다. 그 후, 오늘날에 이르기까지 재일 조선인 3세 작가·시인들이 풍부한 재능을 발휘하여 다양한 형태로 작품을 발표해 오고 있다. 그러나 이양지(李良枝)를 거쳐 유미리(柳美里)·현월(玄月)이 등장하게 되면서 「재일 조선인문학」이라는 말은 그 유효성을 잃어가는 중이며, 이소가이 지로(磯貝治良)는 「재일 조선인문학」을 「재일문학」이라고 불러야 하는 시대가 되었다고 정의 내리고 있다.

본문은 김태생을 소개하는 글이다.

김태생은 재일 조선인 작가이다. 좁은 의미에서 「재일조선인작가」인 것이다. 조선이 일본의 식민 통치 아래에 있을 때 일본으로 건너가서 역사적인 상황 때문에 귀국하지 못하고 일본에 계속 남아있을 수밖에 없었던 재일조선인의 전형적인 모습을 체현하고 있으며, 일본어를 사용해서 문학 활동을 하고 있지만 조선민족의 일원이라는 강한 의식을 가지고 글을 쓰는 작가라는 의미에서 그렇게 부르고 있다.

그렇다면 전형적 재일 조선인 작가인 김태생의 의식을 살펴봄으로써 재일 조선인문학의 전형적인 풍경을 알 수 있지 않을까?

인간의 정신에 깊이 스며든 「풍경」은 이런 저런 생활의 슬픔이나 기쁨을 내포하고 있다. 사람 사이의 따뜻한 유대관계와 괴롭고 슬픈 갈등도 풍경으로써 뇌리에 새겨진다. 작가 김태생이 가진 풍경은 그가 어릴 때 제주도에서 오사카로 건너와 거친 풍파 속에서 살아남은 재일조선인의 보편성을 가지고 있다. 김태생의 문학작품에 반영된 것은 제각기 다른 한 사람 한 사람의 인간이다. 그러나 그 인간을 감싸고 있는 풍경은 철저히 개인만을 그리는 김태생 문학에서 강한 사회성을 띠고 있다. 김태생의 시선을 따라가면 전후 재일조선인의 시각에서 바라본 풍경을 볼 수 있을 것이다.

2 고향의 풍경

김태생은 1924년 11월 27일(음력 11월 1일) 조선반도 남단의 화산섬, 제주도의 남서에 위치한 대정면 신평리에서 태어났다. 일본에서는 1920년대부터 프롤레타리아문학운동 속에서 김희명(金熙明)·이북만(李北滿)·김용제(金龍濟)·백철(白鐵) 등 조선인 문학자의 활동이 눈에 띄기 시작한 무렵이었다.

1929년 10월, 뉴욕에서 주가가 대폭 하락하면서 세계공황이 시작되고, 11월에는 대규모의 반일운동인 광주학생운동이 일어난다. 그 해, 어린 김태생의 어머니는 외아들을 떼어 놓고 재혼한다. 유아기까지 거슬러 올라가야만 하는 김태생의 고향, 제주도의 기억은 어머니와의 이별과 직결된다.

김태생의 눈에 들어온 최초의 풍경은 제주도의 풍경일 테지만, 그의 작품에서 뜻밖의 사실이 눈에 띈다. 자전적이며 또 기록적인 색채가 강한 작품『나의 일본지도(私の日本地図)』1) 는 조선의 지도를 펼쳐, 작가의 고향인 제주도의 위치와 지리학적 형태에 대한 설명에서부터 시작한다. 그러나, 고향이란 도대체 무엇인가? 라는 물음으로 시작하는 이 문장에는, 5살까지 지냈던 고향 제주도의 생생한 원풍경은 보이지 않는다.

이 책에서 최초로 드러나는 풍경은 제1장의 첫머리이다.

> 내가 처음 일본 땅을 밟은 것은 1930년 초여름의 일이다. 친척을 따라서 오사카항구에 도착한 나는 이카이노(猪飼野) 변두리 부근에 있던 조선인 공동주택에서 머물게 되었다.
>
> 쇼와(昭和) 초기 무렵, 이카이노 변두리에는 어딘지 모르게 목가적인 풍경이 아직 남아있었다. 샛길이나 골목길은 물론, 큰 길도 아직 울퉁불퉁한 길로 되어 있었는데 어디선가 짐을 운반해 온 짐 마차꾼이 길가에 마차를 세우고 일의 중간 중간에 짐받이 위에서 도시락을 먹기도 했다. 전신주에 말고삐로 묶인 말은 여물을 다 먹어치우자 길에 우뚝 선채 태연하게도 오랫동안 소변을 보기 시작한다.

---

1) 『미래』1976년 9월호부터 77년 12월호까지 게재. 후에 수정 보충하여, 78년 6월 미래사에서 간행.

여기서 육안으로 보는 최초의 풍경으로써 표현된 것은 오사카의 「이 카이노」라고 하는 조선인 거주지로, 제주도는 지리적 설명과 머나먼 동경으로 그려지고 있다. 제주도는 정말로 김태생에게 있어서 마음 속 깊은 동경이었을까? 김태생이 「고향의 풍경」(『공작정통신(くじゃく亭 通信)』제 23호 1979년 7월) 이라고 제목을 붙인 단문이 있다.

「아사히 화보」에서 제주도의 풍경을 전하는 컬러사진이 몇 점인가 소개된 적이 있었다. 그라비어(gravure) 잡지에 커다랗게 좌우 두 페이지 가득히, 노란색을 띤 유채꽃의 군생과 보리밭의 선명한 색채가 눈에 스미는 것 같은 들판 풍경에 펼쳐져 있었다. (중략)

조금 이야기가 빗나가지만 우리 엄마가 예전에 이즈의 오시마에 갔을 적에, 엄마는 그리운 듯이 이곳이 고향 마을과 많이 닮았다면서 몹시 감동한 적이 있었다. 화산섬인 오시마에는 용암인 쇄석(碎石)으로 지은 돌담을 둘러싼 밭이 많고, 민가의 정원 끝이나 길 가에 빨간 꽃잎을 펼친 동백꽃이 우거져 있었다. 제주도에도 동백꽃이 많다. 또한 담이라고 하는 쇄석으로 울타리를 빙 둘러쌓아서 밭을 바람으로부터 지킨다. 좋은 밭일 수록 작은 돌을 조금 뿌려서 흙이 바람에 날아가지 않도록 보호할 궁리를 한다. 그것은 오시마의 오카다(岡田)항 근처에 있는 밭에서도 비슷하게 행해지고 있는 것 같았다. 지형적으로 그 일대는 북서의 강한 계절풍이 정면으로 세차게 불어 닥치는 위치였기 때문에 더욱 엄마에게 고향과 매우 닮은 인상을 심어 주었는지도 모른다. 게다가 섬의 처녀들이 천을 머리에 두를 때 작게 악센트를 넣어서 비스듬하게 두르고 있는 풍습도, 천의 흰색과 무늬의 차이는 있어도 <바람 문화권>에 사는 사람들에게는 친근감을 불러일으키는 것이다.

김태생은 육안이 아닌 사진으로 보았던 고향의 풍경을 이야기 하며, 고향을 닮은 지형과 풍속을 지닌 이즈의 오시마와 비교함으로써 고향 그 자체를 환기하고 있는 것 같다. 육안으로 보는 생생한 고향·제주도는 김태생의 마음속에 강렬한 인상을 남기고 있지 않다. 항상 하나의 필터를 거치고 나서야 고향을 이야기 할 수 있는 것이다.

그런 고향과 작가와의 굴절된 관계를 여실히 드러낸 작품이 「동화(童話)」[2]이다. 「동화」는 김태생이 유아기의 기억을 소재로 하여 집필한 이른바 원풍경 소설인 것이다. 이 소설의 주제는 이별이다. 유아기 때 겪은 어머니와의 이별을 서정적으로 묘사하고 있다. 이별의 배경이 되는 풍경은, 돌담 넘어 보이는 키 큰 두 그루의 포플러 나무이다.

> 하늘은 드높게 끝없이 펼쳐져 있었다. 두 그루의 포플러 나무도 돌담 바로 건너편에 뚜렷하게 보이고 있었다. 큰 포플러 나무와 작은 포플러 나무는 마치 부모 자식마냥 바짝 달라붙어 사이좋게 서 있었다. 대나무 빗자루를 떠올리게 하는 잎의 성긴 가지 끝이 바람에 살짝 흔들리고 있다. 커다란 포플러 나무는 고개를 흔들며 신지(信之)에게 마치 '이리와' 하며 손짓하는 것 같다. 보이는 모든 것이 기분 좋았다. 신지가 기쁜 마음으로 당장이라도 곧장 달려가면 되었던 것이다. 하지만 신지는 이유도 모른 채 불안했다. 눈앞에 있는 포플러 나무를 향해 힘차게 달려가고 싶은 생각이 들지 않았다. 무언가 좋지 않은 일이 일어나는 것은 아닐까?

결국 포플러 나무 곁으로 간 신지는 일본에 간 채 행방을 알 수 없게 된 아버지 쪽의 친척에게 붙들려서 어머니와 떨어지게 된다. 신지의 풍경 속에 그려진 웬지 알 수 없는 불안은 현실에서의 이별과도 연결되어 있다. 김태생이 지닌 고향인 제주도의 풍경은 슬프면서도 깊은 추억에 잠겨있지만, 애매하며 불안정하다. 그런데 일본에서 마주친 풍경은 강한 현실감과 생활의 냄새를 감돌게 한다.

김태생에게 제주도의 원풍경이란 환상과도 같다. 현실감이 느껴지지

---

2) 「동화」는 2회 발표되고 있다. 첫 회는 1958년 『문예수도』2월호에, 2회째는 약간 개정되어, 1977년 『계간삼천리』11호에 발표되었다.

않는 이미지 세계인 것이다. 이즈 지방의 섬 오시마의 이미지에 제주도를 겹쳐 보는 원풍경에의 접근은 결국 정신적인 작업인 것이다. 고향의 감미로운 이미지는 상냥한 어머니의 그것과 동일화되어 작가 속에 각인되어 있었다. 김태생이 고향을 묘사하면 이향담(離鄕譚)이 되고 이별담이 된다. 그것은 고향의 이미지에 대한 동경과 함께 지낸 시간이 적었던 어머니에 대한 사모, 즉 환상의 원풍경을 향한 회귀에의 바람인 것이다. 그래서 아름답다.

그런데, 일본의 풍경은 현실의 고뇌 그 자체를 반영하고 있다.

3 재일의 풍경

이를테면 이카이노는 그 이름이 가리키듯이 오사카의 저습지대에 위치해 있었기 때문에 스미요시(住吉)나 테츠카 야마(帝塚山) 근처의 고급주택가는 그렇다 쳐도, 시의 다른 지역과 비교해보면 주거 조건이 여유로웠던 점도 있었을 것이다. 그러니까 쇼와 초기 뒷골목에는 판잣집이라고 할 수도 없는 널조각을 너덕너덕 기워 만든 듯한, 만신창이의 공동주택이 아직까지 남아있었다. 아마도 그 오두막집들은 메이지 말기 무렵 오사카 변두리 서민생활의 흔적을 나타내는 것일 게다. 일본인 거주자가 더 이상 살지 못해 떠나고 난 후, 부수기에는 아깝고 돈벌이가 될 수 있겠다고 집주인이 궁리한 끝에 조선인 동포에게 거주를 허락하는 경우도 있었던 것 같다.

물론, 다이쇼(大正) 때 히라노(平野)강의 수로개수공사 때 세워진 노무자 합숙소가 방치된 공동주택도 있었을 것이다. 저임금을 노동 조건의 대가로 하여 마구간과 다름없는 공동주택의 일부를 제공해 주는 경우도 있었다. (『나의 일본지도』p.138)

그의 앞을 현실로서 막아서는 원풍경은 이카이노의 가난한 풍경이었다. 어려서 일본에 온 김태생은 이런 이카이노의 가난한 풍경 속에서 자라났다. 이카이노의 가난은 예를 들면 다음과 같다.

이카이노 주변에는 아직까지도 논밭이 여기 저기 흩어져 있는 들판이 많았으며 어느 곳이나 목가적인 풍경이 남아있었다. 하지만 이러한 풍경과는 반대로 1세대 아버지, 어머니들의 생활은 한결같이 고통스러웠다. 아버지들이 일하러 나간 뒤에도, 어머니들은 반드시 무엇이든 부업을 해서 가계에 보탬이 되지 않으면 안됐다. 어디 그 뿐인가, 일곱이나 여덟 살 되는 여자아이까지 일터로 내보내지는 경우도 있었다. … (중략) … 내가 알고 있는 소녀는 놋쇠로 된 지퍼 조각을 하나하나 손끝으로 주워 올려 천에 박아 넣는 작업을 반복하기 때문에, 엄지손가락 끝 부분의 살갗이 항상 방울의 녹처럼 검푸르게 멍들어 있었다. 공동주택에 살고 있는 소녀들의 손끝을 보는 것만으로도 그 아이가 하고 있는 일의 종류를 짐작할 수 있을 정도였다. (『나의 일본지도』p.139)

『나의 일본지도』에 묘사된 소녀의 모습은, 소설 「붉은 꽃」(『すばる』1983년 11월)에서는 봉선화의 붉은 꽃을 반영하면서 재차 구성되어, 전중·전후·현대에 이르는 인간드라마로써 그려졌다. 「녹슨 세면기 속에서 풀죽어 시들어 버린 붉은 꽃」이라고 한 모습이 이카이노에 대한 김태생의 유아기 인상이라고 말 할 수 있다. 또한 이카이노의 풍경이 녹슨 세면대 같다고도 말 할 수 있을 것이다. 이 마을에서 김태생은 생활을 위해 일본어를 배운다. <이카이노 마을의 길가는 나의 학교였으며, 모든 사물은 교재였다.>(『나의 일본지도』p.165). 이 마을의 괴로운 생활 속에서도 고향이 떠오른다. 소년 김태생은 묘지에 있는 포플러 나무 줄기를 보고 고향을 그리워한다.

묘비 사이에 줄기를 쭉 뻗은 포플러 나무가 있다. 그것은 고향 마을길에서 보았던 낯익은 모습과 전혀 다르지 않았다. 소나무도 있다. 나비도 날아다닌다. 대나무 숲도 있다. 희미하게 잎이 스치는 소리를 내고 있는 포플러 나무 줄기 어딘가에서 매미가 울고 있다. 나는 까슬까슬한 포플러 나무와 소나무 껍질의 감촉을 손으로 확인하고, 코끝을 들이대어 찬찬히 그 체취를 맡는다. 이 얼마나 그리운 냄새인가. 풋내 나고, 송진 냄새가 폴폴 풍기는 나무껍질의 향기는, 마을 길가에서 맡아 오던 냄새를 쏙 빼닮지 않았는가. 일본이라도 포플러 나무와 소나무는 내가 살던 마을의 것과 같은 향기가 난다는 사실이 날 매우 안심시켜 주었다. (「눈물은 사치스러운 것」『십대에 어떤 교사를 만났었나』1985년 12월, 미래사 발행 수록)

고향은 언제나 추억이라고 하는 이름의 환영이었다. 유아기 묘지에서의 체험이, 유토피아로써 고향의 환영을 증폭시킨 것이다. 실상의 일본 생활 풍경이 처참하면 할수록, 유토피아를 지향하는 마음이 강해졌다. 친 부모와 떨어져서 친척의 손에 길러진 그에게는 이국땅에서의 가난한 생활 풍경이 이카이노였기 때문이다. 조금 덧붙이자면, 어머니 대신 같이 살게된 고모와 그녀의 남편인 아저씨와의 생활이 이카이노의 풍경에 스며들어 있다. 그것은 이 땅에 사는 많은 재일조선인의 경우와도 크게 다를 바 없는 가난한 삶이었다.

특히 서른 세 살의 액년에 죽은 고모와 공유했던 풍경은, 죽음의 풍경과 다를 바 없다. 김태생은 자신도 어쩐지 33세로 죽게 될 거라고 굳게 믿고 있었다고 한다. 그렇게도 김태생에게 강한 영향을 끼쳤던 고모는 아이를 몇이나 낳았지만 모두 잃었으며, 끝내 그녀 자신도 가난 속에서 결핵으로 삶을 마친다. 이 고모의 비참한 형상은 「소년」, 「어느 여자의 생애」, 「나의 일본지도」3) 등에 계속 반복해서 그려지고 있다.

---

3) 「소년」은 1975년 11월 『계간 삼천리』4호에 발표, 1977년 9월에 『골편』(창수사)에 수록. 『문예수도』1958년 5월에 발표한 「세월의 저편에」는 같은 주제를 다뤘다는 의

예를 들어 「소년」에 묘사된 다음과 같은 풍경은 김태생의 머릿속 한 편에 분명히 자리 잡고 있었다.

건물의 커다란 굴뚝은 밤 아홉시 경부터 한밤중에 이르기까지 엄청난 연기를 뿜어냈다. 바람이 멈추는 여름밤에는 바닥에 가라앉아 층을 만들어 묘지 뒤의 공동주택 위를 떠돈다. 새벽과 함께 태양빛을 품은 공기가 부풀기 시작하면, 공동주택 주변에는 형언하기 어려운 악취로 자욱했다. 그 일대의 사람들은 그것이 마치 공동주택 자체가 발산하는 악취라고 믿어 의심치 않았다.

소년기에 자신을 가장 사랑 해 주었던 「고모」와 함께 한 풍경을 「죽음의 풍경」이라고 부르는 것은 너무나도 슬프다. 작가 스스로 <기록성이 짙다>고 분명히 말하고 있는 「어느 여자의 생애」에서 고모 「김추월」은 고향땅에 묻히는 것을 바랬지만, 이루지 못하고 오사카 교외의 땅에 매장되었다. 그 땅에서의 풍경도 세월의 흐름에 따라 잊어져 간다.

그녀의 묘지는 흔적도 없이 사라져 있었다. 오래된 기억을 되짚어 보아도, 위치는 틀리지 않았다. 언덕을 없애고 땅을 메워서 만든 두꺼운 콘크리트 간선도로가 뻗어있고, 이전에는 해수욕장이었다고 생각되는 저편 하마테라(浜寺) 일대는, 나무숲처럼 쭉 늘어선 콤비나이트의 거대한 굴뚝들에 묻혀 있었다. 크고 작은 승용차와 화물차가 끊임없이 눈앞을 스쳐 지나가고 있었다. 잇달아 접근해서 다시 멀어져 가는 자동차 타이어가 지표를 비벼대는 마찰음은 하나의 소리 층이 되어 공간에 달라붙어, 나의 내부를 계속해서 끊이지 않고 긁어대었다.

미로서 그 원형이 되는 습작이다.「어느 여자의 생애」는 1975년 8월 『계간 삼천리』3호에 발표되었다가, 작품집 『골편』에 수록 되었다. 『나의 인간지도』는 『기록』1980년 10월부터 81년 11월까지 게재되었다가, 85년 2월 청궁사(靑弓社)에서 간행되었다.

마지막 소원으로 고향에 묻히는 것을 원했던 불쌍한 조선인 여성이 쓸쓸하게 매장되었던 묘지는, 일본의 고도 경제성장의 그늘에 묻혀 깡그리 지워져버렸다. 재일조선인의 삶의 흔적을 지워 버리려고 하는 일본 고도 경제성장의 풍경은 김태생의 생을 내부에서부터 말소시키려 하고 있다. 김태생의 작가로서의 항변이 이 풍경묘사 속에 엿보이는 것이다.

4 증오스러운 교토

어머니와의 추억이 제주도에 있고 고모와의 기억이 이카이노에 있다고 한다면, 아버지와 함께 한 풍경은 교토였는데, 그것은 김태생에게 있어 불쾌하기 짝이 없는 기억에 지나지 않는다.

「골편(骨片)」4)는 소년시절에 헤어진 아버지를 찾아 교토에 방문한 청년의 이야기이다. 청년 용민은 아버지 영하에 대해서 아무런 애착도 가지고 있지 않았다. <용민에게 영하의 기억은 새까맣고 추악한 덩어리와 같은 인상뿐으로, 용민은 지금까지 마음속에 싸늘한 증오를 가지고 영하의 존재를 거부해 오고 있었다>는 것이다. 그 정도로 혐오하고 있던 아버지를 찾아 교토역에서 내린다. 교토의 풍경은 아버지를 향한 혐오와 겹쳐진다.

---

4) 「골편」은 잡지 『인간으로서(人間として)』10호(1972년 6월 발행)에 발표되어, 작품집 『골편』에 수록되었다. 초기 작품 「심력(心曆)」(『문예수도』1957년 4월)은 같은 소재로 쓰여진 습작이다. 『문예수도』시대의 습작과 『골편』에 수록된 여러 작품과의 관계에 대해서는 최근 김영숙(金英淑)이 「김태생-진혼과 고발의 문학」(오사카 외국어 대학 석사논문)에서 언급하고 있다.

용민이 교토 역에 도착해서 보니 바람이 한층 더 매서워져 있었다. 만원 전차의 찌는 듯한 열기에서 빠져나와 갑자기 바깥공기를 쐬니 뼛속까지 어는 듯한 추위가 순식간에 몸에 스며들었다. 등을 구부린 채 역 앞 광장을 빠져 나가는 용민의 뺨을 바람이 옆에서 손바닥으로 치는 듯이 때려댄다. 그때마다 용민은 멈춰 서서, 등으로 강풍을 피하고는 얼얼하게 아린 귓볼을 양손으로 감쌌다. (중략) 인적이 뜸한 광장을 가로질러 건너가자 전방 삼거리 왼편에 만물백화점이라는 칙칙한 회색 건물이 보이고, 그 앞 길거리의 한 모퉁이에는 허술한 나무책상을 고정해 놓고 복권을 파는 노파가 쭈글쭈글한 눈을 게슴츠레 뜨고 미동도 없이 앉아 있었다. 책상 앞면에 붙여 놓은 복권 선전광고의 종잇조각 귀퉁이가 강풍에 펄럭이며 바스락거리는 건조한 소리를 내고 있다. (중략) 만물 백화점의 칙칙한 회색빌딩에 인접한 건물은 보는 사람으로 하여금 위압을 가하는 듯한 이전의 오만한 자세의 건물과는 모습이 바뀌었지만, 틀림없는 K경찰서의 영락한 모습이었다.

정말 삭막한 풍경이다. 이것이 아버지를 찾아 교토에 도착한 용민의 심상풍경(心象風景)인 것이다. 애증을 초월하여 무미건조하게 거부해 왔던 아버지와의 관계를 이 풍경이 보여 주고 있다. 김태생은 1939년부터 3년 정도, 오사카와 교토 사이를 빈번히 왕래하고 있다. 그 사이에 있었던 아버지와의 갈등은 「골편」이외에도 『나의 인간지도』에서도 알 수 있다. 사진사가 되고 싶다는 희망이 담긴 카메라를 팔아서 마련한 축농증 치료비를 아버지에게 빼앗기고 난 후 그들 부자 관계는 냉랭하게 되고 만다. <이제 내게는 아무런 희망도 남아있지 않은 것 같은 기분이 든다>. 교토의 풍경은 절망의 풍경이라고도 할 수 있다.

후에 김태생은 이누마 지로(飯沼二郎)·쓰루미 슌스케(鶴見俊輔) 등이 발행하는 잡지 『조선인-오무라 수용소를 폐지하기 위해서-』의 좌담회에 출석하기 위해 교토로 간다. 1982년 5월, 56세 때의 일인데,

그 때의 감상을 김태생은 이렇게 서술하고 있다.

> 40년 이라는 시간이 흘러갔어도 그 풍경이 내게 새겨 놓은 감각은 아직도 육체에서 소멸하지 않았다. 그것은 외부에 있는 풍경이 내게 가져온 감각이라기보다 내 의식이 풍경에 부여한 의미였던 것이다. 단순한 풍경에 각별한 의미가 있는 것이 아니라, 그것에 관계된 개개인 인간의 삶의 흔적과 같은 것에 특정한 의미를 부여한다. 나의 감각이 육체에 새겨지고 마음에 심어져 있는 뼈아픈 나날의 기억을 떠올리게 하는 데는, 그것과 관계된 풍경의 매개가 필요했다는 것이다. (「교토 -어느 풍경의 의미」 1982년『고지판(告知版)』9월호)

17·8세의 아직 젊은 청년이 아버지와의 갈등을 극복하고, 그 아버지의 뼈를 거두기 위해 찾아간 교토 그 풍경은 만년을 맞이한 김태생에게 작가로서의 새로운 출발을 부여하려 하고 있었다. <나와 교토와의 새로운 관계는 오늘부터 시작하는 것 일지도 모른다고 생각했습니다> (「좌담회·일본지도에 대한 다른 견해」, 『조선인』83년 21호) 이렇게 말하는 김태생의 마음의 풍경 속에는, 자기를 응시하는 예리한 시선이 박혀 있다.

5 전후의 풍경

1945년 8월 15일은 김태생에게 특별한 날이었다. <지금까지의 길고 긴 이국생활 속에서 가장 즐거웠다고 할 수 있는 날을 하나만 고르라고 한다면, 나는 망설이지 않고 그날 8·15 - 1945년 8월 15일을 고

를 것이다.> (『나의 일본지도』p.146) 그러나 긴 식민지배의 속박으로부터 해방된 조선인은 귀국할 수 있는 수단이 없었고, 게다가 조국에는 더 이상 생활 기반도 없었다.

해방 후에도 계속 일본에서 생활하게 된 다수의 조선인은, 재일조선인연맹 등의 조직을 만들어 민족교육운동 등, 재일조선인의 민족적 생활을 지키기 위한 운동을 전개해 간다. 젊은 날의 김태생도 물론 그 소용돌이 속에 있었다. 전후 메이지 대학에서 농업을 배우고 조국에서 그 지식을 살리고자 했던 김태생이었지만, GHQ(미군정청)를 배경으로 한 문부성과 지방자치단체가 민족학교에 가하는 탄압을 못 본체 할 수 없었다. 48년에는 「한신(阪神)교육투쟁」이라고 하는 격렬한 시위가 발생하여 중학생 소년이 경찰관에 의해 사살당하기 까지 한다. 이 시기, 즉 45년 해방부터 48년 결핵으로 입원하기까지 김태생의 심상풍경에 대한 자료는 적다. 아직 발표되지 않은 미완의 소설 「내일의 사람(明日のひと)」에 다음과 같은 부분이 있다.

숨 막히는 증오와 분노가 넘쳐흐르던 투쟁의 세월이 지나가고 있었다. 마침내 중앙 위원회가 문부 당국이 최후로 제시한 선을 잠정적으로 따르기로 결정한 날, K시 합동위원회에 몰려든 사람들은 어두운 눈을 크게 부릅뜨고서 굴욕적으로 입술을 깨물고 있었다.

병식(炳植)은 돌아갈 채비를 마친 윤절(潤節)과 박(朴)과 동행하여 회장을 나왔다. 낮은 집들이 즐비한 혼잡스러운 마을을 벗어나니, 무사시노(武藏野)의 흔적이 남은 교외 경치가 눈앞에 펼쳐졌다. 짙은 황금빛 보리밭이 전방에 펼쳐져 있고, 그 밭을 둘러싸고 대여섯 그루의 새잎이 돋은 상수리 나무들이 바람에 흔들려 나무 끝을 휘어뜨리고 있었지만, 구름 낀 하늘 아래 매섭게 부는 차가운 바람이 몸을 움츠리게 했다.

사이타마(埼玉)에서 조직 활동에 따라 민족교육투쟁에 동참하던 김
태생의 심상은 무사시노의 밝은 미래를 떠올리게 하는 보리밭과 신록
의 풍경이며, 동시에 어두운 현실을 나타내는 구름 낀 하늘 아래 차가
운 바람이 휘몰아치는 풍경이기도 했다. 하지만 그 후 바로 결핵에 걸
려 입원치료를 하게 되는 김태생에게 있어서 희망과 불안이 뒤섞인 이
풍경의 시기는 짧았다.

6 요양소의 풍경

김태생은 전후 제주도로 돌아가기를 바라지만 좌절하게 된다. 이 점
은 『내 일본지도』에 자세히 나와 있다. 그는 언제나 고향을 지향하고
끊임없이 제주도에서의 낙농을 꿈꾸며 공부하지만, 폐결핵 때문에 좌
절하고 만다. 1948년부터 8년 동안 이즈(伊豆)지방 깊숙이 있는 요양
소에서 치료 생활을 한다.

병실 안 침대에서 나는 뒤뜰을 사이에 두고 건너편에 펼쳐진 바깥세상
의 계절 변화를 바라보고 있었다. 겨울밤 뒷산 너머로부터 천천히 떠오르
는 둥근 달은, 레이스를 떠 올리게 하는 섬세한 잡목 가지 그물에 휩싸인
공처럼 보인다. 봄이 되면 갈색이었던 잡목 가지들이 비가 올 때마다 물
기가 스며들어 뿌옇게 흐려 보이기 시작한다. 따스한 햇살을 받은 산표면
의 우거진 나무숲은 일제히 싹트기 시작해 연두 빛으로 변하고, 이윽고
순식간에 부드러운 녹색으로 부풀어 올라온다. 그것은 압도적인 생명감으
로 넘쳐흐르는 눈부신 녹색 빛의 범람을 떠 올리게 하는 광경이었다. 그
위에는 온화한 햇살을 품은 부드러운 하늘이 펼쳐져 있었다. 나는 침대에

달라붙어, 언뜻 보기에도 아름다운 듯한 그 광경의 깊은 곳에서 나에게
쏟아지는 영원토록 계속될 것 같은 차가운 자연을 일별한 적이 있었다.
하늘은 시아에서 벗어난 부근에서 하늘 끝을 닿아 몸을 움직일 수 없는
나를 이 지상에 가둬놓고 있다. 그래서 나는 오직 깊은 한숨을 내쉬고는
고개 숙일 수밖에 없는 것이다. (「메르헨의 사람(メルヘンの人)」[5])

병원 침대에서 멀리 바라보는 풍경은 자연의 변화무쌍을 느끼게 하
며, 동시에 인간 생명의 덧없음을 통감하게 한다. 죽음에 직면해 있는
만큼, 삶을 향한 강하고 막연한 욕구의 풍경이 나타나 있다. 전후, 김
태생의 문학적 출발은 여기서부터 시작되었다고 해도 좋을 것이다. 긴
치료생활 속에서 체력을 소진한 자신에게는 문학 밖에 없다고 생각하
기 시작한다. 김태생에게 문학이란 삶보다 죽음에 가깝다. 그렇게나 미
약한 생을, 소중하게 생각한 것이다.

소등 후 병실에서 보는 복도에는 깜깜한 터널과 닮은 쓸쓸한 고독이
있었다. 복도 유리문 너머 어둠 속에서 정원 상록수의 기다란 가지를 뒤
흔드는 바람 소리가 들린다. 때때로 바람이 멈추면 침대에 반듯이 누워있
는 나의 귀에 가슴 깊은 곳에서 쌕쌕 소리를 내며 힘들게 기어오르는 호
흡소리가 확실하게 전해져 온다. 병들어 짓무르고 협착된 기관지에서 끊
임없이 생겨나는 가래는 바깥 공기를 막고 호흡을 방해하며 집요하게 나
를 질식시키려 하는 것 같다. 그것은 지금 당장에라도 끊어질 것 같은 내
생명의 위태로운 신음 소리처럼 들린다. (「붉은 꽃」, 『스바루』83년 11월)

병원의 고독은 죽음과 직면해 있다. 그 사실은 민족을 초월하고 있
다. 김태생은 「파충류가 있는 풍경」(『스바루』1985년 4월) 속에서 결

---

5) 1958년 『문예수도』 8월호에 소설 「거울」을 발표. 후에 『신일본문학』(1981년 7월호)
   발표된 「메르헨(めるへん)」, 『나그네 전설』(1985년 8월 影書房刊) 에 수록된 「메르
   헨의 사람」의 원형이다.

핵환자 동료인 나카하라(中原)에게 <너는 조선출신이니까 패전국 국민이라고 할 수 없는데, 결핵에 관해서는 평등하구나. 불행하게도> 라는 말을 듣는다. 이에 김태생은 <서로 입장은 다르지만, 직면한 고통이 다르다고는 할 수 없으니까> 라고 대답하고 있다.

　요양 중에 하이쿠를 짓는 것으로 사물을 보는 훈련을 하면서, 문학에 뜻을 두겠다는 마음을 굳게 먹고 있었다. 하이쿠 스승은 이시즈카 도모지(石塚友二)였다고 한다. 후에 발표된 구(句)에 다음과 같은 것들이 있다6).

　　　오징어 눈이 젖어 바다 너머 향한 채 말리어 지고 있네

　　　진눈깨비 치는 묘비들이 천천히 얼굴 쳐드네

　　　문을 써가는 마음에 추운 늪을 껴안네 7)

　언제 만들었는지 알 수 없지만, 죽음의 일면을 마주한 재일조선인의 입장과 인생관을 느끼게 한다. 병원에서의 생활을 주제로 한 작품에

---

6) 처음의 구는 1984년 5월 오미야 시립도서관 연속 강좌「재일조선인문학을 어떻게 읽을 것인가」강연 때 공표되어, 그 후 오노 데이지로가 『아사히 저널』에 소개하는 등, 재일조선인문학의 고국을 응시하는 작가 자신의 모습을 표현한 모습으로 여러 번 소개되고 있다. 남은 두 구(句)는 각본가인 스도 이즈호(須藤出穂)한테 작가가 보여준 것으로, 『기록』87년 3월호에 게재된 스도의 추도문에 인용되고 있다.

7) 이들 하이쿠의 의미를 이해하려면 이들 구를 쓰게 된 당시의 배경을 알아야 하는데, 배경이 잘 알려져 있지 않다. 독자의 이해를 위해 본 논문의 필자인 하야시상의 도움을 얻어 이들 구의 의미를 역자는 다음과 같이 해석해 본다. 1의 구는 조국이 해방에서 6.25로 이어지는 혼란 속에 휩싸여 있는데도 일본에서 바라만 보아야 하는 안타까운 자신의 심정을 오징어에 비유했으며, 2의 구는 이름도 남기지 못하고 흔적도 없이 죽어간 사람들의 혼이 무엇인가 호소하려고 세상을 뜨지 못한 채 공동묘지 주변을 맴돌고 있는 모습을 그리고 있다. 3의 구는 조국의 건설에도 집안 살림에도 아무런 도움이 되지 못한 채 세상이 알아주지 않는 글을 써가는 자신의 참담한 모습을 담아내고 있다.

「E급환자」, 「메르헨」, 「파충류가 있는 풍경」 등이 있고, 또 『나의 일본 지도』의 「후기를 대신해」 중에서도 같은 병을 앓고 있던 가토 야스히코(加藤保彦)의 죽음에 대해 서술하고 있다. 이 작품들은 일본인을 묘사하고 있다는 공통점을 가지고 있는데, 죽음에 직면한 김태생에게 인간의 생사는 민족을 뛰어넘는다. 오른쪽 폐를 절제하고 늑골 여덟 개를 잃은 김태생은 죽음에 직면한 풍경 속에서 8년을 보내고 나서, 죽음 앞에서 인간은 평등하다는 사상을 얻는다. 「죽고 싶지 않아」라는 뱀과 같은 본능적인 풍경을 겪은 사람으로서, 김태생의 문학은 일종의 독자성을 가지게 된 것이다.

하지만 김태생이 긴 요양생활을 보내는 동안, 조선반도는 격동하고 있었다. 48년 고향 제주도에서는 5·10남조선 단독선거에 반대하는 인민봉기가 일어나자 이에 대응하여 이승만과 미군정당국에 의한 대탄압이 강행되었다. 세간에서 말하는 「4·3사건」으로, 이때 김태생의 친척들은 대다수가 말살을 당했다고 한다.

이때 강행된 선거에 의해 조선반도의 남북 분단시대가 시작된 것이다. 1950년 6월에는 6.25(한국전쟁)가 발발하였으며, 1945년 이전부터 일본어작가로 활동하던 김사량은 인민군에 가담하였다가 이때 사망했다고 전해진다. 6.25는 53년 7월에 판문점에서 휴전협정이 조인(調印)으로 종전이 되었지만, 그와 함께 조선반도의 남북 고착화 시대가 시작된다.

재일 조선인 사회에도 변화가 일었다. 1951년 1월, 「재일조선통일민족전선(민전)」이 결성되는데, 「민전」은 일본 공산당의 강한 영향아래 있었다고 할 수 있다. 그러나 55년 7월에는 일본공산당 제6회 전국 협의회가 개최되어 지금까지의 분파투쟁을 해소, 당의 통일이 모색되었다. 한편, 재일조선인들은 일본공산당의 지도하에 있던 민전을 해산하고 「재일본조선인총연합회(조총련)」를 결성했다.

전후 조선인에 의한 일본어 문학도 52년에는 김달수가 『신일본문학』(1952년 1월 ~ 53년 11월)에 연재한 「현해탄」이 주목받고, 다음 해 치쿠마서방(筑摩書房)에서 출판하였다. 전쟁 전의 작가 장혁주도 6.25의 비극을 그린 『아 조선(嗚呼朝鮮)』(52년 5월 新潮社)를 발표하는 등, 여전히 왕성한 활동을 하였다.

김태생 첫 소설은 1955년 퇴원한 해에 재일조선인총연합회 관련 잡지에서 김달수가 편집장으로 있던 『신조선(新朝鮮)』9월호 (하지만 이것이 최종호가 되었다)에 발표한 「가래 컵(痰コップ)」이다. 이 작품에서 젊은 나이에 죽은 고모의 병과 자기의 병을 이중으로 투영한 김태생은 이후에도 고모 죽음의 강렬한 이미지를 안고서 집필활동을 계속하였다.

잡지 『신조선』은 조총련의 결성과 함께 「새로운 조선」을 개제(改題)하여 만든 잡지로 김달수가 편집했다. 결국 2호 이후는 경제적사정이 여의치 않아 발행이 중단되었기 때문에 김태생은 더 이상 작품을 발표하지 못했다. 그러나 편집장이었던 김달수는 전쟁 전 『문예수도』 등에서 활약한 김사량의 후배인 것을 자부하고 있었으며, 『문예수도』는 조선인들의 잡지는 아니었지만 조선인 작가와 인연이 깊은 잡지였다.

7 정치의 계절

소설을 쓰기 시작한 김태생의 초기 활동의 장은 재일조선인 잡지가 아니었다. 김태생은 1955년 말경에 『문예수도』의 야스타카 도쿠조(保

高德藏)를 방문한다. 『문예수도』는 전쟁 전부터 장혁주, 김사량 등 많은 조선인 작가들이 작품을 발표한 장이었으며, 전후에도 김태생 이외에 윤자원(尹紫遠)과 김석범 등이 활약하고 있었다.

김태생은 『문예수도』에 「심력(心曆)」(57년 4월), 「E급환자」(57년 9월), 「동화」(58년 2월), 「세월의 저편에(歳月の彼方)」(58년 5월) 등의 소설을 발표해 간다.

「심력」은 소년기에 헤어진 아버지와의 갈등을 그린 소설로 후에 발표하는 「골편」의 습작이라고 말할 수 있다. 이 소설은 『문예수도』 다음 호 (5월)의 「수도월평(首都月評)」에서 가메야마 쓰네코(龜山恒子)에게 호의적인 평가를 받는 등, 동인들 사이에서 평가가 높았다. 이런 점 때문인지 김태생은 『문예수도』의 편집동인으로서도 활약하게 된다.

나다·이나다(なだ·いなだ)의 소설 『시든 꽃 장식처럼(しおれし花飾りのごとく)』에는 김태생을 모델로 한 「박」이 등장한다. 「박」은 결핵요양소에서 동료와 같이 발행하고 있던 동인잡지에 소설을 쓰고 있었다. 이때 「미나미」 즉 기타 모리오(北杜夫)가 인턴으로 요양소에 온 것을 계기로 서로 알게되어 그 후 『문예수도』의 동료로 참여하게 된다.

『문예수도』에서의 문학시대는 이른바 김태생 문학의 발판을 마련하는 기간이며, 이 시기에 나다·이나다, 기타 모리오, 사토 아이코(佐藤愛子), 모리 레이코(森礼子) 등 일본인 작가들과 교제를 시작하여 「수도합평(首都合評)」 등에서도 많은 발언을 남기고 있다.8)

특히 주목받는 것은 58년 1월호 「수도합평」이다. 이 합평은 나다·이나다, 가메야마 쓰네코와 함께 김태생도 담당하고 있었는데, 전월 호에 실린 김석범의 「까마귀의 죽음(鴉の死)」에 대해 토론하고 있다. 김

---

8) 김태생은 「首都合評」에는 합계 8회 참가 (58년 1·2·3, 59년 2·3·4·10·11호) 하였다.

태생은 발언을 통해 「까마귀의 죽음」이라는 작품이 가진 정치성과 제주도 봉기라는 역사상의 사실적인 면에 대한 감동을 감추지 않고 있다. 김석범이 고향 제주도의 민중 무장 투쟁을 소재로 한 「간수 박서방(看守朴書房)」에 이어 「까마귀의 죽음」이라는 작품을 발표한 것이 김태생에게는 큰 감동이 되었던 것이다. 그리고 동향 작가인 김석범의 출현은 그의 문학 활동에 커다란 자극이 되었다고도 볼 수 있다.

병상에서 갓 일어난 문학청년은 1958년 33세에 결혼했으며, 결혼 후에는 거의 사이타마현 가와구치(川口)시에서 거주했다. 하지만 결혼 후의 상황은 청경우독의 형태로 소설만을 쓸 수 있는 평온한 상황을 허락하지 않는다. 1960년에 한국에서 4・19학생혁명이 일어나 이승만 정권을 무너뜨리자 다음 해 박정희가 군사 쿠데타를 일으켜 독재정권을 수립하고야 말았다.

이에 분노한 김태생은 조직 활동에 종사한다. 62년에서 72년경까지 통일평론사에 근무하며 잡지『통일평론』의 편집을 맡았다. <조직의 일을 그럭저럭 10년 남짓 했습니다. 행동의 기점은 이승만을 쓰러뜨린 4・19학생혁명 이었습니다만. 그 후 1년 뒤 5월에 박정희가 반 통일세력으로서 권력의 자리에 앉습니다. (중략) 이제 더 이상 태평하게 소설 따위를 쓰고 있을 시대가 아니라는 절박한 마음이 일었습니다.> (「좌담회・일본지도에 대한 다른 견해」,『조선인』21호 1983년 3월)

젊은 김태생은 개인적 표현보다 조직방침에 따랐다. 미국 제국주의와 박정희 군사독재정권에 대항하려는 강한 의지는 그로 하여금 10년이라는 오랜 기간을 문학에서 멀어지게 했던 것이다. 62년, 조선청년사에서 발행한 잡지『새로운 조선』12월호에 소설 「빛 속으로(光の中へ)」를 발표했다. 이 작품은 62년 이래 10년 동안 「김태생」의 이름으로 발표된 두 개의 작품 중 하나이다. 「빛 속으로」는 어느 작품집에도

수록되어 있지 않기 때문에 별로 알려지지 않았는데, 김태생에게는 드물게 정치적 의지가 앞선 소설이다. 일본인 고등학교를 다니는 남자 고등학생이 주인공으로, 조직의 선배 대학생의 권유로 영화 상영회에 갔다가 그곳에서 민족학교에 다니는 여자 고등학생 등과 만나 이야기하는 사이에, 조선 대학에 진학하고 싶은 마음이 생긴다는 내용이다. 김태생의 거의 모든 작품은 담담한 문장 속에 조그만 감정의 동요나 의식 변화가 조그만 정경(情景)으로써 그려져 있기 때문에 명확한 의지를 강하게 주장하는 경우는 드물다. 하지만 이 소설은 조직방침에 맞은 정치적 의지가 명확한 김태생의 작품으로서는 보기 드문 작품이다. 이후 10년 동안 김태생은 스스로 편집한 『통일평론』에 안재균(安在均)이라는 이름으로 평론·르포·수필 등을 발표하였지만, 김태생이라는 이름으로는 거의 작품을 발표하지 않았다. 이 기간은 세상에서 말하는 공백의 10년으로, 김시종(金時鐘)의 「침묵의 십년」과 거의 일치한다. 이때 김시종은 「문예동(文藝同)(문학예술가동맹)」서기장에 취임하였지만, 창작활동은 「문예동중앙상임위원회」의 비준(批准)을 사전에 받아야 한다는 족쇄에 때문에 작품을 발표하지 못한 질식의 10년이라고 말하고 있는데, 김태생의 경우도 이에 가까운 상태였다고 할 수 있을 것이다. 「빛 속으로」는 그러한 상황 하에 쓰여진 소설이었다.

그러나 이 시기에 김태생은 자신의 이름으로 소설을 하나 더 발표하였다. 1965년 1월, 이노카와 키요시(井野川潔), 하야후네 치요(早船ちよ)등이 만든 동인잡지 『신작가』3호에 장편 「인간시장(人間の市)」를 발표하였다. 하야후네 치요는 요시나가 사유리(吉永小百合) 주연으로 유명해진 영화 「용선로가 있는 거리(キューポラのあるまち)」원작으로 유명한 작가이다. 이 소설은 그때까지 『문예수도』에서 발표된 작품들을 재구성하여 장편으로 만든 것으로, 동인들 사이에서 높이 평가를 받아 속편을 의뢰받았지만, 그는 다음호에 조선의 장시(長詩)인 정공채의 「미제8군의 차(米第八軍の車)」를 추천하고 「인간시장」의 속편은 발표하지 않았다. 여기에도 어떤 정치적 의지가 작용했다고 해도 지나친 생각이 아닐 것이다.

이 기간에 김태생이 편집하고 있는 잡지『통일평론』의 제1회 통일평론상을, 이회성이 소설 「그 전야(その前夜)」(『통일평론』64년 9월호 게재)로 수상한 것을 명기해 둔다. 무명이었던 이회성은 그 후 69년에 「다시 또 이 길을(またふたたびの道)」로 제12회 군상신인문학상을 수상하고, 72년에는 「다듬이질 하는 여자(砧を打つ女)」로 제66회 아쿠타가와상을 수상하여 일본문단에서 확고한 지위를 구축한다. 이회성이 문단에 그 이름을 떨칠 수 있었던 계기 또한 김태생과 관계가 있는 것이다.

8 주목받는 재일조선인문학

10년의 세월이 지나자 김태생은 다시 문학의 길로 향한다. 1972년 6월, 잡지『인간으로서(人間として)』10호에 소설 「골편」을 발표하고 조직의 일에서 손을 뗀 것이다. 이 해는 조선의 통일에 큰 고비가 된 해였다. 7월 4일, 남북공동성명이 발표되어 조선통일에 관한 기본원칙이 뚜렷해졌다. 소위 「7·4 공동성명」이다. 이것을 계기로 재일 지식인들은 조선과 일본의 가교가 되고자 잡지『계간 삼천리』를 발행하게 된다. 덧붙여 말하자면 창간호 편집위원은 강재언·김달수·김석범·

박경식・윤학준・이진희・이철 등으로, 이전는 공화국(북조선)을 지지한 재일조선인지식인 클럽이라고 할 수 있을 것이다. 김태생도 여기에 다수의 작품을 발표했다.

김태생이 문학에서 손을 떼고 「조선민주주의 인민공화국」을 지지하는 입장에서 조국 통일을 위해 일하고 있었던 1962년부터 72년까지 10여년 사이에, 재일조선인 작가들은 많은 작품 활동을 하여 주목을 끌고 있었다.

우선 1966년 11월, 재일조선인 2세 작가 김학영이 「얼어붙는 입(凍える口)」으로 문예상을 수상했다. 김학영은 김달수・허남기(許南麒) 등 1세 작가들이 기본적으로 「공화국」을 지지하는 입장에서 조국의 통일과 반미투쟁, 일본에서의 민족적 주체성을 호소하는 모습 등을 그려 온 것에 반해, 재일조선인 2세의 고뇌와 「북조선」을 지지하는 아버지에 대한 반발을 그렸다. 민족문제보다 개인의 문제에 보다 큰 고민을 안고 있는 그의 작품 속 주인공의 모습은 젊은 재일조선인들 사이에서 공감을 얻었다. 그리고 또 한사람의 2세 작가인 이회성은 1969년 6월에 「다시 또 이 길을」로 제 12회 군상신인문학상을 수상하였고, 72년에는 「다듬이질 하는 여자」로 제66회 아쿠타가와상을 수상했다. 문단의 경향이 내향성을 추구하는 방향으로 흐르고 있음에도, 그의 작품 속의 사회성이 문단의 이목을 집중시켜, 재일 조선인 문학의 기수로서 활기차게 내닫고 있는 것처럼 보인다.

한편, 김태생과 동세대 작가인 김석범도 1967년 10월에 최초의 작품집 「까마귀의 죽음」을 신흥서방(新興書房)에서 출판하여 일부에서 뜨거운 주목을 끌었다. 이색 작가인 정승박(鄭承博)은 1971년 『농민문학』11월호에 발표한 「벌거벗은 포로(裸の捕虜)」가 평론가의 주목을 받아 다음해 농민문학상을 수상하고, 아쿠타가와상 후보에도 올랐다.

일본 공산당의 산촌공작대(山村工作隊) 등의 경험을 가진 고사명(高史明)도 1971년 9월에 『밤이 시대의 걸음을 어둡게 할 때(夜がときの歩みを暗くするとき)』를 치쿠마 서방(筑摩書房)에서 발행하여 일본 전후사에 문학적 문제정의를 부각시켰다.

9 정주 定住한 도시

　　결핵치료를 위한 요양생활을 한 후인 생의 후반, 일정한 곳에 자리 잡고 사는 것을 싫어했던 김태생이 정착했던 도시가 사이타마(埼玉)현 가와구치(川口)시였다. 그곳은 이상으로 삼았던 고향인 제주도와는 너무나 먼 땅이었다. 그러나 그곳에서 생업을 영위하고 아내와 생활하며, 아이들을 얻었다. 가와구치는 일찍부터 주물(鑄物)의 도시로 널리 알려졌으며 하야후네 치요의 「용선로가 있는 거리」로 유명한 도시이기도 하다. 요시나가 사유리(吉永小百合) 주연의 영화를 보고, 조선인 남매의 모습을 인상적으로 기억하고 있는 사람도 적지 않을 것이다. 김태생은 이 거리에서 오사카 이카이노와 같은 분위기를 느끼고 있었다.

　　시바카와(芝川) 다리를 건너 공장이 있는 지역에 들어가면 홀연 공기가 흐르지 않고 무거워지며 녹슨 철이며 분진이 그을린 기름 냄새와 서로 뒤섞인 듯한 악취가 코를 찌른다. 짙게 흐려진 공기는 일종의 액체를 떠올리게 하는 느낌으로, 자전거 페달을 밟으면 얼굴 살갗에 미끈미끈하게 달라붙는다. 길가 공터 구석에는 주물공장에서 폐기된 부스러기가 수북하게 쌓아져 있기도 한다. 주물을 부운 후의 용선로나 작업장에서 운반된 부스러기에는 석탄 조각를 닮은 검은 덩어리와 주물지꺼기, 고열로 인

해 갈색으로 문드러진 못 등의 철분과 서로 뒤섞여 있다. 찌꺼기는 공터
에서 자연스레 불거지고 짓밟혀서 지표면의 일부가 되어 있다. 공장지대
의 길은 그런 철조각의 녹과 코크스 찌꺼기나 주물가루, 석탄조각과 비슷
한 고형물들로 덮여 있어 새까맣다. 아이들을 데리고 온 몸뻬 바지의 아
주머니가 부스러기 위에 쭈그려 앉아 작은 갈퀴 같은 것으로 주물가루나
못, 철선 등을 긁어내어 자석을 사용해 끌어 모아서 마대자루 속에 넣고
있다. 그것을 고물상에 가져가면 어느 정도의 푼돈이 되는 듯하다. 아이
들 과자 값이나 목욕 비 정도는 될 수 있을 것이다.
  나는 지나가는 길에 그런 광경을 자주 보게 되는 것이 무엇보다도 쓸
쓸하였다. 이 동네에서 생활하면서, 일하는 사람들과 그 가족도 결코 풍
족하지 않다는 것이 피부로 느껴졌다. 나는 예전에 살고 있던 오사카의
동네 뒷 골목길에 주물공장이 모여 있던 한 모퉁이를 생각해 냈다. …(중
략)… K시의 이 공장지대도 어딘지 모르게 오사카의 뒷골목과 닮은 듯
한 느낌이 들어, 나는 가능하다면 이 동네에서는 살고 싶지 않다고 생각
했다. 내가 죽을힘을 다해 발버둥 쳐서 겨우 빠져나온 생활공간과 동질의
모습이 이 동네에 있는 것처럼 생각되었다.

(『나그네 전설』9) p.120~121)

  이상인 고향으로부터 멀리 떨어져서 살아가는 것, 그러한 인간 보편
적인 삶의 현실을 김태생은 이 거리에서 본 것이 아닐까. 자신이 소년
시대에 품고 있던 사진가 되려던 꿈을 버리고, 또 청년기에 제주도에
돌아가 농업에 종사하려고 했던 이상도 버리고, 처자를 끌어안고 살아
가는 일에 악착같이 살지 않으면 안 되는 사태에 이르렀다. 아니, 얽매
이며 살아가고 있던 것은 처자 쪽이고, 정작 본인은 한쪽 폐와 늑골
여덟 개를 잃은 불편한 몸으로 문학에만 미쳐서 일은 조금도 하지 않
았을 지도 모른다.

---

9) 『나그네 전설』은 미래사 발행 잡지 『未來』 1980년 12월부터 82년 2월까지 연재된
   「나의 일본어 지도」하고 그 외에 아직 단행본 수록되지 않은 작품들을 더하여 1985
   년 8월 影書房에서 발표되었다.

오사카 이카이노와 마찬가지로 사이타마 가와구치에는 생활인의 풍경이 있으며, 그 풍경을 배경으로 하여 아버지인 김태생을 바라본 두 아이의 시선이 있다. <중학교 3학년이 되는 딸이, 나에게 비판적입니다. 쓸모없는 아버지라며 내가 내 아버지에게 그랬던 것처럼, 자신이 무엇을 하고 있는지 알지 못합니다. 아버지는 잔소리만 늘어놓고, 어머니에게 고생만 시키고.> (「좌담회·일본지도에 대한 다른 견해」) 가와구치 시는 아이들에게 있어 고향인 것이다. 그리고 예전에 김태생이 자기 아버지를 바라본 것처럼 아이들도 김태생을 바라보고 있다. 그런 시선을 확실히 느끼고 있으며, 그것은 자기응시로 이어진다. 어쨌든 가와구치시의 생활 속에서 김태생은 민족문제를 넘어 사회성을 향해 문학적 시야를 넓혀 간다.

> 깊은 밤, 처마 밑에서 공해에 찌들어 천식에 괴로워하는 도둑 고양이도 그렇고, 다른 사람 집에 침입해 흐느껴 우는 청년도 그렇고, 일본에도 알콜 중독증이 만연할 만한 사회적 조건은 갖춰져 있는지도 모른다. 공해이든, 알콜 중독증이든 그것들이 자연의 오염된 상황이 사회적으로 반영된 모습이라는 것에는 변함이 없을 것이다. (중략)
> 왕잠자리의 추락도 그렇고 길가의 쥐도 그렇고, 우리들이 일상에서 아무렇지도 않게 보고 넘기고 있는 이 마을의 풍경 속에는 작은 동물들에게 생태계를 위협하는 환경오염이 진행되고 있는 것은 분명했다.
>
> (『나그네 전설』p.136)

민족의 구별 없이 환경오염이 인류를 침범해 가는 광경이 그려져 있다. 이상이 아닌 정주지에서 김태생이 발견한 것은 피폐하고 오염에 중독된 썩어가는 세계였다. 더불어 핵무기에 의한 인류 멸망의 위기마저 시야에 들어온다. 이제는 하나의 국가나 정치단체의 개념을 넘어서

민족까지도 초월하여, 김태생은 모든 것을 포기하고 오직 문학에만 소망을 담고 있었다.

10 일본사회에 정주하여 연대連帶하다

원치 않던 정주가 김태생에게 가져다 준 것은, 동시에 김태생이 일본과 일본인에게 가져다 준 것이기도 하다. 죽기 전 약 10여년 간의 김태생의 활동을 살펴보자.

김태생은 1978년 10월부터 신일본문학회 계열의 사이타마 문학학교의 전임강사를 역임했다. 신일본문학회는 전후 바로 나카노 시게하루(中野重治) 등이 세운 문학단체로, 김태생의 선배작가인 김달수도 깊이 관계하고 있었다. 사이타마 문학학교는 당시 신일본문학회가 운영하고 있었다. 김태생은 이 외에도 일본 문학학교, 요코하마 문학학교, 치바 문학학교 등에서 임시강사를 역임했다. 사이타마 문학학교가 참가자에 의한 자주적 운영으로 변한 후에도 전 생애에 걸쳐서 이곳의 지도를 맡았다.10) 만년의 김태생은 가와구치에 살며 사이타마 문학학교가개최되고 있는 우라와(浦和)에 매주 다녔다. 목요일 밤에는 문학학교의 젊

---

10) 『신일본문학』1983년 10월호에, 사이타마 문학학교에 대한 감상 「동행자 여러사람(同行者大勢)」를 발표하고 있다.
    <'우리들은, 어디로 가면 될까?' 그들의 마음속 질문이 언제나 나에게는 들리는 것 같은 기분이 든다. 시대가 변하고 정황이 다르더라도, 사람에게 있어 자신이 어디로 가는지에 대한 것은 항상 근원적인 질문일 것이다. (중략) 그 질문에 대해서 명확히 대답할 수 있는 것이 부족한 현실이 나를 괴롭힌다. 그렇기 때문에 또, 나는 그들과 갈 수 있는 곳까지 걸어가려고 하는 것이다. 우리 문학학교의 캐치프레이즈는 '동행자대세'라고 하고 싶다.>

은 수강생들과 육교 밑의 술집에서 소주를 나눠 마시곤 했다.

한국에서 1980년에 광주사건이 일어나 전두환을 중심으로 한 신군부가 민주화를 바라는 광주시민을 심하게 탄압했는데, 이 사건은 당시 일본에서는 연일보도 되어 양심적인 시민은 한국과 재일조선인에 대해 큰 관심을 나타냈다. 그 시선 앞에는 강요하지 않고 부드럽고 조용한 문장으로 이야기하며 섣불리 결론 내리지 않는 김태생 문학이 있었고, 김태생은 일본인 사이에서 발언을 확대해 갔다.

1981년 6월 21일 「아침을 보지 못하고·강연 모임」에서 「동시대인으로써의 오기순 어머니」라는 주제로 강연.11) 12월 8일, 정경모(鄭敬謨)주최의 씨알의 힘(シアレヒム)문장교실에서 강의했다. 정경모는 1972년『어느 한국인의 마음』(아사히 신문)을 발행하여, 당시 조선인민공화국에 동조적으로 향하고 있던 일본의 진보적 지식인의 시선을 한국으로 돌리게 한 통일 운동가이다. 이 연속 강의에는 김석범, 이회성도 참가하였다. 1982년 5월, 이누마 지로, 쓰루미 슌스케 등이 발행한 잡지『조선인-오무라 수용소를 폐지하기위해서-』의 좌담회에 출석하기 위해 교토를 방문하고, 며칠 후에는 치바에서 시민에 의해 개최된 「광주를 잊을 수 없는 모임」에서 강연했다.

다음해 83년 5월에는 가와사키(川崎)시 공민관에서의 연속강좌 「누구라도 쓸 수 있는 에세이」를 각본가 스도 이즈호(須藤出穗)와 함께 담당했으며, 이후 이곳에서 생겨난 「가와사키 에세이 모임」의 지도를 계속했다. 또 같은 달 말경에는 도쿄 후츄(府中)시의 「일한 문제를 생각하는 후츄 시민강좌」에서 강연, 이듬해 6월 사이타마 지방 노동학교

---

11) 이 강연은 서군 형제를 지키는 문학창조자와 독자모임 (徐君兄弟を守る文學創造者と讀者の會)·오기순(吳己順)씨 추도문집 간행위원회 공동으로 주최했으며, 같은 해 11월 1일, 「아침을 보는 일 없이·강연 모임」의 기록『서형제의 투쟁과 오기순씨』에 같은 강연 내용이 수록되어 있다.

에서 강연했다.[12] 김태생의 눈은 이처럼 일본 시민과 「한국」으로 향해 있었다.

같은 해 7월에는 「아시아 문학자 히로시마 회의」에서 조국에 대한 핵 위기 현황을 재일조선인의 입장에서 호소하기 위한 <재일조선인 문학자 뜻있는 사람들의 모임> 결성에 참가. 27일부터 개최된 「아시아문학자 히로시마회의」및 제 4회 나가사키 국제 포럼 「아시아 평화와 문학을 논하는 모임」에 참가했다. 그리고 84년 5월, 사이타마현 오미야시 시립도서관 연속강좌 「재일 조선인문학을 어떻게 읽을 것인가」에서 강연했는데. 이 강좌에는 오노데이지로(小野悌次郎)가 조언자로서 김태생·김석범·이회성이 연사로써 초대되었다. 이후에도 뜻 있는 참가자들이 「재일조선인문학」을 읽는 운동을 계속했는데, 여기에도 김태생은 계속 관여했다. 85년, 재일외국인에 대한 지문 강제 날인이 사회문제가 되어 지문날인 거부자와 일본인 시민이 연대운동을 전개하고 있던 9월, 우라와시(市)에서 「민족차별과 투쟁하는 관동지방 교류회」에서 강연했다. 그 해 10월 김태생이 지도한 사이타마 문학학교가 신일본문학회에서 경제적으로 독립하고, 이를 이어 <자주강좌 사이타마 문학학교>가 계속되자 조언자를 담당하며 만년에 이른다. 문학학교를 시작으로 몇 개의 일본인 클럽을 태우고, 김태생이라는 합승버스는 생애에 걸쳐 느긋하게 달렸던 것이다.

---

12) 그 요지를 「달리는 빨간 자전거」로써 『全遞埼玉』7월 15일에 게재.

11 결 론

> 나는 다시금, 나에게 있어서 고향이란 무엇일까?
> 라는 질문으로 돌아가지 않으면 안된다. 나는 고향을 생각할 때, 찢어 내
> 팽겨 치고 왔던 내 육체의 일부분을 상상한다. 그리고 내 고향은 이전과
> 다를 바 없이 지금도 고독한 것임에 틀림없다고 생각한다. 나의 고향에서
> 시작된 이 「일본지도」는 다시 내가 고향에 다다르는 것에 의해, 비로소
> 완결되는 것 일지도 모른다. (『나의 일본지도』p.17)

김태생은 4살 때 일본으로 건너온 이후, 불행하게도 두 번 다시 고향에 발을 디딜 수 없었다. 김태생 문학은 완결되지 않은 것이다. 어머니의 잔영으로 창조된 환상 속의 이상향=제주도에서 멀리 떨어져, 일본 생활의 출발점인 오사카의 이카이노에서 성장하면서 어머니를 대신하여 길러준 고모의 죽음을 지켜보았다. 그리고 자신의 죽음을 마주한 시즈오카(靜岡) 산속의 결핵요양소를 거쳐, 정치에 농락당하고 도쿄에서 문학 친구를 얻어 사이타마 현 가와구치 시에 정주했다.

김태생은 화려한 작가는 아니었다. 오히려 그다지 드러나지 않은 작가였다. 1979년에 이소가이 지로(磯貝治良)가 「명징과 응시와(明澄と凝視と)」13) 라고 제목을 부친 김태생론을 발표하기 전까지 평론가의 평가도 거의 받지 못했으며, 생의 마지막해인 1986년, 제 12회 청구(靑丘)문화상을 수상하지만14) 이것도 일본인 사회에서 눈에 띄는 상

---

13) 이소가이 지로(磯貝治良)의 「명징과 응시와」는 『신일본문학』1979년 7월호에 게재, 수정되어 같은 해 9월 발행의 創樹社 『시원의 빛(始源の光)』에 수록되었다.

14) 청구 문화상은 문예 · 사회과학 분야에서 뛰어난 업적을 남기고 사회에 크게 공헌한 재일 조선 · 한국인에게 주는 상으로, 주최는 재일조선인 유지실업인 모임인 청구회이다. 김태생은 86년 2월 『くじゃく亭通信』44호에 「시작절반 청구문화상을 수상하

은 아니었다. 그리고 그 해 12월 25일 밤늦게 가와구치의 작은 진료소에서 조용히 영원한 잠에 빠졌든 것이다.

그가 존경했던 친구 김석범이 대작 『화산도』로 85년에 오사라기 지로(大佛次郎)상을 받아, 겨우 세상에 빛을 본 것을 생각하면 너무 이른 죽음이었다고 하지 않을 수 없다.

나선 모양으로 회전 상승하면서 김태생의 문학은 고향으로의 귀향을 지향한다. 목표이면서도 결코 도달하지 못하는 이상. 보이는 것은 자본주의의 지배 하에 부패가 진행되는 사회 현실. 인류는 멸망하려고 하는 것인가. 문학에 결론은 없다. 김태생은 버스에 우연히 합승한 승객에게 잘 부탁한다고 하면서 일본인들과 접촉했다. 그리고 계속해서 물었다. 너희들은 어디를 향해 가는 것인가, 라고.

고」를 게재하고 있다.

7. 다치하라 마사아키立原正秋의
미의식과 소설적 형상

김정혜

1 서 론

　다치하라 마사아키(立原正秋)의 미의식에 대해서는 중세의 제아미(世阿弥)가 표현한 유겐(幽玄)이 그 영향의 근원이라는 것이 일반적인 견해이다.1) 또한 다치하라 본인도 인정하고 있듯이 가와바타 야스나리(川端康成)의 소설에서 볼 수 있는 미의식에서의 영향도 그 이론의 범

---

1) 「다치하라 마사아키가 일본중세의 미를 이상으로 하고 그것을 스스로 문학의 버팀목으로 여기고 있는 것은 누구라도 인정할 것이다. 1973년에 발표한 「나와 8월」 속에서 그는 일본의 패전을 경계로 한 수일간을 뒤 돌아보고 이렇게 쓰고 있다.
　＜나는 멸망을 분명하게 체험했다. 대전말기 이미 일본의 중세로 돌아간 나는 패전을 경계로 한결같이 중세로 몰입해 갔다. 그곳에는 믿어 의심할 수 없는 것이 있었다」라고 다카이 유이치 씨는 이야기하고 있다.(『작가의 삶과 죽음』 高井有一、角川書店、平成9年6月10日、p.31)
　(立原正秋が日本中世の美を理想とし、それを自らの文學の支へともしていた事は、誰も認めるだらう。1973年に發表した「私と八月」の中で、彼は、終戰を境にした數日を振り返って、こう書いている。
　＜私は滅亡をはっきり體驗した。大戰末期すでに日本の中世に還っていた私は、終戰をさかいにひたすら中世に沒入して行った。そこには信じて疑えないものがあった。」と高井有一氏は語っている。(『作家の生き死』、高井有一、角川書店、平成9年6月10日、31頁。＞)

주에 넣을 수 있을 것이다. 『다치하라 마사아키 소설사전(立原正秋小說事典)』의 「머리말」에는 「다치하라가 존경했던 먼 옛날의 인물은 제아미이고, 최근 인물은 야스나리였다. 실로 일본문학사상, 유겐의 미를 가장 잘 실현하고 표현한 것은 이 두 사람이다」라고 기술하고 있다.[2]

논자는 과연 재일 코리언 1세인 다치하라 마사아키의 미의식을 이와 같은 일본 중세 미의식 세계의 관점으로만 논해도 좋을 것인가라고 하는 의문을 이전부터 가지고 있었다. 따라서 본 논문의 목적은 이 의문을 확실하게 밝히는 것에 있다. 즉 본 논문의 목적은 재일 코리언 1세로서의 다치하라 마사아키 내면의 미의식이 실제로는 어떤 것에 의해 형성되고 어떤 영향을 받아 온 것인가를 규명하는 것이다.

연구방법으로서 다치하라 마사아키의 작품에서 가장 완성도가 높은 작품으로 평가되고 있는 「잔설(殘りの雪)」의 작품 속에 나오는 선사(禪寺)를 상세하게 분석하는 것에 의해 다치하라 마사아키의 심상(心象)풍경에 존재하고 있는 고향의 선사와 그 주변 촌락과의 영향관계를 밝히려고 한다. 그리고 그러한 검정을 통하여 다치하라 마사아키의 미의식을 고찰하려고 한다. 또한 다치하라 마사아키의 소설에서 반드시라고 해도 좋을 정도로 자주 나타나고 있는 조선백자와 미의식과의 상관관계에 대해서도 분석할 예정이다.

선행연구로는 다카이 유이치(高井有一) 씨의 『작가의 삶과 죽음(作家の生き死)』(角川書店, 1997년 6월 10일)을 우선 살펴보기로 하겠다. 이곳에 수록되어 있는 「다치하라 마사아키와 조선(立原正秋と朝鮮)」·「다치하라 마사아키와 재일 사람들(立原正秋と在日の人々)」

---

2) 『立原正秋事典』武田勝彦・田中康子、早稻田大學出版部、1993年9月.
　　(立原が遠く仰ぎ見ていたのは世阿弥であり、近く敬していたのは康成であった。まさに日本文學史上、幽玄の美を極めたのはこの二人である。)

·「다치하라 마사아키와 비행소년(立原正秋と非行少年)」 등의 논고는 일본인 다치하라 마사아키의 내면에 깊이 들어가 그 결과로 재일 코리언 1세 작가 다치하라 마사아키를 논하고 있다.

그 밖에도 다치하라 마사아키에 관한 논문은 80여 편이 있다. 그 중에서 미의식에 관한 것은 20여 편 있지만, 재일 1세 작가 다치하라 마사아키라고 하는 관점에서 미의식과 작품을 논한 것은 없는 것 같다.3)

본 논문에는 재일 1세의 관점에서 논하고 있는 다카이 유이치 씨의 논문 세 편만을 소개한다. 이하 (   )의 페이지는 『작가의 삶과 죽음』에서 인용한 곳이다.

「다치하라 마사아키와 조선」에서는 다치하라 마사아키의 연보의 허구를 언급하고 「스스로 허상을 만들어 내어 살아가는 일이 얼마만큼의 긴장을 그에게 강요한 것인가는 나의 상상을 초월하고 있다. 「휴우!」라고 한 숨을 토해낼 여유도 없는 일생이었을 것이라고 애처롭게 생각할 뿐이다.」(p.38)라고 기술하고 있다. 논자는 이 긴장감이 다치하라 마사아키를 미적 지향으로 이끌어 간 것이 아닐까라고 생각한다. 다카이 유이치 씨는 이어서 다음과 같이 말하고 있다.

---

3) 다치하라 마사아키의 작품을 미의식이라고 하는 관점에서 논한 것 중에서 특기할 만한 것을 들면 다음과 같다.
「對談日本人の美意識ー立原正秋・小川國夫ー」,『短歌』23(8), 角川書店, 1976年8月, pp.143−175
「立原正秋の美意識と仏教」, 見理文周, 『印度學仏教學研究』34(1), 日本印度學仏教學會, 1985年12月, pp.299−304
「立原正秋の作品における美意識の問題(上・中・下),『北里大學教養部紀要』(21・22・23), 北里大學教養部、1987年・1988年・1989年、pp.1−32, pp.2−36, pp.59−79.
「死の美學を生きた立原正秋ー小川國夫・スティーブン・コール・司會田中康子」,『知識』(89), 彩文社, 1989年5月, pp.90−99.

1964년에 출세작 「다키기노(薪能)」를 발표한 뒤 다치하라 마사아키는 일본의 중세를 근거로 하여 소설을 썼다고 공언하게 되었다. 제아미(世阿弥)의 「풍자화전(風姿花伝)」을 소설작법으로 전화(轉化)하여 읽었다 라고도 했다. 그의 소설에는 노(能)와 젠(禪), 차도(茶道), 유젠조메(友禪染), 거기에 산벚꽃과 수선화 등, 이른바 "일본적" 미의식으로 적합한 것들이 실로 빈번하게 나타났다. 등장하는 여자는 모두 정숙하며 일본 옷에 어울리고, 남자는 무뢰한 모습을 띠면서도 항상 교양을 가진 사람이다. 하지만 이것들 모든 것은 조선의 가난한 집안에서 태어나 아버지와는 일찍 사별하고 20살에 일본으로 건너와 요코스카(橫須賀)에서 철 부스러기를 줍는 넝마주이를 운영하는 양아버지 아래서 자란 그의 성장과정의 환경과는 전혀 관련이 없는 것이었다. 그는 요코스카상업학교 시절에 작가로서 일어서려고 마음을 먹은 이후, 거의 초인적이라고도 할 만큼 노력을 다해, 일본적 교양을 익혔다고 생각된다.(p39)

이와 같이 하여 다치하라 마사아키는 출생 사실을 속이면서까지 일본인으로 완전히 변모하려고, 일본인 이상으로 일본인이 되려고 했던 것이다. 1973년 5월에 다치하라 마사아키는 한국에 갔다. 하지만 고향에는 가지 않았다. 「'마음에 내키지도 않는 고향을 섣불리 본다면 사소설로 빠질 우려가 있기 때문이다'라고 대답한 것과 같이 すなおに 납득할 수 없다. 자신이 자란 땅에 서서 친족을 대면하면 쌓아 올린 허구가 무너져 버릴 것이 이 당시의 그에게 아직 두려웠던 것이 아닐까 생각된다」(p.40)라고 다카이 유이치 씨는 이야기 하고 있지만, 논자는 다치하라 마사아키의 마음 속에는 고향에 얽힌 괴롭고 비참했던 여러 가지 추억이 아직 너무 생생해서 아무래도 고향으로 발길을 향할 수 없었던 것이 아닐까라고 생각한다. 하지만 또 당시, 다치하라 마사아키는 몸 컨디션이 좋지 않다고 호소했다고도 전해지고 있다. 어쨌든 고향에 가지 않았던 것은 사실이다. 1973년이라면 인기작가로서 최고조

를 달리는 때였던 만큼 마음 속에서의 긴장감은 보통 사람과 달리 매우 복잡했을 것이라고 생각한다. 특히 초인적이라고도 할 수 있을 정도로 노력하여 일본적 교양을 익혔다고 생각되는 다치하라 마사아키로의 이와 같은 살을 도려내는 듯한 긴장감이 미의식으로 승화되어 작품으로 형상화된 것이라고 생각된다.

「다치하라 마사아키와 <재일> 사람들」에서는 <재긴키경상북도민회(在近畿慶北道民會)>에서 있었던 일을 쓰고 있다. 다카이 유이치 씨는 그 도민회에서 다치하라 마사아키의 소학교시절 동급생을 만난다. 그는 김후식이라는 사람으로 다치하라 마사아키가 다녔던 경북 구미 보통학교 시절의 동급생이었다. 김후식은 당시 다치하라 마사아키에 대해서 「뒷머리는 납작하고(絶壁頭) 영양이 부족한 것 같은 마른 몸으로 얼굴빛은 희다기보다 누렇게 보였다. 그리고 말을 더듬었으며 항상 학교 교정의 한 구석에 혼자 서 있을 때가 많았다. 우리 집으로 매일 찾아와 책을 빌려갔다. 문장을 쓰는 것에 관심이 많았고 자신감을 가지고 있었다. 얌전했던 반면 무언가 마음에 들지 않은 일이 있으면 싸움을 하는 면도 있었다.(p.42)」라고 이야기 하고 있다. 하지만 김후식은 오사카에서 쭉 살았지만 그 유명한 다치하라 마사아키가 구미에서 살았던 김윤규였다는 것은 작년(1991년경)까지 몰랐다고 한다.

「유년시절의 다치하라 마사아키에 대해서는 불명이었지만 이것으로 조금은 밝혀졌다」라고 다카이 유이치 씨는 말하고 있다. 그리고 도민회 회장인 심재인 씨는 「다치하라 마사아키의 일생은 나에게 있어서 다른 사람의 일이 아닙니다. 그 심정이 너무나도 잘 이해됩니다.(p.44)」라고 이야기하고 있다. 1929년에 태어나 소학교 6학년 때 일본으로 건너온 심 씨는 자신의 출생을 다른 사람들에게 밝히지 못했다. 「일본도 조선도 망하면 좋다」라고 진지하게 생각했다고 한다. 그리고 식민지만은 있어서는 안 된다. 식민지는 인간을 파괴하기 때문이다.(p45)」라고 말했다. 이와 같은 생각은 「『일본이 망하고 조선이 망하는 것을 나는 그 전쟁 속에 매일매일 얼마나 바라고 있었던가.』라고 쓰고 있는 다치하라 마사아키와 통하고 있다(p44)」라고 말하고 있다. 재일 코리언에 대한 가혹한 차별이 "멸망"을 다치하라 마사아키에게 강요했다고도 생각할 수 있는 것이다.

「다치하라 마사아키와 비행소년」에서는 차별의 아픔을 맛보았기 때문에 출생을 속인다든지 들어가지도 않은 소년원에 대해서 이야기하기도 한다. 그러한 다치하라 마사아키의 내면의 굴절을 이야기하고 있다. 그리고 「사람은 허구에 의해 고백보다도 적나라하게 진실을 이야기해 버리는 경우가 있다.(중략) 고생을 해서 세상에 알려지게 된 사람에게 특유의 自己顯示欲이 그는 다른 사람보다 한층 더 강했다.(p.50)」라고 말하고 있다. 그리고 「겨울 여행(冬の旅)」에 대해서 「조선인으로서 불합리한 차별을 견뎌온 체험이 이 소설을 성립시켰다고 할 수 있다」라고 말하고 있다.

이와 같이 다치하라 마사아키가 재일 1세 코리언으로서 받은 차별이 다치하라 마사아키의 내면에 긴장감을 주었고, 마음을 굴절시키고 자기현시욕을 일으키게 하여 허구의 인생을 이야기하도록 해 버렸다. 그리고 이와 같은 허구를 이야기하게끔 해 버린 의식이 작가로서의 내면에서 압축되고 승화되어 미의식과 죄악감으로 작품에 나타나고 있는 것이다.

이상으로 선행연구의 소개와 아울러 논자의 견해도 함께 기술했다. 다음으로 본론에 들어가 구체적으로 다치하라 마사아키의 미의식과 소설적 형상에 대하여 작품을 통하여 논해보려고 한다.

연구대상 작품은 「잔설」이다. 이 작품을 텍스트로 선택한 이유는 작

품 속의 무대가 가마쿠라이고, 절이(즈이센지(瑞泉寺)도 포함해서) 중
요한 모티브로서 작용하고 있는 점, 조선백자로 비교되고 있는 히로인
의 형상화가 미적인 점, 다치하라 마사아키의 미의식과 죄악감이 잘
나타나 있는 점 등을 들 수 있다.

텍스트는 『다치하라 마사아키 전집 18권(立原正秋全集十八卷)』
(1980년 1월 12일, 角川書店)을 사용한다.

2 고향의 심상心象 풍경과 가마쿠라의 선사禪寺

다치하라 마사아키는 가마쿠라시의 즈이센지(瑞泉寺) 절에 묻혀 있
다. 논자가 이 즈이센지 절을 방문했을 때, 첫 번째 인상은 한국의 안
동시 교외에 있는 다치하라 마사아키가 태어난 고향의 봉정사(鳳停寺)
와 닮았다는 것이었다. 문득 가마쿠라시가 안동시 교외의 다치하라의
고향인 봉정사 주변의 촌락 태장동(台庄洞)과 매우 닮았다고 하는 인
상도 받았다. 어느 쪽도 분지라고는 할 수 없지만 그다지 높지 않은
산이 주변에 있고 그 산의 기슭에 절이 있어 서민의 생활과 절이 깊은
관계를 맺고 있음을 느낄 수 있는 곳이었다. 차이라고 한다면 안동 교
외는 바다로부터 꽤 멀리 떨어진 내륙지방이고, 가마쿠라시는 한 쪽이
바다를 면하고 있는 것이라고 할 것이다. 어디까지나 논자의 추측이지
만 다치하라 마사아키의 내면에는 고향의 봉정사와 그 주변의 풍경이
언제나 존재하고, 그것들이 창작할 때 심상풍경으로 나타나 다치하라
마사아키의 미의식을 형성하고 있는 것이 아닐까 생각되는 것이다.

천등산(天燈山) 봉정사는 한국의 산간지대 안동시의 교외에 있는 대한불교 조계종의 절이다. 672년에 건립되어 국보 극락전, 보물 대웅전 등의 건조물과 석탑, 암자 등이 있는 아름다운 절이다. 다치하라 마사아키는 이 절을 어린 시절 놀이터로 삼으면서 자랐다. 또 이 절은 죽은 아버지의 추억의 장소이기도 하다. 다치하라 마사아키의 부친은 이 절의 스님이었다고 하나 분명하지 않다. 다치하라 마사아키는 5살 때 부친을 잃었으며, 아버지 사후 어머니는 어린 다치하라 마사아키를 데리고 안동시로 이사를 하고 두 번 다시 봉정사가 있는 시골로 돌아가지 않았다. 하지만 어린 다치하라 마사아키의 뇌리에는 가장 행복한 시절이었던 이곳의 풍경과 삶이 강한 인상으로 남아 있었다고 생각한다. 「겨울의 추억거리(冬のかたみに)」에서 이곳의 풍경을 다음과 같이 묘사하고 있다.

> 나는 매우 고독에 빠져 경내를 가로질러 동쪽 산문으로 나왔다. 그리고 토담을 따라 길을 걸으면서 산비둘기가 구우, 구우, 구우 울고 있는 것을 들었다. 나는 우두커니 멈추어 서서 승당의 숲을 올려다보았다. 잡목 숲의 가지 너머 천화당(遷化堂)과 개산조당(開山祖堂)의 기와지붕이 빛나고 있었다. 하지만 이 토담길을 가득 비추고 있는 햇빛의 쓸쓸함은 무엇일까…….4)

다음 묘사는 「나머지 겨울(殘りの冬)」의 사토코(里子)가 에이메이지 절(永明寺)로 향해 갈 때의 묘사이다.

> 고갯길에는 나뭇잎 사이로 새어드는 햇빛이 흩어지고 바람이 스쳐 지나갔다. 이윽고 썩은 낙엽이 쌓인 산 비탈길을 올라 에이메이지(永明寺)

---

4) 「冬のかたみに」, 『立原正秋全集　第十七巻』, 角川書店, 1983年 3月 12日, p.55.

절의 경내로 들어갔다. 산 중턱에 진좌하고 있는 간소한 선사(禪寺)이다. 본당의 뒷산에는 산비둘기가 울고 있었다. 이곳도 숨이 콱콱 막힐 것 같은 신록이 가득 차 있었다. 사토코는 절 부엌 앞으로 걸어가 '실례합니다'라고 말을 걸었다. 절 부엌은 본당의 동쪽에 직각으로 세워져 있고 막 새로 바꿔 바른 듯이 보이는 장지문이 새하얗게 보였다.5)

사토코는 남편에게 버림받아 공허한 마음으로 에이메이지 절을 방문하고 있다. 하지만 방문한 뒤 사토코는 화상(和尙)에게 남편에게 버림받은 처라고 하는 것이 귀중한 존재라고 말을 듣고 「귀중한 존재 나름의 삶의 방식이 있을 것이다」라고 생각한 것이다.

또 사토코의 자택으로 가는 길은 봉정사로 가는 길과 그 묘사가 비슷하다.

　　　개울에는 작은 다리가 몇 개 걸려 있다. 사토코는 첫 번째 다리를 오른쪽으로 돌면서 긴넜다. 한동안 올라가자 생가에 가는 겐닌지(建仁寺) 절의 담이 보였다.6)

이 묘사를 「겨울의 추억거리(冬のかたみに)」에서 보면 다음과 같다.

　　　마을을 벗어난 곳에 개울이 있고 활모양으로 휘어진 반월교라는 돌다리를 건너면 개울을 왼쪽으로 보면서 가람으로 가는 길이 이어져 있었다.7)

여기에서 특기할 것은 「다리」를 건너 안식소로 간다고 하는 두 작품의 공통적인 내용이다. 사토코는 남편에게 버림받고 앞으로의 생활

---

5) 텍스트, p.50.
6) 동상, p.7.
7) 「冬のかたみに」, p.9.

을 예측하지도 못한 채 생가로 돌아왔다. 그 생가는 절에서 다리를 건너 한동안 걸어가면 도착하는 곳이었다. 「겨울의 추억거리」에서의 <나>도 왜놈이라고 하는 말을 듣는 한·일 혼혈아인 만큼 결코 마을에서의 생활은 마음 편한 것이 아니었다. 그런 <나>가 다리를 건너 가람으로 가면 그곳에는 자신을 맞이해 주는 사람들이 있는 편안한 장소가 있다. 다치하라 마사아키에게 있어서 다리를 건넌다고 하는 것은 아직 세상과 뒤섞이지 않은, 본래의 자신으로 돌아간다고 하는 것을 의미하고 있는 것 같다. 거기에는 자연의 미가 있다. 선(禪)의 가르침이 있다. 마음의 평온이 있다.

사토코는 사카니시와의 교제를 사카니시의 아내에게 고자질하는 아야에(綾江)와 절에서 만난다. 이 절에는 꽃창포가 피어 있었다. 여기에서의 꽃창포는 여자로 비유되어 「활짝 핀 꽃, 반쯤 피어 있는 꽃, 지금부터 피려고 하는 꽃봉오리가 보라색과 흰색으로 채색되어 제 나름대로의 모습으로 마치 여자들이 무리를 이루고 있는 것 같이 오후의 태양광 아래서 희미하게 빛나고 있었다8)」라고 묘사되어 있다. 아름다우면서도 관능적이다. 이어서 앞으로 일어날 사토코와 사카니시의 정보를 암시하듯이 「특히 활짝 핀 꽃잎은 농익은 여성의 나체를 생각하게 했다. 부드러운 꽃잎이 위에서 벌어져 끝이 아래로 늘어져 있는데도 줄기는 튼튼하고 뿌리도 빈틈없이 물속으로 널리 퍼져 뿌리를 내리고 있는 느낌이었다. 마치 여자가 몸체를 열고 있는 자태였다. 오랫동안 바라보고 있으면 음란한 생각에 빠져 들어갔다9)」라고 묘사되어 있다. 다름 아닌 선사(禪寺)에 피어 있는 꽃창포에서 여자가 된 사토코의 내면을 볼 수 있었다. 「잔설」에서 절은 모티브로서 큰 비중을 차지하고 있다.

---

8) 텍스트, p.43.
9) 동상, p.46.

올려다보면 이미 꽃은 지고 푸른 잎이 돋아난 해당화 건너편에 본당이 앉아 있고, 본당의 뒤와 좌우에는 신록의 우거진 산 사면이 이쪽으로 향하여 흐르고 있었다. 좁은 골짜기에 행복을 느낄 수 있을 것 같은 6월의 오후가 펼쳐져 있었다.[10]

「잔설」에서의 가장 행복한 한 때이다. 하지만 아야에의 집요한 괴롭힘이 기다리고 있어서 사토코의 일상생활은 다시 평온함을 잃어버리는 것이다. 그것들을 암시하는 것도 절이다.

또 다음 묘사에서는 고향을 멀리 떠나 타향 땅에서 재일 코리언으로서 자신의 심정을 토로하고 있다고 생각되는 다치하라 마사아키의 내면을 볼 수가 있다.

사토코는 에이메이지 절을 둘러싸고 있는 산의 신록, 고쿠라쿠지(極樂寺) 절 고개의 신록을 회고하고, 만약 편재(偏在)되어 있는 자연에 동화될 수 있다면 하고 자신의 내년을 보았다. 생가로 돌아왔다고는 하지만 자연의 변화가 마음에 너무 절실하게 다가왔다. 도쿄의 생활에서는 경험하지 못했던 것이었다. 춘수(春愁)의 나날을 지내고 와, 신록의 정취가 곳곳에 보이고 있는 지금은 나 혼자만이 초라하고 비참했다.[11]

「자연에 동화될 수 있으면」이란 고향 마을의 품에 안기고 싶다고 하는 작자의 절절한 바램이다. 이와 같은 바램은 사토코의 남편과 함께 살고 있는 치에(千枝)가 갑자기 고향을 생각하는 장면에서도 볼 수 있다. 그곳에도 역시 절은 존재한다.

---

10) 동상, p.43.
11) 동상, p.54.

고향인 오카야마에는 3년 동안 돌아가지 않았다. 아사히가와(旭川) 강을 면한 히로세초(廣瀬町)에 생가가 있고 아버지는 관청에 근무하고 있었다. 집 근처의 조카쿠지(淨覺寺)와 즈이운지(瑞雲寺)의 경내에서 논 어린 시절이 회상되었다.12)

그 후, 치에는 남자에게 버림을 받아 매일 술에 빠져 사는 생활이었다. 사토코가 에이메이지 절을 방문했을 때 작자는 어떤 이유도 붙이지 않는다. 어딘가 외출하던 참에 단지 한번 찾아온 것이다. 그리고 거기에서 사카니시와 우연히 만나는 것에 의해 사토코의 운명은 결정된다. 운명의 시작은 상쾌한 묘사로 되어 있다. 그것은 「잔설」이 사토코의 비극을 다룬 이야기가 아닌 것을 암시하고 있다.

길은 허공장당(虛空藏堂) 근처부터 갑자기 조용해졌다. 사토코는 매미소리를 들으며 언덕길을 올라갔다. 고갯길인데도 언덕 위에서 바람이 불어왔다. 사토코는 고갯길의 도중에서 멈추어 서서 얼굴의 땀을 닦았다. 나무 그늘의 고갯길을 더욱 시원한 바람이 불어 왔다.
에이메이지 절은 여름 날 오후의 햇빛 아래서 적막할 정도로 조용했다. 번화한 도시를 걸어온 자에게 이 간소(簡素)한 선사(禪寺)의 분위기는 한모금의 청량제였다.13)

이후 에이메이지 절은 사토코와 사카니시에게 있어 중요한 절이 되어갔다. 「사토코는 사카니시에게서 어른의 세계를 슬쩍 훔쳐본 기분이 들었던 것을 회상했다. 어쩐지 그것은 확고부동한 세계로 보였다14)」
사토코는 다시 에이메이지 절을 방문한다. 「에이메이지 절에 도착하

---

12) 텍스트, p.64.
13) 동상, p.78.
14) 텍스트, p.94.

니 산그늘을 이룬 것 때문인지 경내는 해질녘의 분위기로 주위의 숲에서는 쓰르라미가 매우 아름다운 소리를 내며 울고 있었다.」15)

사카니시와 관계를 맺은 사토코에게 쓰르라미의 울음소리는 아름답게 들렸다. 여기에서 화상(和尙)과 선문답 같은 대화를 나눈다. 그리고 화상의 「생(生)도 없고 멸(滅)도 없다(生なく滅なし)」라는 말을 듣고 그 말을 가슴에 간직한 채 절을 내려온다. 처자식이 있는 사카니시와의 사랑은 도덕적이지는 않았지만 이곳에서 사카니시의 사랑 때문에 살아갈 것이라고 하는 결심을 엿볼 수 있다. 작자 다치하라 마사아키의 미의식이다. 「생도 없고 멸도 없다」는 다치하라 마사아키의 좌우명이기도 하다.

또한 도케이지(東慶寺)에 대한 다음과 같은 묘사는 봉정사를 떠올리게 하는 것이다.

> 도케이지는 산문을 들어가면 왼쪽에 종루가 있고 오른쪽에 본당과 절 부엌이 담에 둘러 싸여 있다. 담에는 입구가 있고 백목련은 출입구를 들어가 바로 오른쪽에 서 있었다. 꽤 큰 나무로 높은 가지를 뻗어, 여섯 잎의 꽃잎이 하늘을 향해 열려 있었다.16)

도케이지는 가마쿠라시 야마노우치(山ノ內)의 임제종(臨濟宗)의 절이다. 속칭 엔기리데라(緣切寺)17), 가케코미데라(驅込み寺)18)이다.

「잔설」의 사토코의 생가는 이 절 근처에 있다. 사토코의 아버지 히

---

15) 동상, p.143.
16) 동상 p.20.
17) 에도시대에 이혼을 원하는 여자가 그곳에 도망쳐 들어와서 3년이 있으면 이혼이 성립되는 특권을 가진 비구니 절.
18) 에도시대에 남편과 헤어지기 위해서 도망쳐 오는 여자를 보호하여 이혼을 성립시키던 절.

로(弘資)는 새벽녘에 도케이지의 종소리를 듣고 왠지 적적함을 느낀다. 사카니시의 처 가즈에(和江)는 사토코를 이 절로 불러내어 남편과 헤어져 달라고 말한다. 다치하라 마사아키의 장례식은 이 도케이지에서 거행했다.

즈이센지 절은 가마쿠라시 니카이도(二階堂)의 임제종 절이다. 1327년에 창건 되었다. 무소국사(夢窓國師)는 이곳의 경치를 선원(禪院)으로서 어울리는 명승지로서 선택했다. 이곳의 바위 정원은 유명하다. 나무 하나 풀 한그루에 스쳤을 때 느끼는 평온함은 불법(佛法) 본래의 구원을 스쳐 접촉한 느낌을 확실하게 준다. 무소국사상(夢窓國師像·국보), 요시다쇼인(吉田松陰) 유적비가 있다. 매화와 수선화로 유명하다. 「잔설」의 사토코는 부친과 산벚꽃을 보러 덴엔(天園)에서부터 시시마이(獅子舞)의 주변까지를 걸은 적이 있다. 또 사토코의 어머니와 올케와 사토코는 매화와 수선화를 감상하러 갔다. 다치하라 마사아키의 묘는 이곳에 있고 수선화를 매우 좋아했기 때문에 2001년부터 매년 3월에 수선기(水仙忌)가 거행되고 있다.

이 절들의 유사성은 실로 다치하라 마사아키의 고향을 생각하는 심상풍경의 표현이라고 할 수 있다. 그것은 실로 「겨울의 추억거리」에 있어서 다음과 같은 묘사로부터도 볼 수 있는 것이다.

나는 집으로 달려 돌아와 툇마루에 책을 던지고 종대가 소중하게 여기는 버드나무로 만든 키와 물통을 가지고 하천으로 나갔다. 하천은 폭이 1미터 50센티 정도에 수심은 30센티쯤이고 물밑은 작은 돌이고, 언제나 물고기 모습이 보였다.(중략) 무량사의 산에서 흘러내려오는 몇 개의 하천은 마을로 들어와 한 줄기 하천을 이루어 꽤 수심이 깊었다. 그곳에서는 큰 잉어와 뱀장어가, 여름이 되면 은어가 잡혔는데 아이들이 들어가는 것은 금지되었다.(중략) 경내의 앞쪽은 잡목 숲으로 그 맞은편에는 절에

속해있는 밭이 펼쳐져 있었다. 그것은 싫증나지 않은 전망이었다.(중략) 6월에는 나무딸기가 한창인 때로 나는 승당에 머물고 있을 때의 오후에는 주변 산의 나무딸기를 따 먹으러 갔다. 붉은 색과 오렌지색의 열매는 잘 익어서 손에 스치는 것만으로 손바닥으로 떨어졌다.」[19]

봉정사 근처 고향 전원 풍경의 묘사이다. 앞에서 말한 것 같이 사토코가 즈이센지 절의 덴엔(天園)을 걸었을 때의 심상풍경과 비슷했다.

3 조선백자와 히로인 사토코

조선백자는 언제나 히로인의 모습에 비유되었다. 다치하라 마사아키는 자신을 조선의 귀족과 일본인의 혼혈이라고 속이며 진짜 자신의 출신은 숨긴 채 1980년 54세로 죽었다.[20] 출신을 숨겼다고 하는 행위와 조선백자를 작품의 모티브로 한다는 점에서 논자는 재일 코리언 1세로서의 다치하라 마사아키의 고뇌와 자긍심을 알 수 있다. 그와 동시에 이 고뇌와 자긍심이 다치하라 마사아키의 미의식을 형성하고 있는 요소가 아닐까라고 생각한다. 「겨울의 추억거리」에서 유소년시절의 조선백자에 대하여 다음과 같이 이야기 하고 있다.

---

19) 「冬のかたみに」pp.11−15.

20) 다카이 유이치 씨는 다치하라 마사아키의 진짜 출신을 알았을 때의 일을 저서 속에서 다음과 같이 기술하고 있다.
「越次倶子 씨가 「플레이보이」지에 발표한 「다치하라 마사아키의 아버지」를 읽었을 때에는 나는 아무말도 말하지 못하고 마음이 어두워지는 생각을 느꼈다. 그의 양친은 두 사람 모두 순수한 한국인이고 아버지가 조선귀족의 피를 이어받은 사실은 없고, 그 사인도 과로에 의한 병사였던 것이다.
(『立原正秋』, 高井有一, 新潮社, 1993年5月10日, pp.30−31.)

만년 나는 무작위인 이들 청자와 백자가 나의 마음 속에 확실하게 기억 잔상으로서 흔적을 남기고 있는 것을 느끼고 비교할 수 없는 행복한 유소년시대를 지낸 것을 알았다. 하지만 나의 유소년시대는 한편으로는 끝없는 무상감으로 가득 차 있었다. (중략) 조선백자에서는 옛날 도공들의 생활감정이 배어나왔다. 하지만 끊임없이 북방민족으로부터 공격받아 압력을 받은 생멸상(生滅常)이 없는 현실을 근거로 하면서 그곳에는 어떤 정관(靜觀)이 가로놓여 있었다.(중략) 나는 조선백자를 만날 때 언제나 대추 열매가 달짝지근했던 소년시대로 되돌아갔다.[21]

이와 같이 다치하라 마사아키의 심상 속에서 조선백자는 유소년시절의 가장 행복했던 시간에 대한 추억을 의미한다.

「잔설」에서 사카니시가 사토코를 <타원형이지만 균형이 잡혀있는 조선백자>에 비유했다. 사카니시와 사토코는 산촌의 온천에 간다. 그곳에서 사카니시는 큰 온천탕으로 가고 사토코는 내탕(內湯)에 들어갔다. 그때 욕조에 단풍이 떠 있었다. 사카니시가 큰 온천탕에서 돌아와서 사토코에게 말한다.

「온천탕 괜찮았어?」
「예. 욕조에 단풍이 떠 있었습니다.」
「그것은 또 한 가지 풍류네. 몸이 물들지 않았어?」
「백자가 단풍으로 물들면 아마 멋졌겠네. 큰 온천탕에 가지 말아야 했어.」
이런 식으로 놀리는 것은 즐거웠다. 44살의 사카니시의 옆얼굴에는 이미 중년의 깊은 맛, 애수 같은 것이 나타났고 사토코는 그 깊은 맛에서 남자의 성적매력을 느끼고 있었다. 정감이 격해지면 그런 깊은 맛(澁さ)에 빨려들어 가버릴 것 같은 일도 있었다.(중략)…… 사카니시는 타원형의 여자를 위에서 내려다보면서 이것은 틀림없이 백자다라고 울려

---

21) 「冬のかたみに」pp.9-15.

오는 무언가를 느꼈다.[22]

    사토코의 하얀 피부와 붉은 단풍의 대비가 가져오는 아름다움, 그것을 정복한 사카니시는 진짜 백자인 것을 확신한다. 이곳에서도 다치하라 마사아키의 미의식을 볼 수 있다.

    또 다치하라 마사아키는 「사카니시로서는 조선백자와 고려청자는 단지 장식품이 아니라 일상생활에서 사용하는 일용품이다」라고 작품 속에서 설명하고, 「미가 일상생활에 녹아들었던 것이다. 사용하는 동안에 훼손되더라도 불평은 듣지 않았다」라고 쓰고 있다. 이와 같은 백자에 관해서는 「겨울의 추억거리」에서도 「가마터에서 파낸 고려청자와 조선백자가 아버지의 서재에는 꽤 있고 부엌에서도 일상의 그릇으로도 사용되고 있었다」[23]라고 설명되어 있다. 「도자기가 일상생활의 반려가 되고 있다」라고도 쓰고 있다.

    다치하라 마사아키는 사카니시가 백자에 기울이는 마음을 묘사하고 있는 것에 의해 자신의 유소년시절 단란했던 가족에 대한 생각을 그리고 있다고 간주할 수 있다. 그리고 고향에 대한 생각도 조선백자에 의해 은유되고 있다. 여기에서도 다치하라 마사아키의 미의식을 엿볼 수가 있다. 그리고 그 미의식은 재일 코리언 1세로서의 미의식이다.

---

22) 텍스트 pp.174−178.
23) 「冬のかたみに」p.9.

4 재일 코리언과 문화

　다카이 유이치 씨는 『다치하라 마사아키(立原正秋)』속에서 다치하라 마사아키의 생애에 대해서 다음과 같이 기술하고 있다.

　　전 도쿄박물관 차장으로 다인(茶人)이기도 했던 하야시야 세이조(林家晴三)씨가 「다치하라씨에게는 문화가 없었기 때문에 괴로웠을 것이다」라고 말한 것을 나는 작품 속에서 소개했지만 그 말이야말로 다치하라 마사아키의 생애를 한마디로 요약할 수 있다.(39)

　「문화가 없는」 재일 코리언 1세의 생활. 여기에 다치하라 마사아키가 「미」에 대하여 일본인 이상으로 구애를 받은 이유가 있었던 것이 아닐까? 그리고 다치하라 마사아키는 무로마치(室町)시대의 천민들이 만든 정원과 노(能) 등에서 볼 수 있는 일본의 전통미에 재일 코리언으로서의 자신의 미를 구축했던 것은 아닐까라고 생각할 수 있다. 그는 오가와 구니오(小川國男)와의 대담으로 무로마치시대의 천민에 대해서 다음과 같이 이야기 하고 있다.

　　다치하라 : 즉 그런 의미에서 말하면 산수이카와라모노(山水河原者)24)는 귀인들의 정원을 만들고 있는 사이에 작정술(作庭術)이라고 하는 것을 자연과 몸에 익혀 갔지요. 말하자면 비와법사(琵琶法師)가 『헤이케모노가타리(平家物語)』를 만들었다고 하는 것은 사상이라고 할 것까지는 아무것도 없고, 요컨대 조형적인 형식만을 배워간 거지요. 따라서 일

────────────

24) 중세, 교토의 가모가와(賀茂川)의 하천 모래밭(河原)에 거주하는 사람들 중에 마당을 만드는 것(作庭)을 직업으로 하던 사람의 호칭.

종의 미의식을 몸에 익혀 간다고 하는 것은 말할 수 있지요.
　오가와 : 그 중에는 소질이 있는 사람도 있고 일생동안 돌을 옮기기만
했다는 사람이 있기는 하지만요.
　다치하라 : 마, 무로마치시대의 아미(阿弥)는 말이죠. 소아미(相阿弥),
젠아미(善阿弥), 제아미(世阿弥). 아미라고 하는 것은 원래 비천한 신분
에서 올라가서 아미라고 하는 명칭을 받게 된 것이 많기 때문이지요. 그
부분이 매우 재미있지요.
　오가와 : 비천한 신분의 사람이 문화를 담당했구나.
　다치하라 : 결국 그렇다고 할 수 있지요. 무로마치시대는요.
　오가와 : 그럼 산수이카와라모노(山水河原者)라고 하더라도 바보 취
급한 것은 아니네.
　(중략)
　다치하라 : 천민에서 신분이 올라가 예능(芸)만을 가지고 당시의 권력
자, 귀족과 대치할 수 있었기 때문이지요. 역시 미의 제작자로서 굉장한
자들이었다고 생각할 수 있지요.25)

　또 천민에 대해서 코멘트가 있는데 이것은 다치하라의 내면을 드러
낸 것이 아닐까라고 생각할 수 있다.

　천민이라고 하는 것이 있는 곳에서 자신이 갑자기 출세하려고 하기 위
해서 자신에게 매우 엄격한 계율을 가지고 있었던 점이 있어요.
　천민이라고 하는 것은 공경(公卿)이 될 수도 없고 도대체 무엇을 가지
고 그들과 대치하는가 하면 예능(芸) 밖에 없었기 때문이지.26)

　이 천민이라고 말을 그대로 재일 코리언이라고 하는 말로 바꿀 수
있지 않을까? 「예능(芸) 밖에 없기」 때문에 다치하라 마사아키는 소
설가가 되기를 결심하고, 그리고 미적 세계를 구축하고 작가로서 성공

---

25) 『短歌』23(8)、角川書店、1976年8月, pp.158−159.
26) 『短歌』23(8)、p.163.

했다. 하지만 작가가 된 후, 조부는 조선 귀족이고 아버지는 한일 혼혈, 어머니는 일본인이라고 하는 거짓 출생을 자작연보에 쓰고 있었던 다치하라 마사아키의 내면세계는 죄악감으로 가득 차 있었던 것이 아닐까? 그 내면은 「잔설」에서 구도(工藤)의 성격과 내면 묘사에서 잘 나타나 있다. 구도는 분명한 이유도 없이 아내인 사토코와 자식을 버리고 회사 동료인 치에라고 하는 관능적 여성과 살림을 차리고, 작은 술집을 경영하며 살았다. 마음 속으로는 사토코와 아들, 사토코의 아버지에게 미안해하는 기분을 가지면서도 이미 이전과 같은 엘리트 샐러리맨으로서 부러워할만한 이상적인 가정을 만들려고 하는 의지는 전혀 없다. 구도가 느끼고 있는 죄악감은 구도를 더욱 현재의 생활에 빠져들게 한다. 「잔설」은 구도의 이야기로서도 읽을 수 있는 것이다.

5 결 론

전통적인 일본가옥에 살며 기모노를 입고 현관에는 향을 피우고 일본의 사계절마다 각각의 야채를 식탁에 올려놓고 진짜 일본인 이상으로 일본인 같은 생활을 하고 있었던(그렇게 보였다) 다치하라 마사아키. 하지만 그는 일본인 국적을 취득한 재일 코리언 1세였다. 다카이 유이치 씨가 그것을 『다치하라 마사아키』속에서 상세하게 기술하고 있다.

논자는 지금까지 논해져 오지 않았던 재일 코리언 1세로서의 다치하라 마사아키의 미의식의 근거가 어디에 있는가에 초점을 맞추어 논했다. 다치하라 마사아키의 작품인 「잔설」에서는 유소년기의 고향 풍경과 절의 모습 등이 자주 나오고 있는 것에 착안하여, 그 정체를 밝히기 위해 논자는 다치하라 마사아키의 고향인 봉정사와 그 주변 지역, 그리고 가마쿠라의 즈이센지와 그 주변을 직접 방문한 후 비교해 보았다. 그 결과 다치하라 마사아키의 작품에 그리고 있는 즈이센지와 그밖의 선사와 그 주변의 풍경은 그의 고향 마을에 있는 봉정사 주변의 풍경, 정서와 매우 유사한 것을 확인했다.

논자는 다치하라 마사아키의 이와 같은 고향 회귀적 미의식의 밑바탕에는 재일 코리언 1세로서의 생활 속에서 볼 수 있는 신분적 불이익으로부터 빠져 나오려고 하는 의도와 함께 한 번 해버렸던 신분적 위장의 가면을 스스로 벗을 수 없는 죄악감 등이 그의 내면 깊은 곳에 내재하고 있을 것이라고 추론해 보았다. 같은 민족인 대다수의 재일 코리언 1세들이 받고 있는 차별과 빈곤의 일상을 보면서 다치하라 마사아키는 자신의 아이덴티티에 대한 회의, 조국에 대한 동경 등을 느끼지 않을 수 없었을 것이다. 이와 같은 고향에 대한 동경과 자책의 염(念)은 오히려 그를 유소년기의 향수로 이끌어 들이고 가마쿠라와 즈이센지 그 밖의 선사의 풍경 등은 실로 그의 고향 봉정사와 그 주변 촌락이었던 것이다.

유소년기의 고향에 대한 동경과 향수는 자신의 민족을 위장하고 산 그의 미의식으로서 승화되었다고 할 수 있다.

가마쿠라문학관의 팜플렛 「가마쿠라 연고의 문학·제4부 쇼와(昭和)문학과 문학자」에 다음과 같은 설명서가 있다.

쇼와(昭和)에 들어가 도쿄의 도시화에 따라 보다 좋은 창작환경을 찾아서 가마쿠라로 옮겨 사는 문학자가 더욱 늘었다. 전후에는 다치하라 마사아키와 같이 가마쿠라에 살면서 가마쿠라를 무대로 하는 작품을 그린 작가도 나왔습니다. 제4부에서는 가마쿠라 연고의 쇼와(昭和)문학과 문학자를 소개합니다.

논자는 다치하라 마사아키가 가마쿠라로 이주하고, 가마쿠라가 임종을 맞이한 장소가 된 것이 위의 설명과 같이 많은 문학자가 살고 있는 곳이었기 때문이라기 보다는 가마쿠라와 그 주변에 있는 선사 등이 다치하라 마사아키의 고향인 봉정사와 그 주변의 풍경과 닮았기 때문이라고 생각한다. 누구라도 타국에 살게 되면 고향의 풍경을 찾게 되고, 그와 같은 곳을 실제로 만나게 되었을 때, 그곳으로 옮겨 살기를 결심하는 것은 당연한 이치라고 할 수 있을 것이다.

2004년 4월 23일부터 6월 27일까지 가마쿠라문학관에서 기획전 「다치하라 마사아키-미와 전통을 찾아서(立原正秋—美と伝統を求めて)」가 개최되었다. 그 때 작성된 소책자 속의 연보의 출생지 부분에 「다이쇼15년(1926) 1월 6일, 현 대한민국 경상북도 안동군 서후면 태창동에서 출생. 아버지는 김경문, 어머니는 권음전, 이름은 김윤규(金胤奎). 쇼와 6년(1931)년 5세 7월 22일 아버지 사망.」이라고 씌어져 있다. 이것으로 다치하라 마사아키의 마음은 편안하게 되지 않았을까라고 논자는 나름으로 생각해 본다.

8. 양석일의 다양한 문학세계

이한창

 **1 서 론**

  양석일(1936 -   )은 국내에도 잘 알려진 재일동포 작가로서, 그가
발표한 일련의 소설들이 일본 사회는 물론, 동포 문단에 크게 화제를
불러일으키고 있다. 특히 최근에 나온 그의 작품들은 일본내 서점의
베스트셀러 대열에 오를 정도로 많은 독자들을 사로잡아[1] 소강상태를
보이고 있는 재일동포 문단에 새로운 활기를 불어넣었다. 그럼에도 불
구하고 양석일 문학에 대한 연구는 작품이 발표될 때마다 뒤따르는 신
문과 잡지의 간단한 서평만이 있을 뿐, 본격적인 작품 분석은 거의 이
루어지지 않고 있다. 이처럼 그의 문학이 소홀하게 취급되는 데에는
몇 가지 이유를 들 수 있다. 첫째, 양석일이 재일동포 현역작가이며 그
의 작품이 조국이나 민족 문제를 다룬 종래의 재일동포 문학과는 다르

---

1) 작가로서의 그의 인기를 알아볼 수 있는 좋은 실례로 현재 인터넷 검색사이트인 일본
   야후에서 양석일을 검색해보면 2005년 10월 현재 3100여개나 되는 많은 웹 사이트가
   등록되어 있으며, 매일 수십 개씩 늘어나고 있다는 점에서도 찾아볼 수가 있다.

게 동포 문제나 개인의 사생활 등을 다루고 있어 그 접근이 조심스럽다는 것이다. 둘째, 그의 몇몇 장편소설은 단순히 개인적 체험을 바탕으로 한 몇 개의 단편적인 이야기로 연결되어 있다는 인상을 주고 있어서 전체적인 통일성이 부족하기 때문이다. 셋째, 조총련 참여와 갈등, 사업과 도산, 밑바닥 생활을 전전한 파란만장한 인생 역정의 굴곡들을 문학 이외의 장르인 연극과 영화에 직접 출연하여 풀어냄으로써 문학 외적인 행동이 엔터테이너 작가라는 인상을 심어주고 있다는 점 등을 들 수 있다. 이러한 이유 때문에 애석하게도 양석일 소설들을 단순히 엔터테이너 작품으로 평가하고 있는데, 이것은 그의 진정한 문학적 가치들을 도외시한 편협한 태도에서 나온 결과이다. 그 이유는 그의 작품 속에서 대할 수 있는 파격적인 소재, 세밀하고 정확한 묘사, 성격의 형상화 방법 등과 더불어, 작품 속에 깔려있는 강렬한 메시지 등이 그의 문학을 엔터테이너 문학으로 가볍게 평가할 수 없는, 높은 문학성을 가지고 있기 때문이다. 따라서 양석일 문학에 대한 진정한 평가를 위하여 그의 작품이 지닌 문학성에 대한 연구가 선행되어야 한다고 생각된다.

이에 본 논문은 양석일 문학에 대한 재평가를 위하여 다른 재일동포 작가와는 다른, 그만의 문학성을 다음과 같은 입장에서 접근해 보고자 한다. 먼저, 80년대부터 활발하게 시작된 그의 문학 활동을 살펴본다. 그리고 독자들을 작품 속으로 몰입하게 하는 문학적 원천으로써의 파격적인 체험과 시인으로서의 표현력이 드러나는 메시지 전달 방법을 살펴보고, 작품 속 치열한 문제의식을 담은 그의 메시지를 체계적으로 정리한다. 마지막으로 다른 작가들과 확실하게 구별되는 기성의 가치와 체제에 저항하는 양석일 문학의 특질을 규명하려고 한다.

 2 양석일의 다양한 작품 활동

양석일은 첫 시집 『몽마(夢魔)의 저편에』를 1980년에 출간한 이후, 2004년 『이방인의 밤』을 발표하기까지 총 32편의 저작집2)을 창작하였다. 청년시절부터 시인을 꿈꿔왔던 그는 1980년 시집 『몽마의 저편에』를 발간한 이듬해인 1981년에 단편 소설집 『광조곡』을 발표한 이후, 주로 소설과 평론을 중심으로 작가 생활을 계속하였다. 『광조곡』은 10년간의 운전사 생활을 통해 부딪친 사회와 인간들의 모습 등을 진솔하게 그려낸 7편의 단편소설 모음집이다3). 이후에도 택시기사의 체험을 바탕으로 한 「택시 드라이버 일지」(1984), 「드라이버 최후의 반격」(1987)등을 발표하면서 양석일은 본격적인 소설가의 길로 접어들게 된다.

1989년 발표한 장편 『족보의 끝』에서 양석일은 사업이 파산하여 금전문제로 부자간에 처절한 격투를 벌이는 모습과 박대통령 암살 음모에 참가하는 조직원의 정치적인 투쟁을 형상화하였다. 이후에는 환락과 금전의 세계를 그린 장편 『밤의 강을 건너라』(1890), 『자궁속의 자장가』(1992), 『단층해류』(1993) 등을 연속적으로 발표하였다. 『밤의 강을 건너라』는 아파트에서 전화 통화로 여자들을 소개해 주면서 살아가는 주인공의 이야기이고, 『자궁 속의 자장가』는 방탕한 생활 끝에

---

2) 이들 저작집을 구체적으로 살펴보면 시집1권, 소설 19편, 자전기록 3편, 평론 대담집 9집 등이다.

3) 『광조곡』은 택시운전수의 체험과 조선인 차별을 그린 「질주」, 「신주쿠에서」, 「공동생활」, 「크레이지 호스1」, 「크레이지 호스2」와 정치적 이념 때문에 동포 사회의 분열상을 그린 「제사」, 그리고 파산 후 부친과 금전 때문에 혈투를 벌이는 「운하」 등 7편의 단편으로 구성 되어있다.

파산을 하고 오사카(大阪)를 떠난 주인공이 유흥업소를 전전하는 바람에 결국 타락의 늪에서 헤어나지 못한다는 이야기이며, 『단층해류』는 정경유착으로 재벌이 된 주인공과 향락만을 쫓는 부인과 딸의 파멸 과정을 그리고 있다.

양석일이 일본문단에서 주목을 받게 된 것은 1994년 『밤을 걸고 서』를 발표한 이후부터였다. 이 작품은 패전 직후, 단속경관들과 숨바꼭질을 벌이며 폐허가 된 일제의 병기창 터에서 고물들을 수집하며 살아가는 동포들의 삶을 그린 작품으로, <나오키(直木)상>의 후보작에 올랐다. 이어 1995년에는 봉건적인 속박에서 벗어나려고 한 어머니의 일대기를 모델로 삼은 『뇌명(雷鳴)』과, 한국을 방문 중인 주인공이 말려들게 된 살인 사건의 배후를 규명하는 과정에서 나타난 정부수립에 얽힌 좌우익의 투쟁을 그린 『Z』를 발표한다. 1998년에는 『뇌명』의 속편이라고 할 수 있는 『피와 뼈』(1998)를 출간하여 독자에게 큰 반향을 불러일으켰다. 『피와 뼈』는 아버지를 모델로 하고 있는데, 그는 단신으로 제주도에서 오사카로 건너와 어묵공장 운영과 고리대금 사업으로 많은 부를 축적하였으나, 돈과 여자에 대한 지나친 집착 때문에 가족은 물론 자신마저 불행으로 전락한다는 이야기이다. 이 작품으로 양석일은 <야마모토 쥬고로(山本周五朗)상>을 수상하였고 <나오키상> 후보작으로도 선정되었으며, 영화화되어 흥행에도 크게 성공을 거두었다.

양석일은 이러한 성공의 여세를 몰아 많은 작품들을 발표하였다. 1999년에 발표한 『사카시마』는 『광조곡』 이후의 두 번째 단편집으로, 깨어나지 않는 꿈의 끝없는 암흑의 세계를 그린 「꿈의 회랑」과 전쟁에서 귀환한 사내가 전후 혼란기 법의 테두리 밖을 아슬아슬하게 살아가는 비참한 생애를 그린 「사카시마」 외에 운전기사들이 겪은 일화를 담은 5편의 단편이 실려 있다. 2000년대에 들어서 양석일은 한해에 두세

편씩 왕성하게 장편들을 발표하였다. 2001년에 『죽음은 불꽃처럼』과 『수마』를 발표했는데, 전자는 『족보의 끝』처럼 박태통령의 암살 사건을 소설적 상상력으로 재구성한 작품이며, 후자는 택시운전사를 하던 주인공 조봉삼이 사설 경마장과 건강매트를 파는 다단계 판매조직에 뛰어들지만 심한 경쟁과 판매조직과의 갈등으로 파멸에 이르게 되는 과정을 담고 있다. 2002년에도 『밖과 안』, 『끝없는 시작』, 『어둠의 자식들』 등 무려 세 편이나 되는 장편을 출간하였다. 『밖과 안』은 각종 할인 티켓 가게를 무대로 미모의 여성을 앞세워 대기업의 도산을 획책하려는 검은 음모와 지하경제의 술수를 고발한 금융계의 서스펜스 작품이며, 『끝없는 시작』은 1980년 광주사태 당시, 신주쿠에서 재일 동포들이 고뇌와 정열을 불태우고 있음을 형상화하였다. 『어둠의 자식들』은 인신매매업자에게 팔려간 동남아 빈곤층 어린아이들이 에이즈에 무방비로 노출되었다가 성적 노예가 되어 끝내 죽음에 이르게 되는 참상을 폭로하고 있다. 그 후 2004년에 출간한 『이방인의 밤』은 『단층해류』의 속편으로 전편에 나온 필리핀 여성 마리아와 귀화한 한국인 기무라, 두 사람이 살아남기 위해 필사적으로 노력하지만 결국 받아들여주지 않는 비정한 일본인 사회를 고발한 작품이다.

이상 살펴본 소설들 외에도 양석일은 시집, 자전적 기록, 대담집, 평론 등을 발간하였다. 시집으로는 앞에서 살펴본 『몽마의 저편』이 있으며, 자전적 기록으로는 어린 시절부터 청소년기를 거쳐 청년사업가로서 택시운전사로서 살아온 자신의 일련의 시간들을 담은 『수라를 산다』, 『혼이 흘러가는 곳』과 어린 시절의 꿈을 회상하며 도전적으로 인생을 살아가길 주장한 대담집 『골목안길(路地裏)』이라는 글이 있다. 평론으로는 재일조선인문학과 일본문화의 폐쇄성, 국제화와 차별 등의 문제를 날카롭게 비판한 『아시아적 신체』, 남성 위주의 도착된 병리현상을 지적한 『남성의 성해방』, 인생, 사회, 돈, 운명 등에 대한 자신의 생각을 밝힌 『일회성의 인생』외에 『쾌락과 구제』, 『풍광을 살다』 등의 많은 평론집이 있다.

양석일은 이러한 문학 활동을 인정받아 동포사회에서 제정한 <청구문화상>(1990)을 수상하였고 영화 출연과 제작에도 참여하였으며 2000년대에 들어서는 더욱 활발한 창작활동을 하고 있는데, 그의 작품 활동은 이후에도 더욱 활발해질 것으로 추측된다.

3 양석일의 작품세계

양석일은 현재 일본에서 왕성하게 작품 활동을 하고 있는 동포 작가로서, 그의 작품은 한국인뿐만 아니라, 일본인 독자들도 사로잡고 있다. 그 이유는 그의 작품이 파격적인 소재와 높은 문학성과 문제의식을 담은 메시지 등을 동시에 갖추고 있기 때문이다.

1) 체험을 바탕으로 한 파격적인 소재

양석일의 소설 속에 전개되는 파격적인 소재와 내용의 대부분은 결코 평탄치 않은 그의 체험의 산물이다. 그의 자전적 기록4)들에 의하면 양석일은 재일동포들의 밀집지대인 오사카의 이카이노(猪飼野)에서

---

4) 양석인의 자전집에는 『수라를 산다(修羅を生きる)』와 사진 에세이집인 『혼이 흘러가는 곳(魂の流れゆく果て)』이 있다.

태어나 생활고와 부친의 폭력으로 얼룩진 불우한 성장기를 보냈다. 사춘기 시절에는 시인으로서의 뜻을 세우고 동포 시인 김시종을 만나 조총련의 산하단체인 <文芸同>에 참여했으나 김시종과 함께 조직의 경직성을 비판한 후, 문학에서 좌절을 맛보게 된다[5]. 그 이후 양석일은 사업을 시작하였으나 방만한 경영과 방탕한 유흥생활로 막대한 부채만 지고 파산하였으며, 결국 채권자들을 피해 오사카를 떠나 센다이와 도쿄 등지를 떠돌았다. 그는 갖가지 행상을 하고 택시운전사 등 여러 직업을 전전하면서 밑바닥 인생의 의미를 깨닫게 된다. 이처럼 파란만장한 삶을 살아가며 겪은 체험은, 소설 속의 주요 사건이나 인물들의 소재로써 그의 작품세계를 구축하는 데 지층이 되었다. 그것을 몇 가지로 정리하면 다음과 같다.

먼저, 양석일의 작품 속에는 가난하고 불우했던 가정사가 잘 드러나 있다. 아버지의 얘기가 본격적으로 나오는 『족보의 끝』에서는 사업에 실패한 자식과 이른 새벽에 이층창의 덧문으로 침입한 아버지가 피를 튀기며 처참하게 격투를 벌이는 장면이 나온다. 『피와 뼈』에서도 어묵공장과 고리대금으로 큰돈을 벌면서도 가족을 돌보지 않는 아버지가 등장한다. 가장으로서의 역할을 도외시한 아버지 때문에 어린 주인공 남매는 새벽부터 저녁까지 암시장에서 행상을 하며 생활비를 벌어야 했으며, 밤중에는 아버지가 휘두르는 폭력에 떨면서 증오심을 키워간다. 자전 기록인 『수라를 산다』를 읽은 독자들은 금전과 성적 욕망에

---

5) 이한창, 「재일 동포조직이 동포문학에 끼친 영향」. 『일본어문학 제8집』(한국일본어문학회, 2000년 3월), p.112-123
조총련에서는 김시종의 기관지외의 잡지를 발행하고 조직의 모순을 비판하는 것은 적을 이롭게 하는 분파행위라고 비판하고 압력을 가해, 동인지 『진달래』는 해산을 하게 된다. 그러나 양석일은 이에 굴하지 않고 당시 조직의 책임자인 허남기를 비판하는 「방법이전의 서정-허남기비판」라는 논문을 발표했으며 정인등과 같이 『카리온』이라는 잡지를 발간했으나 총련의 압력으로 3호만에 폐간 된다.

만 집착하는 김준평과 그러한 부친에게 살의를 품는 어린 주인공, 남편에 대한 정을 접고 주인공을 의지하다 불행하게 살다간 어머니에 대한 회한, 친정과 시집 생활에 절망하여 목을 매고 자살을 한 누이에 대한 연민의 정 등이 모두 양석일의 원체험에서 나온 것을 알게 된다. 이밖에도 일제강점기 18살에 시집을 갔다가 봉건제의 엄격한 인습을 타파해 나가려고 애쓰는 이춘옥의 삶을 담은 『뇌명』은 그의 어머니의 일대기라고 할 수가 있다.

더불어 시인을 꿈꾸던 문학시절부터 시인 김시종과 정인과의 교우관계, 소설가로 등장한 후 문학인들과의 인간관계 등도 그의 소설의 소재로 차용하고 있다. 특히 폐허가 된 일제의 병기창 터로 출동하여 고물들을 파헤치면서 살아남을 방도를 구하고자 노력하는 인물들이 등장하는 『밤을 걸고서』는 자전적인 소설이다. 단속에 나선 경관들과 숨바꼭질을 하면서 칠흑 같은 어둠 속에서 강을 건너는 장유진, 신대유, 김의부 등은 젊은 날 문학을 논하다가 생활의 방도를 찾아 나선 양석일과 김시종의 모습이라고 할 수 있다. 자전적 에세이집 『혼이 흘러가는 곳』에서는 신주쿠의 스낵바 「ファティ」에서 만났던 젊은 날의 이양지의 이야기를 읽은 독자들이라면 『끝없는 시작』의 불륜관계의 두 남녀, 즉 택시운전사를 하면서 팔리지 않는 글을 잡지에 쓰고 있는 주인공과 매력적이며 자유분방한 박순화를 양석일과 이양지의 이야기로 추정하게 된다.

또한 젊은 시절 사업을 하다가 파산 한 후 전국을 떠돌며 다방이나 주점과 같은 유흥업계와 사설경마, 보석 행상, 어음브로커, 택시운전사 등 여러 가지 직업을 전전하며 폭로한 지하경제의 실체 역시 독자들의 눈과 귀를 현란하게 한다. 『족보의 끝』, 『밤의 강을 건너라』, 『자궁 속의 자장가』, 『단층해류』 등, 일련의 장편들에서는 고리대금업자와 야쿠자들의 세계, 그리고 유흥가와 여자 매음업의 관계가 긴박하게 전개되어 있다. 『수마』에는 사설 경마장과 건강매트를 파는 다단계 판매조직의 이야기가, 『겉과 속』에는 각종 할인 티켓 가게를 둘러싼 의혹들이 생생하게 형상화되어 있다.

마지막으로 양석일이 10여 년 간 택시기사를 하면서 체험한 이야기들을 소재로 한 일련의 작품들이 있다. 『광조곡』에 실린 7편의 단편소설 속에 진솔하게 그려진 일본 사회의 갖가지 모순과 정상의 범주에서 일탈한 인간들의 다양한 모습과 조선인에 대한 차별 및 재일조선인들의 생활상은 그가 운전사 생활을 하면서 깨달은 체험의 산물들이다. 이러한 택시기사의 체험은 노상주차, 속도위반, 음주운전을 단속하는 경관들과 숨바꼭질을 하면서 수라장이 된 고발적인 르포 작품 『택시드라이버 최후의 반역』에서도 용해되어 있다. 단편집 『사카시 마』의 후반부의 5편에 나오는 택시 운전사들의 일화들 역시 체험을 살린 이야기들이다.

물론 이상에서 살펴본 모든 작품들이 양석일의 직접적인 체험만을 다루고 있는 것은 아니다. 그의 작품 중 상당수는 작가의 소설적 상상력에서 비롯된 작품이라고 할 수 있다. 그러나 이러한 작품에 등장하는 인물이나 소재 등은 그의 개인적인 체험에서 기인한 것이 아니라고 해도 동시대를 살아온 대다수 동포들이 겪은 경험과 동궤에 있다. 즉 『족보의 끝』, 『죽음은 불꽃처럼』, 『Z』에는 대통령의 암살이라는 주인공의 몽상이 실현되기까지 그의 주위를 맴도는 남북대화, 유신독재, 김대중 납치사건과 같은 어두운 시대상황이나, 해방직후 정부수립을 둘러싼 좌우익의 갈등과 대립, 복잡한 국제 정세 등에 대한 관심은 동포들이라면 누구나 갖고 있던 공유의식이라고 할 수 있다. 또 『어둠의 자식들』, 『이방인의 밤』 역시 동포사회에서 펼쳐지는 밤의 유흥가 세계와 접하게 되면서 그의 의식의 그물에 걸려온 산물라고 볼 수 있다.

그런데 한편으로 양석일의 체험 세계는 일반인들이 좀처럼 대할 수 없는 파천황의 낯선 세계이다. 즉 어린 시절의 가난, 아버지에 대한 증오감, 아파치족 생활, 사업 파산, 야반도주 등의 끝없는 방랑생활과 유흥업계와 사설경마, 보석행상, 어음 브로커 등 여러 직업의 세계, 그리고 택시운전사의 풍경 등은 일반인들이 체험하기는커녕 상상하기도 힘든, 엽기적인 일탈의 세계이다. 바로 이점이 독자들로 하여금 호기심 유발과 동시에 새로운 세계를 간접적으로 체험하게 하는 원동력이 되어 그의 소설 세계에 빠져들도록 만든다. 재일 동포 작가들은 쓸 거리가 많아서 좋겠다고 그들의 파란만장하고 불우했던 삶을 부러워했다는 어느 일본인 작가의 말이 가슴에 와 닿는다.

이런 맥락에서 볼 때, 양석일의 불우한 어린 시절에서 근년에 이르기까지 평탄치 않았던 삶에서 비롯된 파란만장했던 체험들은 그의 문학을 이끌어준 핵심적 요인이었다고 할 수 있다.

2) 시인으로서의 천부적인 문학성

독자들이 양석일의 작품 속으로 몰입하는 것은 체험에서 나오는 파격적인 소재와 내용 때문만은 아니다. 파격적인 체험 외에도 작품 속에서 나타나는 문학성 때문에 독자들은 작품 속으로 몰입하게 되는 것이다. 그러한 문학성으로는 작품을 이끌어 가는 작가의 필치와 정확하고도 감각적인 표현, 독자의 상상력을 환기시켜 주는 참신한 문체, 그리고 현실감 있는 등장인물의 성격 묘사 등을 들 수 있다.

먼저 작품을 이끌어가는 필치란 사건을 전개해 가는 양석일의 문학적 능력을 말한다. 그의 장편소설에서 흔히 찾아볼 수 있는 수법으로써 카메라를 특정인물이 아니라 여러 인물들의 역동적인 행위에 초점을 두어 사건을 전체적으로 객관성 있게 그려내, 긴장감과 현장감을 잘 살려내고 있다. 예를 들면 『밤의 강을 건너라』, 『자궁 속의 자장가』 등의 일련의 장편 속에는 경쟁업자들과의 투쟁, 동료의 배반으로 인한 패배 등, 제살 뜯어먹기 식의 생존 방식으로 점철된 동포사회의 비정한 현실에 좌절하면서도 한편으로는 또 다른 활로를 찾아 몸부림치는 동포들의 끈질긴 생명력을 형상화하고 있어 스토리 텔러로서 작가의 능력에 감탄하게 된다. 이들 장편 외에도 『수마』에서는 다단계 판매 방식으로 운영하는 회사가 등장인물들을 피라미드 판매방식으로 끌어들이는 장면이 있다. 작가의 요설에 의해 이야기에 끌려가다보면 전형적인 판매수법이지만 누구나 그 논리에 빠져들 수밖에 없을 정도로 정밀하고 구체적으로 묘사되어 있다. 『밤을 걸고서』에서도 양석일은 어려운 위기에도 굴하지 않고 거칠지만 강인하게 살아가는 조선인들의 생명력을 특유의 필치로 잘 담아내고 있다.

다음으로 정확하고 감각적인 표현을 들 수 있다. 양석일의 단편은 장편과는 달리 흥분하거나 선정적으로 독자를 자극하지 않으면서도 그만의 독특한 문체로 눈에 잡힐 듯이 생생하고 실감나게 묘사를 담아낸다. 예를 들면 철야근무 도중 피로에 지쳐 잠시 휴식을 취하는 장면을 다음과 같이 묘사하고 있다.

차 문을 잠그고 통풍이 되도록 차창을 조금 연 다음 새우처럼 몸을 구부리고 누었다. 청진기라도 댄 것처럼 심장의 고동이 고막을 강하게 때려서 뇌수까지 울려온다. 윙하고 귀가 울고 땅이 움직이고 있는 듯한 착각에 빠진다. 얼음처럼 찬 피부의 표면이 땀을 흘리고 펄펄 끓는 내장의 열기가 온몸의 털구멍으로 증발해 간다. 섬유질로 분해된 피로의 덩어리가 모든 근육과 관절로부터 방사해 나가서 마치 입에서 진득진득한 실을 토

해내는 누에와 같다. (p.45)[6]

양석일은 피로에 지친 신체의 반응을 심장, 고막, 뇌수, 피부, 내장, 털구멍, 근육과 관절 등 모든 감각 기관에 이르기까지 세밀하고 정확하게 표현하여, 독자들로 하여금 그 생생한 감각을 느낄 수 있도록 재현하고 있다.

다음으로 독자의 상상력을 환기시켜 주는 그의 참신한 문체를 들 수가 있다. 양석일은 문학이란 현실의 어느 한 단면을 잘라 전형화 함으로써 독자들의 상상력을 환기시켜 또 다른 세계를 재구축해 가는 작업이라고[7] 설명하고 있다. 실제로 그는 작품 속에서 등장인물이나 사건의 한 단면을 정확하고 날카롭게 포착하여 독자들에게 제시하고 있다. 그래서 독자들로 하여금 현실 세계를 상상력에서 비롯된 추체험으로 비판할 수 있도록 하는 메시지 전달 방법을 구사하고 있다. 예를 들면, 단편소설 「운하」에서 양석일은 아버지의 존재를 다음과 같이 그려내고 있다.

> 내 몸속에 흐르고 있는 6리터의 피가 모든 한국어를 표현하고 있다고. 내가 이 나이가 되도록 아버지에게 매일 얻어맞으면서 듣게 된 한국어는 죽인다. 때린다. 죽어라의 세가지였어. (p.117)
> 아버지 생각만 하면 강한 거부 반응이 나를 증오심으로 불타게 만든다. -중략-내게 있어 아버지는 끝 모를 힘이었다. 거기만 찬바람이 불고 지나가는 어두운 공동과도 같았다. (p.128)

---

6) 이하 인용문중 인용표시가 없는 것은 단편집 『狂躁曲』을 번역한 『달은 어디에 떠 있나』(인간과 예술사)에서 인용하였으되 다소 첨삭을 가했으며, 인용표시가 없는 것은 필자가 원전을 번역한 것이다.
7) 梁石日, 『魂の流れゆく果て』,光文社 , 2004年, p.84

이 작품에서 작가는 아버지를 친구의 아버지로 우회해서 막연하고 추상적으로 그려내고 있지만, 아버지란 존재에 대한 버거움과 메울 수 없는 거리감이 묻어나 있다. 그리고 이 문장을 읽는 독자들은 뒤틀린 부자관계를 예견하게 되어, 이어 발표한 『족보의 끝』이나 『피와 뼈』 등에서 겪게 되는 폭력적인 아버지의 행동과 아들의 억제되지 않는 증오심, 그리고 격전을 방불케 하는 부자간의 피 튀기는 상황 등을 만나도 그리 당황하지 않게 된다.

「크레이지 호스1」에서도 가난한 조선인 부락에 거주하는 한 가족이 등장하는데, 암울하기만 한 가족 내의 상황을 독자들에게 생생하게 잘 전달해 주고 있다.

> 다른 일본인 거주지는 설사 가난뱅이 연립 주택일지라도 매우 한적하고 조신한 표정이었는데 비해 한국인이 밀집해 있는 우리 이웃은 1년 내내 음탕하고 난잡하며 시끄럽기 짝이 없었다.--중략-- 부부 싸움에는 여러 가지 형태가 있다. 지구전이 있는가 하면 설전을 벌이는 외교전도 있고 신경전도 있으며 융단폭격도 있다. (p.165)

이 짧은 글을 통해서도 알 수 있듯이 양석일은 일본사회 속에서 소외받고 가난하게 살아가면서도 서로 상처를 주고 살아가는 조선인 사회의 갖가지 치부와 모순된 현실을 묘사하는 데 뛰어난 능력을 발휘하고 있다.

마지막으로 현실감 있는 등장인물이다. 양석일의 작품 속 등장인물들의 성격은 독자들이 그 강렬함에 빨려 들어가게끔 하는 힘을 가지고 있다. 사건이 전개되는 상황의 묘사가 절묘하다고 느끼지 않을 수가 없는데 특히 간단하게 내뱉는 주인공의 독백이 독자들에게 강렬한 인상으로 각인되기 때문이다. 그의 필치는 아무리 복잡하고 긴박한 상황이라도 강렬하게 독자들을 끌어들임과 동시에 등장인물들의 성격을 명쾌하게 연상시킨다. 이러한 예는 주인공이 근무하는 택시회사에서 운전 중 사고를 당해 발 하나를 잃고 세차를 하며 살아가는 노인에 대한 묘사에서도 찾아볼 수가 있다.

> 주름 투성이의 얼굴을 구기고 세차 값을 받는 몸짓은 마치 구걸이라도 하는 것 같다. 그리고 나무 지팡이를 짚고 한 발로 차체의 주위를 뛰어다니는 모습은 또 한 사람의 자기 자신을 보는 것 같은 느낌이 든다. (p.46)

이 노인은 그의 다른 여러 작품들에도 등장을 하는데, 노인은 택시회사에 근무하던 중 사고를 당해 발 하나를 잃고 용도폐기를 당한 채 홀로 외롭게 살아가다가, 끝내 도산한 회사에 불을 놓고 외다리를 쩔뚝거리며 도망간다.

또 『크레이지 호스』에서는 챔피언의 꿈을 포기하고, 어머니와 아내 그리고 두 아들까지 빼앗겨버리고 결국 정신질환에 시달리는 이사무가 등장하는데, 그는 회사 택시를 훔쳐 어린자식을 데리고 죽은 어머니를 찾아 도망치다가 붙들린다.

> "난 말야. 어머니를 만나보고 싶었을 뿐이라구. 어머니가 8년 전에 죽었다는 것은 몰랐어. 몰랐던것은 내 책임이지만 말야. 난 꼭 어머니를 만나고 싶었어. 단지 그 뿐이야. 난 아무런 나쁜 짓도 하지 않았어" (p.176)

이사무는 항변을 하지만 끝내 정신병원에 수감되고 만다. 정신병원 외에 달리 갈 곳이 없었던 것이다.

작가는 절름발이 노인과 이사무를 등장시키고 용도폐기 처분한 뒤 돌아보지 않는 냉정한 회사를 통하여 차가운 일본사회의 단면을 보여

줌과 동시에 독자들로 하여금 자신들의 미래까지도 비판적으로 응시하도록 한다. 이밖에도 주인공은 좋지만 조선인은 싫다고 하는 동료기사 호소카와(공동생활). 일가친족이 모인 제삿날 정치적인 남과 북의 대리인이 되어 사생결단을 벌이는 고릴라(제사)와 한때 조직운동에 열성이었지만 사채업자로 전락한 채, 제 몸에 똥을 발라가며 차별에 항의하는 한성형(신주쿠에서) 등의 등장인물들의 성격이 하나하나 살아 있음을 느낄 수가 있다.

이상 살펴본 것처럼 양석일의 작품에서는 박진감 넘치는 필치, 생생하고 정밀한 묘사, 추체험을 가능케 하는 적절한 상황 제시, 인물들을 빚어낸 듯한 뛰어난 형상화 방법 등에서 문학성을 찾아볼 수 있다. 이러한 독자들을 매료시키는 문학성은 젊은 문학소년 시절부터 시인을 꿈꾸며 축척해 온 폭넓은 독서량[8]과 천성적으로 타고난 시인으로서의 그의 문학적인 능력에서 나온 것이라고 할 수 있다.

3) 독자를 압도하는 강렬한 메시지

양석일 작품이 독자를 압도하는 또 하나의 이유는 작품 속에 내재한 분명한 메시지이다. 필자는 『광조곡』과 90년대 장편소설에 나타난 메시지에 대하여 다음과 같이 크게 다섯 가지로 나누어 살펴 본 적이 있는데[9], 이들을 간단하게 살펴보면 다음과 같다.

---

8) 梁石日, 『魂の流れゆく果て』, 光文社 , 2004年, p.28-29)
　　양석일의 회고에 의하면 중학생 때부터 요시카와 에이지(吉川英治) 야마테 쥬이치로(山手樹一郎) 단바 후미오(丹羽文雄)등의 책을 열심히 읽고 그 영향을 받았다. 그 무렵 그는 연간 200여권정도의 책을 읽었으며 읽고 난 후 작가, 제목, 감상 등을 기록한 노트가 4년 동안 13-14권에 달한다고 한다.
9) 자세한 것은 졸문(이한창, 『체제와 가치에 도전한 양석일의 작품세계』, 日本語文學 제13집, 한국일본어문학회,2002)를 참조하시기 바람,

먼저 그의 작품에는 정치에 대한 불신감이 나타나 있다. 정치에 대한 불신감이 팽배하던 80년대에 양석일은 「제사」라는 작품을 통해 서로 상대방에 대한 증오감을 드러내며 육탄전을 벌이려는 조총련 조직 활동가와 대한민국 지지자인 덩치 큰 사내를 등장시켜 정치적 불신감을 강하게 드러내고 있다. 「신주쿠에서」에는 민족운동을 하다가 사채업자로 변신한 전 조직 운동가의 모습이, 『족보의 끝』에는 조직운동을 하다가 대통령 암살 음모에 빠져들어 결국 살해당하는 조직원들의 덧없는 운명을 그렸다. 그는 이들 작품을 통하여 민단과 총련으로 분열된 조직의 민족 운동이 동포사회에 남긴 것이 무엇인지를 묻고 민족이나 조국과 같은 이념에 냉소적인 입장을 취하고 있다.

두 번째로 그의 작품에는 재일 동포의 실상이 형상화되어 있다. 양석일은 민족이나 정치, 사상에 얽매인 1세들의 작품은 재일동포의 세계가 제대로 반영되지 않았다고 비판하고[10] 작품 속에서 거칠고 요란스럽고 천박한 재일 동포들을 그리고 있다. 그의 단편인 『제사』나 『운하』에서는 졸부가 된 금융 폭력단의 사내, 권위만 강요하는 1세, 고리대금업자, 서로 증오하면서 살아가는 노부부 등 거칠고 요란스럽고 천박한 동포들이 등장한다. 『족보의 끝』, 『밤의 강을 건너라』, 『자궁속의 자장가』, 『단층해류』 등의 일련의 장편에도 유흥업, 영세기업, 사채업자 등 음성적인 경제활동으로 처절하게 생존해 나가는 추악한 동포들이 등장하고 있다. 특히 『밤을 걸고서』에서는 생존을 위해 처참한 삶의 투쟁을 벌이는 동포들의 모습이 묘사되어 있어, 오직 살아남는 것만이 미덕이라는 처절한 정글의 법칙이 내재해 있다. 동포들의 삶의 모습을 폭로하는 것에 대하여 양석일은 일체의 환상을 배제하고 관념 세계에

---

10) 梁石日, 『アジア的身体』, 青峰社, 1990, p.244

도량이 아닌 자기의 입각점을 응시함으로써 생의 근원을 빠져나갈 수가 있기 때문[11]이라고 설명하고 있다.

세 번째로 양석일의 작품에서 가장 처절하게 그려진 것은 폭력적인 아버지의 모습이다. 가장으로서의 책임을 회피하여 어린 남매를 암시장의 행상꾼으로 내모는 동시에 밤에는 폭력을 행사하여 자식들을 두려움에 떨도록 하는 아버지는 결국 금전 문제로 부자간에 처절한 격투를 벌이는 추악한 상황까지 야기하는 모습으로 나타난다. 아버지의 폭력은 그의 원체험에서 나온 것으로, 다른 동포 작가인 고사명, 이회성, 김학영의 작품 속에는 가족에 대해 헌신하는 모습을 통해 아버지의 폭력을 이해하지만[12], 양석일은 자신의 욕구만을 위하여 가족을 돌보지 않는 무책임한 아버지를 냉소와 증오심으로 바라보고 있다.

네 번째로 양석일은 조선인을 멸시하는 일본사회에 대해 날카롭게 비판하고 있다. 「공동생활」에는 주인공에게 호의를 느끼다가 한국인이라는 사실을 알고 나자 시비를 걸어오는 호소카와라는 동료기사가 등장한다. 작가는 그를 통하여 일본인 사회에는 구조적인 차별이 존재하며 오히려 밑바닥으로 내려갈수록 차별이 더욱 노골적이고 맹목적이며 신체화되어 가는[13] 것으로 그려내고 있다. 또 일본인들의 근거 없는 우월감에 대하여 구미인에 대한 열등감을 보상하려는 심리에서 기인한 것으로 설명하고 있다[14]. 최근 차별에 대한 그의 관심은 『단층해류』, 『이방인의 밤』 등의 작품에 등장하는 필리핀 여성에서 알 수 있듯이

---

11) 梁石日, 『族譜の果て』, 立風書房, 1989, p.342
12) 자세한 것은 졸문(이한창, 「재일 교포문학에 나타난 부자간의 갈등과 화해의 양상연구」, 『고암 황성규 박사 화갑논문집』, 고암황성규박사 화갑 기념논문집 간행위원회, 1993)을 참고하시기 바람
13) 梁石日, 『アジア的身体』, 靑峰社, 1990, p.11
14) 梁石日, 『アジア的身体』, 靑峰社, 1990, p.11

경제대국이라는 미망의 늪에서 소외되고 좌절해 가는 외국인 노동자에게까지 확대되어 가고 있다.

마지막으로 양석일은 성장의 그늘에 밀려난 사람들의 모습을 재현하고 있다. 사고로 발 하나를 잃고 세차를 하며 살아가는 노인의 모습과 챔피언의 꿈과 아내, 자식, 어머니를 잃어버리고 정신질환으로 망가져 가는 초등학교 동창생의 모습을 보면서 자신의 불안한 미래를 예감하고 있다. 또 유흥가를 무대로 터키탕 접대부를 자청하는 소녀나 야쿠자의 정부, 그리고 속고 속이는 생존의 투쟁에서 밀려나는 주인공들을 통해 허식에 가려진 일본 사회를 고발하고 있다.

이처럼 양석일은 작품 속에서 하고 싶은 이야기들을 다양하게 담아내고 있는데, 그의 작품 제목에서 나타나 있는 것처럼15) 그의 관심은 자신과 부친은 물론이고 조국과 동포 사회를 넘어서 일본사회로까지 다양하게 나타나 있다. 이러한 그의 관심은 작가 자신의 단순한 관념과 상상력의 산물만은 아니다. 그것은 십대 때부터 축적한 독서력과 20대 초반의 나이에 동포조직에 도전하는 타고난 반항아로서의 기질과 차별 받는 조선인으로서 일본사회의 바닥 인생을 살아오면서 숙성된 통찰력에서 힘입은 바가 크다고 할 수 있다. 이러한 요소들이 버무려진 가운데 형상화되는 자신과 부친, 가정, 동포 사회와 일본사회를 향해 발신하는 그의 강렬한 메시지에 일본인 독자들은 공감하게 되는 것이다. 즉, 기존의 가치관에 저항하고 사회의 다양한 부조리와 모순을

---

15) 양석일의 작품명에는 그가 전하려고 하는 메시지가 잘 담겨져 있다. 즉 단편집 『광조곡』에는 제목이 의미하는 바와 여러 가지 병리 현상을 안고 있는 일본사회의 모습이, 「미주」에는 출구도 모르는 미로 속을 질주만하는 주인공들의 모습이 잘 그려져 있다. 또 경마와 도박에 미쳐 아수라장이 된 회사의 분위기를 상징하는 「크레이지 호스1」과 「크레이지 호스2」에는 정상을 일탈한 광란의 일본사회와 풍요로운 사회로부터 소외되어가는 자들의 불안한 미래를 그려내고 있다.

고발하고 타파하려는 강렬한 메시지가 양석일이 독자들을 사로잡는 비결인 것이다.

4 양석일 문학의 본질

양석일은 자신의 문학에 대하여 다음과 같이 말하고 있다.

> 문학은 자기구제의 길이었다. -중략- 문학은 나라고 하는 인간의 본질을 아는데 있어 가장 적절한 방법이었다. 그때까지 나는 자신이 어떤 사람인가를 알려고 하지 않았고 알지도 못했으나, 언어의 표현을 통해서 나는 나 자신속의 나를 관찰할 수가 있게 되었다. 그리고 내게 있어서 최대의 적은 나라는 사실을 알았던 것이다.16)

그는 언어의 표현인 문학을 통해서 자신을 관찰한다는 말대로 작품속에 있는 그대로의 자신의 모습을 투영하려고 하였으며, 실제 그의 작품에는 허위나 가식 없는 그의 모습이 잘 반영되어 있다. 『피와 뼈』에서도 알 수 있듯이 그는 아버지를 돈과 정욕의 화신으로 묘사하고 있으며, 첩살림을 하면서도 가족은 전혀 돌아보지 않는 비정한 가장으로 고발하고 있다. 그리고 동시에 양석일은 그 자신을 다음과 같이 스스럼없이 솔직하게 폭로하고 있다.

---

16) 梁石日, 黒田征太郎, 『路地裏』アートン, 1999, p.14

> 나는 극히 제멋대로 된 인간이었다. 나는 어머니에게 탐애를 받았으나
> 가족애라는 것을 몰랐다. 더욱이 아버지를 반면교사로 삼으면서도 다른
> 의미에서 즉 에고이스트라는 점에서 나는 아버지를 그대로 닮았다. 나는
> 자기 자신밖에 모르는 인간이었던 것이다.[17]

이처럼 양석일은 자신의 내면에 숨어 있는 이기심을 고발하면서 아버지를 향한 비판의 칼날을 똑같이 자기 자신에게도 들이대고 있다. 그런데 그의 칼날은 자신과 아버지뿐만 아니라 1세들이 성역화한 조국과 조직 그리고 동포사회에게도 향해 있다. 즉 양석일은 종래의 1세 작가들이 절대시한 국가와 민족의 가치에 대하여 냉소를 보내면서 동포사회에서 금기로 삼아온 조직에 대해서도 매섭게 비판하고 있다. 자신과 아버지를 추악하게 그려내어 고발하고 있듯이 1세들이 미화해온 동포사회의 치부까지 들추어내고 있는 것이다. 한마디로 작가 양석일에게 자신, 부친, 가족은 물론 민족이나 조직, 동포사회 등 지켜야할 성역이나 절대적인 가치라는 것은 애당초 존재하지 않는다. 그래서 조국은 거대한 환영의 산물에 불과하다고 간파하고, 경직된 기성의 가치관이나 체제를 거부하고 조소를 보내고 있는 것이다.

이렇게 양석일이 모든 기성 조직의 체제나 가치에 저항하는 것은 그의 타고난 반항아로서의 기질에서 나온 결과라고 할 수 있다. 말하자면, 50년대 말에 동포시인이었던 김시종의 필화사건이 일어났을 때 양석일은 20세의 젊은 나이로 조직의 문화 책임자를 정면으로 비판하는 논문을 발표하는데,[18] 주는 그대로 조직이나 체제에 도전하는 반항아로서의 양석일의 기질은 이미 문학청년 시절부터 잠재해 있었던 것이다. 이 사건 이후 그는 문학에서 손을 떼고 사업을 하지만 결국 파산을

---

17) 梁石日, 『修羅を生きる』(講談社現代新書), 講談社,1995, p.212
18) 주6 참조

하고 길거리를 전전하게 된다. 이때 그는 기구하게 살아온 자신의 일생을 뒤돌아보며 오직 생존만을 위하여 살아 왔다고 다음과 같이 고백을 하고 있다.

> 나는 짐이 되는 것을 하나 하나 버리면서 살아왔다. 육친, 허영심, 돈, 책, 마지막 보루였던 자존심 마저 시궁창에 던져 버렸다. 덕분에 몸이 가볍다. 이제 아무런 미련도 없다.-- 중략 -- 나는 아직 죽음에 맞먹는 고뇌를 만난 일이 없다. 죽음에 맞먹을 만한 것이 이 세상에 있을 것으로는 생각되지 않는 것이다. (p.208)

양석일은 윤리나 인간의 미덕이나 너무 진지하기만 한 사상을 말하는 인간들이야말로 위선자가 많다는 사실을 일찍 체득하고 인간과 조직이 가지고 있는 모든 맹점과 허위와 위선을 간파하였다. 따라서 그에게 중요한 것은 오늘을 어떻게 살아가느냐 하는 현실만이 있을 뿐이며 설익은 정치적인 이념이나 도그마는 그다지 중요한 것이 아니었는지도 모른다.

실제로 양석일의 문학은 민족이나 조국과 같은 논리 대신에 오직 돈과 성과 폭력의 세계 속에서 인간의 본성을 보여줌으로써, 일본사회나 동포사회, 그리고 바로 우리들의 현실 속에서 발생하고 있는 문제들에 대해 분노하면서 고발하고 있다. 그의 문학에는 고도 경제성장의 그늘에 가려진 일본사회의 어두운 점, 즉 고도성장의 혜택에서 소외당한 하층 서민들의 삶, 노동력을 착취하는 노르마 제도, 노동력을 상실한 자에 대한 회사와 사회의 무관심, 성까지도 상품화된 배금주의 풍조, 타민족의 삶을 인정치 않는 차별의식 등 많은 문제점들이 노정되어 있다. 양석일 문학에 대하여 '일본사회의 뒷모습을 항상 밑바닥에서 올려다보며 데코레이션으로 장식한 현대 일본의 허식을 한 꺼풀씩 벗겨내

듯이 묘사하고 있다'[19]는 평을 받고 있는 것도 그 때문일 것이다. 운전 사 생활을 하면서 겪은 인간들의 다양한 삶의 모습과 사회의 부조리에 대하여 적극적으로 자기 발언함으로써, '과연 일본사회는 어디로 가고 있는가' 라는 메시지를 던지고 있는 것이다.

이처럼 그의 작품은 민족성을 고집하는 이전의 재일 동포문학과는 달리, 일본사회에서 재일동포들은 어떻게 살아가고 적응해야 하는가 하는 화두를 던지고 있다. 그렇기에 그의 문학을 민족과 차별을 중심 으로 한 종래의 '재일 동포문학'의 틀로는 접근할 수 없다. 그의 작품 이 '이념화할 만한 요소들을 삭제함으로써 이념의 틀 속에서 다룰 수 없었던 재일의 실체를 잘 그려내고 있다'는 평[20]을 듣는 것도 이런 까 닭에서이다. 실제로 그의 작품들에는 민족이나 조국통일과 같은 이념 은 거의 드러나 있지 않다. 이에 대하여 양석일은 일제를 고발하거나 민족이나 정치, 사상에 얽매인 1세들의 작품은 민족적인 주제만을 전 제로 했기 때문에 인간의 애증이나 욕망 등을 다룬 재일 동포의 세계 가 제대로 반영되지 않았다고 비판하고[21] 있다.

이는 종래의 동포문학의 범주를 넘어서는 것으로, 일본사회의 변화 와 동포사회의 세대교체 및 가치관의 변화에서 일어난 것이다. 동포문 학에서의 이 같은 변화는 동포사회에서 많은 찬반 논쟁을 불러일으키 고 있다. 그리고 찬반 논쟁을 떠나 이러한 변화는 더욱 심화되어 가는 추세인데, 양석일이 바로 그 선두에 서서 변화를 주도하고 있는 것이다.

---

19) 林浩治, 『在日朝鮮人日本語文學論』, 新幹社, 1881, p.180
20) 磯貝治良, 「新しい世代の在日朝鮮人文學」 (『三千里 50号』 1987,夏), p.114
21) 梁石日, 『アジア的身体』, 靑峰社, 1990, p.244

5 결 론

　양석일은 1980년에 『광조곡』을 발표한 이후 현재까지 수십 편의 소설과 평론, 시집 등을 발표한 재일 동포 작가이다. 그는 재일 동포 작가 중에 가장 왕성하게 활동하고 있음에도 불구하고 그에 대한 연구는 아직 이루어지고 있지 않아 본격적인 연구가 필요한 실정이다. 수준 높은 문학성을 가지고 있는 그의 작품 속의 세계를 살펴보면 다음과 같은 점이 눈에 뜨인다.

　먼저 양석일 소설의 대부분은 작가 자신의 다양한 체험의 산물이다. 양석일은 작품 속에다 어두웠던 어린 시절의 가족사와 청년시절의 문학적 교우관계, 젊은 시절 파산 후 여러 직업을 전전하면서 얻은 체험과 만년의 택시 기사 생활을 통해 목격하고 깨달은 사회와 인간들의 모습을 가식 없이 진솔하게 그려내고 있다. 다음으로 그의 소설은 독자들을 작품 속으로 빠지게 하는 높은 작품성을 가지고 있다. 박진감 넘치는 필치, 생생한 묘사, 독자의 상상력을 자극하는 참신한 문체, 주인공들의 리얼리티 등에는 높은 문학성이 담겨져 있는데, 이는 시인으로서의 천부적인 문학적 소양과 오랫동안 축척된 독서력에서 나온 것이다. 마지막으로 그의 작품은 사회 전반에 대한 강렬한 메시지를 담고 있다. 즉 정치에 대한 불신, 동포들의 실상, 아버지의 폭력, 일본사회의 차별, 사회에서 소외되는 사람들에 대한 문제의식을 담고 있다. 이러한 문제의식은 사회에 대한 통찰력과 기성의 체제와 가치에 반발하는 작가의 저항적인 기질에서 나온 것이다.

　이처럼 양석일은 작품 속에서 자신과 부친을 철저하게 고발하고 있을 뿐 아니라 동포의 치부를 그려내고 민족이나 국가와 같은 이념에 냉소를 보내고 있다. 즉 윤리와 미덕으로 포장된 논리대신 돈, 성에 얽매인 인간의 본성을 보여줌으로써 동포사회와 일본사회의 모순과 부조리에 대한 분노를 그려내고 있다. 이러한 그의 문학은 민족과 차별 등을 중심으로 삼은 이전까지의 동포문학의 범주를 넘어서는 것으로, 동포사회의 세대교체나 가치관의 변화 등으로 인한 시대적 흐름의 선두에 서있는 것이다.

9. 문학교육과 디아스포라

변화영

 1 초국가주의 시대의 민족 정체성

1997년에 고시된 제7차 교육 과정에서 문학교육은 문학과 교육에 대한 새로운 관점을 반영하고자 하였다. 새로운 관점이란 문학에 대해서는 작품과 작가 중심의 접근을 지양하고 문학성과 독자 중심의 접근 방식을 취하며, 교육에 대해서는 교사, 결과, 제재 중심의 접근 대신에 학생, 과정, 활동 중심으로 접근하는 것을 말한다. 이는 21세기의 변화하는 문학과 교육의 패러다임을 수용하는 것이며, 또한 문학을 하나의 고립된 대상으로 보지 않고 다양한 매체 및 활동과 통합된 포괄적인 문화 현상으로 보고자 하는 인식에서 비롯되었다.[1] 이처럼 문학교육은 어느 특정한 패러다임에 적합한 학습자를 길러내는 것이 아니라 패러다임의 변화와 비약을 생성하는 원동력을 학습자가 전유하도록 하는 데 그 지향점이 있다. 궁극적으로 문학교육은 문학의 수용과 창작 활

---

[1] 교육인적자원부, 『고등학교 교육과정 해설-② 국어』, 2000, p.302

동은 물론, 문학 문화 발전에 능동적으로 참여할 수 있는 주체를 형성하고자 하는 것이다.

하지만 제7차 문학교육 과정 개정을 보면, 문학 문화 발전에 능동적으로 참여하는 바람직한 주체에 대한 구체적인 진술이 없다. 주체에 관한 언급이 있다고 하더라도 국어과의 성격에서 명시한 미래 지향적인 민족의식을 자민족중심주의적 사고로 해석한다는 것은 초국가주의(transnationalism) 시대에 있어서 어딘가 설득력이 부족하다. 예를 들면, 민족주의를 신자유주의적인 자본의 지배에서 벗어나고 한민족 공동체의 위기를 타파할 수 있는 집단적 인식으로 삼아 그 민족적 정체성을 비판적이고 창의적인 주체의 형성과 나란히 문학교육의 한 이념항으로 상정한다는[2] 것도 무리가 있다. 왜냐하면 민족현실을 생생하게 담아낸 작품들을 통해 민족적 정체성을 형성하려는 의도는 다문화 다민족 시대의 '지금-여기'를 외면하여 주체가 고립될 우려가 있기 때문이다. 문학과목의 내용 체계에서 '문학과 문화' 영역이 다른 세 영역—문학의 본질, 문학의 수용과 창작, 문학의 가치화와 태도—과 수평적으로 나열되기보다는 서로 중첩되는 관계로 다루어야 한다는 것과 그 내용 안에 '세계문학의 양상과 흐름'이나 '문학의 인접 영역' 등이 세분화되어 있다는 점을 고려해 볼 때, 문학과 문화를 강조하는 문학교육에서 주체의 정체성을 민족성으로만 한정할 수 없는 일이다.

최근 민족국가는 단일문화로 구성되어 있다는 근대적 고안물이 해체되면서, 한 국가 혹은 한 사회의 내부에 존재해 있는 다문화적 현상을 정체성의 정치(politics of identity)의 관점으로 논의하고자 하는 경향이 일반적이다. 민족, 인종, 계급, 종교, 성 등, 보편이란 이름으로

---

2) 김상욱, 「문학교육 이념으로서의 주체 형성과 민족적 주체」, 『문학교육의 민족성과 세계성』, 한국문학교육학회, 태학사, 2000, p.104

규정될 수 없는 차이들이 부각되고 또한 그것을 인정해 줄 것을 요구
하는 소수자의 목소리가 높아지면서 주체의 정체성에 대한 구체적인
고찰은 차이와 배제, 차별과 억압의 양상은 물론, 그 나라의 문화를 거
칠게나마 알 수 있는 관건이 되었다. 그러나 무엇보다도 정체성의 정
치나 차이의 정치 등에 관한 논의가 의미 있는 작업이 되는 것은 그것
이 근대의 통합적 주체에 대한 비판적 성찰과 맞물려 있기 때문이다.
특히, 자민족중심주의의 규정적이고 획일적인 민족적 정체성을 기대하
고 강요하는 한국사회에서 주체의 정체성에 대한 반성이 필요하다. 민
족적 정체성이 대내외적인 위기를 극복하고 한민족 공동체의 질적 발
전의 원동력이 되었다는 측면은 긍정적으로 평가된다. 하지만 그것은
주체의 형성이 여러 사회 문화적, 정치적 여건들과의 상관관계 속에서
중층적으로 이루어질 수밖에 없다는 점을 간과한 채 학습자의 정체성
을 획일화 하고 있다는 점 또한 부정할 수 없다. 재일한인 문제를 두
고 보더라도 그렇다. 이산의 경험을 지닌 재일한인의 민족적 정체성은
한국사회의 구성원들이 생각하고 있는 그것과는 사뭇 다르다. 일제강
점기 낯선 땅 일본으로 강제 이주하여 핍박과 차별을 받으면서 이방인
으로 살아온 재일한인의 민족적 정체성에는 디아스포라3) 현실이 내재

---

3) 디아스포라(diaspora)는 어원적으로 그리스어 동사 'speiro'(to sow: (씨를) 뿌리다)
와 전치사 'dia'(over: –를 넘어)에서 유래되었다. 고대 그리스인들에게 디아스포라는
이주와 식민지 건설을 의미했지만 그와 대조적으로 유태인, 아프리카인, 팔레스타인,
아르메니아인들에게 그것은 집합적 상흔을 지닌 불행하고 잔인한 의미를 뜻한다
(Robin Cohen, Global Diaspora: An introduction, Seattle: University of
Washington Press, 1997, p. ix). 원거지에서 다른 곳으로의 집단 이주를 의미하는
디아스포라는 같은 민족구성원들이 세계 여러 지역으로 흩어지는 과정뿐만 아니라
이산한 동족들, 그리고 그들이 거주하는 장소와 공동체를 지칭하기도 한다. 1990년에
들어서 디아스포라 연구가 활발하게 진행되었는데, 클리포드는 이 시기(논문이 출간
될 때는 최근이었지만) 디아스포라에 대한 담론들을 개괄적으로 정리한 바 있다
(James Clifford, "Diasporas", Cultural Anthropology, Vol. 9, No. 3, 1994, pp.
310-315). 민족이산을 의미하는 디아스포라는 기본적으로 모국으로부터의 이주와 거

해 있기 때문이다.

디아스포라적 현실에서 비롯된 재일한인의 정체성 문제는 재일한인 작가들이 생산한 문학작품에 진지하게 형상화되어 있다. 귀환의 신화를 믿는 재일한인 1세대 작가들의 작품보다 그 신화가 환상임을 인정하면서 일본 정주의 현실을 힘겹게 받아들여야 하는 2, 3세대 작가들의 작품에 주체의 정체성 양상은 한층 더 복잡하고 다양하게 나타나 있다. 특히, 2세대 작가군의 한 사람인 이양지(李良枝)는 한인이면서 비한인의 위치, 거주국 사회의 일원이면서 이방인으로서 살아가야 하는 재일한인 2세의 경계인적인 삶을 자신의 모국 유학을 바탕으로 진솔하게 담아내었다.

이양지는 모국에서 창작활동을 하는 동안 모국어(national language)인 한국어와 모어(mother language)인 일본어 사이에서 고민하고 갈등하면서 정체성이란 고정된 것이 아니라 변화되고 새롭게 정립된다는 사실을 깨달았다. 그의 작품에는 다중적인 정체성(multiple identity)을 소유한 모국 유학생들이 대다수 등장하는데, 이것은 두 국가 혹은 두 언어 사이에서 발생하는 중층적 모순을 절감한 재일한인 이양지의 작가적 경험에서 비롯된 것이다. 이처럼 모국에서의 유학 생활은 이양

주국에의 적응 사이에 작동하는 정치적 관계(Gabriel Sheffer, Diaspora Politics: at Home Abroad, Cambridge University Press, 2003. 참조), 문화적 차이, 그리고 정체성 등의 문제들을 껴안고 있다. 왈벡은 디아스포라 개념이 활용되는 데에는 네 가지의 상이한 방식이 있다고 보았는데, 의식으로서의 디아스포라, 문화 생산 양식, 디아스포라 정치학, 특수한 초국가적 공동체 등을 지칭하는 개념으로 디아스포라가 활용되는 경우이다(Östen Wahlbeck, "The concept of diaspora as an analytical tool in the study of refugee communities", Journal of Ethnic and Migration Studies, Vol. 28, No. 2, 2002, p.229). 디아스포라에 대한 최근의 논의는 사프란 (Safran 1991)처럼 디아스포라를 '국외로 추방된 소수집단 공동체'라는 개념에서 벗어나, 왈벡처럼 그것을 분석적 도구이자 이념형으로 간주해야 한다는 주장에 힘을 실어주고 있다.

지를 작가로 탄생하게 한 계기였으며, 다른 재일한인 작가들의 작품과 변별되는 원동력이 되었다. 요컨대 이양지는 재일한인 2세의 다중적 정체성을 통해 재일성(在日性)과 민족성(民族性)4)을 동시에 껴안은 재일한인 문학의 특성을 구현했던 것이다.

이양지는 등단작인 「나비타령」(1982)에서 아쿠타가와상 수상작인 「유희」(1988), 그리고 미완의 장편소설인 『돌의 소리』(1992)에 이르기까지 일련의 소설작품5)을 통해서 이방인이자 경계인으로 살고 있는 재일한인의 디아스포라적인 현실을 사실적으로 그렸다. 그는 저쪽(한국사회)에도 이쪽(일본사회)에도 소속되지 못하는 재일한인, 즉 제3자로서의 자기 인식을 통해 정체성이란 고정된 것이 아니라 현재적 시점에서 끊임없이 재구성되고 새로운 의미가 부여된다는 사실을 깨달았으며 이 같은 인식을 다중적인 정체성을 형성한 인물들에 투사하였다. 바로 이점이 재일한인 이양지의 소설을 디아스포라적 연구로 접근해야 하는 당위성을 불러일으킨다. 디아스포라 논의를 수용한다는 것은 모

---

4) 재일한인 문학의 특징은 크게 두 개의 이념항으로 나누어 살펴볼 수 있다. '재일성'과 '민족성'이 그것이다. 재일성이란 일본을 생활의 근거지로 삼고 일본어를 문학 언어로 사용하는 상황을 뜻하며, 민족성이란 한국인이라는 민족적 정체성을 강조하고 그것의 계승을 끊임없이 모색하는 성향을 가리킨다. 그러므로 재일한인의 문학작품에는 일본 사회에서 살고 있는 재일한인이 거주국의 개인적 정체성과 모국의 민족적 정체성 사이에 놓인 상황을 통해 자기의 위상을 스스로 정립해 나가는 것으로 형상화된다(김재국, 『재외한국인 문학의 어제와 오늘, 내일에의 전망』, 국제학술대회 발표 논문집, 한국문학이론과 비평학회, 2006. 6, p.60).

5) 이양지의 소설들은 모두 『群像』에 발표되었다. 발표된 작품들을 시기별로 열거하면 「나비타령」(1982. 11), 「해녀」(1983. 4), 「오빠」(1983. 12), 「각」(1984. 8), 「그림자 저쪽」(1985. 5), 「갈색의 오후」(1985. 12), 「내의」(1986. 5), 「푸른 바람」(1986. 12), 「유희」(1988. 11), 『돌의 소리』(1992. 8) 순이다. 이들 작품 가운데 「내의」(한국어 번역판은 'Y의 초상'이 그 제목이다), 「푸른 바람」은 분석 대상에서 제외하고자 한다. 전자는 미술가인 주인공이 사랑하는 Y를 통해 재현 대상의 진실을 담아내는 것이 예술의 근본임을 발견하는 과정이, 후자는 부모의 잦은 싸움으로 결국 자살하는 다카코의 슬픈 현실이 형상화되어 있어, 재일한인이라는 디아스포라의 현실에서 오는 가족간의 갈등, 자아와 세계와의 갈등, 모국과 거주국 사이의 갈등 등을 다룬 작품이 아니다.

국으로부터의 이주, 거주국에서의 적응, 문화적 차이, 정체성, 모국 의식 등6)을 통해 조명되는, 주체의 모순적이며 다중적인 정체성을 존중하고 그것을 디아스포라적 위치에서의 역사적 경험과 관련하여 이해하는 과정을 뜻한다. 디아스포라적 분석에 의한 다중적 정체성의 고찰은 편협한 자민족중심주의에서 벗어나 초국가적인 보편적 진리와 가치를 추구할 수 있도록 하나의 이념적인 틀을 제공하므로, 궁극적으로 민족적 정체성의 문제를 문학 문화의 차원에서 점검할 수 있는 근거를 제공한다고 할 수 있다. 이양지 소설을 대상으로 한 디아스포라 연구가 문학교육적 함의를 지니는 것은 이러한 이유에서이다.

이 글은 이양지 소설을 디아스포라의 관점에서 분석하여 다문화주의에 있어서의 민족적 정체성을 반성적으로 고찰함으로써 문학적 문화를 표방한 문학교육에서 재일한인의 문학작품이 주체 형성의 문제와 관련하여 문학 교재로 활용될 수 있는지의 가능성을 탐색해 보고자 한다.

---

6) 디아스포라 논의의 선구적 학자인 사프란은 그 특성으로 ① 원거주국로부터 둘 또는 그 이상의 외국으로 분산, ② 모국에 대한 집합적 기억 소유, ③ 거주국 사회로 완전히 받아들여지지 않는다는 소외감, ④ 모국을 후손들이 귀환할 진정한 이상적인 땅으로 전제, ⑤ 모국의 안전과 번영을 위한 집단적 공헌, ⑥ 모국과의 지속적인 관계 유지 등을 들었다(William Safran, "Diasporas in modern societies: myths of homeland and return", Diaspora, Vol. 1, 1991, pp.83-84). 코헨은 사프란의 정의를 바탕으로 디아스포라의 내용을 좀 더 확장하여 ① 비극적 이산, ② 취업, 무역, 혹은 제국경영에서 비롯된 확산, ③ 모국에의 집합적 기억과 신화, ④ 조국에 대한 이상화, ⑤ 귀환운동의 전개, ⑥ 장기간 유지되는 강한 종족적 집단의식, ⑦ 거주국 사회와의 불편한 관계, ⑧ 다른 나라에 거주하는 동일 종족 집단과의 연대의식, ⑨ 다원주의적 거주국이라면 독창적이고 풍요로운 삶을 영위할 수 있는 가능성 등, 9가지를 디아스포라 개념을 구성하는 요소로 보았다(Robin Cohen, Ibid., p.26). 1990년대 들어서 디아스포라 연구가 활발해지면서 디아스포라는 유대인의 경험뿐만 아니라 다른 민족들의 국제 이주, 망명, 난민, 소수민족공동체, 문화적 차이, 정체성을 아우르는 포괄적인 개념으로 사용되고 있다.

2 유토피아와 디스토피아 사이에서 길 찾기

이양지 소설에 등장하는 주인공들은 주로 재일한인 2세의 여성들로 그들은 대부분 모국 의식이 강하다. 모국을 그리워하는 주인공의 의식은 「나비타령」에서부터 『돌의 소리』에 이르기까지 일반적으로 나타나는 현상이다. 주인공의 모국 지향적 열망은 가출이나 유학으로 이어지는데 '집' 밖으로 혹은 '국가' 밖으로 나가는 행동은 현재 자신이 있는 장소를 디스토피아(dystopia)로 간주하는 데서 기인한다. 주인공의 모국 의식은 이양지의 첫 작품인 「나비타령」에서부터 나타난다.

「나비타령」의 주인공 '나' 아이코(愛子)는 교토로 가출했다가 2년만에 집으로 돌아온다. 가출의 원인은 10년 동안 지속된 부모의 이혼소송으로 정신적 상처를 심하게 받았던 탓이다. 고등학교 졸업을 몇 개월 앞둔 시점에서 가출을 감행할 정도로 '나'는 디스토피아인 집 밖으로의 탈출이 절실하였다.

두려움은 끊임없이 나를 엄습해 왔다. 비록 이 여관을 그만둔다 하더라도 내가 조센징이라는 것은 어디를 가나 따라다니는 것이 사실인 것이다. 1년이 지났다. 나는 새로 들어온 아르바이트 학생에게 일을 지시하거나 프론트에서 마치에(町枝)와 함께 젊은 마나님의 흉을 보며 지내게 되었다. 마치에는 고등학교 때부터 34세가 되는 오늘날까지 여관에서 살아온 사무원 겸 프론트 양이었다. 짙게 분을 바른 흰 얼굴이 웃을 때면 앞니에는 언제나 붉은 입술연지가 묻어 있었다. 나는 누구에게도 미움을 받지 않기 위해 비굴한 애교를 보이면서 남의 욕이나 신상 이야기를 곧이듣는 체하고, 그 말에 동정하거나 화를 내었다. 생활에 익숙해진 것이다. 하지만 두려움은 끊임없이 옆구리를 찌르고 있었다. 조그마한 실패와 과오로

> 꾸중을 듣는 일보다도 들통이 나지 않을까 하는 생각 때문에 두려워하는
> 것이었다. (…) 마치에는 차를 마시며 말했다. 「아이짱, 너 저쪽 나라 사
> 람이지?」「옛?」「웅, 아무 것도 아냐.」 마치에는 텔레비전 화면으로 눈을
> 돌렸다. 한 순간에 지금까지 감추어 두었던 것이 끌려 나오려고 한다. 마
> 치에는 알고 있다.[7]

교토로 도망 온 '나'는 가즈토요라는 여관에 이불개기와 접시닦기를
하는 종업원으로 취직한다. 여관에서 일하는 동안 '나'는 점차 사람들
과 친해져 젊은 마나님의 흉을 보거나 남의 신상에 대해 자연스럽게
반응할 정도가 되었지만, 한편으로는 자신이 재일한인임이 탄로날까봐
늘 두려움에 휩싸여 있다. 그래서 '나'는 "누구에게도 미움을 받지 않기
위해 비굴한 애교를 보이면서"까지 일상에서 일본인답게 행동하려고
무던히 애를 썼다. 그러나 '나'는 일본인다운 그 일상 속으로 안전하게
영원히 들어갈 수 없다. 노심초사하며 1년이라는 시간을 보냈는데도
마치에가 '나'에게 "아이짱, 너 저쪽 나라 사람이지?"하고 물을 만큼 재
일한인에 대한 일본인의 타자 구별 감각은 뛰어나기 때문이다. 결국 2
년이 좀 지난 어느 날, 큰 마나님과 젊은 마나님에게 "조센징은 원래
은혜도 모르고 수치도 모르는 거야."라는 말을 들은 '나'는 그길로 여관
을 그만 두고 도쿄의 집으로 돌아온다.

'나'는 일본에 귀화한 한인이다. 유치원에 다닐 무렵 아버지가 귀화
신청을 해서 일본 국적을 취득했지만, '나' 자신을 일본인으로 생각하
면서 산 적이 없다. 아무리 숨기고 싶어도 한인의 피가 '나'의 몸 안에
서 흐르는 한, '나'는 일본 국민이 온전하게 될 수 없기 때문이다. 말하
자면, '나'의 혈연이 한인과 일본인을 구분하는 경계 구분의 결정적 표

---

7) 이양지, 신동한 옮김, 「나비타령」, 『나비타령』, 삼신각, 1989, pp.25-26.

지가 되고 있다. 한인이라는 이유로 일본인에게 '은혜도 모르고 수치도 모르는' 열등한 존재로 수모를 당한 '나'는 부모의 이혼 법정에 끌려 다니는 6개월 동안 여러 번 자살을 시도했지만 번번이 실패하고 만다. '나'는 일본인에게 피살될지도 모른다는 공포와 그들을 죽일지도 모른다는 살의 속에서 고민한 끝에 한국으로의 유학을 결심한다. 그러나 '한국에 안 가면 죽어버릴 것 같아' 일본에서 도망치듯이 모국으로 유학을 왔건만 한국에서도 '나'란 존재는 '어디를 가나 비(非)거주자—찌그러진 알몸을 이끌고 부유하는 생물로 있는 이외엔 별수 없음'을 절감할 뿐이다. '나'가 상상하고 있던 모국은 자신을 진정한 구성원으로 받아줄 유토피아가 아닌 것이다. 모국 유학을 통해 일본의 열등한 국민이 아닌 '한국인'으로 인정받고 싶은 주인공의 열망은 「각」에서도 나타난다.

「각」에 등장하는 '나' 이순(李順)은 재일한인 2세로 가야금과 살풀이를 통해 막연하게나마 생각해 왔던 모국과 접하게 된다. 시간이 지날수록 일본에서는 가야금과 살풀이는 물론, 한국인다운 한국어도 제대로 구사하지 못한다는 생각에 '나'는 유학을 결심한다. '나'는 모국의 대학교에 입학하여 한국문화와 한국어를 배우는 한편, 방과 후에는 가야금학원과 무용학원에 다니는 등, 빠듯한 일상을 보낸다. 아침 9시에 등교하여 오후 4시까지 수업을 받고 4시부터는 두 군데의 학원에서 가야금과 살풀이를 배운 후, 8시에 하숙집으로 돌아와 학교에서 배운 과목들을 예습 복습한 다음, 새벽 3시가 넘어서야 겨우 잠을 잘 수 있는 '나'는 하루하루가 힘겹다. '째각, 째각, 째각, 째각' 쉴 새 없이 돌아가는 초침소리는 학교와 학원과 하숙집을 오가며 반복되는 '나'의 일상을 더욱 옭죈다. 모국을 더 잘 알기 위해 선택한 유학이지만, 4개월이 지나는 동안 '나'는 세 군데의 공간에 매어 있을 뿐, 모국의 사람들 속으로 들어가 한국인다운 생활을 접해보려는 노력은 기울이지 않는다. '나'는 외출 시에는 방에 자물쇠가 잘 채워졌는지 몇 번씩 확인하고, 집에 있을 때는 방문을 꼭 걸어 잠그고 있다. 그리고 그 안에서 하루 에도 몇 번씩, 마치 하나의 의식을 거행하듯이 '나'는 순서에 따라 꼼 꼼하게 화장을 한다.

> (가) <u>화장이 끝났다.</u> 거울에서 얼굴을 멀리하고, 나는 화장을 한 나를 물끄러미 바라본다. 파운데이션은 살결 위에 촉촉하고 윤기있게 퍼져 있 다. 입술은 붉은 빛으로 반질거리고, 3색 섀도로 농담(濃淡)을 살린 두 눈 꺼풀은 자신을 바라보는 자신의 시선을 억제하듯이 이따금 투박스럽게 껌 벅인다. (…) 그러는 동안에도 째깍, 째깍, 째깍 하고 소리를 내며 시계초 침은 계속 움직이고 있다. 그 소리 말고는 아무 소리도 들리지 않는다. 창 문 쪽을 본다. 자명종 시계는 정리대 위에 놓여 있다. 「1시 53분」 (「각」, p.253)

> (나) 째깍, 째깍, 째깍… 초침 소리가 귓전을 때리기 시작한다. 언제나 같은 장소에 12개의 숫자가 원형으로 줄을 서 있다. 「단침은 3, 장침은 …」 한숨을 내쉬며 일어섰다. (…) 세면장에서 나오니 주방의 문이 보일 락말락하게 조금 열려 있다. 동시에 머리 위에서 판자가 삐걱거리는 소리 가 들렸다. 방에 돌아와 문에 자물쇠를 걸었다. 끈을 당겨 형광등을 켰다. 눈부신 빛에 질린 나머지, 한순간 주위의 모든 소리가 사라져 버렸다. 화 장 그릇을 집어 책상의 한쪽 끝에 올려놓는다. 뚜껑을 열고, 거울에 얼굴 을 가까이 한다. <u>나는 화장을 하기 시작했다.</u> (「각」, p.380)[8]

(가)의 인용문은 「각」의 이야기가 시작되는 첫 부분이고 (나)의 인용 문은 그 이야기가 끝나는 마지막 부분이다. 두 인용문에서 알 수 있듯이 「각」은 '나'가 새벽 1시 53분 "화장이 끝났다"에서 다음 날 새벽 3시

---

8) 이양지, 「각」, 『나비타령』.

"화장을 하기 시작했다"는 동안에 일어난 사건들이 서술되어 있다. 첫 문장의 "화장이 끝났다"는 화장의 완성을, 마지막 문장의 "화장을 하기 시작했다"는 화장의 시작을 나타내는 문장으로, 화장의 시작과 끝을 알리는 두 문장은 화장과 관련된 일련의 과정을 떠올리게 한다. 첫 문장이 화장의 완성 단계를 마지막 문장이 화장의 시작 단계로 설정되어 있는 탓에 마치 순서가 바뀐 듯하지만, 궁극적으로 그것은 끝 장면이 다시 이야기의 첫 장면이 되므로 화장의 순환적 반복 행위를 함축하게 된다.

"몇 해 동안 화장의 순서는 변하지 않고 있다. 순서를 지키도록 나는 나를 타일러 오고" 있을 정도여서 여간해서는 화장의 순서를 그르치지 않는다. 조금만 땀이 나도, 무용 연습을 하기 전에도, 혼자 있다가도 시시 때때로 화장을 하는 '나'는 '화장'이라는 장치를 통해 한국사회에 편입하고 싶은 욕망을 드러낸다. '화장'은 경계인이자 이방인이기 때문에 생기는 '나'의 심리적 불안들, 즉 지나치게 손을 자주 씻는 결백증과 빙문을 잠가야 안심이 되는 강박증, 시간에 쫓기는 압박감 등에서 벗어날 수 있도록 하는 유일한 방법이다. 하지만 화장을 지우면 '나'는 다시 경계인의 모습으로 돌아올 수밖에 없다. 방 안에 혼자 있을 때도 화장을 할 만큼 '나'는 거울에 비친 맨얼굴의 이방인과 마주하고 싶지 않은 것이다. 이처럼 '나'는 방 '안'에서 화장을 지우고 다시 하는 행위를 반복함으로써 모국의 디스토피아적인 상황을 견뎌내고 있다.

요즘 '나'의 존재를 대변하는 것은 일본산 자명종과 화장 케이스 등의 물건들뿐이다. 10년 동안 함께 한 가야금도 있으나 그것은 "이미 4개월 가까이나, 하루에 몇 번씩 케이스를 열었고, 그리고 헤아릴 수 없을 만치 자명종 시계를 보아왔었던" 것만큼 친밀하게 느껴지지 않는다. 가야금을 통해 재일'한인'으로서의 정체성을 찾고자 모국에 왔지만, 지금의 '나'는 화장 케이스와 자명종을 통해 '재일'한인으로서의 정체성을 형성하고 있는 것이다. 이와 같이 가야금, 화장 케이스, 자명종 등은 재일한인 '나'의 정체성이란 현재 상황에 의해 재구성된다는 사실을 드러내는 상징적인 물건이다. 모국을 향한 마음이 멀어져가는 재일한인 2세의 모습은 「유희」에서도 나타난다.

「유희」는 1인칭 서술자 '나'가 일본으로 돌아간 유희를 회상하면서 사건들을 이야기하는 형식을 취하고 있다. '나'는 유희가 하숙하는 집의 주인인 숙모와 함께 살고 있다. 하숙을 구하러 온 첫날부터 '나'는 유희에게 강하게 매료된다. 재일한인 대학생이라는 점도 그렇지만, 어쩐지 동생 같은 기분이 들어 친밀감을 느꼈던 것이다. 게다가 한국인의 생활에 익숙해지기 위해 기숙사가 아닌 하숙을 선택했다는 유희의 말에 '나'는 감동까지 한다. 하지만 '나'는 그것이 착각이었음을 유희가 일본으로 돌아간 바로 그날 깨닫게 된다.

> 유희는 처음부터 외톨이였던 것이다. 대금 소리가 생각난다. (…) 대금의 산조를 곧잘 듣곤 하던 유희의 모습이 떠올랐다. 유희처럼 책상에 왼쪽 팔꿈치를 대고 벽 모서리에 등을 기대었다. 시간의 앞뒤를 잊고, 몇 장의 사진처럼 대금 소리를 듣고 있는 유희의 모습이 차례차례 나타났다. 상상 가운데서 카세트 데크를 좀 더 앞으로 끌어당기며 어느 날의 유희와 똑같이 몸을 눕히고 오른쪽 어깨를 벽 모서리에 대었다. 몸은 책상과 두 개의 벽 모서리와 카세트 데크에 의해 사방에서 에워싸이는 꼴이 되었다. 마치 방구석에 갇혀 버린 형국이었다. 그 날 역시 유희는 먼 거리에 있었던 것이다. 아니, 이미 그 이전부터도, 이 책상을 사던 날부터도 멀었던 것이다. 유희는 몸을 책상과 벽으로 끼우듯이 그렇게 책상을 배치하고, 저 자신을 방 한구석에 가두었던 것이다.[9]

---

9) 이양지, 김유동 옮김, 「유희」, 『由熙』, 삼신각, 1989, pp.56-57

‘나’는 대금 소리에 매료되어 한국으로 유학 온 유희가 결국에는 적응하지 못하고 돌아가자 서운한 감정에 휩싸인다. 학교를 그만 두지 못하도록 몇 주 동안 유희를 계속 설득해 보았지만 헛수고로 끝나 버렸던 탓이다. “한국인의 생활에 익숙해지기 위해 하숙을 전전했다는 유희에게서 같은 피, 같은 민족에서의 자기의 위치를 찾으려는 의지를 절절하게 느낄 수 있었던” ‘나’는 방 안, 그것도 방구석에 자신을 가두고 살았던 유희를 반성적으로 사고하게 된다. S대학교까지 가려면 한 시간 이상이 소요되는 집에서 하숙하고자 했던 의도는 유희가 한국인이 되고 싶은 마음에서 비롯된 것이 아니라 한국어의 서툰 발음에서 파생된 소리의 거부감을 조금이나마 해소하기 위해 소음 생산 공간처럼 느껴지는 학교에서 멀찍하게 떨어져 지내고 싶은 욕구에서 비롯된 것이다. 한국어가 아니라 대금 소리를 우리말로 간주한 채, 일본으로 돌아간 유희에게 모국은 더 이상 유토피아가 아니다.

이양지 소실에 등장하는 인물들은 한국으로 유학 온 재일한인 2세가 대다수이다. 「나비타령」, 「각」, 「유희」뿐만 아니라 「그림자 저쪽」과 「갈색의 오후」, 그리고 『돌의 소리』 등에서도 모국 유학생들이 등장한다. 재일한인 유학생들은 대개 가야금이나 살풀이[10], 대금 등으로 모국을 접한 후 한국에 오지만, 얼마 지나지 않아 한국사회에의 적응에 힘겨워한다. 그들이 모국에서 부딪히는 가장 큰 고민은 서툰 한국어 발음으로 인해 빚어지는 한국사회 구성원들의 타자적 시각이다. 재

---

10) 이양지는 와세다대학(早稲田大學)에 입학한 직후, 처음으로 접한 가야금에 강하게 매료되었다. 가야금과 한국어를 본격적으로 배우기 위해 1982년 서울대학교 국어국문학과에 입학한 이양지는 오빠의 죽음 등으로 인해 2년여 동안 휴학은 했지만 곧 복학하여 1988년에 졸업하였다. 유학 생활을 하는 동안 이양지는 대학에서 수업을 받으면서 가야금과 한국무용을 배웠다. 오전에는 무용, 오후에는 가야금, 저녁부터는 원고지와 씨름하는 가운데 이양지는 유학 온 지 2년 만에 「나비타령」을 발표하였다. 가야금, 살풀이 등은 이후의 작품에도 자주 등장하는 소재가 되었다.

일한인들의 서툰 한국어 발음이 한국인들에게 그들의 재일성을 드러내는 계기로 작용하여 모국에서도 이방인 취급을 받는 것이다. 디아스포라의 역사적 경험에서 비롯된 문화적 차이를 인정하지 않는 한국 사람들의 시각은 결국 재일한인에게 자기만의 '방'을 유토피아로 간주하도록 부추겼다고 할 수 있다.

# 3 '타자'와 '우리'를 통해 정체성 드러내기

모국과 거주국 사이에서 자신을 진정한 구성원으로 받아줄 유토피아를 찾아 헤매는 재일한인은 '우리' 나라 사람이다. '우리' 안의 '너'이다. 사는 곳이 다른 '우리'나라 사람인 것이다. 그런데도 한국사회의 구성원들은 재일한인을 일본인들처럼 '우리'가 아닌 이방인 '너'로 바라본다. 말하자면, 한국 사람들은 재일한인에게 혈연적 동질성에서 비롯된 민족적 정체성은 요구하면서, 다른 한편으로는 디아스포라적 상황에서 파생된 이질성은 인정하지 않는 것이다. 재일한인의 이질성이 가장 적나라하게 드러나는 것은 언어이다.

이양지 소설에는 모국 유학을 꿈꾸거나 실제로 감행한 재일한인 2세들이 대다수 등장한다. 그들이 모국 유학을 지향하는 가장 큰 이유는 그것이 민족의식을 고취할 수 있는 확실한 방법이라고 생각하고 있기 때문이다. 물론, 민족의식 함양의 근원은 한국어 습득에 있다.

「오빠」에 등장하는 가즈코는 형제들에게 '민족의식은 우선 언어를 배우는 데서부터 시작된다'면서 한국인다운 민족의식과 주체성 고양은 한글 습득에 그 뿌리가 있음을 역설한다. 결국 가즈코의 간청에 마지못해 응한 형제들은 한국어를 배우게 되었고, 그 과정에서 히데오와 다미코는 일본인들의 시선과 재일한인 1세인 아버지의 태도를 통해, 디아스포라인 자신들의 위치를 발견하게 된다.

언젠가 레슨을 받고 돌아오는 길에 오빠와 술을 마시면서 주고받은 이야기를 기억합니다.
「오빠, '우리말(母國語)'에 대해서 좀 저항 같은 것 느끼지 않아요?」
「응, '우리말'이라는 언어 자체가 나한테는 벌써 외국어이니까.」
나도 동감이었습니다. '우리'라는, 소유를 나타내는 접두어를 순순히 자신의 언어로서 당당히 발음할 수 없을 것 같은 기분이 들었던 것입니다. 게다가 예를 들어서 근무처의 사람들에게 한국어를 배우고 있다는 말 같은 것은 여간해서 끄집어 낼 수 없는 처지여서, 개운하게 어느 한쪽으로 자신을 내던질 수가 없었기 때문에 착잡한 기분이었습니다. 이따금 집에서 전화가 걸려 올라치면, 우리말로 「아버지, 안녕하십니까?」 이렇게 말해보고 싶은 생각이 있시만, 쑥스러운 생각이 앞서곤 했어요. 언젠가 용기를 내어 그렇게 말해 보니까 아버지는 놀라서, 「누구한테 배웠니?」 하시는 것이었어요. 「가즈코 언니한테 소개받은 유학생한테서요.」라고 대답하자, 좀 굳어진 어조로, 「배워도 괜찮지만, 가즈코처럼은 되지 말아라.」 하시면서 전화를 끊으셨어요.
언니는 가즈코가 아니라, '화자'라고 부르라고 말합니다. 그렇지만 어릴 때부터 가즈코 언니라고 불러 온 것을 갑자기 바꾼다는 것이 쉽지가 않아요. 저는 다미코가 아니라 '민자'이고, 오빠는 히데오가 아니라 '수남'이라고 불러야 된다는 것인데, 아무래도 귀에 설어서 멋쩍을 뿐이었어요. 하지만 박씨의 레슨을 받고 있는 두 시간 동안, 우리들은 '민자' '수남'으로만 불리는 존재가 되었었지요. 그러는 동안 서로의 시간 사정이 맞지 않아 3개월가량 계속했던 레슨을 중지하게 되었지만, 참 야릇한 체험이었습니다.」[11]

---

11) 이양지, 「오빠」, 『나비타령』, pp.92-93

가즈코의 권유로 히데오와 다미코는 한국인 유학생에게 3개월 가량 한국어를 배웠다. 히데오와 다미코는 한국어 수업을 받는 동안 일본식 이름이 아니라 한국식 이름으로 호명되었지만 그렇다고 해서 '우리'라는 소유를 나타내는 접두어를 자신의 언어로서 당당하게 발음할 수 없을 것 같은 기분에 휩싸인다. 태어나서부터 일본어를 모어로 습득한 그들에게 한국어는 제2 외국어일 수밖에 없다. 한국어가 외국어인 이상, '우리말'의 '우리'라는 접두어에 그들이 한국인으로 소속될 수 없으리라는 생각은 재일한인으로서는 어쩌면 당연한 일인지도 모른다. 그렇다고 다미코나 히데오가 일본사회에서 완전한 일본인으로 인정받고 있는 것도 아니다. 다미코 근무처 사람들에게 한국어를 배우고 있다는 사실을 말하지 못하는데, 그것은 재일한인이라는 경계인의 위치에서 비추어 볼 때, 일본사회에서 "개운하게 어느 한쪽으로 자신을 내던질 수가 없었기 때문"이다.

어느 날 다미코가 용기를 내어 "아버지, 안녕하십니까?"하고 전화로 안부 인사를 드리자 아버지는 순간 놀라면서 대뜸 누구에게 배웠느냐고 묻는다. 재일한인 1세인 아버지는 자식들이 일본인으로 살기를 원하기 때문에 사회운동과 민족운동에 관심이 많은 가즈코에게 다른 형제들이 물들지 않았으면 하는 바람이다. 이 같은 아버지의 태도는 조국 귀환의 신화를 강하게 믿었던 재일한인 1세의 사고가 바뀌고 있음을 반영한 단적인 예이다.

「오빠」에서 알 수 있듯이 한국어 습득과 한국이름 사용은 재일한인이 한국인으로서 '우리'의 민족적 동질성을 이루는 핵심 자질이다. 무엇보다도 한국어 습득은 중요한데 이것이야말로 민족성을 함양할 수 있는 관건이기 때문이다. 하지만 한국어를 습득했다고 해서 재일한인의 이방인으로서의 처지가 해소되는 것은 아니다.

　　이것으로 겨우 판소리를 하고, 마음껏 가야금을 탈 수 있다고 생각한 나는 우리나라에 와서 용감하게 커버에서 가야금을 꺼냈다. 하지만 나는 ‘우리나라’에도 겁내기 시작했다. <u>내가 ‘일본’ 냄새를 풍기는 기묘한 이방인이라는 것을 알아차리는 데는 그다지 많은 시간이 걸리지 않았다.</u> (…) 「다시 한 번 불러 봐요.」 아무것도 모르고 당혹해 하면서 박선생의 재촉에 못 이겨 노래를 부르자 또 뒤에서 웃음소리. 「애자, 다키(瀧)는 우리말로 폭포 당신은 봇보, 완전히 틀리죠?」 하지만 나는 발음의 차이를 잘 잡을 수가 없었다. 다시 노래를 고쳐 본다. 「애자, 폭포는 입술을 세게 파열시켜 발음하는 거예요. 당신의 봇보는 ‘다키’가 아니라 키스한다는 듯이 된다니까.」 억지로 참고 있던 웃음은 폭소가 되어 내 등을 짓눌렀다. ‘일본’에도 겁내고 ‘우리나라’에도 겁나서 당혹하고 있는 나는 도대체 어디로 가면 마음 편하게 가야금을 타고 노래를 부를 수 있을까. 한 편으로는 우리나라에 다가가고 싶다. 우리말을 훌륭하게 사용하고 싶다는 생각이 드는가 하면, 재일동포라는 기묘한 자존심이 머리를 들고 흉내낸다, 가까워진다, 잘한다는 것이 강제로 막다른 골목으로 밀려든 것 같아 이쪽은 언제나 불리하다. (「나비타령」, p.67)

　　「나비타령」의 ‘나’는 박선생에게 <백발가>를 배우던 중, ‘폭포’를 ‘봇보’로 발음하여 함께 소리 연습을 하던 사람들로부터 웃음거리가 된다. 판소리 발성법의 기본인 목구멍을 여는 일까지도 재일한인의 발음으로는 쉽지 않은 탓이다. 25세에 한국으로 유학 온 ‘나’는 일본어의 언어 습관에 길들여져 있어 한국어 발음이 서투르다. 한국어에 비해 표현할 수 있는 발음의 폭이 상당히 좁은 일본어의 음운체계에 익숙한 ‘나’로서는 한국어를 완벽하게 발음한다는 것은 어려운 일이다. 한국어를 이상하게 발음함으로써 한국 사람들에게 ‘일본 냄새를 풍기는 기묘한 이방인’이라는 취급을 받을 때마다 ‘나’는 ‘우리’에 소속될 수 없다는 사실을 절감하게 된다. 따라서 ‘나’는 한인이면서도 비한인의 위치, 일본사회의 구성원이면서도 이방인이라는 모순적이고 다중적인 현실에서 정체성의 혼란을 겪을 수밖에 없다. '아무리 노력을 해도, 발음의 서투른 면만 지적당하는'(「각」, p.291) 재일한인의 비애는 한인이 '우리' 안의 타자를 포용적으로 인정하지 않는 데서 기인한다.

'우리' 안의 '너'를 인정하지 않는 사정은 일본인에게도 마찬가지로 해당된다. 재일한인은 소수자 집단이기는 하지만 일본사회의 구성원이므로 일본인이 그를 이방인으로 대할 수는 없다. 일본인이 재일한인을 '우리'가 아닌, 타자로만 인식한다면 다원주의적 사고와 동떨어진 편협한 민족주의의 재생산은 계속될 뿐이다. 물론, 이것이 소수자에 대한 차별과 억압으로 이어질 것은 당연한 이치이다. 이양지 소설에 나타난 '우리나라'(ウリナラ), '우리말'(ウリマル) 등의, '우리'(ウリ)가 강조되는 것은 이러한 맥락에서 볼 때 의미 있는 일이다. 이양지는 일련의 작품들에서 끊임없이 '우리'(ウリ)와 관련된 단어를 쓰고 있는데 이 같은 용어 활용은 1982년 11월 『群像』에 발표된 「나비타령」부터 시작되고 있다.

> (가)「韓國にもお琴があるの？」二十歳になったばかりのある日, 私は一人の女子大生に訊き返した。反獨裁、反外勢、反事大、そんな言葉でしか知ることのできなかったウリナラ(母國)に音がある。伽倻琴(カヤグム)の音色は低かった。音が、音そのものが吐露しきれぬ想いの深'さで悶々としている。[12]

---

12) 李良枝, 「ナビ・タリヨン」, 『李良枝全集』, 講談社, 1993, p.31(본 논문은 구체적인 논의를 진행하기 위해 일본에서 출간된 이양지 전집을 번역서와 더불어 인용하기로 하겠다. 일차적으로 인용문은 번역서에서 선택하되 원전을 병행해서 기술해야 할 경우, 이양지 사후에 출간된 『李良枝全集』(사실상 엄밀한 의미에서의 원전은 아니다)을 참고한다. 번역할 때 생기는 두 언어간의 미묘하지만 중요한 차이가 작품의 전체적인 의미와 긴밀하게 연관되어 있기 때문에 일본판 전집과 한국판 번역서들을 함께 염두에 두고 이양지 소설을 분석하기로 한다. 재일한인 문학을 이해할 때, 원전과 번역서를 꼼꼼히 비교해서 살펴보아야 하는 당위성은 이후의 논의에 의해 밝혀질 것

(나) 스무 살이 갓 된 어느 날 나는 어느 여대생에게 물어보았다. 반독재(反獨裁), 반외세(反外勢), 반사대(反事大), 그런 말로만 알 수밖에 없었던 우리나라에도 소리가 있다. 가야금의 음색은 낮았다. 소리가 소리 그 자체가 토로할 수 없는 생각의 깊이로 애타하고 있다.

(「나비타령」, p.35)

(가)에서 보듯이 「나비타령」에서 이양지는 'ウリナラ'(우리나라)라는 단어 옆에 '母國'(모국)을 병기하였다. 그리고 '伽倻琴'(가야금)이라는 한자 위13)에 가타카나로 'カヤグム'라고 썼다. "ウリナラ(母國)"임을 명시한 그 자체는 중요한 의미를 지닌다. 「나비타령」에서 일련의 사건을 이야기하는 서술자 '나'는 물론, 글을 쓰고 있는 실제작가인 이양지가 재일한인임을 분명하게 표방하고 있기 때문이다.

「나비타령」을 읽고 있는 일본인 독자들은 가타카나로 표기된 'ウリナラ'(우리나라)를 자신들의 언어로 발음하고 그것이 외래어인 줄 안다. 그리고 그 의미가 괄호 안에 지시된 것으로써 '母國'(모국)이 한국을 지칭한다는 것도 깨닫게 된다. 일본에서는 '母國(모국)'을 히라가나 '보코쿠(ぼこく)'로 표기하기 때문에 외래어나 의성어 혹은 의태어 등을 표기할 때 쓰는 가타카나의 'ウリナラ'는 한인이 자신의 국가를 지칭할 때 쓰는 단어임을 인식하는 것이다. 이에 일본인 독자들은 'ウリナラ'가 명시된 이후로 제시되는 일련의 사건들을 한국이라는 국가와 결부지어 이해하기 시작한다. 이렇게 해서 일본인 독자들은 한국의 문화, 즉 한국인의 전통예술, 의식주, 정서, 호칭 등을 접하게 된다.

이다. 이 같은 논의에는 일본어로 표기된 이양지 소설들을 한국어로 옮길 때 번역자의 세심한 노력과 분석적인 이해가 전제되어야 한다는 필요성이 함축되어 있다.

13) 일본판 전집에는 '伽倻琴(가야금)'이라는 단어 '옆'이 아니라 글자 바로 '위'에 가타카나로 'カヤグム'라고 적혀 있다. 본 논문에서는 기술상의 어려움으로 인해 부득이 두 단어를 나란히 병기하는 형식을 취한다.

전통예술 장르와 관련된 "カヤグム(가야금)", "パンソリ(판소리)", "サルプリ(살풀이)", "スゴン(살풀이 수건)", "サランガ(사랑가)", "チャング(장구)", "チャンダン(장단)", 의식주와 관련된 "チマ・チョゴリ(바지・저고리)", "ポソン(버선)", "キムチ(김치)", "ソウル(서울)", 그리고 한국인의 정서 표현인 "ハン(恨)"과 한국사회의 호칭의 특징인 "オンニ(언니)" 등이 그것이다. 자신들과 다른 '국가'의 문화 양상들을 표기된 언어적 기호로 접한 일본인 독자들은 낯설게 된다. 'ウリナラ'(母國)의 문화적 양상들은 이질적인 것이어서 일본인 독자들은 타자인 한국 문화에 대해 자동화된 인식을 유지할 수 없다. 게다가 주인공 '나', '아이코(愛子)'의 이름이 한국어 발음 그대로인 "エジャ(애자)"로 표기되어 있어 일본인 독자는 한인 혈통의 이방인, 즉 재일한인의 유학 이야기에 동일시되기 어려운 것이다. 요컨대 이양지는 서로가 서로를 낯설게 만드는 문화적 양상을 통해 '우리'의 '너'를 타자화하는 요건들을 비판한다.

이양지 소설에서 일본인들이 재일한인 2세인 '나'를 이방인으로 인식하는 표지(marker)는 혈연이다. 반면, 한국인들이 '나'를 경계인으로 보는 표지는 언어이다. 혈연과 언어로 인해 '나'는 일본사회의 구성으로도 한국사회의 구성으로도 받아들여질 수 없다. 따라서 '나'는 일본과 한국의 모순적인 현실로 인해 정체성의 혼란을 겪게 된다. 특히 일본어를 모어로 하는 재일한인 2세에게 언어에서 파생되는 이방인 의식은 더 심각하다. 한국어를 모어로 하는 아버지 세대와 달리, 현실적으로 일본 땅에 정주할 수밖에 없는 재일한인 2세는 모어인 일본어와 모국어인 한국어 사이에서 생기는 갈등에서 쉽게 자유로울 수 없다. 말하자면, 혈연보다도 언어가 재일 한인 한국사회에 소속되고 싶은 재일한인을 '우리'로 받아들이지 못하게 하는 표지로 작용한다. 그러나 '우리'와 '타자'는 절대적인 개념이 아니다. '나'가 어떤 위치에 있느냐에 따라 '우리'의 개념은 달라지기 때문이다. 이양지는 '우리'의 상대성을 「유희」에서 분명히 하고 있다.

> 언니(オンニ)
> 저는(チョ ヌン) 위선자입니다(ウイソンジャイムニダ).
> 저는(チョ ヌン) 거짓말쟁이입니다(コジンマルジャンイイムニダ).
> (オンニ
> 私は 偽善者です
> 私は 嘘つきです)14)

위의 인용문은 서툰 한국어 발음과 생활 관습의 차이로 괴로워하면서 술을 마시던 유희를 '나'가 말리자 그녀가 노트에 쓴 문장이다. 홍미롭게도 이 인용문에는 세 층위의 언어가 공존하고 있다. 한국어와 일본의 가타카나와 히라가나가 그것이다. 이야기 내용상으로 보면 이 문장은 한국어로 표기되어야 한다. 왜냐하면 '나'는 일본어를 모르는 한국인이며 유희는 국어학을 전공하는 모국 유학생이므로 두 사람은 한국어로 의사소통을 할 수밖에 없다. 또한 이야기 서술상으로 보면 일본어의 히라가나로 써도 무방하다. 「유희」는 일본에서 발표되었으므로 실제작가인 이양지가 실제독자인 일본인 독자와 의사소통을 하려면 일상적으로 사용되는 일본어로 대화를 시도하는 것이 자연스럽기 때문이다. 그럼에도 불구하고 이양지는 한 공간 안에 세 가지 언어를 동시에 쓰고 있다. 한국어를 어떻게 읽는지 가타카나로 병기하고 그 아래

---

14) 이양지, 「由熙」, 『李良枝全集』, p.429(이양지 소설을 한국어로 옮길 때 가장 유의할 것은 어느 문장이나 단어는 번역을 하지 않고 원본 그대로 표기해야 한다는 점이다. 만약 재일한인의 문학작품을 문학교재로 선택할 경우, 언어가 경계인으로서의 중요한 표지가 되므로 꼼꼼한 분석 아래 번역되었는가를 구체적으로 살펴볼 필요가 있다).

히라가나로 문장의 뜻을 적었다. 말하자면, 외래어 표기인 가타카나와 일상어 표기인 히라가나를 통해 한국어는 일본인 독자에게 소통의 기회를 얻게 된 것이다. 물론, 한국어가 일본어와 만나는 지점에는 이미 '李良枝'라는 작가의 이름이 표방되어 있다. 비록 한자어 표기이지만, 한국명 '李良枝'는 일본에 살고 있는 한인의 정체성에 대해 끊임없이 고민하는 재일한인 작가의 신분을 분명히 나타내고 있는 것이다. 결국 이양지는 세 층위의 언어를 통해 모어인 일본어와 모국어인 한국어와의 의사소통을 시도함으로써 재일한인을 '우리'에서 배제하려는 언어의 폭력을 타파하고자 하였다.

이양지가 「작가의 말」에서 유희에 대해 "한마디로 나는 나 속에 있던 「유희」를 매장하고 싶었던 것이다. 「유희」를 버리고 「유희」를 나 자신이 넘어가지 않는 한, 나는 예를 들면 '우리'라는 말의 음과 뜻, 내 몸속에 흐르는 한국인으로서의 피, 그리고 그 피가 끓고 고통으로 다가오는 정신적 자립을 얻을 수 없을 것이라고 알 수 있었기 때문이다."15)고 언급한 대목은 의미심장하다. 이양지는 재일한인을 타자화하는 한국사회의 편견을 극복하지 못하고 일본으로 현실 도피한 유희를 통해 '우리'의 '나'는 '너'와 소통하지 않는 한 존재할 수 없음을 제시하고 있다. 궁극적으로 '나' 아닌 '너' 타자를 통해 '나는 누구인가'를 묻지 말고, '너'와 더불어 있는 '나'를 통해 '나는 누구인가'를 비판적으로 성찰하는 가운데 '우리'는 상대적으로 성립될 수 있음을 이양지는 「유희」에서 언어로써 탐색하였다. '우리'와 '타자'는 상대적 개념이다. 절대적인 '우리' 혹은 '타자'란 있을 수 없다. 이방인이란 언제나 상대적인 개념인 것이다.16)

---

15) 앞의 책, p.335.
16) 리처드 커니, 이지영 옮김, 『이방인, 신, 괴물』, 개마고원, 2004, pp.12-13(개척자를

 ## 4 디아스포라의 문학교육적 함의

'우리'(ウリ)는 재일한인 교육에서 재일한인으로서의 자존심을 위해 민족성을 강조할 필요가 있을 때 활용되는 중요한 개념이다. '우리'는 재일한인과 일본인을 구별 짓는 용어로, 이 구별의 과정에는 인위적으로 민족적인 상징이 개입된다. 가야금, 판소리, 살풀이, 호칭어 등은 상징과 관련하여 외부적으로 자신이 한인임을 드러내는 행위의 다름 아니다. 특히 민족학교에서는 여러 가지 상징을 이용하여 민족성을 강화하고 그것을 통해 일본인과의 구별을 모색하는 데 '우리' 개념이 활용되고 있다.[17] 그러나 이양지는 민족학교에서 이루어지는 '우리'의 개념을 한민족공동체의 의식 함양과 연대성을 강화하는 데 활용하는 것을 뛰어넘어 그것을 재일한인 '나'에 대한 정체성 탐색의 핵심 단어로 끌어들이고 있다. '우리'를 '나는 누구인가'를 탐색하는 중요한 개념으로 상정했을 때 나란히 따라오는 상대적 짝은 타자의 개념이다. 또한 '나는 누구인가' 하는 질문은 궁극적으로 개인적 존재로서의 '나'가 소속될 '우리'라는 집단의 테두리를 설정하는 문제와 결부된다.

다루는 서구의 신화는 타자란 상대적 개념임을 잘 드러낸다. 영국을 떠나온 방랑자들이 매사추세츠 해안에서 피쿼트족(Pequot)과 마주쳤을 때 그들은 피쿼트족을 가리키며 "이 이방인들은 누구인가?"라고 묻는다. 물론 본토인인 피쿼트족 또한 영국 잉글랜드의 항구도시 플리머스에서 온 이들을 향해 동일한 질문을 했을 것이다. 필그림들이 신세계의 해안가에 도착하고 피쿼트족과 마주쳤을 때, 타자는 과연 누구인가. 누가 외지인인가? 상식적으로 볼 때, 필그림이 이방의 땅에 도착한 이방인들이라고 말할 수 있을 것이다. 그들은 피쿼트족의 환대에 의존하고 있다. 그러나 이 땅은 피쿼트족의 소유임에도 불구하고 커니같은 유럽인 남자가 발생한 사건들에 관한 서사들을 읽으면, 이방인은 피쿼트족이 된다. 요컨대 일정한 민족적 정체성 주변에서 희생 제물이 된 타자는 피쿼트족이다).

17) 송기찬, 「소수자로서의 재일동포—민족교육을 중심으로」, 『한국의 소수자, 실태와 전망』, 최협 외, 한울아카데미, 2004, p.216.

　　문학교육에서 민족적 정체성을 화두로 삼는 가장 중요한 까닭은 그
것이 결국 주체 설정의 문제와 긴밀하게 관련되어 있기 때문이다. 문
학작품에는 특정한 주체가 재현되고 있어 학습자는 작품의 주체와 대
화를 나누고 동의하고 비판하는 가운데 '우리'가 누구인가 하는 자의식
을 통해 새로운 주체로서의 자기를 인식하게 된다.

> 　　일본에서 태어나서 자란 한국인으로서의 그는, 자기가 일본이라는 나
> 라에서 태어나게 되었다는 사실을 단순한 우연이라고는 생각하지 않는다.
> 구체적, 정치적인 국가로서의 한국이란 모국이 아니라 우연형(偶然形)으
> 로서의 모국이라는 것으로 상징되는 더 큰 존재, 즉 인간의 운명을 좌우
> 할 정도의 신(神)과도 가까운 존재가 모국 이외의 땅에서 자기를 태어나
> 자마자 버림받게 한 것이라고 생각하고 있는 것이다. 말하자면, 그에게
> 있어서 이 세상에 태어나고 또 일본이라는 나라에서 태어났다는 사실은
> 이중으로 낳아서 버림받은 것을 의미한다.[18]

　　『돌의 소리』에 등장하는 '나'는 "자전(自傳)은 아니지만 오늘날까지
의 나와 지금 현재의 내 모습을 스스로 확인해 가기 위해서 일종의 장
편 서사시와 같은 형식으로" 시를 쓰고 있다. 이 허구적 시세계의 주
인공은 르상티망 X씨이다. 르상티망 X씨는 재일한인 2세로 청년이 되
어 모국을 방문했는데, 한국이 아닌 일본에서 태어났다는 점에서, 또한
일본사회의 구성원으로 소속될 수 없다는 점에서 자신을 이중적으로
버림받은 존재로 생각하고 있다. 르상티망 X씨는 모국에서 바리공주
같은 재일한인 여성 Y를 만남으로써 자기 자신을 스스로 르상티망 X
씨라 명명하였다. 이러한 명명 단계에 이르러서야 '나'는 "이제까지의
자기를 떠나보내는 과정을" 장편 서사시에 담아낼 수 있게 된 것이다.

---

18) 이양지, 신동한 옮김, 『돌의 소리』, 삼신각, 1992, p.37.

따라서 장편 서사시라는 허구의 세계에 있는 르상티망 X씨란 '나'를 객관화한 작업에 다름 아니다. 말하자면, 재일한인 2세인 '나'는 글쓰기를 통해 자신과 자신을 둘러싼 현실을 비판적으로 바라보면서 새롭게 자기를 형성해 나가고 있는 것이다. 하지만 그 과정은 쉽지만은 않다.

일본어로 문학 활동을 해야 하는데 한국어가 일상생활에서 익숙해진 '나'는 두 언어에 끼어 혼란스럽다. "시는 포기할 수 없었다. 동시에 내 피에 대한 구속도 버릴 수 없었던" 시간의 흐름 속에서 '나'는 르상티망 X씨의 이야기를 통해 하나의 과업을 수행하고자 애쓰고 있다. 그것은 르상티망 X씨로 대변되는 소수자의 현실, 즉 억압적이고 모순적인 재일한인의 존재를 재현하여 다수자 일본인에게 전달하는 일이다.[19] 그러므로 '나'는 "의식하며 산다"는 명제를 실천하는 방안으로 일기쓰기를 생각해 내고 끊임없이 써나가고 있는 것이다.

『돌의 소리』에서 매일 아침 일기를 쓰는 '나'는 두 언어의 경계에 있는 사신을 끊임없이 자각하면서 일본어로 글 쓰는 재일한인 작가라는 자신의 위치를 드러냄으로써 소수자를 배제하고 억압하는 일본사회를 비판적으로 담아내었다. 소수자를 묻는다는 것은 소수자 자신에 대한 것이 아니라 소수자를 통해 밝혀지는 '우리' 자신의 모습을, 그리고 소수자를 배제하는 집단의 성격 또는 사회관계의 존재 방식을 묻는 것이다. 이양지 소설들이 문학교육적으로 의미 있는 것은 이러한 이유에

---

19) 이양지 소설작품들에서 재일한인의 차별과 억압적 상황을 실존적 문제로 접근하는 한편, 고발적 성격이 강한 작품은 「해녀」(1983)이다. 이양지 소설들에는 일반적으로 재일한인 가족을 중심으로 하여 그들의 디아스포라적 현실이 형상화 되어 있다. 하지만 「해녀」에는 어머니의 재혼으로 인해 재일한인 '그녀'가 일본인 가족의 구성원이 됨으로써 발생하는 비극적 현실이 서술되어 있다. 재일한인 '그녀'가 자살을 선택할 수밖에 없는 실존적 상황이 일본인 여동생과 남자 친구를 통해 밝혀진다. 「해녀」에서만 주인공 이름이 인칭대명사 '그녀'로 표기되어 있는데, 이것은 '그녀'가 재일한인 여성의 한 전형적 존재임을 나타내기 위한 작가의 전략으로 판단된다.

서이다. 이양지의 문학작품은 한국인 혹은 일본인 다수자 '나'가 자신을 아는 일이란 재일한인 소수자 '너'를 '우리'로 인정하는 가운데 이해될 수 있음을 제시한 대화의 장이기 때문이다.

재일한인의 디아스포라 경험은 일제강점기를 거친 한국사회의 특수한 상황과 맞물려 있어 다른 재외한인들의 그것보다 한층 더 복잡하고 미묘하다.[20] 해방 이후에도 재일한인은 국가와 국가 사이의 모순, 남북한 분단이 야기한 민족 모순, 민단과 조총련 사이의 분단 모순, 거주국와 모국 사이의 정체성 모순 등, 다층적으로 존재하는 민족적 현실을 일본 땅에서 뼈저리게 경험하면서 그 해결 방안을 모색해 왔다. 일본사회의 구성원으로도 한국사회의 구성원으로도 당당하게 소속될 수 없는 위치를 지닌 재일한인은 개인적 정체성과 민족적 정체성 사이에 낀 자신의 처지를 고민하고 갈등하면서 정체성을 형성하였는데, 세대에 따라 그 정체성의 성격도 좀 다르다. 정체성이란 변화와 생성의 과정을 거치면서 형성되기 때문에 2세, 3세가 지닌 정체성은 1세대의 그것과 차이가 생길 수밖에 없다.

해방 이후부터 1960년대 중반까지 활동한 재일한인 제1세대 작가군

---

20) 재일한인의 이주와 정착의 역사는 다른 재일한인의 그것과는 사뭇 다르다. 다른 재일한인은 이민자의 신분으로 자발적으로 이주하여, 다인종, 다민족사회에서 한인으로서의 고유한 정체성과 문화를 자랑스럽게 여기며 살고 있는데 반해, 재일한인은 일제강점기에 이주하여 해방이 될 때까지 피식민지의 국민으로 핍박과 차별을 받았다. 해방 이후에는 일본정부로부터 일본 국적을 일방적으로 박탈당하고 외국인 신분으로 오랫동안 불안정한 생활을 하면서 한편으로는 일본사회와 문화로의 동화를 강요받았다. 재일한인을 열등한 존재로 여기는 일본사회의 인식은 결혼과 취직을 둘러싸고 첨예화되어 나타나는데, 귀화한 한인들 또한 예외는 아니다. 이런 상황에서 재일한인이 민족적 자긍심을 갖고 민족 정체성을 드러내기란 어려운 일이다. 요즘은 일본에서 태어나고 성장한 2, 3세들이 주류를 형성하면서 조국의 개념이 바뀌고 개인의 정체성을 규정하는데 국적이 차지하는 비중도 점차 약해지고 있다. 이렇듯 재일한인의 민족정체성은 다른 재일한인에 비해 복잡하고 다원적인 성격을 띤다(윤인진, 『코리안 디아스포라』, 고려대출판부, 2004, p.184).

이 조국의 혼란스런 정치 현실과 민족성 회복에 주목하였다면, 2,3세대 작가군은 자신의 삶을 주체적으로 선택하면서 형성되는 개인의 정체성을 주로 표방하였다.[21] 2, 3세대 작가들은 재일의 모순을 조국이나 일본사회의 현실에서 찾기보다는 자신의 디아스포라적 위치에서 찾고자 하였던 것이다. 특히 이양지는 모국 유학의 체험을 통해 다중적 정체성을 형성한 인물 주체 '나'가 '우리'와의 관계 속에서 자신을 객관화하여 성찰하지 않는 한, 이방인인 자신이 한국사회 혹은 일본사회의 구성원들과 의사소통을 할 수 없다는 사실을 세 층위의 언어(한국어, 일본어의 히라가나와 가타카나)로써 진지하게 담론화하였다.

이양지 소설에 나타난 저쪽(한국)에도 이쪽(일본)에도 속할 수 없는 재일한인의 디아스포라적 사고는 단일문화, 단일민족론에 대한 비판적 논의를 요구하는 동시에 다문화주의와 다원주의를 지향하게 된다. 이양지가 다중적 정체성을 소유한 재일한인 2세를 통해 구현하고자 했던 것은 '나'를 성찰하는 가운데 '너'와 더불어 사는 '우리'를 쌍방의 입장에서 이해하려는 주체의 열린 사고이다. 이양지의 소설에 제시된 재일한인의 '(한국인과 일본인에 대해) 나는 누구인가' 하는 질문은 동시에 한국인과 일본인이 (재일한인에 대해) '나는 누구인가' 하는 질문을 상관적 짝처럼 껴안고 있다. 그러므로 디아스포라적인 현실로 인해 다중적으로 형성된 재일한인의 정체성은 한국인이 자신의 정체성을 고찰하여 질적 발전의 단계로 끌어올리는 데 하나의 모델이 될 수 있다. 재일한인의 문학작품이 문학교육에서 교재로 활용될 수 있는 가능성은 독서과정에 있는 학습자가 작품에 형상화되어 있는 재일한인 주체와의 대화를 통해 자신의 정체성을 변화와 생성의 차원에서 형성할 수 있다

---

21) 이한창, 「재일교포 문학의 작품 성향 연구―정치의식 변화를 중심으로」, 중앙대학교 박사논문, 1997, pp.1-2.

는 데 있다.

주체의 정체성은 고정된 것이 아니다. 그것은 역사, 문화, 그리고 권력의 지속적인 작동과 관련되어 있으므로, 학습자에게 민족적 정체성을 한국문학 작품을 통해서 형성해야 한다는 주장은 주체를 초국가주의의 일원으로 간주하지 않는 편협한 사고의 소산이라고 할 수 있다. 재일한인의 문학작품이 전하는 내용은 재일한인의 조국에 대한 사랑과 계속되는 고통의 기록이라는 점22)에서 '민족적 정체성'이란 어쩌면 디아스포라적인 역사적 경험에 의한 재일한인의 문학작품에 더 진지하게 형상화되어 있는지도 모른다.

5 대화의 창으로써 재일한인 소설

이 글은 이양지의 소설에 등장하는 재일한인 2세가 모국(한국)과 거주국(일본) 사이를 방황하면서 자신의 정체성을 자각하고 인지해 나가는 과정을 디아스포라적 관점에서 살펴보았다. 아울러 재일한인 이양지의 문학작품을 통해 한국사회에서 논의되고 있는 주체 형성과 관련된 문학교육적 함의를 탐색해 보았다. 글 내용을 장별로 요약하면 다음과 같다.

2장에서는 정주국 일본에서 모국, 즉 한국으로 유학 온 재일한인 2세들이 모국을 유토피아 혹은 디스토피아로 간주하게 된 원인이 경계구분의 표지(標識)인 혈연과 언어에 있음을 분석하였다.

---

22) 홍기삼, 「재일한인 문학론」, 『재일한인 문학』, 홍기삼 외, 솔출판사, 2001, p.10.

3장에서는 이양지의 소설에 나타난 '우리'(ウリ)라는 용어가 '나'와 공존해 있는 '너'를 반성적으로 인정함으로써 결국 '나'를 새롭게 형성하는 전략적 용어임을 서술자와 독자의 대화적 양상을 시도한 '세 층위의 언어'(한국어, 일본어의 가타카나와 히라가나)를 통해 알아보았다.

4장에서는 초국가주의 시대에 살고 있는 독서 과정의 학습자가 다중적 정체성의 인물들과 대화를 나누고 비판하면서 그리고 '타자'와의 관계 속에서 '우리'를 인식하는 가운데 새로운 주체로서의 자신을 형성한다는 의미에서 재일한인 이양지의 소설이 지니는 문학교육적 함의가 크다는 것을 강조하였다.

이 글에서는 재일한인 이양지의 문학작품에 등장하는 인물들의 다중적 정체성을 살펴봄으로써, 문학교육의 학습자가 민족적 정체성을 한국 작품들을 통해서만 형성해야 한다는 주장은 자민족중심주의적인 편협한 사고에서 비롯된 발상이라는 점을 지적하였다. 일반적으로 주체 혹은 정체성은 항상 '우리'가 아닌 타자를 설정하고 있는 개념이다. 따라서 주체와 타자라는 관계를 '바깥'과 '안', 양쪽에서 경험하고 있는 재일한인의 디아스포라적 위치는 오늘날 한국사회에서 이야기되고 있는 민족적 정체성 담론에 중요한 시사점을 던져주고 있다. 재일한인의 문학작품이 문학교육에서 교재로 활용되어야 하는 필요성은 세계 각지에서 생산되는 재외한인 문학작품을 이해하기 위한 전제일 뿐 아니라 21세기의 열린 교육을 위한 디딤돌이라는 점에서 찾을 수 있다.

10. 高史明文學 研究
作品을 中心으로

추석민

1 서 론

高史明은 일본에서 태어나 성장한 現存하는 재일조선인 제2세대 작가이다.

그는 日本정부 주도하의 토지조사사업의 한 피해자로 日本으로 건너 간 이주조선인의 아들로 下關에서 태어나 세살 때 어머니가 돌아가시고 한 때 새 엄마와 잠시 생활하기도 하지만 주로 아버지, 형과 같이 이주조선인 부락에서 생활하며 지냈다.

그는 아버지의 渡日 과정, 생활, 강인성, 나약함, 고국방문, 패배 등을 통하여 재일조선인 제1세대의 渡日의 역사적 배경, 日本 사회에서의 위치, 편견과 차별, 그리고 나라를 잃은 재일조선인들이 겪어야만 했던 시련과 고통 등을 여러 작품들을 통하여 밝혀내고 있다.

또한 재일조선인 제2세대인 자신의 존재에 대한 의구심에서 시작된 문학 작업들은 바로 <자기 존재>와 <민족의 주체성> 나아가 <자

기의 정체성>을 찾아가는 하나의 과정이 되었다.

그의 인생과 작품 활동에 있어서 큰 전환점이 있다는 것을 알 수가 있는데 즉 아들 岡眞史자살 사건과 歎異抄와의 만남과 종교적 귀의이다.

아들 자살사건 이후 정신적 방황과 동요 그리고 종교적인 차원에서의 문학적 접근이라는 테마의 변화는 있었지만 재일조선인의 존재, 민족, 자기의 정체성을 찾기 위한 문학적 작업들은 계속되고 있다는 것을 그의 작품 활동을 통해서 알 수가 있다

그럼 그의 작품들은 어떠한 것들이 있으며 또 그 내용과 테마 그리고 작가 高史明에 대해 살펴보기로 하자.

高史明과 前期의 作品1)

그는 1932년 1월 山口縣 下關市彦島江의 朝鮮人部落 浦町에 태어나 생활하며 자랐다. 그의 성장과정과 환경에 대해 자서전적인 소설 『산다는 것의 의미 -어느 소년의 성장 生きることの意味 ―ある少年のおいたち』2)에서는 다음과 같이 서술하고 있다.

---

1) 본 논문에서는 아들 자살 사건 전 그의 작품과 활동을 전기라 하였다.
2) 築摩書房, 1986년 1월. 高史明의 自傳的 소설. 불량소년이 되어 소년 형무소까지 가게 된 자신을 역사 속에서 檢正하고 응시해나가는 내용이다. 日本人 처와 사이에 태어난 사랑하는 자식에게 조선과 日本의 架橋가 되어 주길 바라는 메시지가 담겨져 있다.

아버지는 석탄 하역 노무자였다. 지금으로부터 사십 몇 년 전의 일입니다. 金善辰이 그 이름입니다. 모난 이마에 다부진 턱에 겉모습만 보아도 완고하고 고집이 세게 생겼는데 실제로 대단히 완고한 사람입니다. 아버지는 저를 <삼아->라고 불렀습니다. <삼아->는 저의 이름의 중의 하나인 <三>이라는 글자에서 나온 것입니다. 金天三이라는 이름이 저의 本名입니다. (略) <삼아-> <명아-> 그 소리는 어두침침한 연립 쪽방 종이 천정이 찢어질듯 한 목소리였다. 그때마다 쪽방천정 위에 있는 쥐들이 놀라 날뛰었다. 아버지 고함소리에 쥐들도 놀라 연립 쪽방 여기저기를 마구 뛰어다니며 야단법석을 떨었다. (略) 우리는 3인 가족이었다. 어머니는 내가 세살 때 돌아가셨다. 아버지는 어린 우리들을 데리고 어머니의 무덤을 자주 찾았다. 무덤 앞에 세워진 墓標에는 裵景順之墓라는 글자가 먹으로 쓰여 져 있었다. (略) 우리 집에는 안타깝게도 어머니의 사진 한 장, 어머니의 빗 하나, 옷 하나도 남아 있지 않았습니다. 어머니는 아무것도 남겨주지 않았습니다. 아니 처음부터 遺品이 될 만한 물건은 아무것도 없었던 것입니다. 아버지와 결혼하면서 결혼사진 한 장 찍을 돈이 없었다고 하는데 어찌 遺品이 될 만한 물건을 살 수 있었을까요? 어머니는 결혼식을 평상복 차림으로 올렸습니다. 아버지와 같이 석탄 하역 인부였습니다. 새까맣게 되어 일하는 어머니는 작업복 외에는 옷 하나 없었던 것입니다. <pp.14-16>

高史明의 본명은 金天三이며 金善辰과 裵景順 사이에 1932년 1월 11일 차남으로 태어났으며 兄의 이름은 春明이었다. 어머니는 세살 때 돌아가셨다는 내용과 渡來 朝鮮人 가족의 日本에서의 어려운 생활들을 인용문을 통해 짐작할 수가 있다. 이어서 그들이 일본에 오게 된 이유와 한일관계에 대해 <왜, 日本에 왔는가?>, 「强制로 끌려 온 朝鮮人」, 「빼앗긴 朝鮮語」, 「갖가지 抵抗運動」으로 나누어 그의 생각을 적었다. 내용을 요약하면 <韓日合邦> 이전 790명밖에 안되었던 재일조선인이 1945년 일본 패전 직후에는 236만 5천명에 달하였으며,

그 이유는 일본 정부 주도하에 시행 된 <土地調査事業>과 <太平洋戰爭>이라고 말하고 있다.

<土地調査事業>에 대하여 高史明은 일본 정부 주도하의 시행된 일종의 농민들의 토지 소유분을 일제에 신고하는 정책이었으나 대부분의 농민들은 신고를 하면 오히려 토지를 빼앗길지도 모른다는 생각에 신고를 꺼려하였고, 이러한 조선농민들의 심리를 이용하여 농민들의 토지를 수탈한 사업이라고 설명하고 있으며, 그의 아버지도 이러한 사정으로 日本의 流民이 되었다고 서술하고 있다. 그리고 <太平洋戰爭>에 대하여는 전쟁이 격화되면서, 조선인을 강제로 연행한 것이 급증한 이유로 들고 있다. 유민이 된 아버지를 비롯한 이주조선인들이 모여 사는 부락의 모습과 생활을 다음과 같이 적고 있다.

> 나의 기억 속에 확실한 모습으로 떠오르는 것은 이것으로부터 시작된다. 下關市彦島江의 浦町에 있는 朝鮮人 부락에 관한 것입니다. 아버지와 우리 형제들은 어머니가 돌아가시고 한참 있다가 그 부락으로 이사를 하였습니다. 그 부락은 七輪[3]町이라고 부르고 있었다. 江 浦町에 있어서 江浦町이라고 불러도 좋을 것 같은데 七輪町입니다. 이렇게 부르는 데는 이유가 있습니다. 이 부락 근처에 石炭 하치장이 있습니다. 부락의 어른들 거의 대부분은 石炭 荷置場에서 일하는 石炭 荷役夫입니다. 어른들은 일을 마치고 집에 돌아올 때 石炭 부스러기들을 주워 옵니다. 저녁이 되면 이 석탄을 태우는 七輪이 하수구를 따라 골목길에 죽 늘어섭니다. 모든 七輪에는 광대의 고깔모자 같은 굴뚝이 달려있고 이 굴뚝에서 연기가 폭폭 올라옵니다. 이렇게 쭉 늘어선 七輪 때문에 부락 이름도 七輪町이 되었다고 합니다. <p.33>

---

3) 음식을 익히는데 7厘 정도의 숯으로 족하였다는 데서 유래되었으며, 흙으로 만든 값싼 風爐.

우리 집은 몇 번이나 말하였듯이 하모니카 연립주택의 일곽에 있었습니다. 하모니카 연립주택이란 것은 한 채의 집을 벽으로 칸막이를 하여 여러 가구가 살 수 있게 만든 집입니다. (略) 이 연립주택 방에는 창문이 없습니다. 입구가 창문입니다. (略) 사각 진 방 三面에는 판자로 벽을 만들어 놓았습니다. 판자벽은 10센티 정도의 간격을 두고 세워져 있고 그 판자 틈 사이에는 헌 신문지나 옛날 잡지 발라 두었습니다. (略) 그런데 우리 집 천정도 벽과 같이 종이였습니다. (略) 그렇지만 이 천정 안은 굶주린 쥐들의 소굴이었습니다. 이 쥐떼가 일제히 뛰기 시작하면 대단히 시끄럽습니다. 얇은 종이 천정이 당장 찢어질듯합니다. 그 중에는 진짜 떨어지는 쥐도 있습니다. (略) 그리고 우리들은 먼지떨이를 들고 떨어지는 쥐를 기다리기도 하였습니다. 태어나면서부터 쥐들과 함께 자란 우리들은 쥐들을 전혀 무서워하지 않았습니다. 그렇지만 그것은 너무나 어처구니없는 생각이었습니다. 쥐는 역시 겁이 많고 비겁하고 탐욕스럽고 잔인한 동물입니다. 어느 날 천정에서 떨어진 쥐가 갑자기 동생을 물어 죽였습니다. 쥐는 쿵하고 천정에서 떨어지자 곧 바로 동생에게 돌진하여, 바로 눈앞에서 동생을 물어 죽였습니다. 눈 깜짝할 사이에 벌어진 일입니다. <pp.46-47>

제1세대 이주조선인들의 日本에서의 사회적 위치, 열악한 환경과 삶을 짐작하게 하는 문장이다.

비록 열악한 환경이지만 그들 나름대로의 생활 즉 차별이나 조선인의 사회적 위치에 대한 인식 없이 살아가지만 일본사회와 접하면서 조선인이라는 의식과 인식을 하게 되며 또한 많은 불화와 갈등을 낳게 된다. 고사명의 일본사회와의 접촉과 갈등 그리고 자신이 조선인이라는 것을 의식을 하기 시작한 것은 초등학교 입학하면서부터였고, 특히 4학년 때 학부모들이 학생들의 수업을 참관하는 날이었다. 다른 일본인 부모들과는 달리 멀리 교실 밖에서 아들의 모습을 바라만 보다 돌아가는 아버지의 쓸쓸한 뒷모습을 바라보면서 자신이 조선인이라는 것과 일본

사회에서 당당히 나서지 못하는 조선인의 사회적 위치를 새롭게 인식
하기도 한다. 그리고는 제1세대 조선인의 위축된 삶과 강요된 언어를
거부하며 민족적 주체성을 잃지 않고 살아가려는 재일조선인 1세대의
모습을 『산다는 것의 의미』에서 다음과 같이 말하고 있다.

> 萬國旗가 달린 줄에는 다른 나라의 더 멋있는 국기가 있어도 역시 日
> 本 국기가 최고 멋있다고 하는 것이 남자라는 태도라고 생각하고 있었다.
> <그런 國旗가 있을 리가. 가장 멋있는 것은 역시 日章旗야!> 라고 나
> 는 말한다. <아니냐, 있어!>라고 말하며 아버지는 진지한 표정이었다.
> <어느 나라 국기야! 어떤 모양인데?> (略) <네가 보고 온 만국기에
> 는 틀림없이 없었을 거야!> (略) <당연히 朝鮮 國旗지> <朝鮮 國旗
> 라니?> 나는 놀라서 말했다. 조선 국기라는 아버지의 말이 묘하게 여운
> 이 남았다.
>   조선에 국기라는 것이 있다는 것을 과거에 들은 적이 없었다. <조선에
> 도, 국기가 있나! 일장기가, 조선의 국기가 아닌가?> 순간 아버지는 갑자
> 기 뻣뻣하게 경직되더니 어두운 표정이 되었다. <응> 한참 있다 아버지
> 는 낮은 목소리로 끄덕였다. 그러나 아버지는 좌우를 둘러보고는 잠긴 목
> 소리로 엄하게 말씀하셨다. <이 얘기는 이제 그만하자. 조선에 국기가
> 있다든지 없다든지 다른 사람에게 말하면 안 돼. 이 얘기는 잊어버려.>
> 나는 아버지의 엄한 말씀에 입을 닫았다. 그때 아버지 눈빛에는 恐怖를
> 느끼고 있었으며 나에게도 뭔가 무시무시하다는 느낌이 들게 하였다.
>
> <pp.109-111>

조국의 국기 태극기가 있으면서도 자식에게 떳떳이 얘기를 못하는
在日朝鮮人 1세의 心境과 모습은 나라를 잃은 조선 민중의 심경과
모습이며 또한 일제는 민족 주체성 말살정책을 얼마나 철저히 행해지
고 있었나를 부자간의 대화를 통하여 알 수 있고 또한 이런 정책들이
조선민중들에게 얼마나 많은 공포를 안겨 주었는지를 짐작하게 하는

문장이다.

이러한 시대적 상황하에서 민족의 주체성과 정체성이 제1세대에서 2세대라는 시간의 흐름과 더불어 퇴색되고 붕괴되어 간다는 것을 인용문에서 알 수가 있다. 이러한 자신과 민족의 아이덴티티에 대한 인식이 확립되지 않은 채 소학교를 졸업한 고사명은 형의 권유로 고등소학교에 진학을 되고 조선인의 차별을 더욱 실감하게 되는데 다음과 같이 적고 있다.

> 아버지와 형의 권유로 高等小學校에 진학하기로 하였다. 이러한 배경에는 아버지와 형에게는 각자가 日本사회에서 겪었던 애환과 바람이 있었기 때문이기도 하였다. 이러한 아버지와 형의 기분을 알고 있으면서도 역시 공부는 열심히 하지 않았다. (略) 내 머릿속에는 공부보다는 어떻게 하면 朝鮮人이라고 바보 취급당하지 않을 수 있을까? 라는 어두운 감정의 소용돌이였다. 나는 이러한 생각을 품고 高等小學校에 입학하였습니다. 입힉해보니 본명을 쓰고 있는 朝鮮人은 저 혼사였습니나. 小學校내는 저 이외에도 몇 명이 있었는데 모두들 진학을 계기로 모두 日本이름으로 바꾸어 버린듯합니다. 혼자 朝鮮人 이름으로 남게 되자 자신이 朝鮮人이라는 것을 더욱 의식하게 되었습니다. 高等小學校 선생님 중에는 소학교 때보다 더 심하게 朝鮮人을 괴롭히는 선생님이 있었습니다. (略) 나라 전체가 전쟁에 총력을 기울이고, 나라의 방침으로 創氏改名이 활발히 추진되고 있음에도 불구하고 日本이름으로 바꾸지 않는 것이 눈에 거슬렸던 것이죠. 그래서 때때로 이유도 없이 얻어맞기도 하였습니다.
>
> <pp.198-199>

태평양전쟁 말기에 접한 일제는 군수공장 등에 학생들을 동원하여 일을 시키게 되고 高史明도 주물공장에 동원되어 일하게 된다. 高史明에 대한 일본인교사[4]의 차별과 구타는 패전하기 하루 전 까지 계속되었다. 이러한 환경 속에서 조선인, 자신의 존재에 대한 회의와 시대적 상황에 그는 <두고 봐라! 세상을 놀라게 해 줄 테니까! 나도 멋지게 죽을 수가 있어 (p.225)>라는 결심을 한다. 그리하여 특공대[5) 지원을 하기로 마음을 먹기도 하는데 작품에서는 다음과 같이 적고 있다.

> 특공대가 되려고 한 이유 중 하나는 출구도 없이 겉돌기만 하는 생활을 끊는 하나의 실마리를 찾는 것이었다. 그것은 이 전쟁이 시작될 시기에, 日本人이 아닌 日本人으로 태어나 자란 내가 전쟁말기에 접어든 시대적 상황에서, 괴로움으로부터 벗어 날 수 있었던 유일한 방법이었다고 할 수 있다.
> (略) 그때까지 다른 사람의 죽음을 보면서 자신의 죽음을 생각한 적이 있었지만 日本이 진다는 생각은 한번이라도 한 적이 없었다. 日本은 내가 죽더라도 영원히 健在하며 계속될 것이라고 생각했다. 나의 "죽음" 또한 그것을 위한 것이었다. 그런데 내가 살아있음에도 불구하고 日本이 졌다는 것이다. 이것이 현실이라면 죽어야만 했던 나를, 나는 어떻게 생각해야 좋을지 모르겠다. <pp.226-227>

일본사회에서 일본인이 아닌 조선인으로서 태어난 현실 속에서 혼자만이 느끼는 괴로움으로부터 벗어날 수 있고 또한 자신의 존재를 알리는 방법으로 특공대에 지원하여 일본과 천황을 위해 멋지게 죽는 것이었으나 이마저 일본의 패전으로 좌절되고 만다. 죽어야만 했던 자신은 살아있다는 현실 앞에 자신이 살아있는 의미를 찾기 위해 패전 다음날 N선생을 찾아 간다. 하지만 그토록 충정을 강요하던 N선생의 예

---

4) 高史明의 뺨을 거의 매일 같이 때렸던 日本人 교사는 N, Y선생이었다고 서술하고 있다. Y선생의 구타에 대하여는 <전쟁의 소용돌이 속에서 공포에 떨고 있는 인간의 상냥한 마음>을 느낄 수 있었다라고 말하고 있다. N선생의 경우 그를 전쟁에 협력하지 않는 나쁜 인간으로 취급하며 본보기를 보여 주기 위한 구타라고 적고 있다.
5) 작품 속의 특공대는 자신의 희생으로 적에게 많은 피해를 입히는 일종의 폭탄을 안고 적진으로 돌진하는 일종의 자폭형 특공대를 말하며 高史明은 구체적으로는 人間魚雷를 생각하였던 것으로 생각되어 진다.

전 모습은 온데 간데도 없고 비겁하게 뒤꽁무니를 빼는 것이었다. 그 모습에 실망한 그는 고등소학교를 그만두게 된다. 학교를 그만둔 그는 닥치는 대로 무슨 일이든지 열심히 하였으나 언제나 그는 조선인이라는 이유로 임시직에 머물러야만 했으며, 전후 혼돈스렀웠던 시대였던 만큼 때로는 임금을 받지 못하는 경우도 있었다. 이러한 전후 시대적 상황이 더욱 그를 방황하게 하였으며, 결국 그는 술과 담배, 그리고 밤 놀이에 빠지게 된다. 이를 지켜본 아버지는 조선의 풍습대로 동네 어른(長老)들을 불러 그를 교육 시키려고 하였으나 결국 이들에게 칼을 들고 대드는 지경에 이르고 만다. 이 사건으로 인하여 그는 조선 사회에서 조차도 따돌림을 당하게 된다.

이에 대해『산다는 것의 의미 靑春篇 第1部 소년의 어둠 いきることの意味 靑春篇 第1部 少年の闇』에서 다음과 같이 적고 있다.

나는 이때부터 朝鮮人 사회에서도 다가갈 곳 없는 漂流船이 되어 버렸다. "무서운 놈"이라는 딱지가 붙어 버렸다. 실제로 나는 무서운 얼굴이 되어 있었다. 이런 轉落이 나의 성장이었다. 나의 눈은 들개와 같이 번쩍거리고 있었다. 게다가 그런 나 자신이 누구보다도 사랑스러우면서도 갈기갈기 찢어 버리고 싶을 만큼 싫었다. 나는 과연 누구일까? 戰爭 중에 조선 아이들에게 보내던 교사들의 시선을

다시 한 번 상기해 보았다. 「집요하고 고집이 세게 보이기도 하지만 경솔하고 雷同적이다. 부도덕한 행동을 아무 거리낌 없이 한다.」「동작은 둔하고 버릇이 없으나 불량한 일에는 교묘하고 敏活하다.」전쟁 중에 나에 대한 이런 시각이 비뚤어진 回路를 거쳐 급기야 前後를 살아가는 나 자신에 대한 시각이 되어 버렸다. 이 소동 이후 나의 불량기는 그 누구도 말리지 못하게 되었다. 아직 15살 밖에 되지 않은 소년이 술을 마시고 밤에 동네에 나가서는 아무에게나 시비를 걸었다. 결국은 나쁜 놈이라는 것은 보여 주기 위해 문신을 새기기로 마음을 먹었다. 그래도 文身을

팔뚝이 아닌 허벅지에 새긴 것은 아직 그런 소행에 대한 부끄러움을 의식하고 있었기 때문이었을까? 어느 날 나는 젓가락 끝에 바늘 3개를 동여매고 文身을 새겼다. <pp.59-60>

전쟁중에는 학교에서 조선인이라는 이유로 차별과 구타를 당하고 전후, 이제는 조선인사회에서도 따돌림을 당하는 자신의 존재에 대한 의문과 회의, 외로움이 폭력과 불량, 그리고 문신까지 새기게 되었다는 방황하는 高史明의 모습을 인용문을 통해 알 수 가 있다.

그의 惡行은 날이 갈수록 심해져 갔고 이윽고 큰 싸움으로 인하여 생명이 위태로울 정도의 중상을 입고 병원에 입원하였고 퇴원하여, 집에서 요양하던 중에 경찰에 연행, 체포된다. 체포되고 며칠 지나자 경찰서에서 구치소로 이송되고 재판의 판결에 따라 16살 1년의 대부분을 소년형무소에서 보내게 된다. 소년형무소에서의 느꼈던 여러 가지 생각들과 형무소에서 일어난 사건 사고, 가석방 예정 날 가족들이 마중을 나왔으나 가석방이 취소가 되어 면회도 하지 못하고 돌아가야만 했던 형무소 있을 때 일어났던 가족들의 애기 등을 『산다는 것의 의미 靑春篇 第1部 소년의 어둠』의 「희미한 불빛을 주시하며 <pp.65-129>」라는 章에서 1, 감방의 높은 천정 2, 감방장과의 싸움 3, 징벌방에서의 만남 4, 탈주 계획의 환상 5, 아버지의 생각으로 나누어 비교적 상세히 기술하고 있다.

그리고 소년형무소에 수감과 생활을 다음과 같이 적고 있다.

형무소에 수감되면서 지그재그로 된 길을 걸어 왔지만, 확실히 나 자신이 摸索해 왔던 어떤 것이 마음속에서 강한 불꽃으로 되어 가고 있었다. 말하자면 악당이라는 나의 거죽을 벗어 던져 버리고 싶었다라고 할 수 있다. <p.128>

출소 후 그는 집과 가족에 대해

> 나는 이때 처음으로 집에 되돌아왔다. 이 집은 내가 잘 알고 있는 집
> 이면서 동시에 처음으로 알았던 집이었다. 아버지의 주름진 얼굴에는 몹
> 시 거칠기도 하였지만 따뜻한 정이 있었다. 아버지와 형 그리고 새 엄마
> 가 있는 집이 없었더라면 나는 어떤 인간이 되었을까? 역사의 소용돌이
> 에 농락당해온 우리 집. 내가 불량아가 된 것도 이 집의 냄새에 빠져있었
> 기 때문이었다. 그렇지만 또 나를 불량아의 수렁에 빠뜨린 이 집이 또 나
> 를 건져 내어 인간의 길을 걸을 수 있게 힘을 준 곳이기도 하다.
> <p.138>

라고 적고 있다. 일본사회에서 조선인이라는 운명 공동로 살아가는 가
족들의 끈끈한 정을 느낄 수 있는 문장이라 하겠다.

출소 후 한 며칠간은 아무일 없이 평범한 생활을 하며 지냈으나 옛
친구들의 출소 기념식을 계기로 또 다시 예전의 불량아로 되돌아가게
되고 화투와 각성제, 싸움, 쾌락의 세계에 빠져 들어갔다. 불량소년들
과 어울려 다니면서도 그는 "이래도 되는가! 이래도 되는가!"라는 자
성을 거듭한 끝에 문신을 태워 없애고, 새로운 출발을 결심한다. 그리
하여 아버지와 형의 권유로 민족학교인 조선인 학교에 입학하게 된다.
그러나 교실에서 사용하고 있는 조선어를 전혀 모를 뿐 아니라 교과서
의 문자조차도 알 수 없었으며 하루하루가 고통스러울 뿐 이었다. 조
선인 학교에서의 생활을 『산다는 것의 의미 Ⅰ 青春篇』에서 다음과 같
이 적고 있다.

> 朝鮮人 학교에서의 생활은 그 첫날부터 완전히 비뚤어져있었다. 도중
> 에 입학한 학생이었을 뿐 아니라 전과자인 나는 다른 재학생들과는 달랐
> 다. 게다가 교실에서 쓰고 있는 조선어를 거의 이해하지 못했다. 나한테

주어진 교과서가 나에게는 완전히 다른 세상의 문자였다. 교실에서 내가 할 수 있는 것은 큰 몸을 작게 움츠리고 있는 것 뿐 이었다. (略) 교실은 나에게 지옥 그 자체였다. 교실에서의 하루하루는 구치소 獨房 에 있었던 시간보다 더 고통스러웠다. 지금도 조선어에 대하여 失語症 적으로 거부 반응하는 심적 경향이 있는데 이는 바로 이 조선어학교에서 비롯된 것이 아닌가 생각한다. 체격이 큰 나에게 조선어를 가르쳐 주려 하는 사람은 어느 누구도 없었다. 나는 또 자신의 屈辱感에 들어 박혀서 오히려 배우려고 하지도 않았다. 교실에서의 疎外感은 그 깊이를 알 수가 없었다. 과거에 朝鮮人으로서 日本人들 속에서 疎外感응 느껴왔지만 그러나 그 것은 日本人으로부터 받은 소외감이었다. 그 疎外感은 반발심으로 태워 해소할 수 있는 餘地가 있었다. 그러나 같은 朝鮮人으로부터 받는 疎外 感은 도저히 해소시킬 수 가 없었다. 疎外感으로 點綴된 하루하루로 나 는 점점 孤立者가 되어 갔다. <p.190>

인용문을 통해 일본에서 일상을 살아가면서 일본어를 생활 언어로 살아야만 했던 재일조선인 2세들의 언어적 갈등의 한 양상을 볼 수가 있다. 이러한 갈등은 조선어를 모국어로 일본에서 살아가는 제1세대 재일조선인 아버지와의 사이에서도 있었는데 高史明은 『산다는 것의 의미 -어느 소년의 성장』에서

왜 나는 조선어를 모르는 것일까? 예를 들어 어머니가 없었다 하더라 도 아버지는 조선어를 쓰고 있었는데 도대체 나에게 조선어는 어떻게 된 것인가? (略) 내 기억속의 아버지는 日本어를 사용하지 않았다. 그렇다 면 왜 나에게 傳承되지 않았나? (略) 우리는 아버지로부터 배우는 朝鮮 語 어휘는 그야말로 한정된 몇 마디 뿐 으로 살아가는데 필요한 최소한 의 말, 말하자면 물이라든지 집이라는 단어 정도였다. 집이라는 단어를 알더라도 지붕이라는 말은 가르쳐주지는 않았다. 말없는 아버지가, <밥> 이라는 한 단어로 밥과 관련된 모든 말들이 통하게 하였으므로, 형용사나 동사가 없는 명사만으로 조선어를 배웠다. 따라서 배울 수 있었던 조선어

는 극히 한정 된 것이었다.

어느 날 아버지는 살아있다는 것이 가장 괴롭게 느껴지는 술이 깨는 순간, 이미 학교에 다니는 아들은 朝鮮語 세계와는 완전히 단절 된 세계에 있다는 것을 발견한다. 술이 깨면서 물을 마시고 싶어 조선어로 <물>을 달라고 큰소리로 말하자, 자식은 <미즈 데스까!>라는 日本語로 대답 事態에 直面한다.

<아니, 물!> 이라고 말해도 이미 늦었다. 벌써 아이는 <다카라 미즈 데쇼>라는 답 밖에 할 수 없는 것이다. 이리하여 아버지의 절망감은 더욱 커지고 <日本語말고, 朝鮮語로 말해>라고 화를 내게 된다. 이러한 일이 우리 아버지만의 경우는 아니다. 主體性이 부정되고 있었던 시대를 살지 않으면 안 되었던 시대 많은 조선의 부모는 아이들에게 조선어를 쓰도록 할 때 그렇게 화가 났었던 것이다. <pp.13-15>

라고 적고 있다. 재일조선인 2세의 언어적 갈등이 가정과 사회에서도 심각한 문제로 대두되고 있다는 것을 인용문을 통해 알 수가 있다. 가정과 학교 즉 조선어를 사용하는 조선인 사회에서의 언어적 갈등으로 인한 고독과 굴욕은 高史明에게 혼자라는 소외된 현실로서 다가왔으며 결국은 스스로 조선인학교를 그만두게 되는데 시험 감독 U교사로부터 부정행위를 하였다는 의심을 받으면서 일어난 사건이 바로 그것이다.

조선어로 된 시험지를 받고서도 문제의 뜻을 몰라 고개만 숙이고 있는데 그에게 U교사는 커닝을 하였다고 추궁하면서 책상속의 교과서를 그 증거물로 그를 추궁하였다. 그러나 교과서에 적힌 조선어를 읽을 줄도 모르는 그에게 커닝은 불가능하였다. U교사는 그를 교무실로 불러 커닝을 하였다고 계속 추궁하면서 급기야 또 다시 구타를 하려하였고 교사의 주먹을 피하면서 반사적으로 오른 주먹을 날려버렸다. 본의는 아니었으나 결국 교사를 폭행한 그는 朝鮮人학교 마저 그만 두게 된다. 그리고는 「朝鮮人인 내가 같은 朝鮮人 속에서 더 깊은 고독감

에 빠지고 만 것이다. 나는 과연 누구인가? <p.203>」6) 라고 자신의
아이덴티티 부재에 대한 회의와 절망에 빠지게 되고 다음과 같은 결론
을 내린다.

> 나에게도 아이덴티티가 있는 것일까? 日本人 세계에서 내가 있을 곳
> 을 찾지 못하였던 나는 朝鮮人 쪽에서도 마찬가지였다. 나는 아이덴티티
> 가 없는 인간이다. (略) 나의 아이덴티티는 몇 개로 나누어져 있다. (略)
> 나는 정말 태어날 때부터 나누어져 있었다. 나는 태어날 때 日本의 조선
> 지배에 의해 만들어진 "日本人"이었다. 그리고 이 "日本人"이 日本人
> 으로 자아가 형성되려는 때에 이번에는 日本의 패전에 의해 日本으로부
> 터 추방되어 "朝鮮人"이 되었다. 이 "朝鮮人"은 누구인가? 어른들은 나
> 를 볼 때 마치 짐승을 보는듯한 눈빛이다. (略) 그들에게는 내가 아무리
> 봐도 朝鮮人으로는 보이지 않는다. 그렇다면 나는 누구인가? (略) 나의
> 아이덴티티는 그야말로 自己同一이 아닌 自己分裂의 어둠을 內實로 하
> 고 있는 인간의 어두움이 현상으로 드러난 것이다. <pp.211-212>

자기분열의 어두움을 내실로 하는 작은 "惡人"이 자신의 아이덴티
티라는 스스로의 결론을 내리고 그는 1949년 가을 下關에서 야간열차
를 타고 上京하게 된다. 하숙집 주인의 아버지의 권유로 「上京失業對
策事業(ニコヨン)」에 노동자가 되어 日本정부에서 조선인의 재산을
접수하려한 台東會館事件7)에 관여하여 구치소에 수용되어 고문과 린

---

6) 『산다는 것의 의미 青春篇 第1部 소년의 어둠』
7) 在日本朝鮮人連盟は、結成以來日本共産党の尖兵として日本各地で暴動を起こし
　續けてきた。そして遂に1949年9月8日、団体等規正令の「暴力主義的団体」として
　解散を命じられ、その資産は沒收されることになった。東京都では、朝連台東支
　部があった「台東會館」を接收することになった。しかし、旧朝連關係者は「台東
　會館は朝連の財産ではない」と異議申し立てを行ったので、東京都は法務府に問
　い合わせたところ、法務府当局は「台東會館は朝連の財産である」と裁定を下し
　た。法務府の判斷を受け、東京都は台東會館を明け渡すよう通告したが、一向に
　その氣配がなかったので、1950年3月10日に接收を行うことになった。-ウィキペ

치를 당하기도 하였다. 또다시 1950년 실업대책노동자투쟁에 참가하여 체포되어 경찰에 연행된다.

1951년에는 일본공산당에 입당하여 열성당원으로 활동을 하였으나 1955년 岡百合子와 결혼하고, 六全協[8]의 결정에 黨을 떠나게 된다. 혼자서 문학 공부를 시작하고 野間宏를 만나며 본격적으로 문학에 심취하게 된다.

1970년 筑摩書房의 季刊誌 「人間으로서 人間として」1호에서 4호까지 「밤이 시간의 흐름을 어둡게 할 때 夜が時の步みを暗くする時」를 連載하였다.

1971년 드디어 처녀작이라 할 수 있는 『밤이 시간의 흐름을 어둡게 할 때』[9] 를 발표하고 1973년 筑摩書房으로부터 『저 편에 빛을 찾아서 彼方に光を求めて』를 출판, 이듬해 同 출판사로부터 『산다는 것의 의미 -어느 소년의 성장 生きることの意味 ーある少年のおいたち』을 출판한다.

ディア百科事典よーり

8) 1955年7月、日本공산당은 六全協(第六回全國協議會)을 열고、그때까지 「농촌에서부터 도시를 포위한다」는 중국혁명의 영향을 받았던 武裝鬪爭方針을 「極左冒險主義」였다고 自己批判을 하고、갑자기 穩健 路線으로 전향한 회의.

9) 1971년 9월 築摩書房刊.高史明 자신이 스스로 작가적 출발하였다는 작품. 季刊雜誌 『人間으로서』에 編集同人 高橋和己의 推薦으로 창간호(1970년 3월)에서 4호(1970년 12월)까지 連載하였던 소설. 黨의 방침에 목숨을 걸어온 젊은이들에게 六全協은 무엇이었나 하는 고뇌를 필치로 한 소설.

 **3 後期의 作品**

高史明의 작품세계는 1975년 長男 岡眞史의 자살과 더불어 아들에 대한 추모시집을 편집하는 등 전기의 작품들과는 전혀 다른 테마의 창작을 하게 되는데 자살 사건 이후의 발표한 작품들을 본 논문에서는 편의상 후기의 작품이라고 하였다.

아들의 자살과 관련된 작품으로는 1976년 11월 25일 부인 岡百合子와 공동편집한『나는 12살 ぼくは十二歳』이라는 岡眞史 시집을 筑摩書房에서 출간하고 아들과 관련된 작품을 창작하게 된다.

1981년 12월 栢樹社로부터『밤하늘에 별이 빛나는 한 -O・M에게의 편지 夜空に星のまたたく限り ―O・Mさんへの手紙』를 출판하고, 1988년에는 치쿠마(ちくま)文庫로서도 출판한다. 같은 해 徑書房으로부터 아내와 共著『生命의 行方 -인간이란 무엇인가 いのちの行方 ―人間とは何か』를 발표하게 되는데 이상의 작품들이 장남 岡眞史와 관련된 대표적인 작품이라 할 수 있다.

高史明의 후기 작품들에는 또 하나의 특징이 있는데 즉 아들 자살 사건 이후 歎異抄10)와의 만남을 계기로 생명, 인생에 관한 제반 문제를 종교적인 차원에서 접근, 사고하며 인간 삶의 가이드북과도 같은 작품들이다.

1977년 10월 每日新聞社로부터『한 방울의 눈물을 안고 -歎異抄와의 만남 一粒の涙を抱きて ―歎異抄との出會い』를 시작으로 하는

---

10) 鎌倉時代後期에 쓰여진 日本 仏教書籍親. 親鸞의 弟子인 唯円에 의해 쓰여 졌다고 한다.

작품들이다. 그럼 후기에 발표한 작품들에는 어떠한 것들이 있는지 살펴보기로 하자.

1980년 10월 弥生書房에서『생명의 깊이를 깨달으며 深きいのちに目覺めて』를 출판하고, 1981년 6월에는『생명의 아름다움 いのちの優しさ』를 출판하고 1987년 2월에는 치쿠마(ちくま)文庫에서 재편집하여 문고판으로 출판하기도 하였다. 도입부는 <「아름다움」에 대해>라는 제목으로 작자 자신의 성장과정과 일본어 사용과 일본생활에 대해 서술하였고 본 내용은 1, 생명에 대한 깨달음 2, 생명의 아름다움 3, 사람이 살다 4, 비뚤어진 생명 5, 생명의 소중함으로 나누어 생명에 대해 작자의 경험과 사고 등을 종교적 차원에서 접근 해석하려하였으며 결말부분에는 <하나의 이정표로서 -후기를 대신하며> 그리고 해설로 나누어 구성되어있다.

1983년 3월 徑書房에서『소년의 어둠 - 歎異抄와의 만남 제1부 少年の闇 一歎異抄との出會い』를 출판하고, 8월에는 同 출판사로부터『靑春無明 -歎異抄와의 만남 제2부』을 출판하고 1985년 10월『슬픔의 바다에 -歎異抄와의 만남 제3부』를 출판하게 된다. 그리고는 이 3부작을 1997년 1월 2월 3월에 다시 加筆 訂正하여 築摩書房으로부터 각각『산다는 것의 의미 제1부 소년의 어둠, 제2부 격류를 가다, 제3부 슬픔의 바다에 청춘편1, 2, 3』을 출판하고, 2004년 11월에는 角川文庫로부터 또 다시 가필 정정하여『어둠을 삼키며 1 바다의 무덤 闇を喰む 1海の墓』『어둠을 삼키며 2 焦土』를 출간한다.

『산다는 것의 의미』제1부는 크게 <기묘한 존재>, <희미한 불빛을 응시하며>, <문신을 태우며>로 나누어 구성되어 있으며 작자 자신의 출생과 성장, 학교생활, 조선인 처벌과 편견, 일본의 패전, 재일조선인

귀국문제, 소년 형무소 경험, 감방장과의 싸움, 아버지의 면회등 작자 자신의 파란만장한 소년 시절을 적은 작품이다.

제2부는 상경, 동경에서 처음 본 수세식 변소, 셋방살이, 굶주림, 직업안정소(니코욘) 생활, 구치소 생활, 일본공산당과 의 만남, 조선전쟁 등 시모노세키 동경에서의 경험들을 적었고 제3부에서는 日本공산당 입당과 조작활동, 실업대책 투쟁, Y·O와의 만남, 재회와 결혼, 六 全協 등 결혼 전의 공산당 조직 활동과 체험들을 적었다.

1986년 1월에는 旺文社로부터 『親鸞을 만나며 親鸞に出會う』를 출간하고, 치쿠마문고로부터 『산다는 것의 意味 生きることの意味』를 출간하였다.

1987년 2월에는 치쿠마문고로부터 『생명의 아름다움 いのちの優しさ』, 3월에는 築摩書房으로부터 『산다는 것을 배운 책 生きることを學んだ本』을 출간, 같은 해 8월에는 에이델연구소에서 『아이들과 빛과 생명 子どもたちと光といのち』을 출간하였다.

1988년 4월에는 築摩書房으로부터 『생명의 강 젊은이에게의 편지 いのちの大河 若き友への手紙』를 출판하게 되는데, 아들의 遺稿集 『나는 12살』을 읽은 독자들에게 받은 편지에 대한 답장을 한권의 책으로 묶어 출간한 작품이다. 같은 해 7월에는 每日新聞社로부터 『한방울의 눈물을 안고-歎異抄와의 만남- 一粒の涙を抱きて -歎異抄との出會い』를 출간한다.

1990년 6월 聖文新社로부터 『親鸞 再發見』, 1991년 5월 築摩書房으로부터 『산다는 것과 읽는 것 生きることと讀むこと』, 같은 해 10월에는 眞宗大谷派宗務所로부터 『생명의 진실에 이끌리어 眞實のいのちに導かれて』를 출판하였다.

1992년 9월에는 집단 독서 교과서로서 전국도서관협의회로부터 『생

명의 아름다움 いのちの優しさ』를 출판하였다.

1993년 2월에는 法藏館으로『슬픔을 통해 생명의 진실을 받음 悲しみを通して眞實のいのちをいただく』, 같은 해 8월에는 新泉社로부터『「말의 지혜」를 넘어서 同行三人「ことばの知惠」を越えて』를 출간하였고, 11월에는 일본방송출판협회로부터『歎異抄의 마음 歎異抄のこころ』을 출판하였다.

1995년 8월에는 眞宗大谷派宗務所로부터『한 여름 춥고 푸른 하늘을 우러러보며 眞夏の蒼い寒い空を見上げて』를 출판하고, 9월에는 法藏館과 어드밴티지서버으로부터 각각『죽음으로 배우는 生의 진실 死に學ぶ生の眞實』『지금 아이들의 어둠은 いま子どもたちの闇は』를 출판하였다.

1998년 1월에는 弥生書房으로부터『생명의 깊이를 깨달으며 深きいのちに目覺めて』, 2월에는 旬報社로부터『생명의 눈물이 넘치며 いのらの涙あふれ』를 출판하였다.

1999년 9월에는 佼成出版社로부터『지금 「생명」의 소리를 듣고 자살한 아들로부터 배우는 일 いま「いのち」の聲を聞く 自死のわが子より學びしこと』를 출판하였다.

2001년 3월에는 風濤社로부터『지혜의 함정 知惠の落とし穴』를 출판하였다.

2003년에 2월에는 法藏館으로부터『高史明親鸞論集』 제1권「생명의 소리가 들립니까? いのちの聲が聞こえますか」, 제2권「진정한 행복이란 무엇인가요? ほんとうの幸せって何ですか」, 제3권「歎異抄와의 만남 歎異抄との出會い」를 출판하였다.

같은 해 9월에는 講談社로부터 上田紀行와 共著로『親鸞과 어둠을 깨치는 힘 親鸞と暗闇をやぶる力』, 10월에는 아트 데이즈로부터

『「歎異抄」로부터 배우다 「歎異抄」に學ぶ』를 콤팩트디스크로 출판하였으며, 10월에는 日本放送出版協會로부터 『현대에 되살아나는 歎異抄現代によみがえる歎異抄』를 출판하였다.

이미 언급하였으나 2004년에는 角川書店으로부터 『어둠을 삼키며 Ⅰ 바다의 무덤 闇を喰む Ⅰ海の墓』 어둠을 삼키며 Ⅱ焦土』를 출판하였다.

2005년에는 10월에는 芹澤俊介와 共著로 眞宗大谷派宗務所로부터 『存在의 大地』, 11월에는 『念佛往生의 大地에 살며 念仏往生の大地に生きる』, 『슬픔의 바다는 깊고 悲の海は深く』를 眞宗大谷派宗務所로부터 출판한다.

2006년 3월에는 平凡社로부터 『세상이 安穩하길 「歎異抄」지금 다시 世の中安穩なれ「歎異抄」いま再び』를 출판하였다.

2007년 2월에는 眞宗大谷派宗務所로부터 高橋哲哉와 共著로 『念佛者와 平和 改憲・教育基本法 「改正」問題와 우리들』을 출판하였다.

이상의 작품들이 아들 자살 사건 이후 즉 후기의 작품들이라 할 수 있다. 후기 작품들의 특징이라면 아들의 자살과 관련된 일련의 작품, 종교적 차원에서의 작품 활동을 들 수 있다.

4 결 론

在日朝鮮人文學은 <누가?> <무슨 언어로?> <무엇을?>이라는 문제의식을 갖고 논의되어 왔었다. 물론 주제라든지 작가에 따라서는 재일조선인문학이라고 규정하기가 힘든 경우도 있지만 일반적으로 재일조선인문학이란 <在日朝鮮人이 日本語로서 민족적 아이덴티티 위기 속에서 그들의 고뇌와 저항>을 그린 것이라고 할 수가 있다.

재일조선인문학은 언어와 역사와 관련된 시대를 중심으로 제1세대, 제2세대, 제3세대로 나눌 수가 있다. 즉 日本의 패전 이전 자의든 타의든 간에 일본으로 이주한 재일조선인들을 제1세대[11]라 할 수 있으며 이들은 모국어인 조선어와 日本어 모두 구사할 수 있었던 세대로 일본어를 창작의 도구로 쓰기도 하였다. 제2세대[12]는 제1세대들에 의해 일본에서 태어나 모국어를 이해하고 구사할 수 있으나 제1세대보다는 그 구사능력이 현저히 떨어지며 일본어를 생활과 창작언어로 사용한 세대이다. 제3세대[13]는 일본에서 태어나고 자란 세대로 기본적으로는 모국어를 이해하지 못하는 세대로서 일본어를 창작언어로 사용할 수밖에 없는 세대를 말한다.

高史明은 일본에서 태어난 재일조선인으로서 가정과 이주조선인 부락 등 모국어를 사용하는 환경에서 자랐으나 조선어를 구사하거나 이해하지는 못하였다. 이러한 제2세대들의 일본사회에서의 언어적 갈등에 대한 체험들은 작품들 속에서도 잘 나타나고 있다.

高史明의 작품 활동 및 문학은 시기적으로는 크게 둘로 나눌 수가 있다. 즉 전기와 후기로서 전기는 1975년 장남 강진사가 자살하기 전을 말하며 후기는 자살 사건 이후이다.

전기의 작품은 작가 자신의 체험들을 바탕으로 한 작품이 대부분이며, 특히 日本 학교와 사회에서의 조선인 차별과 멸시 편견 그리고 조선인의 사회적 위치 등을 그리고 있으며 또한 자신의 존재에 대한 의

---

11) 鄭然圭, 張赫宙, 金史良, 許南麒, 金達壽 등이 있다.
12) 鄭承博, 高史明, 金石範, 李恢成, 金鶴泳, 崔華國, 麗羅, 安宇植, 尹學準 등이 있다.
13) 梁石日, 宗秋月, 朴重鎬, 李良枝, 李起昇, 元秀一, 成美子, 츠카고우헤이, 竹田青嗣, 柳美里, 姜信子, 李正子, 黃民基, 深澤夏衣 등이 있다.

구심에서 비롯된 자신과 민족과 정체성을 찾으려는 고뇌와 번민 방황 등이 작품 속에 잘 나타나고 있다.

후기의 작품은 우선 장남의 유고시집을 비롯한 아들의 죽음과 관련된 작품들이 있으며 歎異抄와의 만남을 계기로 종교적 차원에서 인생을 관조하고 자신의 아이덴티티를 추구한 작품들과 전기의 작품과 같은 내용과 테마의 작품을 수정, 정정, 가필한 것들이 많이 있다.

高史明의 작품은 내용과 테마별로는 크게 3가지 유형으로 나눌 수가 있다.

전기의 작품을 중심으로 한 작가 자신의 어릴 적부터 청년기에 이르기까지의 성장과정과 岡百合子를 만나 결혼까지의 과정을 그린 일종의 체험소설, 아들의 죽음과 관련된 일련의 작품, 그리고 종교적 차원에서 인생을 관조하는 자세로 쓰여 진 인생의 지침서와도 같은 작품들로 나눌 수가 있다.

高史明 문학은 식민지조선에 태어나 생활고를 견디다 못해 도일한 재일조선인 2세로 일본에 태어나, 전쟁과 戰後라는 시대적 정황 속에서 재일조선인 2세들이 겪어야 했던 차별, 편견, 멸시, 구타 등 온갖 시련과 고통들을 몸소 체험하고 경험하였으며 이를 작품화하였으며 만년에는 종교적 차원에서의 한층 승화된 인간의 아이덴티티 추구하였다.

이러한 高史明의 작품 활동은 자신의 아이덴티티의 부재를 인식하고 자신과 재일조선인 나아가 조선 민족의 아이덴티티를 찾기 위한 일관된 문학화 작업이었다.

따라서 그의 작품 속에서는 문학 작품들이 갖고 있는 서정성과 예술성 등을 찾아보기가 힘들며 작품의 문학적 예술적 가치를 추구하기 보다는 식민지조선과 해방, 전중과 전후라는 시대적 흐름과 정황 속에서 재일조선인 2세의 파란만장한 인생 드라마를 작품들을 통해 볼 수가 있다.

11. 사기사와 메구무_{鷺澤萠}의 문학 세계

김환기

 **1 서 론**

재일 문학이라고 하면 민족주의적 시각과 자기 정체성을 둘러싼 재일성을 기조로 자기와 조국, 현실과 이상, 전세대와 현세대 간의 길항 관계를 형상화하는 것이 일반적이다. 해방을 전후한 재일 작가들의 민족적 글쓰기, 즉 암담한 조국의 현실, 이데올로기적 대립, 식민과 피식민의 갈등, 이향의 슬픔과 고향에의 향수 등이 그러했고, 그 이후의 재일 중간세대 작가들이 보여준 치열한 정체성 찾기의 여정이 그러한 글쓰기의 전형에 다가서고 있다. 또한 재일 신세대 문학에서도 기본적으로는 재일성을 기조로 하고 있다. 주류 사회와 비주류 사회간의 갈등, 소수민족에 대한 차별, 제도권 밖으로 튕겨나간 자들의 간난과 고독 등, 현대 일본 사회의 병리현상으로서 재일의 일상이 자리하고 있다고 보기에 그러하다. 그러니까 지금까지의 재일 문학은 농밀하든 농밀하지 않든, 일본 사회에 호의적이든 비호의적이든 재일성을 문학적으로 형상화 하였으며, 그러한 재일성은 작가들의 세대교체와 함께 변용을

거듭하면서도 기본적으로는 유효한 주제로 남아 있다.

그런데 사기사와 메구무(鷺澤萠)[1] 문학은 재일 작가 안에서 거론되고 있지만, 기존의 재일성 중심의 문학 지도상에서 보면 독특한 위치를 차지한다. 문학적인 주제도 그렇지만 기본적으로 글쓰기의 내·외형적 틀이 차별화된다. 조국과 민족에 대한 구체적인 이미지를 내세우지 않는다는 점, 재일 현세대와 조국 사이의 거리감을 조율하지 않는다는 점에서 그러하다. 그리고 재일로서 간직해 왔던 부성을 의식하지 않고 일본의 젊은이로서의 현재적 삶을 감각적으로 형상화하고 있다는 점이다. 이는 작가 내면의 재일성에 대한 무감각성 내지 해체 의식을 상징적으로 보여주는 것이라 할 수 있다. 물론 그러한 무감각성은 조국에 대한 사적 체험의 부재와 배타적 타자의식에서 출발한다고도 할 수 있다. 부모도 아닌 조모가 조선인이라는 사실을 뒤늦게 깨달은 사기사와에게 있어 재일이라는 실존감은 희미할 수밖에 없었다.

한편 그러한 무감각성 내지 해체 개념의 재일성은 작품 속에 새로운 형태의 시·공간을 마련한다. 이를테면 민족과 아이덴티티를 내세운 일반적 주제에서 벗어난 점, 신세대 젊은이의 거침없는 사고와 행동, 현재의 삶을 통한 고향에의 동경과 인간 실존에의 천착 등이 그러하다. 따라서 사기사와 문학에서 표상되는 상상력과 젊은이의 세련된 감각은 기존의 재일 문학과는 다른 형태의 문학적 변용이 이루어질 것임을 예고하고 있는 셈이다. 본고에서는 그러한 사기사와 문학의 젊은 감각,

---

[1] 사기사와 메구무는 1968년 도쿄에서 태어났으며 조치(上智)대학 러시아과를 중퇴했다. 고교시절 첫 작품 「강변길」로 문학계신인상을 수상했다. 뒤늦게 자신이 한국계임을 자각하면서 정체성 문제를 화두로 「그대는 이 나라를 사랑하는가」, 「진짜 여름」, 「개나리도 꽃, 사쿠라도 꽃」, 「안경 너머로 본 하늘」, 「고향의 봄」 등을 집필했다. 세 번에 걸쳐 아쿠타가와상 후보에 올랐으며 대표작으로 「강변길」, 「갈매기집 이야기」, 「돌아가지 못하는 사람들」, 「나의 이야기」 등이 있다. 최근 여성 신예작가로 주목받았으나 2004년 4월 자살로 삶을 마감했다.

내밀한 인간 실존에의 천착을 해체 개념의 재일성과 연계해서 검토해보고자 한다. 그리고 젊은이의 언어감각이 만들어내는 문체의 힘을 통해 사기사와 문학의 독창적인 세계를 짚어보고자 한다.

2 재일성의 문학적 형상화

사기사와 문학에서 재일성을 다룬 작품은 「진짜 여름(ほんとうの夏)」, 「그대는 이 나라를 사랑하는가(君はこの國を好きか)」, 「개나리도 꽃 사쿠라도 꽃(ケナリも花, サクラも花)」, 「안경 너머로 본 하늘」, 「고향의 봄」 등이 있다. 이들 작품은 주로 작가의 한국 체험을 형상화 하거나 재일 한국인의 소외된 삶, 한국명(본명)과 일본명(통명) 사이에서의 갈등 등을 그리고 있는데, 작가 내면의 일본적인 정서를 감안하면 그녀의 문학에서도 독특한 위치를 차지한다고 할 수 있다. 그것은 사기사와 문학의 독창성을 젊은이의 감각 살리기, 내밀한 인간 실존에의 포착, 거침없는 직접적, 감각적 문체 등에서 찾는다고 할 때, 이들 작품의 문학적 정서가 다소 색다르다고 할 수 있기 때문이다.

기존의 재일 문학에서는 다양한 형태의 재일성이 형상화 되었다. 재일로서의 조국과 민족에 대한 인식을 비롯해서 모어와 모국어, 전세대와 현세대, 이상과 현실, 이방인 의식 등을 구체적으로 그려냈다. 김달수, 김석범, 김시종 등은 해방 전후의 조국의 정치적 상황과 맞물린 글쓰기를 통해 국가, 민족, 이념이라는 재일성을 우려냈고, 이회성, 김학영, 이양지 등은 중간세대로서 조국과 자기 사이에 가로놓인 견고한

'벽' 앞에서 고뇌하며 재일성을 그려냈다. 가와무라 미나토(川村湊)의 언급처럼 이들 재일 중간세대의 문학은 "'재일 조선인 문학을'을 떠맡고 있으며, '재일 조선인이' '일본어로' '민족적 아이덴티티의 위기 속에서 그들의 고뇌와 저항'을 그린 문학으로서, 가장 '재일 조선인 문학'다운 문학"[2]이라고 할 수 있다. 물론 이후의 유미리, 현월, 가네시로 가즈키(金城一紀), 김중명 등 신세대 작가들의 작품 또한 농담의 차는 있겠지만 기본적으로 재일성을 기조로 문학적 행위가 이루어지고 있다.

하지만 사기사와 문학은 특별히 재일성을 끄집어내고 직조해가는 문학적인 형식이나 틀이 보이지 않을 뿐만 아니라 문학적 사유와 움직임이 무척 자유롭다. 기존의 재일 문학이 다양한 재일성을 바탕으로 외부 세계와 대척하면서 민족적 정체성과 이방인 의식을 표출시킨데 반해, 사기사와 문학은 재일 현세대의 일상적 고뇌와 갈등을 가볍게 변주하고 있다. 이는 형식상으로는 현재 진행형의 재일성을 가볍게 터치한다는 의미가 있지만, 그 내면에는 재일성 이상의 한층 내밀한 실존의 세계를 끌어내고자하는 작가적 의도가 피력된 것이기도 하다. 그것은 재일성을 벗어나 읽을 수 있는 일본 젊은이의 현실적인 사고, 주변부 일상에 대한 인간적인 접근, 사회성과 역사성을 중시하기보다는 내밀한 실존에의 천착 등을 통해 알 수 있다. 이러한 관점에서 볼 때, 해체 개념으로서의 재일성을 형상화한 소설 「진짜 여름」, 「그대는 이 나라를 사랑하는가」 등은 사기사와 문학의 순문학적 근간을 이해하는데 중요한 위치를 차지한다 하겠다.

「진짜 여름」은 주인공 도시유키(俊之)의 내면에 실재적으로 존재하지 않은 재일성을 다루고 있다. 어느날 일본인 여자 친구 요시카(芳

---

2) 川村湊, 『戰後文學を問う』, 岩波新書(371), 1995, 204쪽

佳)를 태우고 앞차와 접촉사고를 일으킨 도시유키는 경찰관의 면허증 제시에 응하면서 새삼 "성명: 박준성, 국적: 한국"임을 의식하게 된다. 실제 사회생활에서 '박준성'이란 이름을 특별히 의식해 본 적이 없는 도시유키였다.

> 가족 중에 한국말을 할 수 있는 사람은 아버지 뿐이고, 그나마도 친척들과 이야기할 때 사용할 뿐이다. 따라서 도시유키에게는 한글이 무슨 기호처럼 보인다. '박준성'이라는 본명조차도 한국말로 뭐라 읽는지 몰랐다. 도시유키는 통명인 아라이 도시유키라는 이름이야말로 자기 이름이라고 20년이 넘도록 믿고 있었다.
> 자신이 한국인이라는 것을 특별히 숨겼다고 생각지는 않는다. 아니, 적어도 의식적으로 숨기려고 하지는 않았다. 다만 자신의 이름이라고 여긴 '통명'을 줄곧 사용해 왔고 그러다 보니 왠지 모르게 그렇게 되어버렸다고 할 수밖에 없다.[3]

이처럼 도시유키에게는 평소에는 전혀 의식할 필요가 없었던 한국 명과 국적을 어떤 사건과 조우하게 되면 새삼 되새기게 되는 것이었다. 사실 도시유키가 자동차 접촉사고를 일으켰을 때, 황급히 반강제적으로 일본인 여자 친구 요시카를 학교로 밀어 넣었던 것도 국적 문제로 인해 생길 수 있는 번거로움을 피하기 위함이었다. 한편 이 작품에서는 기존의 재일 문학에서 심각하게 다루어졌던 귀화문제도 가볍게 터치하고 있다. 예를 들면 "도시유키에게는 누나가 셋이나 있지만, 셋 다 결혼하자마자 일본으로 귀화했다. 큰누나는 일본인과 결혼하여 그 사람 호적에 들어갔고, 둘째 누나와 셋째 누나의 남편은 한국인이지만 결혼과 동시에 부부가 함께 귀화했다. 따라서 도시유키도 별 이유 없

---

3) 鷺澤萠 「ほんとうの夏」 『君はこの國を好きか』, 新潮文庫, 2000, 31쪽

이 "나도 이제 귀화하겠지"하는 정도로는 여기고 있지만, 반드시 귀화하고 싶은 것도 아니다. 부모님과 정식으로 의논한 적은 없으나 좋을 대로 하면 된다고 말하고 있었다. 도시유키 부모님은 한국적을 그대로 보유"[4]하고 있다는 정도로만 그리고 있다. 그러니까 귀화를 놓고 가족 간의 언쟁이나 정신적 고뇌 등의 흔적은 보이지 않는다. 그 선택은 개인의 기호 문제로서 가족 중 누가, 언제, 어떻게 귀화를 하더라도 문제될 것이 없다는 논리다.

또한 도시유키의 '믿음직한 친구'인 순자는 "같은 동갑내기 재일교포 3세"로 초등학교 시절부터 친한 사이였는데, 일본인 남자 친구와 국적 문제로 헤어졌다는 이야기를 가볍게 털어놓는다. 그 표정에는 심리적 충격 따위는 느껴지지 않으며 듣고 있는 도시유키의 반응도 무덤덤하다. 도시유키의 사촌 히로짱이 미국 유학생활에서 한국명을 놓고 나누는 대화, 순자, 수명, 도시유키가 '우리말'과 '누나'의 의미를 놓고 나누는 대화 등에서도 재일 현세대의 내면에 존재하는 희석된 재일성은 명징하게 드러난다. 예컨대 도시유키는 종이 냅킨에 써놓은 자신의 이름 '朴俊成' 밑에 알 수 없는 한글 기호를 표기하는 순자와 수명을 지켜보며, 그들이 표기한 '박준성'의 '박'자가 새가 입을 벌린 옆모습 정도로밖에 비춰지지 않았다. 그리고 이들 재일 현세대에게 비교적 심각한 지문날인, 투표권, 외국인등록증 휴대와 같은 문제도 아무런 충격 없이 묘사된다. 그야말로 기존의 재일 문학에서 치열하게 보여주었던 재일의 정체성 찾기나 자기 고뇌의 양상은 찾아보기가 어렵다.

「그대는 이 나라를 사랑하는가」는 해체된 재일성[5]이 주인공 아미를

---

4) 위의 책, 33쪽
5) 이러한 재일성은 이 작품의 주인공 아미의 의식에서 분명하게 드러난다. 아미는 치마 저고리를 입은 동포학생들을 보아도 "어떤 자극을 받은 적은 별로 없었다. 동포구나 하는 희미한 친밀감을 느끼는 일은 있어도, 대부분의 경우 그것은 친밀감으로 불러도

통해 비교적 구체적으로 드러나고 있다. 아미는 어릴 적부터 '기야마 마사미(木山雅美)'와 '이아미(李雅美)'라는 이름을 가졌는데, "두 개의 이름을 경우에 따라 구분해서 쓰고 있었기 때문에 어느 쪽이 진짜 이름인지에 대해서 깊이 고민하는 일은 없었다."6) 양쪽 모두 자기 이름으로 받아들이기 때문이다. 아미가 중학교에서 한국명을 쓴 것은 단순히 일본 아이들에게 한국인이라는 사실이 '빨리 통한다'는 이유 때문에서였다. 그녀가 한국으로 유학을 오게 된 동기도 지극히 단순하다. 미국으로 유학을 갔을 때, 한국인 유학생 성진이(成眞伊)에게 한글을 배우게 되면서 점차 표음문자에 대해 흥미를 가지게 되었고, "한자에 대응하는 한글의 발음과 일본어의 음독에 서로 연관성이 있다는 사실을 발견"하면서, 한국에서 한글을 배우기로 결심했을 뿐이다. 그야말로 자신의 핏줄이나 국적과는 무관하게 "한글에 감전"되어 한국으로 유학을 오게 되었던 것이다.

그렇게 시작된 아미의 한국 생활은 재일로서의 위치와 한계를 분명하게 자각하는 계기가 된다.7) 그것은 미국에 있는 한국인 친구 성진이에게 "이 나라 사람들의 수선스럽고 거친 태도, 시끄러움, 뻔뻔스러움

좋을지 어떨지조차 확실치 않을 만큼 흐릿함 감정"만을 느낄 뿐이다. 그리고 같은 동포에 대한 정보는 전혀 없었고, 오빠와 언니들은 국적 때문에 시달림을 당했다 하지만, 아미에게는 그런 기억조차도 없다. 또한 자신의 국적이나 가족을 부끄럽게 여긴 적은 한 번도 없었고, 다만 성장하게 되면서 "다른 대다수 사람들과는 조금 다르다는 느낌이 있었을 뿐"이다.

6) 鷺澤萠 『君はこの國を好きか』, 新潮文庫, 2000, 119쪽

7) 아미는 재일로서 한국 유학생활에 많은 거부감을 느끼게 된다. 특히 반찬으로 메뚜기 튀김과 번데기가 등장하는데 질려했고, 돼지고기 삼겹살에 찍힌 매직 잉크자국에 놀라워했다. 여학생들이 속옷까지 공동 세탁기에 맡기는 모습과 순두부찌개에 먹던 숟가락을 찔러 넣는 모습에서 거부감을 느낀다. 그리고 아미는 길거리의 고함소리, 욕하는 소리, 비명소리, 울음소리 등 감정을 드러내는 온갖 사람들의 목소리를 인간의 '음성'이 아닌 '소음'으로 받아들였고, 그런 소리들을 글로 나타내려면 역시 감전된 한글을 사용할 수밖에 없다는 점에서 또한 재일로서의 한계를 느낀다.

에 익숙해져야 한다고 아무리 자신을 타일러도 역시 익숙해질 수가 없다고, 한국 국적을 갖고 있는 내가 아직 한국말을 잘 못한다는 이유만으로 왜 이렇게까지 주눅이 들어야 하느냐고, 일본에 있을 때는 한국인임을 부끄럽게 여긴 적이 한 번도 없는 내가 내 나라에 와서 이렇게 부끄러움을 느끼는 건 어찌된 일이냐고"8) 편지를 쓰고 싶지만, 그렇게 쓸 수는 없는 재일로서의 자각이었다. 그러나 아미의 유학생활에 대한 불만은 단순한 불만으로 끝나지는 않았다.

> 한글에 감전되어 한국말을 배우러 왔으면서도 일본말로 대화를 나눌 수 있는 재일 교포 친구들과 함께 있어야만 비로소 마음이 편하다. 자신 속에 내재된 그런 모순 하나하나가 마사미에게 더욱 깊은 구덩이를 파게 했다. 고민하지 않으려고, 느끼지 않으려고 애를 쓰면 쓸수록 마사미의 촉수는 더욱 민감해졌다.9)

아미는 한국에서 정서적으로 받아들이기 힘든 갖가지 '벽'과 마주하지만 그때마다 고집이 생겨났고, 그로인해 생활은 점차 적극적으로 바뀌어간다. 마침내 석사 논문을 마치고 한국 친구들로부터 "너는 오기가 세다"는 말을 들었을 땐, "나도 한국인일 걸"이란 대답으로 되받아칠 정도로 활기를 되찾는다. 그리고 아미는 자신의 귀국을 마지막이 아니라 인식하면서 낯선 서울의 풍경에서 기시감을 체험하고 현실 너머로 존재하는 근원적인 무언가를 의식하게 된다. 이른바 "사람은 어딘가에 물건을 잊고 온 듯한 기분을 느끼게 하는 만남과 이별을 몇 번인가 되풀이 하면서 죽는 날을 맞는 것"일지도 모른다며, 제각각으로 변주되는 공간들 속에서 오히려 근원적인 실존의 자각을 이끌어낸다.

---

8) 鷺澤萠 『君はこの國を好きか』, 新潮文庫, 2000, 154쪽
9) 위의 책 162쪽

말하자면 해체 개념의 재일성을 통해 내밀한 인간 실존에 대한 조명이 이루어지고 있다 하겠다. 이러한 근원적인 실존에 대한 조명은 재일성과는 무관한 다른 소설 「강변길」, 「돌아가지 못하는 사람들」, 「갈매기 집 이야기」 등에서 더욱 농밀하게 형상화된다.

3 고향으로의 회귀의식과 실존

재일 신세대 작가 현월은 실존적 글쓰기를 통하여 현대 사회가 안고 있는 다양한 병리현상에 천착하면서 일본 사회의 구조적인 모순과 갈등의 세계를 고발하였다. "집단과 개인 사이의 갈등 양상, 전세대와 현세대 사이의 단절과 거리감, 가족 구성원간의 거리감, 린치 강간과 같은 파탄적 윤리의식"[10]을 거대한 조직사회로부터 소외된 소수자의 시선을 통해 그려내었다. 여기에서 묘사되는 소수자를 굳이 재일로 규정하거나 일본 사회와 재일 사회의 길항구도로 해석할 필요는 없다. 중요한 것은 주류 사회로부터 밀려난 소수집단이 여전히 거대한 조직사회의 일원으로 존재한다는 점이며, 그렇게 존재하는 소수집단의 회색빛 인간 군상이 현대 사회의 모순과 부조리를 대변하고 있다는 사실이다. 예컨대 「그늘의 집」에서 현대 사회와 단절된 바라크 집단촌에서 펼쳐지는 부조리 현상은 주류사회에서 밀려난 소수집단의 현재적 삶을 일러주고 있다. 한때 아버지의 단단한 팔뚝에 매달려 솟구치는 지하수

---

10) 김환기 「현월 문학의 실존적 글쓰기」, 『日本學報』(第61輯), 韓國日本學會, 2004, 444쪽

를 보며 희망에 찬 미래를 확신하기도 했던 서방의 단절된 삶을 비롯해서, 저주의 화신으로 그려지는 숙자의 지난한 연명, 이상과 현실 사이에서 갈등하다가 자살하고 마는 고이치 등, 폐쇄된 공간에서 펼쳐지는 각각의 인간군상은 현대 사회로부터 소외된 자들의 다양한 실존적 양상으로 변주된다. 또한 현월의 「나쁜 소문」 역시 폐쇄된 집단촌에서 '소문'이 만들어가는 폭력을 통하여 주류사회에서 밀려난 공간의 피폐성을 피력하고 있다. 말하자면 현월 문학은 거대한 콘크리트 숲 사이에 끼어 있는 폐쇄공간이 만들어가는 비상식적, 비도덕적인 사회상을 조명함으로써 현대 사회가 안고 있는 구조적 모순과 부조리를 고발하고 있다. 동시에 작금에 필요한 건강한 모럴을 주문하고 있다.

그런데 사기사와 문학은 현월 문학과는 또 다른 형태의 한층 내밀한 인간의 실존적 양상에 천착한다. 그녀의 문학은 깨졌거나 허물어진 인간의 상처들이 산재한 현재의 생활공간을 애써 밀쳐 내거나 포장하려 들지 않는다. 있는 그대로의 삶의 군상을 직접적, 감각적인 필치를 통하여 심층부에 존재하는 실존의 깊이에 한층 다가서고 있다. 현대 사회에 종적·횡적으로 횡행되는 부조화의 세계를 가능한 한 원형질 그대로 조명하고 있다. 그러니까 화려한 기교보다는 깨지거나 허물어진 상태, 즉 있는 그대로 인간군상의 희노애락을 묘사함으로써 사기사와 소설은 한층 대중 속으로 파고들고 있는 것이다. 사기사와의 「강변길」, 「돌아가지 못하는 사람들」, 「썩어 가는 동네」 등은 현대 사회에서 깨어진 채 나뒹굴며 주변으로서 존재하고 있는 원형질의 인간군상을 조명한 작품들이다.

대표작 「강변길」은 정상적인 가족의 붕괴/복원에의 희망을 다룬 작품이다. 소년 고로(吾郎)의 어머니가 교통사고로 죽은 직후, 일가족은 흩어져 아버지는 새살림을 차렸고, 이복남매는 본의 아니게 조그만 아파트로 이사를 하게 된다. 이들 남매가 이사한 살풍경한 아파트는 이 작품의 시간적 추이를 회색 빛으로 얽어내는 공간이기에 충분하다.

> 현관과 이어져 있는 좁은 널마룻바닥 부엌을 보자, 가슴이 덜컹 내려 앉았다. 이미 저녁 어둠이 밀려오는 시간이었는데, 안방은 전구가 끊어져 불을 켤 수가 없었다. 그 허전함, 짐이 가득가득 들어있는 종이박스에 둘 러싸여 몸을 웅크리고 담요만 덮고 잤다.
> 이튿날 아침, 그릇이 어느 상자에 들어 있는지 알 수 없어 어떻게든 공복을 채우려고 가까운 슈퍼마켓으로 빵을 사러 달려갔다. 그런 기분은 설명을 한다고 해서 타인이 이해할 수 있는 종류의 감정이 아니다.
> 아버지와 옥신각신, 어머니의 죽음. 세상의 눈은 오누이에게 결코 따뜻 하지 않았다. 그 고통스런 시간을 오누이는 둘이서 견뎌왔다. 암묵의 약 속이라도 한 것처럼. 도키코(時子)도 고로도 그 시절 얘기를 하는 법이 없다. 기억이 안 나는 것인지도 모른다.
> 그 무렵, 특히 둘이서 아파트로 이사를 한날 밤에 도키코와 고로는 거 의 입을 열지 않았다. 서로 말을 하지는 않았지만, 어느 쪽이 먼저랄 것 도 없이 몸을 바싹 기대고 잠들었다. 둘은 마치 길을 잃고 헤매는 새끼 짐승 같았다.[11]

이러한 살풍경한 아파트에서 도키코와 고로 남매는 아버지에게 생활비를 얻어가며 이따금씩 지난날 네 식구가 함께 했던 추억을 떠올리며 스산한 생활을 꾸려간다. 그리고 "어머니와 도키코를 희생시키면서까지 선택한 좋아하는 여자와 행복하게 살고 있어야 할" 아버지는 아버지대로 깨어진 삶을 이어가고, 남매는 남매대로 단란했던 과거의 상징인 '유리그릇'에 담긴 추억을 꿈꾸며 회색 빛 일상을 이어가고 있다. 뿔뿔이 흩어져 살아가는 가족들은 이제 더 이상 기억으로밖에 존재하

---

11) 鷺澤萠 「川ベリの道」, 『歸れぬ人びと』, 文春文庫, 1995, 16쪽

지 않는 "싸구려 유리그릇에 담긴 추억"을 되새김질 하며, "이제는 더 이상 제 손으로 만져 볼 수 없다는 것을 알고" 있으면서도 "안심하고 미화된 기억과 함께 싸구려 유리그릇에 대한 꿈을 엮어내"12)고자 애쓰고 있다. 그리고 현실적으로 유리그릇에 담긴 과거의 추억이 허망한 꿈에 불과하다는 것을 알게 되면서, 점차 도키코의 아버지에 대한 증오심은 수그러들고 고로의 가슴앓이도 일단락된다. 그러한 고로의 과거와 현재에 대한 조율 내지 정리된 감정은 아버지 집에서 무색하게 나뒹구는 "가장자리에 이가 빠진 곳도 있고, 표면을 들쑥날쑥하게 조각한 자리에는 때가 눌러 붙어 있었던" 유리그릇으로 향했고, 마침내 그 유리그릇과 그곳에 담겨있을 과거의 추억을 동시에 내던지는 형태로 나타난다. 이른바 현대 사회에서 상처받고 나뒹구는 삶의 단편들을 들추어내면서 한층 내밀한 실존의 의미를 짚고 있다 하겠다.

「돌아가지 못하는 사람들」은 과거의 따뜻했던 보금자리로 돌아갈 수 없는 고향상실자의 상처를 그리고 있다. 아버지의 사업으로 남부럽지 않은 생활을 누리던 무라이(村井)의 가족들은 아버지의 사업실패로 인해 졸지에 내몰리는 신세가 된다. 돌이켜보면 아버지의 50년 인생은 '속고 배신당하는 일'뿐이었고, 결국 아버지는 일가족을 위해 마련해둔 마지막 '세이조의 집'마저 절친한 친구의 배신으로 날리게 되면서 삶을 포기하고 죽어버리고 만다. 아버지가 세상을 떠난 이듬해, 무라이의 누나 교코(京子)는 어머니를 모신다는 조건으로 15살 연상의 실업가에게 후처로 들어갔고, 겉으로는 윤택한 생활을 누릴 수 있게 된다. 하지만 교코의 내면에는 과거의 고향집으로 "돌아가고 싶어"하는 회귀의식이 항상 존재했고, 그러한 감정은 "이제는 돌아갈 수 없음을 잘 알고

---

12) 鷺澤萠 「川べりの道」, 『歸れぬ人びと』, 文春文庫, 1995, 28쪽

있는 지나간 나날을 겉으로만 비슷한 분위기에 젖어들면서 그리워하고 있는"[13] 포장된 삶을 통해 피력하고 있다.

한편 이 소설에는 또 한명의 고향회귀를 꿈꾸는 인물이 있다. 도모모리 게이코(知生惠子)다. 그녀는 무라이의 직장에 아르바이트생으로 모습을 드러내는데, 실은 무라이 아버지가 끝까지 용서하지 못하고 분개했던 배신자 도모모리의 딸이기도 하다. 무라이가 게이코와 첫 대면을 하면서 '도모모리'라는 성에서 느낀 불길한 예감이 적중했던 셈인데, 이후 무라이는 그녀가 '세이조의 집'에 잠깐 거주했다는 사실, 그녀의 아버지가 사업실패로 쫓기는 신세라는 점 등을 알게 되면서, 그녀역시 피해자임을 인정하게 된다. 말하자면 교코가 과거 '세이조의 집'으로 돌아가고픈 분위기를 끊임없이 꿈꾸고 있는 것처럼, 게이코의 내면에도 '세이조의 집' 이전의 가난했던 보금자리로의 회귀를 항상 의식하고 있다. 하지만 그들에게 돌아갈 곳은 이미 심상공간으로서의 고향으로밖에 남아 있질 않다.

현대인에게 고향이란 어떠한 장소이며 공간인가. 인간의 내면에 심상공간으로서의 고향은 그곳을 떠난 후에야 만들어진다. 이는 고향을 떠나면서 그곳이 한층 "돌아가야 할 곳"으로서의 근원적인 상상의 공간으로 자리매김 된다는 것을 의미한다. 고향은 그곳을 떠나면 주변으로 자리매김 되지만 그러하기에 또한 떠난 자에겐 중심으로 자리하게 된다. 고향 상실은 그곳을 떠난 자의 입장에서 보면 지도상에 태어나자란 곳이 소멸됨을 의미하며, 그것은 곧 자기 정체성의 뿌리가 사라졌음을 의미하는 것이다. 그러나 고향 상실은 고향에 대한 원풍경을 한층 강력하게 만들어내면서 심상공간의 중심으로서 재구축되는 특징

---

13) 위의 책, 210쪽

도 동시에 가진다는 것이다. 이러한 고향의 이미지는 근대화의 소용돌이 속에서 한층 요동치게 되는데, 사기사와 문학에서 고향상실자의 회귀의식은 그러한 심상공간으로서의 자리 찾기로 이해할 수 있다. 그러니까 떠난 자에게 고향이 "지난 세월의 시간성 위에 존재하는 심상공간"이고 "그립게 아쉬워하는 기억의 표상"14)이라고 한다면, 「돌아가지 못하는 사람들」에서 표상되는 '돌아갈 곳'이란 "일상적인 당연한 욕구를 만족 시켜주는 곳"15)으로서의 고향이어야 할 것이다.

사기사와 문학에서 '돌아갈 수 없는' 장소는 그러한 근원적인 고향의 원풍경으로서의 공간이다. 자본주의 한복판에서 찢고 찢기는 현대인의 애환과 부조리의 상징인 상실의 표상이기도 하다. 사기사와 문학은 그러한 심상공간으로 남아있는 돌아가지 못하는 사람들의 고향에의 내밀한 향수를 들추어내거나 "은밀한 추억들을 직조함으로써 침묵의 세계에 숨어있는 실존의 의미를 조명"16)하고 있다. 물론 이러한 현대적 삶의 무게에 짓눌린 채, 때로는 체념으로 때로는 연극으로 고향의 꿈을 현실화시키려는 희망어린 노력들은 사기사와의 다른 작품에서도 이어진다. 「썩어가는 동네」에서 형상화되는 현대인의 과거에 대한 꿈과 상실의 현장이 그러하다. 이 소설에서 일가족은 아버지의 사업실패로 파탄을 맞게 되는데, 어머니는 형편상 작은 집으로 이사를 하면서도 살림도구 일체를 옮겨다 창고에 보관한다. 지난날의 영화를 되찾는 날 창고의 살림도구를 다시 사용할 수 있을 것이란 희망을 버릴 수 없기 때문이다. 하지만 한순간의 화재로 창고에 보관해 오던 살림은 잿더미

---

14) 김태준 「근대의 심상공간으로서 고향」, 『근대의 문화지리 '고향'의 창조와 재발견』 (제25차 한국문학국제학술회의), 동국대한국문학연구소, 2006, 5쪽
15) 鷺澤萠 『歸れぬ人びと』, 文春文庫, 1995, 208쪽
16) 박해현 「침묵의 세계에서 들려오는 소리들」, 『돌아가지 못하는 사람들』(김난주 역), 문학사상사, 1995, 13쪽

로 변했고, 그와 동시에 과거로의 회귀를 꿈꾸던 가족들의 꿈은 깡그리 무너지고 만다. 그리고 희망이 잿더미로 변해가는 현장을 지켜본 히데아키(英明)는 그날 이후 이집 저집으로 옮겨 다니는 이동벽이 생겼고, "확실한 축을 지니지 못한 채, 시간이라는 파도에 흔들리며 떠내려가듯 둥실둥실 여러 동네를 표류"17)하게 된다. 이제 히데아키에게 과거의 기억은 존재하지 않았고 맥박이 뛰고 있는 "자신의 육체적 현재성만 의식"18)하게 된다. 그리고 『갈매기 집 이야기』의 '갈매기 집'은 과거가 있는 사람들이 나름대로 과거를 공유하기 위해 찾아드는 공간이다. 사장에게는 바람난 아내를 떠나보내야 하는 아픔의 장소이며, 야나기(柳)와 도무라(戸村)는 과거 학생시절 민주화 운동의 동지적 유대와 배신감을 현재의 시점에서 재조명하는 공간이다. 고우(コウ)의 고향친구 모이치(茂一)에게는 프로 야구선수로서 좌절의 눈물을 흘리는 곳이며, 과거를 잊지 못해 찾아온 아유코(鮎子)에게는 추억의 파편 너머로 새로운 생활의 활력소로 사리매김되는 장소로서의 공간이다. 그러니까 그곳 '갈매기 집'은 제각기 지금을 살아가는 인간들의 과거와 현재가 교차하거나 각자 변해가는 현재적 실존을 투영하는 장소로서 그려지고 있다.

이처럼 사기사와의 소설 「강변길」, 「돌아가지 못하는 사람들」, 「썩어 가는 동네」, 「갈매기 집 이야기」 등은 일반적인 시각에서 보면, 비정상적인 형태의 가족상 내지 인간상일 수 있겠지만, 현대의 관점에서 보면 충분히 있을 수 있거나 실제로 존재하는 일상을 형상화하고 있다. 현대 사회에 횡행하는 가족 해체와 개인 파산의 아픔의 현장이 특별한 의미부여 없이 그려지고, 고향은 그러한 각기의 존재성을 확인하는 원

---

17) 鷺澤萠 「朽ちる町」, 『歸れぬ人びと』, 文春文庫, 1995, 115쪽
18) 박해현, 앞의 책, 9쪽

점인 셈이다. 현대 사회에서 한층 심상공간으로서 남아있을 수밖에 없는 고향, 그곳에 대한 추억의 파편들을 떠올리며 현재적 삶을 꾸려가는 현대인들에게 사기사와 문학은 일종의 심리적 안식처를 제공하고 있는 셈이다. 가능한 한 사회성과 역사성을 배제시킨 공간에서 깨져 망가졌으면 망가진 그대로의 상처를 추스르며 인간의 내밀한 실존을 조명하고 있다.

4 젊은이의 언어, 감각, 문학

재일 문학에서 재일성은 다양한 형태로 형상화되었고 그 형태는 지금도 변용을 거듭하고 있다. 해방 전후 재일 문학의 재일성은 조국과 민족을 둘러싼 이데올로기적 갈등과 조국에의 향수 등, 재일 전세대에게는 불가피한 시대적 상황이 근간을 이루었으며, 이후의 재일성은 현실 중심적인 재일의 실존을 묻는 형태로 점차 바뀌어 갔음을 보게 된다. 이는 재일 사회의 무게 중심이 관념적, 이상주의 세계에서 벗어나 점차 현실주의적인 측면으로 이동되고 있음을 보여주는 것이기도 하다. 이러한 문학적 현상은 김달수의 사회주의적 편향 글쓰기, 김석범의 제주 4.3사건의 문학적 형상화, 김시종의 민족주의적 시세계를 통하여 실제로 확인할 수 있으며, 또한 최근의 작가 현월의 「그늘의 집」, 가네시로 가즈키의 「GO」 등에서 변주되는 '재패니즈 코리언'의 무게감을 통해서 짚어볼 수 있다.

하지만 재일 문학의 변용이 거듭되는 가운데에서도 최근 작가들의 독창적인 글쓰기는 주목받기에 충분하다. 기존의 재일 문학에서 심각하게 다루어왔던 관념적 세계와 역사성을 가볍게 뛰어넘고 한층 가벼워진 형태의 작품을 통해서 독자들을 끌어들이고 있다. 최근 이주인 시즈카(伊集院靜)의 소설 「해협」은 재일 내면에 확고하지 않은 재일성과 가벼워진 심리적 상태를 보여주는 좋은 예이다. 「해협」은 소년 히데오(英雄)를 중심으로 그의 집에 왕래하는 수많은 나그네들의 교류 현장과 소통을 그린 작품이다. '해협'은 밀려왔다 밀려가는 조수처럼, 살아남기 위해 쫓고 쫓기는 자들이 일시적으로 머물 수 있는 상징적 장소로서 형상화된다. 그것은 한국전쟁에 대한 인식을 통해 분명하게 읽을 수 있다.

> "그 사람들은 어디에서 왔나요?"
> "바다 저편에서 해협을 건너 왔지요."
> "해협?"
> 분명히 겐조(源造)도 같은 말을 했었다.
> "해협입니다. 조선에서 해협을 건너와, 저 부모와 아이가 왔지요."
> "한국과는 다른 곳인가?"
> "잘 알고 있네요. 한국도 조선도, 원래는 같은 나라인걸요."
> "어째서 이름이 틀리나요?"
> "전쟁이 있었지요, 같은 나라가 둘로 갈라져 전쟁을 했던 거지요."
> "어느 쪽이 이겼는데?"
> 가사도(笠戸)가 히데오를 쳐다보았다. 물고 있던 담배에 불을 붙였다. 가사도는 검은 바다 저편을 보고 있었다.
> "어느 쪽도 이기지는 못했지요."
> "그럼 비겼다는 건가?"
> "히데상, 전쟁은 야구나 스모처럼 비길 수는 없어요. 많은 사람이 죽게 되니까 말이죠. 저의 아버지, 어머니, 형님, 여동생 모두 전쟁으로 죽고 말았지요. 폭탄이 떨어져 순식간이었다 하더군요. 피난 갔던 동생과 제방

을 쌓으러 갔던 저만 살아남았지요. 다카키 집에 살고 있는 사람들은 절
반 가까이 전쟁에서 누군가 가족을 잃었지요."[19]

인용문에서처럼 이주인 시즈카는 「해협」에서 유소년 시절의 회상을
통해 해협을 중심으로 흘러들고 흘러나가는 인간군상을 묘사하고 있
다. 그리고 간난의 역사, 한국전쟁, '조선'과 '한국'이라는 국가명에 내
재된 남북 이데올로기 등 묵직한 주제들을 가볍게 묘사한다.

이러한 재일로서 이념적으로 혹은 역사적으로 배제하기 어려웠던
무거운 주제를 심각하게 받아들이지 않고 가벼운 터치로 건너뛰는 색
다른 수법은 사기사와 문학의 특징이기도 하다. 그녀의 소설 「진짜 여
름」에는 히로짱이 미국 유학생활에서 있었던 국적과 관련된 이야기를
사촌 도시유키에게 일러주는 대목이 있다. 사기사와 문학의 해체 개념
으로서의 재일성과 가벼운 터치식의 문체를 동시에 짚어볼 수 있다.

> "같은 반에 역시 교포 아이가 있는데, 한국에 유학했다가 다시 미국으
> 로 온 애지."
> "그래서?"
> "한국 대학은 도중에 그만둔 모양이야. 기무라 미치코라는 여자애인데,
> 본명은 김 미치코야. 구김살 없는 교포 3세이고, 한국에 갈 때까지는 한
> 국말을 전혀 못한 아이니까 우리나 마찬가지지만, 그애 이름은 '미치코'라
> 는 이름 하나 뿐이야."
> 히로짱은 카펫의 보풀을 세우고, 그 위에 손가락으로 '三千子'라는 글
> 자를 쓰면서 말했다.
> "미국에서는 미치코라고 불렸지만, 그애가 한국에서 불린 이름이 꽤
> 웃겨."
> "뭔데?"

---

19) 伊集院靜 『海峽』, 新潮社, 1991, 248쪽

"한자를 그대로 읽어서 김 삼천자."

이렇게 말하고 히로쨩은 또 웃는다. 도시유키도 거기서 끌려 조금 웃어보았지만, 뭐가 우스운지 잘 알 수가 없다.

"삼천자야, 삼천자. 듣기만해도 교포라는 느낌이 나지 않아?"

"나는 명호라는 이름을 지어준 부모님한테 나도 모르게 감사했어."

"저어 그럼"

'俊成'이라는 글자는 한국말로 이렇게 읽느냐고 물으려다가 도시유키는 그만두었다. 그것을 모른다는 것이 부끄러웠기 때문이다.[20]

이처럼 재일과 한국인 유학생 사이의 대화에서 표상되는 민족 내지 역사성과 관련된 의식의 무게는 지극히 가볍다. 기존의 재일 사회에서 무겁게 심각하게 다루어져왔던 주제들이 아무런 심리적 충격 없이 현세대의 내면에 녹아있고 자연스럽게 외부세계로 흘러나간다. 이러한 문학적 구도는 사기사와 문학의 무게중심이 어디로 향하고 있는지를 시사하는 것이기도 하다. 말하자면 관념적이거나 이상적인 세계를 지향하기보다 한층 현실주의적인 입장에서서 현재적인 사고를 지향하고 있음을 보여주는 것이다. 이를테면 농밀하던 재일성이 변용되거나 이완되고 그 공간을 현실 중심적 사고가 채우게 되면서, 자연스럽게 탈재일과 인간 본래의 내밀한 실존을 조명하는 쪽으로 문학적 경향이 이동함을 보여주고 있다.

그리고 사기사와 문학은 현재 젊은이들의 감각을 살리면서 신세대 독자들과 호흡을 맞춘다. 예컨대 「사랑하고 있어요」에서는 거침없는 신세대 감각파 젊은이들을 만날 수 있다. 가볍게 만나고, 마시고, 춤추고, 사랑하고, 헤어지는 행동과 젊은이들의 뜨거운 감성이 넘쳐난다. "어떤 거창한 무엇을 지향하면서 과대망상적 공명심에 빠져있거나 쓸

---

20) 鷺澤萠 「ほんとうの夏」, 『君はこの國を好きか』, 新潮文庫, 2000, 77-78쪽

데없는 자기치장에 골몰하지 않는"[21] 상큼하고 솔직한 감정이 독자를 사로잡는다. 그리고 한편으로는 인간의 근원적인 존재감에 대한 자기 응시를 놓치지 않고 있다. "상처가 있는 사람이 좋다. 그 상처에는 무언가가 쌓인다. 그리고 쌓인 것은 언젠가는 썩으며 냄새를 풍긴다. 그것이 좋은 냄새일 리가 없지만, 그저 아무런 냄새도 나지 않는 사람보다는, 설령 그 냄새가 아주 고약하더라도, 나는 냄새를 지닌 사람이 좋다"[22]는 식으로, "인간은 아무리 애써도 외로움의 바다에서 떠오를 수 없다"는 식으로 인간 내면에 존재하는 심상공간을 한껏 깊숙이 들여다보고 있다. 말하자면 젊은이의 현란한 감각이든, 현대 사회의 요란한 파열음이든, 그들의 거침없는 행동과 사유의 밑바닥엔 언제나 근원적인 실존의 물음이 존재했던 것이다. 그녀의 문학이 추구했던 관념적, 이상적인 아닌 현실적인 시각에서 무거운 주제를 가볍게 뛰어넘는 구도, 현대 사회의 부조리와 부조화를 고뇌의 주름살 없이 이끌어내는 형태, 스피드 시대에 걸맞는 문체의 간결함, 젊은이의 감각적 숨결을 살린 솔직 다변함, 현대인들의 소외의식과 격절감 또한, 같은 맥락에서 사기사와 문학을 특징짓는 요소들이라고 할 수 있다.

5 결 론

　이상에서 살펴보았듯이, 사기사와 문학은 재일 젊은이의 신세대 문

---

21) 이나미 「젊은 기분이 싱싱한 글 모음」, 『거리로 나가자, 키스를 하자』(김석희 역), 문학사상사, 1994, 6쪽
22) 사기사와 메구무 『레토르트 러브』(민성원 역), 문학사상사, 1994, 32쪽

학으로서 분명한 특징을 보여주고 있다. 먼저 재일 문학의 범주에서 보면, 기존의 재일 문학이 일본사회에 대한 저항심리 내지 자기 정체성에 대한 끊임없는 자문자답으로 고뇌했다고 한다면, 사기사와 문학은 그러한 재일성에서 탈피해 젊은이의 언어, 감각, 문학을 지향했다고 할 수 있다. 소설적 공간으로서 휘황찬란한 도회지보다는 중심에서 벗어난 변두리를 차용하고, 그곳에서 고뇌하는 젊은이의 목소리를 때로는 담담하게 때로는 격렬하게 토해내는 문학적 행위가 그러하다. 그 과정에서 현란함 속에 내재된 내밀한 실존, 상처입고 떠난 자들의 회귀의식 등 현대인의 근원적인 존재의 의미를 담아내고 있다. 또한 감각적 문체를 통해 상투적이거나 관념적인 세계에서 벗어나 그야말로 현실주의적 감각을 기조로 인간의 한층 근원적인 심상공간으로 다가서고 있다. 사기사와 문학은 그러한 심상공간에 대한 끊임없는 지향성을 보여주고 있으며, 그 과정을 포장되지 않은 젊은이의 감각적 언어로 그려내고 있다.

이러한 근원적인 실존에의 천착은 소설 「강변길」, 「돌아가지 못하는 사람들」, 「썩어가는 동네」, 「갈매기집 이야기」를 통해서 읽을 수 있고, 동시에 변용 내지 해체 개념으로 읽을 수 있는 재일성을 다룬 「진짜 여름」, 「그대는 이 나라를 사랑하는가」, 「개나리도 꽃, 사쿠라도 꽃」, 「안경 너머로 본 하늘」 등을 통해 확인해 볼 수 있다. 물론 이러한 사기사와 문학의 재일성과 실존에의 천착이 최근 일본의 인기 작가들, 즉 무라카미 하루키, 무라카미 류, 요시모토 바나나 등의 문학에 나타나는 자본주의 사회의 현란한 감각적 색채와 차별화된다는 점은 말할 것도 없다.

12. 유미리의 작가적 지향의식
인터뷰를 중심으로

김정혜

1 서 론

　2005년 4月 30日, 필자는 淡路島에 있는 아니가호텔에서 유미리와 만나 인터뷰를 했다. 본고는 그 때 녹음한 인터뷰 내용을 정리한 것이다.

　유미리가 작품을 쓴 동기, 작품에 있어서 허구와 사실과의 관계, 연보·작품목록·선집간행·번역, 작품의 특징, 대표작·데뷔작, 앞으로의 계획 등에 대해서 기술하려고 한다. 다음으로 이들 대표작품과의 비교 검토를 통해서 작가적 지향의식의 동질성과 이질성을 밝히고 그 변화의 양상을 추론한다.

　유미리에 관한 선행 연구는 많은 중에서 다음을 소개한다.

　川村湊,「『恨(ハン)』=柳美里(ユウ ミリ)」,『國文學 解釋と教材の
　　　研究 』, 41(10), 88-89, 1996·08, 學灯社〔編〕/學灯社.

初出 :『외대논총』31집, 2005年 8月 30日

斜里勝,「現在に隆起する歴史--柳美里 『8月の果て』書評」,『新世紀』, (214) 171-180, 2005・1, 解放社.

切通理作,「書評『8月の果て』柳美里--名前のないものに届く旅」,『文學界』, 58(12), 355-358, 2004・12, 文藝春秋.「原一男; 柳美里, 異色對談 表現者として敢えて『一歩踏み込む』」,『創』, 34(9384), 106-117, 2004・11, 創出版.「俵万智; 柳美里,『特別對談 吾子(あこ)と漂流するごとき日々』」,『文芸』, 43(4), 38-57, 2004・冬, 河出書房新社〔編〕/ 河出書房新社.

野村光司,「日朝平壤宣言に復歸し、東アジア共同の家へ--柳美里 『八月の果て』と姜尙中 『日朝關係の克服』」,『勞働運動研究』, (390), 34-37, 2003・12, 勞働運動研究. 切通理作,「書評 柳美里『石に泳ぐ魚』--戰う小說家の『立ち位置』」,『文學界』, 57(1), 270-272, 2003・1, 文芸春秋社.

辻章,「誕生から、誕生へ--柳美里『石に泳ぐ魚』の呼ぶもの」,『新潮』,100(1), 212-216, 2003・1, 新潮社.

柳美里,「BOOK・LESSON 特別版『魂』--癒しは鬪いの中に在る 作家 柳美里」,『正論』, (344), 348-356, 2001・4, サンケイ新聞社 〔編〕/サンケイ新聞社.

阿部和之,「<隨想>柳美里の文章について」,『日本文學誌要』, 61, 94-95, 20000324(ISSN 02877872), 法政大學.

切通理作,「柳美里『女學生の友』」,『文學界』, 53(12), 264-266, 1999/12, 文芸春秋社.

柳美里,「『朝日新聞社說』と『大江健三郎氏』に問う--プライバシー裁判血風錄」,『新潮45』18(8 208), 44-67, 1999・08,

新潮社〔編〕/ 新潮社.

濤川榮太, 「柳美里さんの『仮面の國』を讀んで」, 『正論』, (309), 262-271, 1998/05, サンケイ新聞社　〔編〕/ サンケイ新聞社.

千葉宣一, 「世紀末の日本女流文學 : 美と思想と方法を中心に (＜特集＞共同研究報告:近代日本における文化・文明のイメージ)」, 『北海學園大學人文論集』10, 123-133, 19980331(ISSN 09199608), 北海學園大學.

柳美里, 「伊丹十三氏の自殺と家族の再生(仮面の國)」, 『新潮』45, 17(2), 122-133, 1998/02, 新潮社　〔編〕/ 新潮社.

今村忠純, 「どっちにしたってお芝居-- 『家族シネマ』(柳美里)」, 『國文學 解釋と教材　の研究』, 42(12), 120-124, 1997・10, 學灯社〔編〕/ 學灯社.

高井有一; 三浦雅士; 高橋勇夫, 「創作合評 「タイル」柳美里, 「仮宿」佐藤洋二郎 」, 『群像』, 52(10), 371-388, 1997/10, 講談社.

藤田昌司, 「續・作家のスタンス(65)柳美里--"恨(ハン)"を乗り越える」, 『新刊展望』, 41(5), 20-23, 1997・05, 日本出版販賣.

林浩治, 「民族を背負うことなく--柳美里『石に泳ぐ魚』の新しさ」, 『新日本文學』, 50(2), 84-89, 1995・03, 新日本文學會〔編〕/ 新日本文學會.

柳美里, 「『風の丘を越えて』～西便制(ソピョンジェ)--『"恨"を越える』ということ」, 『文學界』, 48(9), 147-150, 1994・09, 文芸春秋社. aa

 ## 2 작품을 쓰는 동기

「작품을 쓰는 동기는 그 때 그 때에 따라 다르다. 즉 18살 때와 현재는 쓰는 동기가 다르다. 나는 고등학교 1학년 때 학교를 퇴학당하고, 그래서 연극을 하게 되었지만 무대 위에서 목소리가 나오지 않게 되어버렸다. 그래서 연극도 단념하지 않을 수 없게 되고 자신이 있어야 할 자리가 사라져 버렸다. 당시는 할 수 없는 일만 계속 일어났다. 즉 낙오자였다. 그래서 픽션을 써 가면서 그곳에서 자신의 자리를 만들고 싶었다」고 글을 쓰는 동기에 대하여 유미리는 이야기한다. 하지만 「작품에 쓴 세계는 반드시 유토피아는 아니었다」고도 이야기한다. 반대로 「쓰는 것」에 의해서 더욱 거처할 자리가 사라져버렸던 것이다. 「예를 들면」이라며 어느 사건을 이야기한다.

「『돌에서 헤엄치는 물고기(石に泳ぐ魚)』를 썼을 때는 모델 문제로 재판을 받았다. 그 당시 매스컴 보도의 방법을 마치 나를 죄인과 같이 취급하고 있었다. 어느 신문사가 좋은 작가, 싫은 작가 베스트10을 발표했을 때, 나는 싫어하는 작가 1위였다. 2위에 이시하라 신타로(石原愼太郎)씨가 들어 있었다. 결국 『돌에서 헤엄치는 물고기』를 다시 고쳐 쓰게 되었다. 또 『생명(命)』이라는 작품은 어느 사람에게 있어서는 자기 결점을 일부러 드러내는 작품이다. 자신은 쓰는 것에 의해 지위는 확립될지 모르지만 입장은 더욱 나쁜 쪽으로 몰리게 되었다」라고 이야기하고 있다.

또 아쿠타가와상(芥川賞)을 수상한 후, 사인회를 할 예정이었지만 우익의 협박 때문에 중지 되었다. 유미리는 「『재일조선인이 아쿠타가

외상을 받아 건방진 말을 하고 있다(在日朝鮮人が芥川賞をとって生
意氣な事を言っている)』고도 협박받았을 때 말했다. 또 나는 『만약
폭탄이 설치되는 것이 무서워서 서점에 나의 책을 두지 못하게 된다면
어떻게 하겠습니까?』라고 인터뷰 때 언급한 적도 있다. 이와 같은 일
련의 일을 외국 미디어가 크게 다루어주었다. 예를 들면 프랑스의 『르
몽 드』와 『뉴욕 타임즈』 등이 언론 탄압의 방면에서 다루어주었다. 그
랬더니 교과서를 만드는 모임의 사람들이 반발하여 논쟁이 일어났고
이 논쟁은 1년 가까이 이어졌다. 이것에 대한 자초지종은 에세이 『가
면의 나라(仮面の國)』에 쓰고 있다. 나는 유명해지면 어떤 표적이 되
었다. 항상 좋은 일과 나쁜 일이 함께 찾아왔다. 어느 평론가는 『일부
러 트러블을 일으키고 있다』라고 하지만 피해를 입고 있는 것은 내 쪽
이었다. 왠지 트러블메이커 같은 말을 들었다』고 이야기 한다.

 **3 허구와 사실과의 관계**

유미리 소설에 있어서 허구와 사실과의 관계는 다음과 같은 것이다.
『자신은 작가로서의 입장을 『사람의 기억자체가 픽션이다』라는 것
에 두었다. 내가 쓴 소설은 픽션이자 사실이다. 그래서 자전(自傳)의
형식을 취하고 있다. 『물가의 요람(水辺のゆりかご)』은 대부분 사실
그대로이다. 또 동시에 픽션이기도 하다. 왜냐하면 같은 시기, 같은 장
소에 여동생이 있었음에도 불구하고 나와 여동생의 기억은 같지 않기
때문이다. 『나는 이랬다』라고 뒤돌아보는 자체가 픽션이다. 그런 작품

이 어떤 것인지 예를 든다면 『물가의 요람』·『가족시네마(家族シネマ)』·『골드 러시(ゴールドラッシュ)』·『8월의 저편(八月の果て)』 등이 그와 같은 작품이다. 만약 연보를 만든다면 『물가의 요람』은 사실 그대로니까.」

 **4 연보 · 작품목록 · 선집간행 · 번역**

유미리는 「자신은 평소 연보라든지 작품의 목록 등은 만들지 않는다. 단지 『물가의 요람』은 거의 사실 그대로이기 때문에 연보를 만드는 경우 참고가 되리라고 생각한다. 홈페이지에 모든 작품을 소개하고 있다. 선집 간행은 최근 여러 작가가 간행하고 있는데 생전에는 간행할 예정은 없다. 왜냐하면 자신의 작품에 대해서 확증이 없기 때문이다. 죽을 때의 심경으로 어느 것을 남길까 정할 예정이다. 본의가 아닌 것은 남기지 않으려고 생각하고 있다. 어쩌면 죽기 전에 다시 고쳐 쓸지도 모른다. 하지만 그렇게 했을 때 「도롱뇽(山椒魚)」과 같이 전혀 다른 작품이 되어 버릴지도 모르기 때문에 신중하게 해야만 한다」고 말했다. 또 번역에 대해서는 다음과 같이 이야기했다.

「번역은 영어권[1], 프랑스, 독일, 이탈리아, 한국, 중국, 대만 등에서 번역되었는데 모든 작품이 번역된 나라는 대만이다.[2] 아마 자신은 한국보다 대만에서 더 잘 알려져 있다고 생각한다. 왜일까? 그 이유는

---

1) 사인회가 중지된 사건을 계기로 일어난 논쟁을 프랑스의 『르 몽드』와 미국의 『뉴욕타임즈』가 언론의 탄압이라고 크게 취급했다.
2) 유미리는 「자신은 한국보다 대만 쪽이 인기가 있지 않을까?」라고 이야기했다.

잘 모르지만 대만도 굳이 어느 쪽으로 분류한다면 분단국가에 속하기 때문에 역사적인 것에 그 원인이 있지 않을까라고 생각한다. 이전 대만을 방문했을 때 일이지만, 아침에 호텔 주위를 조깅하고 있는 사진이 신문 1면에 나왔을 정도이다.」

5 작품의 특징

유미리는 작품의 특징에 대하여 다음과 같이 이야기했다.

「작품의 특징은 작품별로 다르기 때문에 일률적으로 말할 수 없다. 구성이라든지 의도를 가지고 쓰지 않는다. 작품에 작가의 의도가 나타나버리면 재미가 없기 때문이다. 『골드 러시』를 썼을 때의 예를 들면, 처음 워드프로세스의 화면에는 아무 것도 씌어져 있지 않았다. 그곳에 14세 소년을 쓰고 다음으로 소년의 눈으로 본 거리 풍경을 쓰고, 의식 속에 여성이 떠오르면 여성을 쓰고 하는 식으로 구상은 전혀 미리 세우지 않고 써 나갔다. 알고 있는 바와 같이 『골드 러시』는 고베(神戶)에서 일어난 소년 살인사건을 바탕으로 쓴 것인데 자신은 사람의 밑바닥을 알고 싶어서였다.」

그리고 희곡과의 차이에 대해서도 이야기했다. 「희곡은 처음부터 구상을 다듬어 쓴다. 큰 종이 두 장을 이어 붙여 다듬은 구상을 그곳에 쓴다. 그리고 상연하여 손님의 반응을 보고 손님이 자고 있으면 다시 고쳐 쓴 후 상연한다」고 했다.

또 유미리와 비슷하게 닮은 작가가 있다고 생각하느냐고 질문했을 때 「자기와 닮은 작가가 있으면 자신의 존재가치가 없는 것이 아닐까? 다른 작가의 문학작품을 읽을 때 이 작가가 자신과 닮았는지 어떤지를 생각하면서 읽지 않는다」고 했다.

데뷔작은 18세에 쓴 희곡 『물 속의 하급관리(水の中のともべ)』이다. 이것은 출판되지 않았다. 희곡은 전부 10작품 썼지만 출판된 것은 3작품이다. 일본은 희곡은 팔리지 않기 때문에 출판사 쪽의 사정으로 출판되지 않는다. 대표작은 『골드 러시』와 『8월의 저편』이다.

「앞으로의 계획에 관해서」라는 질문에 대하여 「계획이라고 하는 것은 세우고 싶지 않을 뿐 아니라 작품을 끝마칠 때까지 다음에 무엇을 쓸지 모른다. 앞으로 쓰려고 생각하고 있는 것은 어른의 연쇄살인이라든지 아버지 쪽의 할아버지에 대하여 쓸 수 있으면 좋겠다고 생각한다. 양쪽의 날개(외 할아버지와 친 할아버지), 마침내 완성된 작품을 쓸 수 있으면 하고 생각하고 있다」라고 이야기했다.

 **「재일」이라고 하는 것에 대하여**

「최근 쓰지 히토나리(辻仁成)가 한국과 일본에서 동시에 작품을 발표하고 있다. 그것을 일본의 어느 신문사가 보도하면서 『일본 작가로서는 처음 시도하는 일이다』라고 하는 식으로 보도하고 있었다. 작년 내가 한국과 일본에서 동시 연재라는 형태로 『8월의 저편』를 쓰지 않았느냐? 그럼 나는 일본 작가가 아니라는 것인가?」라고 유미리는 묻는다.

미국에서 『골드 러시』의 번역자가 일본을 방문하여 유미리에게 「독자를 어떻게 설정하고 있는 것인가?」라고 하는 질문을 던졌을 때, 유미리는 「독자는 일본인이라고 설정하지 않았다. 독자는 국적에 관계없이 거처할 자리가 없는 사람이다. 분명히 외출하지 않고 집에 틀어박혀 있는 사람들이 잘 읽고 있는 것 같다. 『유미리는 나다』라고 하는 메일을 받은 적도 있다. 그 미국에서 온 번역자는 『무라카미 하루키(村上春樹)에게 인터뷰를 할 때 하루키는 독자는 일본인이라고 대답했다고 한다. 다른 작가들도 그랬다고 한다. 유미리와 같이 대답한 사람 처음이었다』고 대답했다」라고 했다.

또 재일의 근간을 언급하며 「재일한국인이 일본어로 쓰고 있는 것. 그것은 어떤 일인 것인가? 재일의 아픔을 일본인도 한국인도 모른다. 자신은 일본인도 아니다. 재일 한국인도 아니다. 『아니다』라고 하는 곳에 있을 자리를 두고 싶다고 생각하고 있다. 아래가 물로, 조금만 삐긱하면 떨어진나」 하는 위험한 다리 위에 서 있다고 하는 상황을 바탕으로 작품을 쓰고 있다. 재일 한국인 작가의 작품은 사후, 모든 작품이 절판되고 있다. 재일 한국인 문학의 역사는 오래되지 않았기 때문에 진짜 평가는 지금부터이다. 50년 후에 어떤 작품이 남아 있을 것인가? 그때 가서 평가받으리라고 생각한다. 자신의 작품이 한국문학에 속할지 일본문학에 속할지가 아닌, 어느 쪽 문학사에도 속하지 않아도 된다고 생각하고 있다. 『가교(架け橋)』가 된다면 그것으로 좋다고 생각한다. 『8월의 저편』은 한국과 일본 동시 발표였기 때문에 양쪽 문학사에 속하는 것일까? 동시발표 때는 매우 긴장감이 있었다.

최근 재일 한국인 작가끼리 서로 지면 등을 통해서 비난을 주고 받고 있는데 이것은 문제라고 생각한다. 재일이 아니라면 텔레비전에서 나온다든지, 소설을 소개받을 수도 없게 되었다고 생각하는 작가가 있다. 일본의 매스컴이 그 사람들을 재일작가로서 대우하고 있는 이 현상은…역차별이 아닐까? 이전에 아직 무명시절이었을 때, 어느 신문사에 원고를 가지고 갔다. 그 때 담당자가 처음에는 모르는 척하고 있더니『아, 야나기, 류상입니까? 재일 한국인이세요. 아래 찻집에서 차라도』라고 하는 것이었다. 그 때 나는『굉장한 차별』이라고 느꼈다. 아마 가네시로 가즈키(金城一城)는 역차별을 받고 싶지 않아서 일본 이름으로 소설을 발표하고 있지 않는 것일까요?

한류 붐으로 한국의 연예인이 일본으로 와서 본명으로 연예활동을 하고 있는데도 재일 한국인은 한국국적을 숨기고 연예활동을 하고 있다. 이러한 왜곡된 현상은 슬픈 일이다. 다치하라 마사아키(立原正秋), 이주인 시즈카(伊集院靜), 연예인, 야구선수들이 그와 같다.

최근 한국에서 재일한국인에 대한 연구가 늘어나고 있는 것은 바람직한 현상이라고 생각한다. 연구자에게 무언가 말하고 싶은 것은 쓴 작품과 단행본으로 발행된 책은 모두 독자의 것이다. 어떤 식으로 연구가 되든 어떤 카테고리에 넣든지 관계없다. 가능한 연구자에게 협력을 하려고 생각하고 있다. 어떻게 자신의 작품이 읽혀지고 있는지 흥미롭다. 가장 중요한 것은 번역의 벽을 어떻게 뛰어 넘느냐 하는 것이다.

아들이 태어나지 않았다면 한국에 유학하여 한국어를 배우려고 했다. 말은 중요하다. 아들은 일본인으로서 기르고 있고 일본인 독신 호적으로 했다. 왜냐하면 내가 그에게 가르치는 것은 일본어이고, 일본의 자장가이고 일본의 문화이기 때문이다. 자신이 한국인으로서 아들에게 가르칠 것은 아무 것도 없기 때문이다. 게다가 한국 국적으로는 불리한 것이 많다. 자기 자신은 불리한 상황이 바뀌지 않는 한 한국 국적을 바꾸려고 하지 않는다. 재일 한국인 독자에게『본명을 사용하고 있기 때문에 격려를 받았다』고 하는 메일을 받은 적도 있다.

재일한국거류민단은 무엇을 하고 있는지 모르겠다. 몇 년 전에 거류라고 하는 단어를 빼고 재일한국민단으로 쓰고 있다. 이미 본국으로 돌아가지 않기 때문이다. 최근 많은 젊은이들이 귀화하고 있기 때문에 이대로는 재일한국인이 없어져 버리지 않을까라고 하는 위기감에서 민단이「맞선보기 대회(お見合い大會)」를 개최하여 합숙까지 하며 결혼의 기회를 주려고 하고 있다. 이상하고 희한한 발상이라고 생각한다. 재일한국인의 존재가 사라지면 그것은 그것대로 관계없다고 생각한다.

재일이라든지 여성이라든지 하는 카테고리에 자신을 포함시키고 싶지 않다. 재일을 의식하여 소설을 쓴 일은 없다. 재일이라든지 여성이라든지 하는 것이 붙어 있는 동안에는 작가로서는 가망이 없다고 생각한다. 나는 최근 그러한 것이 떨어진 것 같다. 작가 유미리이다. 나는 문단 사람들과 이야기를 하지도 않고 일반 재일 한국인들과도 교류하지 않는다. 아버지와도 1년에 한 번 정도밖에 만나지 않는다.

7 작품목록

유미리는 소설 14편과 에세이 10편을 썼다. 또 공저·기타 2편이 있다. 목록은 다음과 같다. 이번에는 희곡과 해외번역에 대해서는 언급하지 않기로 한다.

소설은 14편이다.[3]

---

3) 2005年 8月, 현재의 편수이다.

『フルハウス』, 文芸春秋, 1996年6月(文春文庫, 99.5)

『家族シネマ』, 講談社, 1997年1月(講談社文庫, 99.9)

『水辺のゆりかご』角川書店, 1997年2月(角川文庫, 99．5)

『タイル』文芸春秋, 1997年11月(文春文庫, 00．10)

『ゴールドラッシュ』, 新潮社, 1998年11月(新潮文庫, 2001・5)

『女學生の友』文芸春秋, 1999年9月(文春文庫, 2000・10)

『男』, メディアファクトリー, 2000年2月(新潮文庫, 02・7)

『命』, 小學舘, 2000年7月(新潮文庫, 2004・1)

『魂』, 小學舘, 2001年2月(新潮文庫, 2004・1)

『ルージュ』, 角川書店, 2001年3月(角川文庫, 03・11)

『生』, 小學舘, 2001年9月

『聲』, 小學舘, 2002年5月

『石に泳ぐ魚』, 新潮社, 2002年10月

『八月の果て』, 新潮社, 2004年8月

『돌에서 헤엄치는 물고기』는 처녀작임에도 불구하고 모델문제로 발표중지가 되어 이 목록에 있는 것은 다시 고쳐 쓴 것이다.
에세이는 다음과 같은 것이다.

『家族の標本』, 朝日新聞社, 1995年4月(朝日文芸文庫, 97・8, 角川文庫, 98・4)

『柳美里の「自殺」』, 河出書房新社, 1995年6月(文春文庫, 99・12)

『私語辭典』, 朝日新聞社, 1996年5月(角川文庫, 99・10)

『窓のある書店から』, 角川春樹事務所, 1996年12月(ハルキ文

庫, 99・5)

『Now and Then　柳美里ー柳美里による全作品解説＋51のし
つもん』

『仮面の國』, 新潮社, 1998年4月(文庫, 00・5)

『言葉のレッスン』, 朝日新聞社, 1998年7月(角川文庫, 01・6)

『魚が見た夢』, 新潮社, 2000年10月(文庫, 03・3)

『言葉は靜かに踊る』, 新潮社, 2001年3月

『世界のひびわれと魂の空白を』, 新潮社, 2001年9月

공저・기타에는 『「히네미(ヒネミ)」미야자와 아키오(宮澤章夫) /
「물고기 축제(魚の祭)」유미리」와 후쿠다 카즈야(福田和也)와의 『울
리는 것과 흐르는 것-소설과 비평의 대화(響くものと流れるものー小
說と批評の對話)』가 있다.

약 10년 동안에 이 만큼의 작품을 발표한 것을 보면 다작 작가이다.
게다가 수편을 제외하고 문고본이 나온 것에서 그녀의 뛰어난 재능을
엿볼 수 있다.

8 대표작품과의 비교검토

인터뷰 내용과 대표작의 하나인 『골드 러시(ゴールドラッシュ)』를
비교 검토하고 그 동질성과 이질성을 밝혀보고 작가적 지향의식의 변
화 양상을 추론한다.

유미리는 『골드 러시』의 모델이 되고 있는 고베 살인귀(殺人鬼) 사카키바라 세이토(酒鬼薔薇聖斗)의 범행동기를 다음과 같이 말한다.

내가 해석하는 동기는 이렇다.
「소년은 유별난 모방능력을 지니고 있었다. 성명문은 여러 가지 책과 비디오, 만화 등에서 인용된 말의 콜라주라고 지적하고 있지만 내가 말하는 모방이란 그와 같은 의미가 아니다. 동기를 알기 위해서는 그의 소학교 졸업문집의 작문은 중요하다.

> 「피난소에서 무라야마 씨(무라야마 도미이치(村山富市)총리대신·당시)가 문병을 와 준다면 설령 사형이 될 것을 알더라도 무엇을 했었는지 모른다고 생각합니다」라고 하는 한 구절은 당시 고베에서 소용돌이치고 있었던 「무라야마를 패 주자」라든지 어쩌면 「죽여 버리겠다」라고 하며 정부의 대응에 격노한 고베시민의 감정을 모방한 것이 아닐까라고 하는 것이 나의 추측이다. 소년은 대지진으로 인해서 살아갈 자리를 잃어버린 분노를 정부에 대하여 터뜨릴 수밖에 없었던 어른들의 <원망>을 학교와 자신과의 관계로 반복시켰던 것이다. 하지만 권력(학교)에 직접 복수하는 것이 불가능한 소년은 그 굴욕감을 작은 동물과 약자에게 힘을 행사하는 것으로 보상하고 있는 것이다.[4]

이와 같이 고베 살인범의 동기를 설명하고 있다. 또 「일반화하면 소년이 모방한 것은 이 나라에 사는 사람들의 가치관의 상실과 그것에 따른 파괴본능이다. 소년은 사람들이 존재의 의미를 찾아낼 수 없는 사회를 가장 그로테스크한 모습으로 폭로했다고 할 수 있다.[5]」고 말하

---

4) 유미리, 『세계의 균열과 혼의 공백을(世界のひびわれと魂の空白を)』、新潮社, 2001年9月 pp.124-125.
5) 유미리(2000, p.125)

고 있다. 그리고 「소년은 어떻게 해서 <오염된 야채>인 이 나라의 시스템을 파괴할 수 있을까? 우리들에게 질문을 던지고 있는 것은 아닐까?[6]」라고 말하고 있다. 유미리는 이와 같은 생각에서 『골드 러시(ゴールドラッシュ)』를 썼을 것이다. 「권력」에 맞서고, 거처할 자리가 없는 사람을 대변하여 살인은 행해졌다고 하는 것이다. 그렇다고 해서 유미리는 결코 소년의 행위를 정당화하고 있는 것은 아니다. 어디까지나 『골드 러시』는 소설이다.

또 꽤 자신의 마음에 새긴 깊은 원한이라고 하는 원망을 소설 속에서는 의식하여 쓴 것 같이 판단하고 있다. 『골드 러시』의 무대는 실로 유미리가 태어나고 자란 곳이기 때문이다. 이와 같은 유미리에 대하여 후쿠다 가즈야는 다음과 같이 『골드 러시』를 비판하고 있다.

> 즉 이 『골드 러시』의 기본적인 도식은 부모살인도 아니고 일부 비평에서 말하고 있는 것 같은 소년살인, 살인외 시비도 이넌 인간들을 끝임없이 타락시켜 하찮고 작은 것으로 폄하해 가는 세계, 요컨대 어른의 질서 그 자체에 대한 복수의 가능성인 것이고, (중략)사적인 것과 공적인 것의 은밀한 바꿔치기는 모티브의 혼란과 사회관의 한계를 초래하고 있고, (중략) 유씨의 실감으로는 정당하다고 하더라도 현대사회의 관찰로서는 너무 느슨한 것은 아닐까?[7]

이것은 유미리가 재일한국인 작가인 것을 잊은 논평이라고 할 수 있지 않을까? 유미리 본인은 의식하고 있지 않더라도, 또 「재일」과 관계 없는 곳에서 집필활동을 하고 있다고 하지만, 유미리는 명백한 재일한국인 작가라고 할 수 있지 않을까? 부친에 대한 것을 『골드 러시』에서

---

6) 유미리(2000, p.126)
7) 유미리(2000, p.171)

는 여기저기서 극명하게 쓰고 있다. 다음도 그것이다.

파친코 못을 조절하는 기사로서 설립하고 난 후, 40년간 근무하고 있는 임(林)은 그룹 이카로스의 총지배인이었다.

영지(英知)가 본격적으로 경영에 종사한 것은 아버지가 돌아가시고 난 후로 아직 6년밖에 지나지 않았다. 임(林)은 호큐텐(宝球殿)을 페가스라고 개명했을 뿐만 아니라 가게 모든 것을 개장하려고 했던 영지에게 파친코 가게는 그 고장사람들과 끊을래야 끊을 수 없는 비즈니스로 오곤초(黃金町)가 이세자키초(伊勢佐木町)와 모토마치(元町)와 같은 현대식 거리로 모습을 바꾸지 않는 한 개장에는 의미가 없다고 반대했다.8)

이것은 유미리 아버지의 모습이라고 말할 수 있는 것이 아닐까? 『가족 시네마』 등의 작품에 나오는 아버지상이다. 結局環境にそぐわなく 가게에는 손님은 오지 않게 되어 버렸다. 비즈니스에 재능이 없는 아버지는 언제나 방해꾼이 되었다. 결국 작품의 마지막 부분에도 옆집 아버지이지만 아버지가 등장한다.

소년은 포켓 속에서 색이 변한 한 장의 사진을 꺼냈다. 코끼리 울타리 앞에서 찍은 가족사진, 고우키(幸樹)와 미호(美步)의 양손을 잡고 있는 자신, 그 뒤에 서서 미호(美步)의 어깨에 손을 두고 있는 아버지, 고우키의 어깨를 안고 있는 어머니, 역시 이 동물원이었던 것이다. 이쪽을 보고 있는 아버지의 눈은 슬펐다.9)

역시 유미리는 가족이라고 하는 영원한 테마로부터 좀처럼 벗어나지 못한다고 하기보다는 벗어나려고 하지 않는 작가가 아닐까?

---

8) 유미리, 『골드 러시(ゴールドラッシュ)』, 新潮社, 1998.11. p.192.
9) 상게서 p.323.

9 결 론

이상으로 유미리의 작가적 지향의식을 항목별로 소개하고 그것과 함께 대표작품의 하나인『골드 러시』의 동질성과 이질성에 대하여 고찰했다.

옛날부터 문자 그대로 작가는 시대와 세상의 대표적인 격투사라고 하는 것을 떠맡고 일어서려고 한다는 아주 드문 기개와 그 기개에 어울리는 역량을 지니고 있다고 하는 것으로 현재의 문화·사회상황에 있어서는 매우 곤란한 발걸음을 강요받고 있다. 이런 속에서 극단적으로 사적인 일을 철저하게 쓴다고 하는 것이 그대로 보편적인 문제를 제시하게 되는 것이다.

유미리 소설에 관한 연구는 중요한 것이지만 상당이 어려운 면도 많다.

유미리는 제가 멀리서 왔다해서 저녁을 대접해 주었다. 멀리서 온 손님을 그냥 돌아가게 하지 않는 한국의 풍습이다.

유미리의 「8月의 저편」에 흐르는 한국인 정서를 느낄 수 있었다.

13. 기억과 서사

유미리의 『8월의 저편』

변화영

 **1 기억과 정체성**

　유미리(柳美里)는 일본에 살고 있으면서 한국 이름으로 창작 활동을 하는 재일한인 작가이다. 그는 한국(일제강점기이므로 정확하게는 조선)에서 태어나 일본으로 이주한 부모에게서 출생했다는 점에서는 재일한인 2세에 속한다. 하지만 연령이나 문단 데뷔 시기 및 작품 경향 등에서 유미리는 이회성, 김학영 등의 재일한인 2세대 작가와는 뚜렷이 구분되는, 3세대 작가이다. 1세대 문학에서는 모국으로의 '귀환의 신화'[1])를 간직한 채 민족의식이 강하게 묻어난 작품들이 주류를 이루

---

1) William Safran, "Diaspora in Modern Societies: Myths of Homeland and Return", Diaspora, Vol. 1, 1991, pp.83-99(귀환의 신화를 화두로 디아스포라에 대해 선구적인 연구를 전개한 사프란은 디아스포라를 '국외로 추방된 소수집단 공동체'로 규정하였다). 최근에는 왈벡(Östen Wahlbeck, "The Concept of Diaspora as an Analytical Tool in the Study of Refugee Communities", Journal of Ethnic and Migration Studies, Vol. 28, No. 2, 2002, pp.221-238)처럼 디아스포라를 분석적 도구이자 이념형으로 간주해야 한다는 의견에 그 동안의 논의들이 수렴되고 있다. 브루베이커(Rogers Brubaker, "The 'Diaspora' Diaspora", Ethnic and Racial Studies, Vol. 28, No.1, 2005, pp.1-19)는 디아스포라라는 개념 자체가 디아스포라

었다면, 2세대 문학에서는 민족이나 조국보다는 국적의 현실에서 비롯된 열등의식과 그 좌절을 재현한 작품이 상당수에 이른다. 반면, 3세대 문학에서는 귀환의 신화가 환상임을 인정하고 일본 정주의 현실을 받아들임으로써 일본사회의 이방인이자 주변인인 재일한인의 실존 양상을 형상화하려는 것이 일반적 현상이다. 3세대 작가군의 한 사람인 유미리는 재일한인의 특수성보다는 사회의 축소판인 가족의 해체와 주변인의 실존을 보편적 차원에서 다루어 왔다.

유미리에게 있어 가족과 주변인에 대한 응시는 소설적 관심이 아니라 실존과 직결되어 있다. 재일한인이라는 이유로 학교에서 집단 따돌림을 당하면서 유미리는 초등학교 4학년 때부터 자살을 생각하기 시작했고, "현실로부터 버림받지 않고 세계와 어긋나지 않기 위해 글을 쓰게 되었다"[2]고 한다. 부모의 불화와 이혼, 이산된 가족생활, 가출, 학교에서의 자퇴, 자살 시도 등의 시련 속에서도 유미리를 살아남도록 지탱한 힘은 바로 살기 위해서는 글을 써야 한다는 자각이었다. 말하자면, 서사를 만들어가는 가운데 재일한인 유미리는 일본사회의 현실과 조우할 수 있었던 것이다. 이러한 맥락에서 볼 때, 가족의 해체와 주변인의 실존에 관한 글쓰기는 유미리의 재일한인으로서의 정체성과 긴밀하게 결부되어 있다고 할 수 있다. 이러한 가능성을 확고하게 뒷받침해 주는 작품이 『8월의 저편』이다.

되었다면서 그것을 하나의 관용어로 사용해야 한다고 주장하였다. 현대사회에서는 자신의 모국 내에서 정치·경제적, 사회·문화적 이유로 더 이상 정상적인 삶을 영위할 수 없기에 이주를 선택한 많은 수의 난민과 추방자들이 자신들을 디아스포라로 여긴다. 한국의 경우, 디아스포라는 일반적인 성격에서는 외국의 여러 사례와 유사하지만 내부적으로는 보편적인 이론적 틀로는 설명될 수 없는 특수한 상황의 산물이라고 할 수 있다. 따라서 재일한국인과 같은 한국인 디아스포라에 대한 문제는 분단과 전쟁 그리고 좌우를 가르는 이데올로기적 관점에서, 즉 거시적 차원과 미시적 차원을 포함한 구체적인 사례 중심으로 논의되어야 할 것이다.

2) 柳美里, 『水邊のゆりかご』, 角川書店, 1997, p.88.

『8월의 저편』3)은 유미리가 외할아버지인 마라토너 양임득(이우철 분)4)을 주인공으로 하는 자전적 이야기를 소재로 삼고 있다. 그는 4대에 걸친 애증의 가족사를 격동의 현대사와 교직(交織)해서 서사함으로써 일제강점기, 해방, 한국전쟁, 4·19 혁명 등 역사의 소용돌이에 휘말려 한(恨)을 품은 채 이름 없이 죽어간, 주변인에 대한 가슴 아픈 사연을 풀어내었다. 이처럼 유미리가 역사에서 소외된 사람들을 기억해내어 대화를 시도하고자 하는 것은 자신의 디아스포라적 위치를 설명할 수 있는 중요한 실마리를 제공하기 때문이다.

죽은 사람은 살아있는 사람의 목소리를 통해서만 재현된다. 물론, 목소리는 기억에 의존하고 있다. 현재적 관점에서 거슬러 올라가는 하나의 사건에 대한 기억은 특정한 시공간을 점유하고 있으며, 기억의 요건인 되살리기 과정에는 반드시 타인 또는 타인의 기억이 개입되어야 한다는 점에서 기억은 사회적 사실이다. 구체적으로 말하면, 개인의 기억(individual memory)은 타인의 존재를 필요로 하며 일정한 시공간이 제한된 집단 속에 이루어진다는 의미에서 집합기억(collective memory)5)이라고 할 수 있다. 지극히 개인적인 기억이라도 사회적 지

---

3) 『8월의 저편』은 한일 언론사상 처음으로 『동아일보』와 『朝日新聞』에 공동으로 연재한 장편소설이다. 유미리는 연재를 앞두고 "외할아버지의 이야기는 제가 소설가로 데뷔할 때부터 염두에 두었던 소재입니다. 먼 길을 돌아 다시 출발선에 선 기분입니다."며 이 작품을 통해 한국과 일본, 재일한인의 과거, 현재, 미래를 이야기하고 싶었다며 집필에 임하는 마음을 밝혔다(『동아일보』, 2002년 4월 15일자, 「유미리 장편소설 '8월의 저편' 18일부터 연재 시작」).

4) 양임득(1912-1980)은 유미리의 외할아버지로서 베를린 올림픽에서 월계관을 썼던 손기정을 잇는 유력한 마라토너 중의 한사람이었다. 유미리의 디아스포라적 위치는 일제강점기 징병과 해방 후 이데올로기를 피해 일본으로 밀항했던 양임득의 이산으로부터 비롯된 것이다. 『8월의 저편』은 유미리가 양임득과 관련된 사건들을 현지 조사와 자료 분석에 의해 꼼꼼하게 검증한 후 서술하였는데, 이런 과정 속에서 유미리는 양임득을 통해 한국사회의 디아스포라적 현실을 구체적으로 반영할 수 있었다.

5) 기억 일반에 대한 본격적 논의와 체계적 연구의 장을 연 사람은 사회학자 모리스 알박스(Maurice Halbwachs)이다. 알박스는 『기억의 사회적 맥락』(1925)에서 언어와

평으로 바라보면 집합기억인 것이다.

개인적인 기억은 구체적인 장소와 공간을 매개로 하여 표출되거나 기억된다. 역사적 기술이 연대기적 시간대 속에서 일목요연하게 '기록'된다면, 기억은 특정한 공간과 사건 및 구체적 혹은 가상적인 인물을 매개로 과거를 '서사'한다는 특징이 있다. 하지만 과거의 사건들이라고 하더라도 그 사건들의 근친성 혹은 유사성에 따라 객관적으로 연상되거나 서사되지는 않는다. 기억은 그 기억을 드러내는 개인적인 입장과 경험에 따라 서사의 내용과 맥락이 달라지더라도 기억의 회상은 공간이라는 사회적 틀에 의존한다.6) 개인적인 기억이 단순한 추상에 불과하여 사회적인 맥락에서는 무의미할 수도 있겠지만, 공간적인 틀을 매개로 서사되는 기억은 집단의 정체성과 연결된다는 점에서 집합기억이다.

역사적 경험과 관련된 기억은 사회적 정체성의 수원지이기도 하다. 집합기억으로 재현되는 정체성은 현실의 주관적 표상이요 구성이다. 현재의 정체성에 맞추기 위해서 기억이 끊임없이 수정된다. 기억과 정체성은 매우 선택적으로 조정되고 각인되어 특수한 이해관계와 이데올로기적 입장에 복무하게 되는 일이 종종 생기는데7) 이런 경우에는 민족

기억, 과거의 재구성, 회상의 지역화 등의 논제와 함께 가족, 종교집단, 사회계급, 직업집단들의 집합기억과 집단적 전통의 문제를 두루 다루었다. 그는 집합기억에 관한 연구 성과물을 계속 발표하였으나 사람들로 하여금 별 관심을 받지 못하다가 그의 사후 4년 뒤, 1950년에 그의 유고들이 편집되어 『집합기억』(1950)이라는 단행본으로 출간되었다. 이 책이 1980년에 영문으로 번역 간행되면서 비로소 집합기억에 대한 관심이 일기 시작하였다. 80년대 후반 경부터 사회과학의 여러 분야와 역사학 쪽에서 알박스의 기억사회학적인 연구 성과에 힘입은 방법론적 논의와 사례연구들이 발표되었다. 역사학에서 집합기억의 연구가 활성화된 것은 주로 프랑스 아날학파의 제3, 4세대 연구자들에 의해서였는데, 집합기억은 소규모 귀속집단의 정체성 확인 작업인 '뿌리 찾기' 운동의 대두와 구술사(oral history)의 출현을 가능케 한 원동력이 되었다(김영범, 「집합기억의 사회사적 지평과 動學」, 『사회사 연구의 이론과 실제』, 정신문화연구원, 1998, pp.164-166).

6) 김영범, 「알박스(Maurice Halbwachs)의 기억사회학 연구」, 『사회과학연구』, 제6집 3호, 대구대학교, 1999, p.584.

적 정체성 또한 점검해야 할 필요성이 대두된다. 『8월의 저편』처럼 일제 강점으로 인한 식민지적 경험, 분단과 전쟁으로 야기된 한국의 현실, 그리고 디아스포라로서 이국에 거주하고 있는 재외한인들의 정체성을 디아스포라 지식인/작가 자신의 입장에서 다루고 있는 작품은 흔치 않다. 디아스포라적 경험과 상흔, 그리고 고향이라는 공통의 기억을 매개로 역사 속에 매몰되었던 주변인들의 존재 및 작가 자신을 포함한 가족의 디아스포라적 정체성을 드러내고 있다는 점에서 『8월의 저편』은 이산된 가족사를 담은 디아스포라 문학의 입장에서 바라보아야 할 필요가 있다. 디아스포라 문학이 의미 있는 것은 '낯선 사람'의 시각으로 '우리'의 민족 정체성을 엿볼 수 있는 프리즘이기 때문이다.

기억은 서사를 통해 표출되기에 작가가 이야기를 풀어내는 과정 속에는 작가 자신의 직접 경험 및 주변사람들의 간접 경험들, 그리고 이런 경험들에 대한 평가가 녹아 있다. 『8월의 저편』은 제목 자체에서 알 수 있듯이 '8월'(8·15 해방)이라는 과거의 시간과 이곳이 아닌 '저편'이라는, 즉 '지금 여기'와 다른 시공간 속에서 발생한 역사적 경험을 여러 사람들의 목소리를 통해 하나의 서사로 엮어 내고 있다는 점에서 기억 방식의 한 표본이라고 할 수 있다.8)

이 글에서는 『8월의 저편』9)을 연구 대상으로 하여 가족사와 현대사

---

7) 위의 글, p.194.
8) 유미리의 소설 일본어판 제목이 '8월의 끝'(8月の果て)이라는 것은 일본 쪽에서 바라보면 식민침탈의 문제가 8월 15일로 끝났다는 의미일 수도 있지만, 한국어판 제목이 '8월의 저편'인 것은 한국의 입장에서는 일본의 식민지배라는 역사적 경험이 시공간상으로 계속 이어지고 있다는 뉘앙스를 담고 있다.
9) 이 글의 연구 대상인 『8월의 저편』은 2002년 4월 18일에서 2004년 3월 17일까지 『동아일보』에 연재했던 소설을 묶어 동아일보사에서 2004년 8월 15일에 단행본으로 출간한 한국어판을 텍스트로 삼았다. 『朝日新聞』에 연재했던 소설은 신쵸샤(新潮社)에서 한국어판과 같은 날 『8月の果て』이라는 제목으로 발행되었다. 이 글은 구체적인 연구 진행을 위해 일본어판도 참조하였는데, 한국어판에는 취재협조자 명

가 교직된 서사의 전체적인 구조를 분석한 다음, 기억의 사회적 틀인 공간과 시간을 통해 작중인물들의 경험들이 기억되고 있는 방식과 그 기억들을 작가가 어떤 통로로 드러내고 있는지를 구체적으로 살펴보고 자 한다.

2 서사의 역사

유미리는 1984년 '도쿄 키드 브라더즈'에 입단하여 극작가, 연출가로 활동하였다. 1993년 「물고기의 축제」란 희곡으로 기시다상을 수상할 만큼 극작가로 왕성하게 활동하던 그는 1994년 「돌에 헤엄치는 물고 기」를 발표함으로써 소설가로 등단하였다. 이후 유미리는 「풀하우스」 (1995. 5), 「콩나물」(1995. 12), 「가족시네마」(1996. 12) 등의 소설에서 가족의 해체를 소재로 한 작품들을 줄곧 다루어 왔다. 가족의 붕괴로 인한 고독한 개인의 모습을 담아내던 그는 『타일』(1997), 『골드러시』 (1998), 『여학생의 친구』(1999) 등의 장편소설에서 자폐적인 심리증상, 청소년 범죄와 폭력, 원조교제 등, 일본사회가 안고 있는 여러 가지 병 리적 현상들을 형상화하였다. 자폐적인 현대인, 폭력적인 청소년, 원조 교제의 여학생 등이 주인공으로 등장하는 작품들은 재일한인 일본사회 에서 점차 가속화되고 있는 가족의 위기를 투영하던[10] 유미리의 이전 작품들과 그 맥을 달리하고 있다. 요컨대, 유미리는 제도화된 사회의

___

단과 참고문헌, 영상 자료, 기타 자료 등이 실린 부록이 누락되어 있고, 28장 <셔 플>에서는 영어 표기가 삭제된 부분도 있기 때문이다.
10) 유숙자, 『在日 한국인 문학 연구』, 월인출판사, 2002, pp.137-138.

중심, 즉 주류에 편입될 수 없어 스스로를 고립시키고 피폐화하는 주변인들에 관심을 기울이면서 재일한인 가족을 아우르는 사회적 현실에 주목한 것이다.

유미리는 먼저 극작가로 창작활동을 시작하였다. 그는 「물고기의 축제」로 기시다 희곡상을 받아 일본 문단계로부터 실력을 인정받았지만 이후 소설로 창작활동의 무대를 바꾼다. 그는 1994년 첫 소설 「돌에 헤엄치는 물고기」를 발표함으로써 장르 전환의 기점을 마련했는데 1996년에 「풀하우스」로 이즈미 교카상과 노마 신인문학상을, 1997년에는 「가족시네마」로 아쿠타가와상을 수상하였다. 유미리는 "일본어로 말하는 증오라든가 분노는 쉽게 무대화할 수 있지만 '한'(恨)이라는 자신에게 엄습해 오는 것, 일상에서 쌓인 한을 어떤 식으로 풀고 초월해 나가는가 하는 부분은 소설로만 가능하다"[11]면서 연극에서 소설로의 선회 이유를 들었다. 다시 말하면, 소설이야말로 자신의 문학적 주제인 한의 초월을 이야기할 수 있는 장르라는 것이다. 한의 초월을 형상화할 수 있는 소설 장르에 대한 유미리의 인식은 『8월의 저편』에 구체적으로 시도되었다.

『8월의 저편』은 총 30장으로 이루어져 있다. 전체를 이루는 30장[12]

---

11) 李恢成・柳美里 對談, "家族, 民族, 文學", 『群像』, 1997. 4, p.139.
12) 한국어판 『8월의 저편』(동아일보사, 2005)은 상・하권으로 되어 있다. 총 30장 중, 17장의 <손기정 만세! 조선 만세>까지가 상권이며 나머지 13장은 하권에 속한다. 30장의 각 제목은 다음과 같다. <1. 잃어버린 얼굴과 무수한 발소리>, <2. 42, 195 킬로미터 4시간 54분 22초>, <3. 1925년 4월 7일>, <4. 아리랑>, <5. 밀양강>, <6. 초이레>, <7. 삼칠일>, <8. 백일잔치>, <9. 돌잡이>, <10. 1929년 11월 24일>, <11. 바람 속의 적>, <12. 전안례(奠雁禮)>, <13. 몽달귀신>, <14. 강의 왕자>, <15. 입춘대길>, <16. 1933년 6월 8일>, <17. 손기정 만세! 조선 만세!>, <18. 명멸>, <19. 아메 아메 후레 후레 ①>, <20. 낙원으로>, <21. 1944년 3월 3일>, <22. 낙원에서>, <23. 1945년 8월 15일>, <24. 잃어버린 계절>, <25. 귀향>, <26. 목격자>, <27. 아메 아메 후레 후레 ②>, <28. 셔플>, <29. 영혼 결혼식>, <30. 8월의 저편> 등이다. 본 논문에서 인용문을 제시할 때, 상, 하 다음에 표

은 크게 세 부분으로 나눌 수 있다. 1장과 2장, 3장에서 27장, 그리고 28장에서 30장이 그것이다. 1장과 2장은 프롤로그에 해당하는 부분이며(①), 3장에서 27장까지는 연대기식으로 서술된 본격적인 이야기 부분이고(②), 28장에서 30장은 에필로그에 해당된다(③).13) ①과 ③은 ②에서 일어난 일련의 갈등들을 해소하여 화합하는 중요한 문학적 장치이다. 또한 ①의 1장, 2장은 ③의 29장, 30장과 병치되는 긴밀한 관계에 있다.

 1장 <잃어버린 얼굴과 무수한 발소리>는 손녀딸 유미리가 굿을 벌여 이우철의 혼을 불러내어 그의 한을 풀어내는 이야기이다. 무당 세 명과 박수 한 명이 "마하반야바라밀다 밀양면 내일동 75번지 이우철 아재아재바라아재"를 외치면서 외할아버지의 혼을 불러 씻김굿을 진행하고 있는 동안, 다른 가족 구성원들 및 김영희의 혼까지 불려나와 유미리와 만나게 된다. 밀양이 동향인 김영희를 제외한, 지인혜, 안정희, 김미영, 후사코, 이우근 등은 이우철의 가족이다. 말하자면, 이우철이 그들을 기억할 수 있게 하는 접촉점인 것이다. 유미리는 무당의 제안대로 장례도 제대로 못 치룬 김영희를 이우근의 색시로 맞아들이는 사후 결혼식을 거행함으로써 김영희를 한사람의 가족으로 인정하게 된다. 그러므로 29장 <영혼 결혼식>은 1장 <잃어버린 얼굴과 무수한 발소리>와 형식적 차원에서 뿐만 아니라 의미적 차원에서 긴밀하게 얽혀 있다. 1장에서 이우근과 김영희 '두 사람의 혼이 부부가 되어 밀양으로 돌아와 가족을 지키는 조상신'이 되어 줄 것이라는 무당의 말이 29장에서 실현되고 있는데, 이것은 이우근과 김영희가 제사의 대상, 즉 기억해야 할 존재가 되었음을 의미한다.

 기된 숫자는 이 책의 쪽수를 나타낸다.
13) 편의상 세 부분을 ①, ②, ③으로 구분해서 논의를 전개하고자 한다.

2장 <42,195킬로미터 4시간 54분 22초>에서 유미리는 2002년 3월 17일 동아국제마라톤대회에 출전하여 완주한 경험을 서술하였다. 유미리는 마라토너였던 외할아버지와 조우하기 위해 씻김굿을 한 후, 다음 날 새벽 곧 바로 밀양에서 서울로 올라와 마라톤대회에 참가하였다. '42,195킬로미터'를 '4시간 54분 22초'에 완주하는 동안, 그는 도쿄 올림픽이 무산된 1940년부터 징병과 조국과 가족으로부터 도망쳤던 할아버지처럼 자신도 집, 학교, 친구, 연인으로부터 도망치려 했던 과거를 떠올리며 자신을 반성한다. 외할아버지가 달리면서 늘 그랬듯이 "큐큐 파파 큐큐 파파" 호흡 소리를 내면서 뛰던 유미리는 어느 순간 외할아버지와 나란히 뛰고 있는 자신을 발견한다.

언젠가 침묵의 벽이 무너진다면 그 터널을 빠져나가고 싶었어요 큐큐 파파 그런데 아들이 태어나서 그 벽을 무너뜨려야만 하게 되었어요 터널 저편 끝까지 가서 그곳에서 본 것을 아들에게 얘기해 주고 싶어요 큐큐 파파 큐큐 파파 할배! 찾을 수 있을까요? 시체가 묻힌 곳을 찾아 땅 냄새를 맡는 개처럼 큐큐 파파 나는 이을 수가 있을까요? 산산이 부서진 뼈를 큐큐 파파 나는 들을 수가 있을까요? 재갈을 물린 채 살해당한 사람들의 언어를 큐큐 파파 큐큐 파파 할배! 나는 할 수 있을까요? 땅을 뒤흔드는 전쟁의 굉음을 전할 수가 추궁당하기 전에 대답할 수가 불타오르는 거리를 끝까지 달릴 수가 한을 품고 가라앉은 혼을 아침처럼 환하게 웃게 할 수가 큐큐 파파 큐큐 파파 할배! 나는 당신의 발소리가 메아리치는 터널을 더듬더듬 빠져나갈 수 있을까요? 큐큐 파파 큐큐 파파 할배!
귀여운 내 새끼야! 너는 내가 이름을 지어주었으니 자기 이름을 불러보거라 큐큐 파파 큐큐 파파
유미리
길을 잃었거든 몇 번이고 외치거라 너 이름을 큐큐 파파 큐큐 파파 유미리 이야기는 아무 준비 없이 시작하거라 큐큐 파파 어쩌다가 잘못 튀어나온 것처럼 자 터널을 빠져나간다! 얼굴을 빛으로 향하고 하나 둘 하

나 둘 하나 둘 하나 둘!
터널을 빠져나오자 그림자는 줄어들어 있었다.(상: p.76)

외할아버지의 영혼과 만난 유미리는 그에게 60년이 지난 지금의 시점에서 "재갈을 물린 채 살해당한 사람들의 언어", 즉 역사에 기술되지 못한 채 한을 품고 죽은 사람들의 목소리를 자신이 서사할 수 있는지 묻는다. 타향 땅 일본에서는 침묵의 벽이 터널 앞의 입구와 출구를 막고 있는 바람에 유미리는 터널 저편 끝인 '그곳'에서 본 것을 이야기할 수 없었다. 하지만 아이가 생긴 '지금' 유미리는 침묵의 벽을 혼자서 무너뜨려서라도 "터널 저편 끝까지 가서 그곳에서 본 것을 아들에게 얘기해" 줌으로써 "한을 품고 가라앉은 혼을 아침처럼 환하게 웃게 하고" 싶어 한다. '자신은 한국 사람이고 아들은 일본 사람인'(상: p.67) 디아스포라적 현실에서 비롯되는 정체성 문제를 해결하지 않는 한, 과거, 현재, 미래 그 어디로부터도 자유로울 수 없기 때문이다. 유미리는 '지금 여기'서 '그때 그곳', 즉 과거와 만나지 않으면 안 되는 것이다. 터널을 빠져나오자 외할아버지의 목소리는 더 이상 들리지 않았지만, 바로 이때, 유미리는 자신이 뛰는 "42,195킬로미터의 길"에서 외할아버지 이우철, 즉 "열두 살 소년이 달리기 시작"한 '그때 그곳'으로 되돌아갈 수 있었다. 그리고 유미리는 외할아버지가 달렸을 때처럼 "큐큐 파파 큐큐 파파", 호흡소리를 내면서 쉼 없이 기억으로의 여정을 서사한다. 마침표와 쉼표를 생략하고 단락을 길게 이어가는 실험적 글쓰기는 바로 이러한 점을 내포하고 있다. 그러므로 마지막 30장 <8월의 저편>과 2장 <42,195킬로미터 4시간 54분 22초>의 병치(倂置)는 요컨대 유미리가 기억해 내려는 터널의 저편, 즉 8·15 해방의 저편 끝에 도달하려면 과거와의 대화 없이는 불가능하다는 것을 암시하는 중요한 문학적 기법이다.

2장 <42,195킬로미터 4시간 54분 22초>와 30장 <8월의 저편>은 또한 1장 <잃어버린 얼굴과 무수한 발소리>와 29장 <영혼 결혼식>과 병치되어 있다. 이와 같은 병치에 의한 의미 읽기가 『8월의 저편』의 전체적인 의미로 수렴되려면 28장 <셔플>에 대한 이해 없이는 어렵다. 28장 <셔플>은 제목에서 암시하고 있듯이 본문의 장(②), 그러니까 주요 스토리 라인에서 소외된 사람들의 목소리가 섞이듯 기술되어 있다. 이 장은 14개의 절로 나뉘어져 있는데, 각 절마다 제목이 달려 있다. 인물들이 자신들의 신세를 늘어놓는 듯한 타령조 진술은 '한'을 토로하는 넋두리에 가깝다. 예컨대, <지팡이의 여왕>과 <성배의 여왕>에서는 안정희와 후사코의 넋두리가 음식을 하는 동안에 대비적으로 진술되어 있어, 갈등관계에 있는 두 사람의 목소리가 생생하게 재현된다.

전체적으로 보면, 『8월의 저편』에 삽입된 민요나 가요 등은 본문의 이야기(②)와 '한의 씻김'의 굿판(①, ③)을 긴밀하게 연결하고 있다. 「밀양아리랑」, 「시집살이 노래」, 「쾌지나 칭칭 나네」 등의 민요와 「독립가」, 「빈대떡 신사」, 「수선화」 등의 가요의 삽입은 이우철의 가족사가 민족사와 맞물려 있음을 함축하게 된다. 한민족의 성향에 뿌리를 두고 있는 민요나 가요는 집합기억을 환기할 수 있는 방식으로, 모든 집합기억은 시간과 공간을 뛰어 넘어 집단 구성원들의 지지를 받는다는 점에서 사회적 통합 기능을 지니기 때문이다. 한 집단의 구성원들이 공유하는 기억이 있고 그것을 통해서 집단의 정체성이 확인되는 것이다. 『8월의 저편』에 삽입된 민요나 가요는 물론, 밀양 지역에서 구두 전승되는 아랑의 전설 등은 집합기억과 일상적 경험이 어우러져 독자로 하여금 인물들의 정체성을 탐색할 수 있도록 하는 중요한 삽입

장르들이다.

민요나 가요에 의한 집합적 기억과 씻김굿·명혼의 연극적 장면의 긴밀한 형식적 관계는 저항과 고통의 역사적 경험을 공유하고 있는 개인들을 집단으로 묶는 하나의 장치이다. 유미리는 소설 외적인 장치를 통해 '역사'의 저편에 있는 억울하게 죽은 사람들과 '가족'의 저편에 있는 한 맺힌 사람들을 기억함으로써 그들의 존재를 통해 한인의 한(恨)을 서사의 장(場)에서 초월하고자 시도하고 있다.

3 공간과 집합기억

『8월의 저편』에서 일본을 거주지로 하는 주인공 유미리는 외할아버지의 고향인 밀양이라는 '공간'을 찾아와 마라톤이라는 구체적 '사건'을 통하여 외할아버지 이우철이라는 '인물'과 연계된 가족 혹은 주변사람들의 잊혀진 기억을 굿이라는 형식을 빌려 이야기하고 있다. 고향이라는 특정한 공간 밀양을 그리워하면서도 되돌아갈 수 없는 디아스포라적 상황과, 가족이지만 한 장소에 거주하지 못하고 여러 공간에 산포될 수밖에 없었던 가족 구성원들의 상흔과 경험을 『8월의 저편』에 담고 있는 것이다.

기억의 사회적 틀 가운데 가장 안정적이고도 확실한 과거상을 유지시켜 주는 것은 공간이다. 공간은 명확한 뜻과 의미를 획득함에 따라 장소로 전환되는데,14) 고향은 중요한 유형의 장소이다. 일반적으로 사

---

14) 이-푸 투안, 구동회·심승회, 『공간과 장소』, 대윤, 2005, p.219.

람들은 고향을 세계의 중심으로 간주하는 경향이 있으며, 그곳을 정감 어린 기록의 저장고이자 현재에 영감을 주는 장소[15]로 여긴다. 유미리 또한 이러한 입장에 있다. '아름다운 마을'이라는 뜻을 지닌 '미리(美里)'라는 이름은 외할아버지 고향 밀양의 옛 이름 '미리벌'에서 따왔다. 자신이 살아있는 동안 생명체처럼 따라 움직이는 유미리(柳美里)라는 이름은 한국 국적을 지닌 그에게 외할아버지와 마찬가지로 밀양이 고향이 되는 셈이다. 즉, '밀양'은 유미리에게 기록의 저장고이자 역사적인 장소가 되는 것이다.

『8월의 저편』에서 유미리는 밀양이라는 장소를 통해 외할아버지의 한(恨)뿐만 아니라 폭력의 역사로 점철된 일제강점기와 해방 시기에 혹독한 시련을 감내해야 했던 밀양 사람들의 기억들에 주목한다. 역사의 주변인이요, 피해자 집단이 된 무명의 사람들이 기억하고 해석해 온 역사를 재구성하기 위해 유미리는 네 차례나 한국을 찾았다. 그는 서울과 밀양 등지에서 외할아버지의 지인을 수소문하여 치밀하게 취재했으며, 『한국의 민속대계3—경상남도』부터 『조선민요사』, 『조선가요사』, 『종군위안부』, 『독립운동사』, 『김원봉 연구』에 이르기까지 120권에 달하는 문헌들을 읽었고, 『다큐멘터리 진도』와 『대하드라마 토지』 등, 근대사를 주제로 한 TV드라마 녹화테이프를 100여 시간 분량이나 입수하여 꼼꼼하게 보았다.[16] 유미리는 이처럼 현지 조사와 자료 분석, 즉 기억과 기록을 통해 과거와 만나고 있다.

『8월의 저편』에서 본문에 해당하는 이우철의 가족사는 3장 <1925년 4월 7일>부터 시작된다. 1925년 4월 7일은 이우철의 동생 이우근이 출

---

15) 위의 책, p.247.
16) 유미리는 취재에 협력한 사람들의 명단과 참고문헌, 영상 자료, 기타 자료 등을 단행본을 발행할 당시(2004년 8월 15일)자세하게 기술하였는데(柳美里, 『8月の果て』, 新潮社, 2004, pp.826-832 참조), 한국어판에는 누락되어 있다.

생한 날이다. 그리고 이어지는 4장 <아리랑>과 5장 <밀양강>은 이우철과 이우근의 지역적 정체성을 함의하는 지표로, 아리랑은 밀양의 대표적인 노래이고 밀양강은 밀양을 휘돌면서 흐르는 유명한 강 이름이다. 밀양이라는 장소와 그 지역적 정체성을 표지하는 아리랑과 밀양강이 이우근이 출생한 이후 이야기되고 있다는 것은 그가 밀양이라는 사회의 구성원 중의 한 사람임을 뜻한다. 구체적으로 말하면, 그가 밀양사람들에게 집합기억의 대상이 된다는 것을 의미한다. 그의 아버지 이용하가 떠돌이 관상쟁이였다가 밀양에 정착하였다는 점을 미루어 볼 때, 지역사람들의 정체성을 이루는 아리랑과 밀양강이 지시하는 바가 크다. 공간적 이미지는 이렇듯 집합기억에서 중요한 역할을 담당한다.17)

『8월의 저편』에서 밀양은 작품의 배경일 뿐만 아니라 민족의 저항과 고통을 함축하는 장소이다. 밀양강 둑에서 여인네들이 분주히 미나리를 뜯고 있는데 누군가 밀양아리랑을 부르기 시작하자, 그들은 목소리를 맞추어 그 가사를 바꿔 부르는 가운데 일을 계속하였다. 밀양사람들은 밀양아리랑18)의 가사를 현실 반영적 가사로 바꿔 부르면서 자신들의 정체성을 확인하고 일제에 저항하는 의식을 키워나갔던 것이다.

> ㈎ 송림 속에 우는 새 처량도 하다/아랑의 원혼을 네 설워하느냐/아리아리랑 쓰리쓰리랑 아라리가 났네/아리랑 고개로 날 넘겨주소/영남루 비친 달빛 교교한데/남천강 말없이 흘러만 가네/아리아리랑 쓰리쓰리랑 아라리가 났네/아리랑 고개로 날 넘겨주소// 알록달록 색깔 고운 아랑각에

---

17) Maurice Halbwachs, The Collective Memory, New York: Harper & Row Publishers, 1980, p.130.
18) 밀양아리랑의 가사는 다음과 같다(날 좀 보소 날 좀 보소 날 좀 보소/동지섣달 꽃 본 듯이 날 좀 보소/아리아리랑 쓰리쓰리랑 아라리가 났네/아리랑 고개로 날 넘겨주소/정든 님이 오셨는데 인사를 못해/행주치마 입에 물고 입만 방긋/왜 왔던가 왜 왔던가 왜 왔던가/가마 타고 시집은 왜 왔던가/아리아리랑 쓰리쓰리랑 아라리가 났네/아리랑 고개로 날 넘겨주소(상: p.96 참조).

는/아랑의 원혼이 잠들어 있누나/아리아리랑 쓰리쓰리랑 아라리가 났네/
아리랑 고개로 날 넘겨주소(상: pp.96-97)

(내) 우리네 부모가 날 찾으시거든/광복군 갔다고 말 전해주소/아리아리
랑 스리스리랑 아라리요/광복군 아리랑 불러나 보세/광풍이 불어요 광풍
이 불어요/삼천만 가슴에 광풍이 불어요/아리아리랑 스리스리랑 아라리요
/광복군 아리랑 불러나 보세/바다에 두둥실 떠오는 배는/광복군 싣고서
오시는 배요/아리아리랑 스리스리랑 아라리요/광복군 아리랑 불러나 보세
/아리랑 고개서 북소리 둥둥 나더니/한양성 복판에 태극기 펄펄 날리네/
아리아리랑 스리스리랑 아라리요/광복군 아리랑 불러나 보세(상: p.100)

아리랑은 민족의 노래라고 할 대표적인 근대민요이다. 아리랑은 지
역과 관련되는 여러 종류의 아리랑이 있는데 밀양아리랑도 그 중 하나
이다. 정선아리랑, 강원도아리랑, 진도아리랑 및 서울과 경기 일원에서
유행한 신아리랑, 경기아리랑뿐 아니라 여러 곳에서 지역 명칭이 붙은
아리랑이 많다. 이것은 아리랑이 확산되면서 일어난 현상으로 보인다.
(가)는 '밀양'의 지역적 정체성이 물씬 풍기는 공간들을 표지하고 있어
밀양아리랑보다 더 <'밀양'아리랑>다운 민요라고 할 수 있다. 아랑,
영남루, 남천강, 아랑각 등은 밀양이라는 지역의 정체성을 이루는 중요
한 공간들이다. 또한 밀양아리랑은 '날 좀 보소'와 '정든 님이 오시는데'
같은 유흥적 가사로 인해 타 지역의 사람들도 많이 불렀다. 특히 만주
일대에서 활동한 독립군의 노래 가운데, 대표적인 광복군가가 밀양아
리랑의 곡조에 실어 불렸다는 사실은 흥미롭다. (내)의 가사가 그것으로,
일명 <광복군아리랑>이라고 한다. <광복군아리랑>은 밀양사람들뿐
아니라 전국에 많은 사람들이 불러 자신들의 질곡을 환기하면서 항일
의식을 키워나갔다. 밀양아리랑 곡조에 그 가사를 개작한 <광복군아
리랑>은 말하자면, 일제강점기 독립군의 지도적 인물 중에 영남 쪽 애

국청년들이 많았다는 점과 밀양아리랑의 경쾌한 리듬이 이미 널리 퍼져 유행하고 있었다는 점19)을 반영하고 있다.

밀양의 아낙네들이 밀양아리랑 곡조에 그 가사를 개작한 <'밀양'아리랑>과 <광복군아리랑>을 연달아 부른 후, 어제 형사한테 끌려간 쌀집 박씨 아들에 대해 은밀하게 이야기하기 시작한다. 박씨 아들이 의열단 연락책이었다는 것이다. 뒤이어 그들은 의열단 단원이었던, "밀양서에 폭탄을 던진 최수봉"과 "뒷간에다 일장기 버려서 퇴학 먹었던" 김원봉을 차례로 이야기한다. 말하자면, <광복군아리랑>이 밀양 출신의 항일운동가를 떠올리는 접촉점이 되는 것이다. 이우철의 혼 또한 밀양강 둑을 달리면서 <광복군아리랑>을 기억해 내는데, "노래가 몸 속을 휘몰아치는" 것은 세월이 흐른다고 노래가 이름처럼 낡아지는 일이란 절대 불가능하기 때문이다. 즉, 이우철이 죽어서 혼이 되어도 <광복군아리랑>, <'밀양'아리랑> 등을 잊을 수 없는 것은 이 민요들이 그의 정체성을 형성한 원동력인 까닭이다. 요컨대, <밀양아리랑>, <'밀양'아리랑>, <광복군아리랑> 등은 밀양사람들의 경험과 상흔을 집단적으로 기억하게 하는 집합기억이다. 수차례 인용되는 밀양아리랑은 『8월의 저편』의 공간적 배경인 밀양이라는 장소를 환기시킬 뿐 아니라 밀양사람들에게는 공통된 유대와 기억을 불러일으키는 통로이다. 이것은 물론, 집합기억을 표상할 수 있는 공간이 내재해 있기에 가능한 것이다.

이우철의 한(恨)은 민주애국청년동맹(민애청) 간부로 활동한 동생이 경찰의 총상으로 죽었지만 그 시신을 '밀양' 땅에 묻어주지 못한 안타까운 현실에서 비롯되었다. 한의 싹, 그것은 일제강점기에는 민족 해방

---

19) 밀양지편찬위원회 편, 『密陽誌』, 밀양문화원, 1987, pp.293-294.

을 위한 저항과 고통에서 비롯되었고, 해방 이후에는 흑백으로 경도된 이념 실현의 신념과 피해에서 야기되었다. 일제 강점과 분단으로 인해 민족이 강제적으로 이산되는 가운데 형성된 디아스포라적 상황은 한의 온상이었던 것이다. 이데올로기가 다름으로 해서 공산주의자 이우근은 총상을 입은 채 생매장을 당했으며, 유교 문화에 젖은 한국사회에서 문화적 포용성을 기대할 수 없었던 위안부 김영희는 부산으로 행하는 귀향선에서 바다로 뛰어들었다. 이우근이나 김영희가 해방이 되어도 고향인 밀양으로 돌아가지 못하는 디아스포라적 상황은 한국 현대사의 질곡을 반영하고 있다. 이로써 밀양을 자기의 정체성과 일치시키고 있는 이우근과 김영희가 자신들의 영토에서 강제적으로 이산된 현실은 민족성에 대한 진지한 반성적 성찰을 불러일으킨다.

반공체제에 부합된 조율된 기억, 즉 새로운 기억은 집단적 망각과 동궤에 있다. 따라서 편협한 이데올로기로 범벅된 민족성에 대한 구체적인 규명 없이는 주체의 정체성을 제대로 파악할 수 없는 일이다. 일제강점기에서 현대로, 밀양에서 일본으로의 시공간을 지닌 『8월의 저편』은 제대로 귀향할 수 없는 한인의 슬픈 현대사를 이우철의 가족사를 통해 보여주고 있다. 『8월의 저편』에서 시도되고 있는 한의 초월을 위한 씻김굿판은 이런 점에서 중요한 의미를 함축하고 있다. 일제강점기 독립운동의 일환으로 항일운동을 전개했지만 해방 후 강압적인 반공체제에 의해 학살당한 공산주의자들, 일본군 위안소로 연행되어 강제로 성폭행 당한 수많은 젊은 여성들, 그리고 축첩제도를 허용하는 가부장제 이데올로기에 의해 희생된 여성들을 기억할 수 있도록 유미리는 집단기억을 불러일으킬 수 있는 민요와 가요, 굿의 형식을 차용한 것이다.

4 시간과 가족

『8월의 저편』은 현대사와 가족사가 씨실과 날실처럼 짜여 있다. 일제강점기, 해방, 분단, 한국전쟁, 4.19혁명 등, 마치 세로로 놓인 역사적 사실이라는 씨실에 이우철의 일상이 날실처럼 가로 질러 엮어지는 짜임으로 구성되었다. 그렇다고 일제강점기, 해방, 분단, 전쟁 등, 역사적 사건들이 연대기적인 시간으로 명시되는 것은 아니다. 가족에 관한 기억들은 구체적인 사건과 인물, 그리고 경험을 중심으로 병치되는 가운데 이야기된다. 『8월의 저편』에서 유미리는 마라톤을 하면서 이우철을 만나고, 씻김굿을 매개로 이우철의 가족과 주변인들을 만난다.

굿을 통하여 유미리가 만난 이우철의 가족들은 죽음으로 육체를 잃고 모두 한 많은 혼이 되었다. 본처인 지인혜는 외동아들 신태의 죽음으로 방황하던 남편을 빼앗은 안정희와 김미영에 대한 원한이 깊고, 후처인 안정희는 남편 이우철이 일본으로 밀항하여 아들까지 낳은 일본인 후사코에게 한이 맺혔다. 유부남인줄 모르고 결혼한 후사코는 일본까지 쫓아와 남편을 차지한 안정희에게 미움의 골이 깊다. 그들의 한은 '한 명의 남편과 네 명의 아내'라는 가부장제적인 가족 구도에서 빚어진 것이다.

후사코는 본처 중심의 이우철의 가계도[20]에서 소외된 주변인이다.

---

20) '이우철의 가계도'는 한국의 남성 중심적 가부장제를 직접적으로 반영하고 있다. 지인혜는 본처였지만 나중에 이혼을 했기 때문에 일본인 처 후사코와 첩 김미영과 더불어 가계도의 오른쪽에 배치되어 있다. 지인혜는 이씨 집안을 이어갈 장남 신태를 낳았지만 8세가 되는 해 그가 사망하자 이 외중에 마음을 잡지 못한 이우철이 안정희와 정을 나누어 아들 신명과 신호를 낳았다. 결국 안정희는 아들 둘을 앞세워 지인혜를 이우철의 호적에서 파내고 아내가 된다. 이우철의 집안을 이어갈 '진짜' 가족은 이렇게 해서 안정희 계열의 자식들로 형성된다. 따라서 지인혜, 후사코, 김미영

후사코의 아들 '이신일' 또한 일본이나 한국, 그 어떤 호적에도 기록될 수 없는 주변인이다. 어머니 지인혜가 아버지에게 이혼당한 원인이 안정희에게 있다고 생각하는 '이신자'는 안정희에 대한 한이 깊은데, 그 또한 안정희 계열 중심의 가족 구성원에 속할 수 없다는 점에서 주변화된 인물이라고 할 수 있다. 이러한 맥락에서 볼 때, 28장 <셔플>은 ②와 ①, ②와 ③이 대화적 양상을 형성하면서 주변인을 기억케 하는 통로임을 알 수 있다. 신세를 늘어놓는 인물들의 목소리가 서로 얽혀 들어가 공명되는 타령조 서술은 독자로 하여금 씻김굿을 통해 되살아 온 혼들을 상기하면서 명혼의 굿판, 29장 <영혼 결혼식>에 참여하도록 이끈다.

8월의 어느 날, 밀양강 둑을 달리던 이우근은 '아메 아메 후레 후레' 노래를 부르며 친구들과 고무줄놀이를 하는 한 소녀와 만난다(19장 <아메 아메 후레 후레 ①>). 그 이후로도 달리기를 하다 두어 번 소녀와 눈이 마주친 이우근은 아침 일찍 기차를 타러 간다며 부리나케 삼랑진역으로 향하던 그녀를 길에서 우연히 만난 뒤로는 한동안 재회하지 못한다. 군복 공장에서 3년간 일하면 100엔을 벌 수 있다는 일본인 모집책의 꾐에 빠져 중국에 주둔해 있는 일본군의 위안소(20장 <낙원으로>)로 끌려간 사실을 알 리 없는 이우근은 밀양강을 달리던 도중 가끔 '아메 아메 후레 후레'라는 노래를 호흡처럼 속으로 부르며, 이름 모를 소녀를 기억하곤 한다(27장 <아메 아메 후레 후레 ②>). 하지만 소녀는 기차를 타기 전에 만난 그의 이름을 이미 알고 있다. 그녀는 '이우근'이라는 이름뿐 아니라 그가 달리기 선수 '이우철'의 동

등은 이우철의 가계에서 소외된 주변인들이다. 또한 아들은 낳았지만 본처가 아닌 탓에 후사코와 김미영 계열은 지인혜와 안정희 계열과 달리 실선이 아닌 점선으로 기술되어 있어 기록조차 되지 못한 존재임이 '이우철의 가계도'에 잘 나타나 있다. (상: p.7 참조).

생인 줄도 안다. 소녀는 일찌감치 이우근을 짝사랑하고 있었던 것이다. '낙원'이라는 간판이 걸린 위안소에서 '나미코'라는 이름으로 악몽 같은 끔찍한 날들을 보내는 동안에도(22장 <낙원에서>) 그녀는 자신의 이름을 누구에게도 말하지 않았었다. 소녀는 해방이 되어 고향으로 돌아가던 부산행 배 안에서 이우철을 우연히 만나 자신의 신세를 토로한 후에야 비로소, 바다로 뛰어들면서 자신의 이름을 내뱉는다. 사랑하는 이우근에게 말하지 못 했던 이름, 순결한 이름, '김영희'를 부르며 소녀는 자살한 것이다.

사랑하는 사람에게 당당할 수 없는 현실, 위안부가 된 수치를 견디지 못해 바다에 투신자살한 김영희와 진정한 자유와 개인의 전면적인 능력 발휘는 계급 없는 평등한 공산주의 사회에서만 가능하다는 신념으로 인해 생매장된 이우근의 한은 사회, 국가적 차원에서 비롯되었다. 개인적인 것이든 국가적인 것이든 그들의 한은 모두 유미리가 풀어 주어야 할 대상이다. '닻처럼 가라앉아 있는 가족의 혼', 외할아버지 이우철과 작은 외할아버지 이우근, 그리고 외할머니들 지인혜, 안정희, 후사코, 김미영 등은 물론, 김영희의 한 또한 씻어내야 하는 것이다. 이처럼 가족 구성원들의 한은 외할아버지 이우철을 통해 유미리에게 기억되는데, 특히 이우철의 한은 동생 이우근을 기억하는 가운데 재현된다. 기억의 시간이 '1925년 4월 7일', 즉 이우근의 출생일로부터 시작되는 것은 이러한 이유에서이다.

『8월의 저편』의 6장, 7장, 8장, 9장에서는 초이레, 삼칠일, 백일잔치, 돌잡이 등, 인간 일상의 관습적 의식인 통과의례가 이우근을 통해 제시되어 있다. 네 개의 장에서는 아기가 태어나 돌이 될 때까지의 시간적 흐름들이 가족의 일상을 통해 이야기되고 있는데, 이것은 '이우근'이 사람들에게 명명되는 존재임을 이름으로써 기억하는 데 필요한 기

간이다. 시간의 흐름 속에서 생물학적 개인으로서의 한 인간이 사회적
인 존재로서의 정체성을 획득하기 위해서는 그 사회에서 암묵적으로
혹은 명시적으로 통과해야만 하는 의례와 장치가 있게 마련이다. 초이
레, 삼칠일, 백일잔치, 돌잡이 등은 이우근이 가족의 구성원으로서 그
리고 사회적 존재로서 통과한 의례들이다.

하지만 이우근은 사회 구성원으로서의 성인이 반드시 통과해야만
하는 혼인식을 치루지 못하고 죽었다는 점에서 그는 '온전한' 인간으로
서의 의례를 통과하지 못했다고 할 수 있다. 즉, 조상이 될 수 있는 자
격을 얻지 못하고 이승에서 저승으로 떠도는 거리귀신으로 남아 있다.
이우근이 혼인 이전에 사망했다는 점, 즉 혼인식이라는 통과의례를 마
치지 못했다는 과거의 '사실'은 현재의 시점에서 기억의 형식으로 서술
되고 있다. 과거의 사실이 현재의 기억 속에서 표상되는 순간, 과거와
현재는 서로 이어진다. 그러므로 과거와 현재가 이어지는 29장의 <영
혼 결혼식>은 생매장 당한 이우근과 바다에 몸을 던진 김영희를 부부
의 연으로 묶는 사건뿐 아니라, 그들이 '가족의 조상신'이 되어 미래의
후손들에게 중요한 기억 대상임이 서술되었다는 점에서 의미 있는 부
분이다. 이처럼 죽은 자의 혼인은 기억과 현실을 이어주고, 죽은 자가
죽은 자와 연대되고, 산 자와 죽은 자 사이의 불편했던 관계가 가족의
연대로 실체화 되도록 한다.

유미리가 씻김굿 형식으로 도입하고 있는 사후 결혼식을 통하여 과
거의 사건 속에 묻혀 있던 산 자와 죽은 자에 대한 기억이 '현재'라는
시간과 '이곳'이라는 공간 속에서 구체적 현실이 된다. 이처럼 가족의
연대는 특정한 시간과 공간이라는 맥락 속에서 각 구성원이 존재감을
획득할 때 비로소 실체로서 그 의미를 부여받는다고 할 수 있다. 한편,
사회적 인간으로서의 한 개인의 존재는 이름이라는 기표로서 존재하

며, 그 개인은 누군가 이름을 불러주고 기억해 줌으로써 특정한 시공
간 속에서 의미를 획득한다. 이름을 불러주기 전까지 그 개인은 몰개
인적 존재에 지나지 않지만, 누군가 이름을 불러주는 순간 그 개인은
한 가족의 구성원 혹은 특정한 사회적 구성원으로 기억된다고 할 수
있다. 이름을 지닌 개인은 무수히 많은 개인들과 구별되며 동시에 그
들과의 관계 속에서 정체성을 획득하게 된다. 유미리는 시간 속에 매
몰되어 있는 개인의 존재를 드러내기 위해 다른 인물들 및 그들과의
사회적 관계를 동원하고 있다.

『8월의 저편』에는 외할아버지 이우철에 대한 기억이 어떻게 집합기
억이 되는지가 함의되어 있다. 유미리가 기억해 내고자 하는 외할아버
지는 사실상 그의 동생 이우근을 통하지 않고서는 무의미하다. 왜냐하
면 외할아버지가 끊임없이 기억하고자 한 대상은 공산주의자라는 이유
로 살해당한 동생이다. 이념이 다르다고 해서 집단학살을 당하거나 강
제 추방되는 바람에 디아스포라가 된 사람들은 많다. 예컨대, 외할아버
지 이우철은 강제 징집과 국민보도연맹 사건을 피해 일본으로 밀항하
여 디아스포라가 되었고, 작은 외할아버지 이우근은 이념으로 인해 이
승과 저승 사이를 떠도는 디아스포라이다. 이처럼 분단과 전쟁으로 생
긴 디아스포라의 존재는 그 동안 반공 논리에 부합되지 않으면 공식
역사에 기록되지 못한 채 망각되었다. 유미리가 주변인에 대한 기억을
되살리려는 것은 이러한 디아스포라적 현실을 통찰하여 기록하기 위해
서이다.

디아스포라는 강제적 혹은 비자발적 이산으로 비롯된다. 고향으로부
터의 이산은 이우철이나 이우근에게도 해당된다. 이우철은 징집을 피
하기 위해 밀양을 떠나 일본으로 밀항했는데, 이것은 근본적으로 보자
면 강제적 이산에 지나지 않는다. 그의 도피 이유는 일본 제국주의 징

집에서 비롯되었기 때문이다. 이우근은 공산주의자라는 이유만으로 해방 후 국민보도연맹원들 30여 명과 함께 집단적으로 생매장된 디아스포라이다. 이우근은 경남상고로 전학하자마자 구니모토 우곤이란 창씨개명의 일본식 이름을 버리고 '이춘식'(李春植)이라는 이름을 사용한다. 이춘식이란 이름은 이우근이 태어나기 전에 그의 형 이우철이 작명한 것으로 그는 이 이름으로 민애청에 가입하여 지도부로서 적극적인 활동을 전개하였던 것이다. 이춘식이란 "공산주의 혁명으로 모든 계급을 타파하고 모든 착취와 억압과 차별과 계급투쟁에서 해방되어 진정한 평화를 획득하면, 그 나무 아래서 다시 만난다는 희망이 담긴" 이름이었다. 일제에 맞서 싸워나갈 수 있는 이념은 공산주의를 통해서만 가능하다고 생각한 이우근은 그의 신념을 이름과 더불어 펼쳐 나갔지만, 해방 후 이데올로기의 다름은 이우근이 디아스포라적 상태에 휩싸이게 하는 어두움으로 작용한다.

유미리는 자신의 이름뿐 아니라 외할아버지와의 대면적 의사소통[21] 과 사진, 레코드 등을 통해 밀양을 기억하고 있다. 외할아버지에 관한 기억을 되살려 『8월의 저편』이라는 이름으로 재현하고자 하는 현재적 관심에서 유미리는 과거와의 대화를 시도한다. 기억을 재구성하는 과정에서 그는 체험자의 진술, 문헌기록, 보도기사, 영상매체 등과의 접촉을 통해 항일운동 출신의 좌익관련자의 활동은 망각되고 감추어진 채 영남루, 사명당 비각, 아랑의 전설, 밀양아리랑 등으로만 밀양의 정체성이 표상되고 있음을 알게 된다. 일제강점기 독립운동의 일환으로 공산주의 운동을 했던 사람들은 해방 후 국민보도연맹에 이름이 올라

---

21) 직접 겪어보지 못한 과거 사실도 집합기억의 소재가 될 수 있는데, 그것은 조부세대나 부모세대의 체험 역사가 손자 또는 자식으로 대면적 의사소통 경로를 통해 전달될 때이다(Maurice Halbwachs, 앞의 책, p.63).

대량학살을 당하거나 고향으로 돌아오지 못하고 이방인 채로 살아가는 운명에 처해졌다. 작은 외할아버지 이우근은 이러한 희생자 중 대표적인 인물이다. 이우근이 디아스포라가 된 것은 이처럼 역사적 사건에서 비롯되었다. 하지만 문제는 죽은 사람들이 디아스포라가 된 현실을 기록되지 못한 역사에서 어떻게 재현하느냐 하는 것이다.

이우철은 동생의 시신을 찾아 밀양 땅에 묻어주지 못한 탓에 죽는 날까지 한이 맺힌 채 살았다. 유미리가 '기억의 저편'에 묻힌 죽은 자들, 예컨대 이우근의 목소리를 재현하겠다고 다짐하자 외할아버지 이우철은 '삶과 죽음이 교차하는 그 순간의 자유'를 향해 바람을 가르며 달려 나간다. 그래서 '42,195킬로미터'의 길에서 시작된 『8월의 저편』의 글쓰기는 이우철이 열두 살 때 태어난, 동생 이우근의 출생일 '1925년 4월 7일'(3장의 제목)이라는 시간과 맞닿아 있는 것이다.

동생 이우근이 출생한 날짜는 알 수 있다. 하지만 그가 어디서 어떻게 누구에 의해 죽임을 당했는지 알 길이 없다. 그를 죽인 자가 누구인지를 알아야 시신의 행방을 찾을 수 있는데 말이다. "1941년 7월 13일 구니모토 신타 사망 장남 부 구니모토 우테쓰 모 이케가미 히토에(仁惠)"라고 적힌 것처럼 신태의 '죽음'은 증명할 수 있지만 이우근의 '죽음'에 대한 기록이 없으니 죽었다고 증명할 수도 없는 일이다. 그러나 사망 기록이 없다고 한들 이우근이 이 세상에 존재했었다는 사실을 부인할 수는 없다. 이우철이 "단기 4266년 6월 8일 이신태 아버지 이우철 어머니 지인혜"라며 장남의 출생일을 기억하듯, 8년 전에 태어난 동생 이우근을 '처음 두 팔로 안은 감격'의 날, '1925년 4월 7일'을 기억하지 않을 수 없기 때문이다. 물론, 이우근을 기억하고 있는 누군가가 이우철에 한정되는 것은 아니다. 살아있는 다른 누군가가 이우근을 기억하고 있다면 이우근은 '이름'을 지닌 사회구성원으로 존재했었던 것이다. 6장 <초이레>, 7장 <삼칠일>, 8장 <백일잔치>, 9장 <돌잡이> 등에서 보듯이 이 같은 의례는 이우근이 사회 속에서 존재했었다는 사실을 뒷받침하고 있다.

마을 사람들은 이우근이 태어난 '삼칠일' 동안 그의 아버지 이용하의 집에 고추와 숯이 달린 금줄을 보았고, 아기 '백일'을 맞아 운하목욕탕에 목욕하러 온 그의 가족들을 만났으며, 아들의 장수를 기원하며 그의 어머니가 거리에서 '돌떡'을 돌리는 장면을 목격하였다. 그 누구보다도 아기 이우근을 받은 일본인 산파 이나모리 키와는 그의 존재를 부정할 수 없다. 스스로도 밀양에서 "아마 2천명 이상의 아기를 받았을 것"이라는 이나모리 키와에게 '이우근'이라는 이름은 각인되어 있다. "조선의 가정에서는 아기의 첫 생일잔치에 아기를 받아준 산파를 모셔 정중하게 대접하는 풍속"이 있어 그녀는 이용하의 집에 초대되어 갔었다. 그날 사람들은 여러 가지 음식과 쌀, 돈, 국수, 대추, 붓, 벼루 등을 차려 놓고 아기에게 잡도록 하는 돌잡이를 하였다. 아기는 돌상 위에 차려진 미래의 물건들을 잡는 대신 자기를 받아준 산파의 무릎에 걸려 넘어졌다. 그때 아기는 자신을 번쩍 안아 올려 "생일 축하해요"라고 말하는 이나모리 키와의 입에 손을 집어넣고 웃었다. 이런 뜻하지 않은 상황을 통해 아기와 눈을 마주친 이나모리 키와는 2천여 명의 아기들 가운데 '이우근'이라는 이름을 기억할 수밖에 없었던 것이다.

그러므로 죽인 자들이 이우근을 죽이지 않았다고 할 수 있어도 그가 태어나지 않았다고는 말할 수 없다. 이처럼 3장 <1925년 4월 7일>은 6장의 제목으로 표지된 시간, 신태의 출생일 '1933년 6월 8일'과 맞물리면서 이름의 중요성을 함의하고 있다. 주변인들이 망각의 '이편'에 있더라도 그들을 기억하는 누군가가 존재하는 한, 혹은 누군가의 기억이 개입되는 한 그들의 존재는 실체화되는 것이다.

 **5 기억 속의 사람들**

죽은 자에 대한 기억은 죽은 자와 같은 시기에 활동했던 사람들 혹은 특정한 사건들을 통해 제시된다. 『8월의 저편』에서는 김원봉, 윤세주, 최수봉, 고인덕, 손기정, 변용환 등, 무수히 많은 실존 이름들이 등장한다. 김원봉, 윤세주, 최수봉, 고인덕 등은 밀양 출신의 항일운동가들이며, 손기정과 변용환은 마라토너이다. 역사성을 띤 이름들은 특정한 인물이나 사건을 제시하는 연결점이요, 역사적 사실들과 이우철의 가족사가 맞물리도록 하는 통로이다.

밀양에서 태어난 김원봉, 윤세주, 최수봉, 고인덕은 중국 상해에서 조직된 의열단의 단원들이다. 이우철은 가장 친한 친구 강우홍이 의열단에 들어가기 위해 상해로 떠나자 충격을 받는다. 우홍이 "죽을 만한 가치가 있는 일을 하고 싶다."며 강한 의지를 보이는데, 이때 이우철은 막연하게 달리기만 했던 자신을 뒤돌아보게 된다. 10장의 제목에서 보듯이 '1929년 11월 24일'이 중요한 이유는 그날 이후, 이우철은 '죽을 만한 가치가 있는 일을 하고 싶다'던 강우홍의 말을 떠올리면서 자신에게는 달리기만이 죽을 만한 가치가 있는 일임을 판단했기 때문이다.

17세에 지인혜와 결혼(12장 <전안례>)한 이우철은 여동생 소원이 물에 빠져 죽고(13장 <몽달귀신>), 아버지 용하는 단독으로 급사하며(14장 <강의 왕자>), 장남 신태마저 죽는(16장 <1933년 6월 8일>) 등, 불행이 잇따르지만 친구 우홍의 말을 기억하면서 달리기를 게을리하지 않는다. 1936년 손기정이 베를린 올림픽에서 마라톤 종목을 제패하자(17장 <손기정 만세! 조선 만세>) 이우철은 그에게 자극을 받아

분발한다. 손기정은 이우철에게 막연한 존재가 아니라 1931년에 함께 대회에 참가해서 대화를 나눈 바 있는 인물이자 라이벌이다.

> 때는 1931년 11월 조선신궁대회, 아버지가 돌아가신 해 겨울이었다. 나는 1만과 5천 미터에 출전했다. 1만 미터에서는 2위였는데, 5천 미터에서는 4위, 성적이 별로 좋지 않았다. 5천 미터에서는 평안남도 대표 변용한(邊龍煥)이 우승을 차지했다. 변과는 몇 번 겨룬 적이 있는데, 준우승을 한 청년은 처음 보는 얼굴이었다. (…) 같이 김밥 먹을라나? 괜찮나? 자, 묵자. 몇 살이고? 열아홉이다. 그라믄 몇 년생인데? 1912년. 나하고 같네. 너는 경상남도 어디서 왔는데? 밀양에서 왔다. 나도 본관이 밀양이다. 밀양 손씨다. 양반이네. 참 그라고 보니, 이름을 안 물어봤다. 너는 이우철이지? 어떻게 알았노? 저기. 아아, 게시판… 너는… 손기정. 하나 더 묵어라.(상: pp.405-407)

이우철은 1931년에 열린 조선신궁대회에서 손기정을 처음 만났다. 우승한 변용환과는 몇 번 겨룬 적이 있어 그의 실력은 어느 정도 가늠할 수 있었다. 하지만 신참인 손기정이 2위에 오르자 주목하지 않을 수 없었던 이우철은 그에게 김밥을 같이 먹자며 말을 걸었다. '1912년' 생 동갑인 그들은 '밀양'과도 서로 관련이 있어 금방 친해진다. 이우철이 '키가 커 속도를 올리면 앞발로만 뛰게 되니까 상반신이 뜬다'며 불만을 토로하자 손기정은 운동화 뒤꿈치에 납을 넣고 연습해 보면 어떻겠냐며 자기 생각을 제안하였다. 이우철은 그의 제안을 받아들여 납을 넣고 달리곤 하였다.

손기정이 1936년 베를린 올림픽에서 마라톤을 제패했다는 쾌보에 이우철은 감격해 한다. 하지만 생계를 책임져야 하는 자신의 처지를 떠올리자 이우철은 단신인 손기정이 부러워지는 것이다. 더군다나 베를린에서의 우승은 '손기정 만세'에 해당되는 문제가 아니라 '조선 만세'로 이어지는 중요한 일임을 절감한 이우철은 달리기에 매진한다. 손기정과 남승룡은 달리기로써 일제에게 짓밟힌 조선이란 나라를 세계만방에 알렸기 때문이다. 분발한 이우철은 이듬해 1937년, 조선신궁대회에 경남대표로 나와 5천 미터 장거리를 '15분 28초 4'로 뛰어 조선 신기록을 세웠다. 이우철은 "2천 3백만 동포의 마음을 해방시킨" 손기정을 기억함으로써 자신 또한 민족해방의 기점을 마련하는 마라토너가 되어야겠다는 신념을 실천하였다. 이로써 이우철은 손기정, 변용환과 더불어 사람들에게 기억되어야 할 마라토너가 되는 것이다.

이우철은 밀양강 둑을 뛰면서 매일 두 차례 달리기 연습을 하였다. 밀양강은 영남루, 표충사와 더불어 밀양을 대표하는 공간으로, 밀양은 유적지나 문화재로 유명하지만 민족 해방을 위해 저항한 인물들이 많이 배출된 곳이기도 하다. 일제강점기 조국의 독립을 위해 투쟁한 김원봉과 윤세주 등은 이곳 출신이다. 죽마고우인 김원봉과 윤세주는 중국으로 건너가 의열단과 조선의용대를 조직하여 일본군과 맞서 싸웠다. 그러나 그들의 항일 투쟁으로 인해 밀양에 남은 가족들은 일제 당국의 요주의 인물이 되어 고통의 나날을 보내야 했다.

해방 후, 이 같은 상황이 완전히 역전된다. 조선민족혁명당을 이끌고 귀향한 김원봉은 2년 만에 민족적 영웅에서 빨갱이로 낙인 찍혀 그의 남자 형제들은 김원봉의 동생이라는 이유만으로 모두 학살당했다. 그의 동생들은 마르크스의 저서를 읽은 적도 없고 데모 행렬에 참가한 적이 없는데도 죽임을 당한 것이다. 김원봉은 1948년 4월 18일부터 30일까지 평양에서 열린 '남북조선제정당·사회단체 대표자 연석회의(남북연석회의)에 김구, 김규식과 함께 참가한 후, 그 길로 월북하였다. 김원봉이 월북을 감행한 것은 신탁통치를 둘러싼 좌우익의 극심한 대립의 시점에서 좌익 쪽의 민전 공동의장으로 활동한 그로서는 어쩔 수 없는 선택이었다. 엄밀하게 말하면, 김원봉은 고향 밀양에서 강제 이산을 당한 셈이다. 남북연석회의에 참가했던 김구는 이후 암살당하고 말았다. "항일운동에 목숨을 바친 분이 동포의 손에 죽는" 비극적 현실이 한국 현대사의 한 맥락을 이루고 있는 것이다.

　김원봉, 윤세주, 최수봉, 고인덕 등은 모두 밀양 출신의 항일운동가로, 밀양이라는 장소가 이우철과 만날 수 있는 결절이 된다. 그렇다고 김원봉 등의 실제 인물들이 직접 서사공간에 나서는 것은 아니다. 그들의 존재는 모두 밀양사람들의 입을 통해서만 제시된다. 즉, 밀양사람들의 기억을 통해 회상되는 것이다.

　　약산장군(김원봉)은 축지법을 쓸 줄 아니께. 정말인가? 아이구, 내가 어디 거짓말하는 거 봤나? 언제였더라, 김원봉이 귀향을 했다고 누가 밀고를 해서 형사들이 허둥지둥 감천리 집에 가봤는데, 집 안에는 아무도 없고 파리가 한 마리 날아다니고 있었다 카더라. 그래 그때부터 형사들 사이에서 약산이 파리라고 안 불리나. 효길 할배, 약산장군이 어떻게 생겼습디까? 피부는 가무잡잡하고, 남자답고 단정하게 생겼는데, 키는 훌쩍 크고…. 여자들이 그냥 안 놔두겠네. 아니지, 여자는 멀리한다. 약산은 술은 마셔도 여자는 본 체도 안 한다. 스물일곱 살이 됐는데도, 처자식이 없으니께네. 우철 아버지, 약산장군 관상은 어떤가? 실제로 본 적이 없으니 잘 모르지만『동아일보』에 실린 얼굴 사진을 보아, 눈이 맑고 눈썹이 수려하니까 총명. 시선이 평정(平正)하니 강직하고 마음이 반듯하고 얼굴의 균형이 바르니 장래가 유망한 훌륭한 인물이다. 김원봉, 사명당, 김종직, 밀양이 낳은 3대 위인이다. 어이, 우철아, 사명대사가 누군지 아나? 압니다. 사명대사는 임진왜란 당시 승병을 이끌고 왜적을 무찔렀으며 전란이 끝난 후에는 스스로 왜에 건너가 붙잡힌 동포를 천삼백구십일 명이나 데리고 온 분이다. 김원봉이 소년 시절을 보낸 표충사는 사명대사를 기리고 있다.(상: pp.189-190)

위의 장면은 사람들이 목욕탕에서 김원봉에 대해 이야기를 나누는 광경을 서술한 것이다. 조선인들이 다니는 "운하목욕탕은 밀양의 온 소문이 모이는 곳"으로 우철이 가족은 우근의 백일 떡을 사람들에게 나누어 주고 오랜만에 목욕하러 이곳에 왔다. 일본인들의 집에는 다들 목욕탕이 설비되어 있어, 조선인만이 모이는 이곳에서 마음 놓고 김원봉22)의 이야기를 하고 있다. 김원봉이 사명당, 김종직과 더불어 밀양이 낳은 3대 위인 중의 하나가 된 것은 그가 독립투쟁에 앞장선 항일투사이기 때문이다. 김원봉이 표충사에 기거하고 있을 때 대화를 나눈 적이 있는 효길 할배는 물론, 실제로 본 적이 없는 관상쟁이 우철이 아버지와 12세의 우철이까지도 김원봉을 훌륭한 인물로 기억하고 있다.

한 개인에 대한 기억일지라도 사회적 상황과 좌익 혹은 우익이라는 이데올로기에 따라, 그리고 그 개인과의 원한이나 사적인 경험에 따라 달리 기억되거나 이야기된다. 해방 이후 김원봉에 대한 밀양사람들의 태도는 달라진다. 좌익 빨치산 네 명이 체포되어 기소되었을 때, 김원봉의 기족은 집에서 쫓겨나 삼문동 다쓰러지는 집으로 거처를 옮겼으며 막내 여동생 김학봉은 나카노 공장에 2년 동안 수감되었다. 김학봉은 귀향하여 "가족에게 눈부신 빛을 선사하였던 큰 오빠가 되레 어두운 그림자가" 되었고, 나머지 세 오빠들은 '김원봉 장군 만세를 외쳤던 사람들의 손'에 의해 죽임을 당했다고 통탄하였다.

---

22) 김원봉이 월북한 원인과 죽음에 대해서는 구체적으로 알려진 바가 없다. 하지만 『8월의 저편』에서 유미리가 기술하고 있는 김원봉에 관한 일화나 행적들은 대부분 사실과 일치하고 있다(이원규, 『약산 김원봉』, 실천문학사, 2005 참조). 이것은 유미리가 김원봉의 여동생 김학봉(취재 명단에 올라 있으며, 아직도 밀양시 삼문동에 살고 있다)뿐 아니라 밀양사람들과의 인터뷰를 바탕으로 꼼꼼하게 현지 조사를 하면서 자료를 분석했기 때문에 가능한 결과이다. 이 과정에서 유미리는 김원봉에 대한 밀양사람들의 기억이 정권의 논리에 따라 기억과 망각 사이를 오가고 있음을 확인할 수 있었던 듯하다.

김원봉은 1938년에 최초의 한국 정규군으로 중국 전역에서 용맹을 떨쳤던 조선의용대를 창설하여 무력항쟁만이 조선의 살 길임을 설파하는 가운데 적극적인 무장 투쟁을 전개하였다. 이러한 그의 노선은 항일운동을 갈망하는 민중들에게 희망이었다. 그러나 해방 이후, 단독정부 수립에 반대하는 과정에서 그는 일제 때 고등계 형사였던 노덕술에게 뺨을 얻어맞고는 분개한다. 상실감과 좌절을 느낀 김원봉은 어쩔 수 없이 월북을 단행하였다. 좌파를 선택한 김원봉은 그 후, 우파의 이데올로기 논리에 의해 철저하게 왜곡·은폐되었으며, 북한에서도 1958년 숙청당했다. 남과 북 어디에서도 설 수 없는 이방인으로서의 김원봉은 분단이 남긴 수많은 비극 중의 한사람이 되었다. 그리고 2001년 2월 김원봉의 막내 여동생 김학봉이 '남북이산가족찾기'를 신청하면서 사람들의 기억 저편에 있던 그의 존재가 수면 위로 떠오르기 시작하였다.

과거에 대한 기억은 끊임없이 '지금 여기'의 요구에 맞게 은폐되거나 드러난다. 항일투사에 대한 기억들 가운데 반공이념에 부합되지 않는 기억들은 그 동안 망각되거나 침묵을 강요당해 왔다. 하지만 사회적 조건이 변화하면서 똑같은 내용의 과거가 다시 기억되기 시작하고 있다. 이처럼 기억은 회상과 망각 사이에서 끊임없이 변화한다. 『8월의 저편』에서 기억이 중요한 것은 그것이 집단 정체성과 밀접하게 관련되어 있기 때문이다.

 6 디아스포라의 끝나지 않은 이야기

『8월의 저편』은 일본에 살고 있으면서 한국이 국적인 유미리의 디아스포라적 위치에서 출발하고 있다. 『8월의 저편』은 시간적으로는 일제강점기에서 현대로 이어지며, 공간적으로는 밀양에서 일본으로 건너간 외할아버지 양임득의 이산의 궤적을 따라가고 있는데 작가 자신의 디아스포라적 현실에 토대함으로써 마침내 디아스포라 문학의 본령을 표방할 수 있었다. 또한 『8월의 저편』은 작가 자신을 포함한 가족과 그 가족과 얽히고설킨 '주변 인물들'의 역사적 경험들을 신체와 관련된 마라톤과 정신적 영역과 연계된 굿을 매개로 하여 서사했다는 점에서 기억에 관한 실험적 글쓰기라고 할 수 있다.

실명을 사용한 유미리는 디아스포라로서의 자신의 정체성을 통해 민족 정체성을 드러내고 있다. 이 과정에서 유미리는 기억으로써 역사적 사실들을 서사로 끌어들여 민족 정체성이란 특정한 시공간 속에서 끊임없이 재정의되고 있음을 시사하고 있다.

기억은 유미리 '자신'과 '세계'를 이해하는 통로이며, 또한 그것은 유미리 '자신의 세계'를 만들어가는 이야기의 원천임을 알 수 있다.

14. 현월玄月의 「나쁜 소문悪い噂」
료이치涼一의 변화과정 추적을 통한 읽기

황봉모

1 서 론

소위 재일한국인 문학의 1세대라 불리는 작가들의 주요 특징 중 하나가, '민족주의적인 관점에서 재일한국인들의 입장을 대변해야 한다는 목적의식'이다. 이러한 목적의식은 차별이 만연하는 불합리한 사회에 몸담고 있던 당시 작가들에게는 매우 절실하고 중요하였을 것이다. 문제는 이러한 목적의식이 한편으로, 재일한국인 사회를 있는 그대로 그려내고 나아가 인간 사회의 모습을 보편적으로 투영하는 데 있어서 장애물로 작용할 가능성이 높다는 점이다. '해야 한다'식의 주제를 표방하는 수많은 작품들이 현실과 동떨어졌거나 이를 미화하여 독자와 유리된 경우는 사례를 들자면 끝이 없을 정도이다. 재일한국인 문학이라는 장르 역시 이러한 문제가 후대 작가 세대들에 의해 끊임없이 제기되었는데 그 중 대표적인 이로 현월(玄月)을 꼽을 수 있다.

비교적 늦은 나이에 작가 세계에 뛰어든 현월은 재일한국인 문학 1세대에서 확인되는 구습(旧習)에서 벗어나, 새로운 시각으로 세상을 바라

보고자 하는 신세대 재일문학가들 중 단연 두드러진 예라고 할 수 있다. 그는 자신의 작품에서 재일한국인과 재일한국인 사회를 더 이상 '감싸고 보듬어주어야 할 가련한 희생자들과 그들의 집단'이라는 식으로 그리지 않는다. 현월은 재일한국인에게서 보편적 인간을 보고, 재일한국인 사회에서 인간이라면 누구나 겪게 되는 부조리를 본다. 그리고 자신이 본 바를 축소 내지 과장하지 않고 있는 그대로 담담하게 이야기한다. 그의 「나쁜 소문(悪い噂)」(1999년 5월, 『文学界』) 역시 그러하다.

본고에서는 현월의 「나쁜 소문」에 나오는 료이치(涼一)의 심적 변화 과정을 추적하였다. 또 이 과정에서 이 작품의 주요 인물들이 료이치의 심적 변화에 어떠한 영향을 미치는가를 고찰하였다. 본고는 「나쁜 소문」에 나오는 등장인물들과의 관계를 통하여 이 작품의 나레이터인 료이치의 심적 변화 과정을 밝히고자 하는 작은 시도이다.

2 료이치의 변화과정 추적

1) 뼈다귀와의 만남

료이치는 이 소설의 두 가지 서술 시점 중 하나이기도 한 인물이다. 작품 속의 사건 전반에 있어서 료이치의 역할이 갖는 비중을 어떻게 보아야 할 것인가 하는 문제는 관점에 따라서 조금씩 달라질 수 있다. 분명 그는 마지막의 끔찍한 사건으로 이어지는 일련의 계기를 형성하는 등 이야기에 깊숙하게 관여하고 있는 것도 사실이다.

그러나 그 역할은 어디까지나 일종의 도화선(導火線)이나 기폭제(起爆剤)라는 형태에 지나지 않는다. 갈등이 깊어지면서 폭발하는 과정의 총체적인 원동력이 되는 것은 마을 사람들과 뼈다귀(骨)가 장시간에 걸쳐서 쌓아온 분노와 증오이며, 그러한 본질적인 부분에 있어서 료이치의 영향은 미약하다. 비록 뼈다귀의 조카라는 입장 때문에 마을 사람들로부터 뼈다귀의 동류(同類)로 취급당하며 배척(排斥)의 대상이 되는 경향이 있기는 하나, 미성년자에 지나지 않는 입장이기에 이는 일시적인 상황에 지나지 않는다. 이러한 점을 인식하고 작품 초반에 료이치가 했던 독백을 되짚어볼 때, 그가 작품 내에서 갖는 성격을 이해할 수가 있다. 료이치는 다리 밑에서 혼자서 중얼거린다.

> 나는 왜 여기에 있을까. 어두운 개천가 길바닥에 쭈그리고 앉아 다리를 건너는 사람들을 응시하고 있다. 추워서 목까지 닫은 점퍼 속에 두 무릎을 쑥 집어넣고, 눈을 칩뜨고 있는 오뚝이처럼 앞을 노려보고 있다.[1]

고조되던 갈등이 일거에 최고조로 치솟는 참극(惨劇)의 현장에서, 이 작품의 나레이터인 료이치는 타자가 되어 있다. 그러나 정확히 말하자면 이것은 그 자신의 의지에 따른 행동이다. 그는 뼈다귀와 운명을 함께 하지도, 양씨 형제와 같은 적대자의 위치에 서지도, 중재자로서 개입하지도 않는다. 칼을 들고 양씨형제에게 달려들었던 행위는 강한 적대감과 분노 때문이라기보다는 반사적 자기방어라고 보는 것이 옳을 것이다. 작품의 결말에 이르기까지 양씨형제에 대한 료이치의 감정은 이중적이다. 그가 행하는 역할의 핵심은 지금까지와 같이 일련의 사건에 대한 '관찰'이며, 비록 직접 목격하지는 않더라도 전후사정(前

---

1) 玄月 『悪い噂』文芸春秋社, 2000년 6월, p.12

後事情)을 이해하고 상상하는 것으로 그 역할은 충분히 이루어지고 있다. 일련의 흐름에 관여하면서 이를 관찰하고 독자에게 전달하는 '관찰자'. 이것이 료이치가 사건 속에서 차지하는 역할일 것이다.

그러므로 료이치의 경우는, 사건 내에서의 역할보다는 전체 작품 구도라는 측면에 중점을 두고 바라볼 필요가 있다. 그는 이사하여 마을에 편입(編入)되어 온 순간부터 뼈다귀에게 깊이 감화되며 이후 이루어지는 교육, 이탈 과정을 통해 일찍이 뼈다귀가 거쳐 왔을 것이라고 생각되는 '분노를 긍정하는 과정'을 체험한다. 즉 료이치는 뼈다귀의 수제자이자 모조품(模造品)이며, 나아가 또 한 명의 새로운 뼈다귀로 태어나게 된다는 점에 주목해야 하는 것이다.

작품 내 발생하는 사건들은 세상사(世上事)가 그러하듯, 작품의 각 인물의 성격과 그들이 처한 상황이 이러저러한 계기로 조우(遭遇)하며 빚어내는 양상이라 할 수 있다. 그러나 이것을 구조적·결정적 시각에서만 바라보게 되면 각 사건의 개별성과 특수성을 지나치게 되어 모든 사건의 결과가 인물들의 특성에 의해서만 좌우된 것으로 해석하여, 자칫 실제 사건 전개의 메커니즘을 왜곡하거나 부풀려서 해석할 가능성이 있다. 각 사건은 그 자체로서의 독립성을 지니며 또 그렇기 때문에 당사자들이 의도하지 않은 방향으로 나가는 경우가 자주 발생하는 것이다.

가나코(加奈子)의 경우를 보면 이를 잘 알 수 있다. 가나코가 고모와 대화하고자 했던 이유가 두 집안 사이에 분란을 일으키기 위한 것은 결코 아니었을 것이다. 그러나 결과적으로 그렇게 되었고 그로 인해 그 자리에 있던 모든 이들이 수십 년이 지나도록 그 사건의 영향하에 놓이게 되었다. 이와 같이 인물과 사건의 상호작용을 살펴볼 때는 인물이 사건에 끼친 영향뿐만 아니라 반대의 경우, 사건 자체의 성질과 연속성 등도 마찬가지로 같은 비중으로 살펴보아야 한다.

「나쁜 소문」에서 료이치는 자기 내면의 분노를 깨닫고 이후 의식적·육체적으로 독립해가는 과정을 겪는다. 이러한 과정은 시간(時間) 순으로 나누어지며 료이치의 내면 변화와 맞물려 단계별로 하나 또는 복수 사건을 담고 있다. 료이치가 겪는 사건과 내면 변화의 첫 단계는 뼈다귀와의 만남이었다. 아버지라는 존재가 무너진 자리를 뼈다귀가 차지한다.

> 나는 아버지가 이럴 때마다 항상 울었다. 아버지가 이 세상 모든 것을, 온 세계를 완전히 파괴해 버리는 게 아닐까 하는 공포에 시달렸다. 이윽고 아버지는 어머니에게 한 것처럼 누군가를 때리기 시작하겠지. 나는 꼼짝도 못하고 얻어맞을 것이다. 내가 할 수 있는 일이라곤, 나만 참으면 온 세계가 파괴되기 전에 아버지의 마음이 가라앉게 될 거라고 자신을 타이르는 것뿐이었다.[2]

마을로 이사 오기 전까지 료이치에게 아버지는 '폭군'과 같은 존재였다. 료이치는 술에 취해 가족을 대상으로 폭력을 일삼는 아버지를 대항 불가능한 절대적 힘으로 인식하였고, 자연히 반항은 생각조차 할 수 없었다. 삼촌네 집에 몸을 의탁(依託)하러 온 날 역시 별반 다를 바 없어서, 그 날 저녁 가족이 둘러앉은 술자리에서 옛날 버릇을 드러내는 아버지를 보고 료이치는 또 다시 두려움에 사로잡힌다. 그러나 삼촌은 이러한 아버지를 쉽게 제압해 버리는데 이 사건은 료이치의 정신세계에 깊이 각인(刻印)되어 향후 그의 성격 변화에 강력한 영향력을 발휘한다. 특히 뼈다귀가 아버지를 잠재울 때 사용했던 프라이팬은 료이치 머릿속에 원형적(原型的)이미지로 남아 '강력한 힘 = 프라이팬' 이라는 공식(公式)으로 자리하게 된다. 또한 이 날 이후로 뼈다귀

---

2) 玄月『悪い噂』文芸春秋社, 2000년 6월, p.16

는 강력한 힘인 프라이팬을 손에 쥔 존재로, 료이치의 의식세계에서 아버지가 차지하던 자리를 이어받아 그에게 막대한 영향을 끼친다. 료이치에게 강력한 힘을 가진 새로운 아버지가 생긴 것이다.

> 절대적인 존재로서 우뚝 솟아있던 아버지를, 프라이팬을 내리치는 것만으로 꼴사납게 끌려가는 고깃덩어리로 바꾸어버린 삼촌의 행동은 주술에 묶인 나를 간단히 풀어주었다. 그리고 이 역전극은 그 후 내 인생관을 결정했다. 나는 이제부터 어떤 경우에도 내 생각대로 행동할 수 있는 나만의 프라이팬을 가지고, 아버지로부터도 아버지의 공포로부터도 벗어나, 내일부터 전혀 새로운 인생을 살기 시작할 것이다![3]

삼촌의 도움으로 절대적이라고 생각하였던 아버지의 주술에서 풀려난 료이치는 '어떤 경우에도 자신의 생각대로 행동할 수 있는' 자신만의 프라이팬을 가지게 된다. 프라이팬 사건을 목격함으로써 료이치의 인생은 새롭게 전개되는 것이다. 그날 있었던 사건과 료이치에게 일어난 내면의 변화를 도식화하면 아래와 같다.

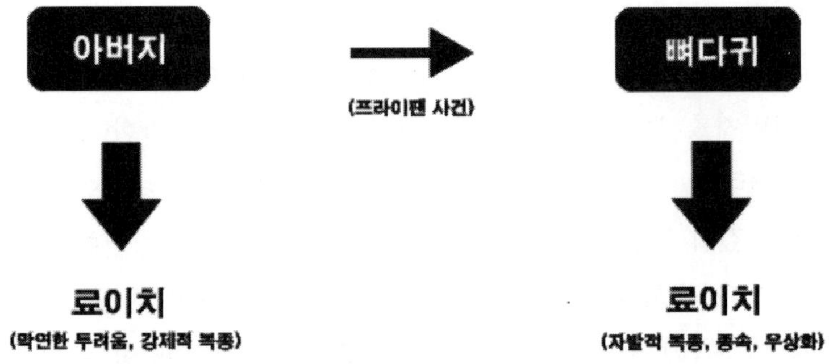

---

3) 玄月『悪い噂』文芸春秋社, 2000년 6월, pp.17-18

참고로 아버지와 뼈다귀로부터 료이치로 향하는 화살표는 지배(支配)관계를 나타낸다. 료이치는 폭군이었던 아버지로부터 벗어나 뼈다귀의 영향 하에 놓이게 된다. 이후 뼈다귀는 건어물상에 대한 복수극에 료이치를 참가시키고, 료이치는 뼈다귀의 손에 이끌려 최초로 내면의 분노를 강렬하게 표출하게 된다. 건어물상에 대한 뼈다귀의 복수에 참여함으로써 료이치는 내면의 분노에 한발 다가서게 되는 것이다.

> 나는 이미 이 일에 발을 들여놓은 것이라는 자각과 함께, 그러자 터질 것 같이 가만히 있을 수 없는 무엇인가에 온몸이 순식간에 메워져, 삼촌을 그 자리에 남겨둔 채 전속력으로 뛰기 시작했던 것이다. 다리를 건너 왼쪽으로 돌아갈 때, 다리를 높이 쳐들고 가슴을 뒤로 젖힌 채 뛰어오는 삼촌의 모습이 눈에 들어왔다. 나는 있는 힘을 다해 달리면서, 가슴을 쥐어뜯고 싶을 정도로 웃음이 목젖까지 치밀어 오르는 것을 느꼈다. 그런데 참지 않고 토해내니까 헉, 헉 하는 숨찬 신음소리밖에 되지 않았다......[4]

뼈다귀는 처음부터 료이치 속에 자신의 모습이 투영(投影)되어 있다는 점을 인식하고 있었다. 첫 계기는 물론 시장에서 넘어진 날 벌어진 일련의 사건이다. 사실 여부를 묻는 그의 질문에 료이치가 자신도 모르게 격렬한 반응을 하는 것을 본 순간, 뼈다귀는 자신과 동일한 류(類)의 분노가 맹아(盲兒) 형태로 료이치 내면에 자리하고 있음을 즉시 알아본다. 그리고 곧바로 자신의 분노와 동화(同化)시키고 이를 계기삼아 료이치와 함께, 일전에 자신이 원한을 품었던 건어물상의 집을 습격한다. 료이치는 그 현장에서, 닭의 목을 치자 피가 사방으로 튀는 장면, 배를 가르고 내장을 집어내는 장면, 그리고 뼈다귀가 고양이를 짓밟는 장면 등을 선명한 이미지로 받아들이며 분노가 지닌 폭력적 측

---

4) 玄月『悪い噂』文芸春秋社, 2000년 6월, p.30

면을 무의식적으로 깊이 인식한다. 뼈다귀의 프라이팬 사건을 통해서 자아를 억누르는 외적인 요소로부터 해방된 료이치는, 이제 그를 통하여 가슴 속에 품고 있던 분노를 실제적으로 형상화하는 행위에 참가하게 되는 것이다. 이것은 뼈다귀가 료이치에게 베푸는 일종의 가르침이라 할 수 있으며, 또 이후에 료이치가 다른 누군가의 도움 없이도 자발적으로 자신의 분노를 인식하고 행동하게 되는 관문(関門)으로서의 의미를 지닌다.

2) 가나코와 고모

뼈다귀에게 받은 료이치의 분노의 싹은 가나코와의 만남을 통하여 본격적으로 확장된다. 가나코에게 점차 관심을 기울이게 된 료이치는, 배구 연습 중 그녀에게 거칠게 공을 던지는 공격수를 보고는 순간적으로 강렬한 분노를 느낀다. 그리고 료이치는 일순 그러한 자신을 인지하고 놀라는 것이다. 료이치가 공격수에 대하여 분노를 느끼고, 그 감정을 긍정하며 이를 자연스럽게 받아들이는 대목에서 두 가지 사실을 확인할 수 있다. 하나는 료이치가 강한 소유욕의 소유자라는 점이고, 또 하나는 그 소유욕으로 말미암아 강한 분노의 감정을 느낀다는 점이다.

이전까지 료이치의 내면에 잠재해 있던 거대한 분노는 아버지의 '퇴출'을 기점(起点)으로 싹을 틔운다. 그리고 이것은 스스로 흠칫 놀랄 만큼 강렬하게 솟구친다. 그리고 료이치는 이러한 '분노의 용솟음'과 마주하는 횟수가 잦아지면서 이것을 있는 그대로(그것도 긍정적으로) 받아들이는 것이다. 가슴속에서 북받쳐 올라오는 기운의 정체를 몰라 알 수 없는 울음을 내뱉었던 그였지만, 시간이 흘러갈수록 그것은 다름 아닌 자기 내면에 자리한 분노였음을 급속히 깨달아 간다.

나는 그때, 건드린다면 저놈이다 하고 마음속으로 중얼거렸다.

나는 자신의 중얼거림에 놀라, 곧 저 여자를 건드리는 일은 절대 없을 거라고 마음속으로 다짐했다. 그러나 이 중얼거림이 내 머리에서 분명히 솟아나온 말이라는 것을 깨닫자, 이것은 다른 누구의 생각도 아닌 나만의 것이다, 라는 생각이 힘껏 악물은 어금니 사이로 새어나왔다.[5]

이렇게 료이치는 뼈다귀의 조카라는 이유로 주위에서 손가락질 받는 생활을 아무렇지도 않게 받아들이는 반면, 가나코와의 관계에 있어서는 사소한 일에도 분노를 표출(表出)하며 점차 스스로 조절할 수 없는 단계로 나아간다. 그에게 있어서 가나코에 대한 소유와 분노는 검의 양날처럼 작용한다. 그런데 가나코라는 존재는 그녀가 전혀 의도하지 않은, 오히려 역방향(逆方向)의 영향을 료이치에게 끼친다. 즉 가나코는 자신의 희생을 통해 화해와 속죄를 추구하지만, 료이치는 이러한 그녀로 인하여 한층 분노와 가까워지는 것이다.

여기에서 양씨 형제의 농생인 가나코와 료이치의 고모에 내하어 살펴보자.

가나코는 료이치의 고모와 함께 마을사람들의 공동체에서 상당히 유사한 역할을 하는 인물이다. 가나코와 고모는 당시 사회에서 절대적 약자에 속하는 여성으로서 일방적으로 육체적 희생을 당하는 위치에 있다. 자신의 가족을 제외한 남성들에게 그녀들은 성적 소유욕의 대상에 불과하다. 두 사람은 작품 내에서 유사한 역할을 하지만, 세부적인 면에서는 상당한 차이를 가진다.

우선 두 사람의 공통점을 살펴보자. 첫 번째로 가나코와 고모는 자신의 몸을 수단화한다. 자발성 여부를 떠나 두 사람은 마을 내 갈등을

---

5) 玄月 『悪い噂』文芸春秋社, 2000년 6월, p.46

해소하고 화해를 도모하는 역할을 수행하는데 이 과정에서 그녀들의 몸이 주요 수단이 된다. 두 사람은 자신의 몸을 통하여 물리적 충돌과 달리, 앞서 지적한 성적 소유욕을 만족시키는 보상시스템으로 마을 공동체의 갈등을 해소한다. 물론 이로써 갈등이 궁극적으로 해소되는 것은 아니다.

두 번째로, 이들은 뼈다귀와 양씨형제의 싸움에 휘말려 결과적으로 참혹한 육체적 고통을 입게 된다. 사건에 개입하는 정도를 떠나 두 사람은 자신들만의 회합을 가졌다는 이유로 제재와 협박을 당하고 마침내는 물리적 폭력의 피해자가 된다. 중요한 사실은 이들이 폭력을 당하는 부위가 여성 성기에 집중되어 있다는 점이다. 작가는 뼈다귀의 성기 절단과 더불어 이 사건을 대비시켜 독자의 본능적인 수치심을 자극하는 동시에 여성의 위치를 일관되게 남성 아래에 놓고 이를 고수(固守)함으로써, '폭력이란 결국 강자가 약자를 억압하는 수단'이며 '이 구도의 최하부에는 여성이 놓여있다는 사실'을 적나라하게 고발하고 있는 것이다.

한편, 두 사람의 차이점으로는 자신의 행동이 자의적인가 타의적인가의 여부를 들 수 있다. 작품에서 알 수 있듯이 가나코는 상당히 동적(動的)이고 능동적인 인물로, 자신의 의지로 문화주택의 건달 무리와 성관계(금전이 아닌 용서를 구하는 정화의식으로서의 매춘)를 가지며, 이를 통해 오빠들의 '과오(過誤)'를 씻어내고자 한다. 양씨형제가 뼈다귀에게 결정적으로 육체적 고통을 안기기 전에 당하는 과정 또한 자세히 들여다보면 그녀 스스로 선택했다고 볼 수 있다. 가나코는 오빠들의 죄를 자신이 대신 씻어 주어야 한다고 생각하여 오빠들의 폭력에 대하여 자신의 몸으로 보상한다. 그녀는 오빠들의 잘못에 대하여 자신이 책임을 느끼고 속죄하는 것이다.

이러한 가나코는 이번에는 료이치가 그녀를 위하여 문화주택에 불을 질러 건달무리들의 보금자리를 없앴다는 죄책감으로, 그 죄를 보속 (補贖)하기 위하여 그들을 찾아다녔다고 말한다.

> 들어줄래? 나는 말이야, 그 문화주택의 사람들을 찾아다녔어. 이번에는 네가 저지른 일에 책임을 지고. 그렇게 분명히 자각하면서. 난 왜 그럴까. 그런데 그 사람들이 동네를 떠난 후였어. 그걸 알았을 때 난 울었어. 조금이었지만. 그래도 왜 울었을까. 슬퍼서가 아니야. 하지 못하고 남은 숙제 교과서를 잃은 기분이라고나 할까.6)

가나코는 속죄하려고 찾아다니는 자신의 행동을 숙제를 하는 것이라고 설명한다. 이처럼 가나코는 자신을 희생양으로 삼아 세상의 부조리를 정화하고자 하며 마을의 분쟁을 화해시키려고 적극적으로 행동하는 인물이다. 그러나 그러한 시도는 결국 실패로 돌아가고 그녀의 적극적인 보속 행동은 자신의 의도와 달리 참혹한 결과를 불러오는 계기가 된다.

한편 가나코와 반대로 고모는 작품 내내 한결같이 수동적이다.

료이치의 고모는 정(静)적, 수동적인 인물이다. 가나코가 어린 나이에도 불구하고 자신의 희생을 스스로 결정하고 주체적으로 움직이는데 반해, 고모는 처음에는 양씨형제의 손에 이끌리며 이후에는 친오빠인 뼈다귀에게 이끌려 매춘에 몸담는다. 이러한 두 사람의 성향은 료이치를 대하는 모습에서도 잘 나타난다. 요컨대 가나코는 료이치와 만나기 위하여 일부러 그의 집 앞을 지날 정도로 적극적인 성격이지만, 료이치와 같은 집에서 사는 고모는 조카인 그에게 제대로 말도 붙이지 못할 정도로 소극적이다. 물론 이와 같은 수동성 때문에 그녀가 차지하

---

6) 玄月 『悪い噂』文芸春秋社, 2000년 6월, p.113

는 작품 내 비중이 줄어든다고 생각할 수는 없다. 가나코와 고모는 능동적인가 수동적인가의 차이가 있지만 기본적으로 두 사람의 역할은 같다. 그런데 일찍이 료이치의 고모를 이러한 역할에 끌어들인 사람은 아이러니하게도 가나코의 오빠인 양씨 형제이었다.

> 고무줄이 늘어난 셔츠가 훌렁 벗겨진 순간부터 몸은 긴장하고 있으면서도 전혀 저항하지 않는 뼈다귀의 여동생에게 형제는 신문배달이 끝나면 매일 여기 와, 안 오면 이 아파트에는 배달 못하게 할 테니까, 라고 협박했다. 그녀는 명령을 충실하게 따랐다.[7]

고모는 가나코와 대비되는 수동성(受動性)을 주요 특성으로 하여 매우 중요한 역할을 수행한다. 그녀는 매춘이라는 형태로, 원시적 형태의 사회에서 찾아 볼 수 있는 '성적소통을 통해 죄를 씻어내는 일종의 통음(痛飮)하는 여제사장'과 같은 역할을 마을 내에서 수행하였으며 이를 통해 '마을 내 갈등을 표면적으로 해소하는 일종의 완충제(緩衝劑)' 구실을 한다. 즉 고모라는 인물은 뼈다귀가 짊어진 '나쁜 소문의 대상' 이라는 운명과 유사한 성격을 띠고 있다는 해석이 가능하다. 뼈다귀 역시 자신이 공공연히 마을사람들의 '나쁜 소문의 대상' 이 됨으로써, 공동체의 질서를 유지하고 있다고 생각할 수 있기 때문이다.

그러나 중요한 사실은 그녀가 수동적인 입장을 고수(固守)하였고, 마지막 사건의 전개과정에 개입하지 않았음에도 불구하고 뼈다귀와 양씨형제 간의 분쟁에 휘말려 '뼈다귀의 일족(一族)'으로서 고통을 당하게 된다는 점이다. 이와 같이 세상에 대처하는 방법에 있어 성향이 정반대인 두 여성이 감내해야 했던 잔혹한 운명과 극적 몰락(沒落)을 보

---

7) 玄月 『悪い噂』文芸春秋社, 2000년 6월, p.68

여주면서, 작가는 구조적으로 약자일 수밖에 없었던 여성들이 공통적으로 겪었던 고통을 사실적으로 그리는 동시에 작품의 비극적 측면을 한층 부각시키고 있다.

이렇게 료이치의 고모와 가나코는 마을사람들의 공동체의 평화를 위한 희생양이었다고 볼 수 있다. 그녀들은 마을사람들의 성적(性的) 소유욕의 대상에 불과한 약자였다. 우연하게도 가나코의 오빠들인 양씨 형제가 이러한 역할을 맡는 것도 두 사람의 운명을 말해준다. 양씨 형제의 형은 고모의 매춘을 주저하는 아우에게 '바보, 잘 생각해봐라. 뼈다귀의 여동생은 돈이 필요하다. 우리들도 돈이 필요하다. 젊은 여자를 좋아하는 아저씨들은 얼마든지 있다. 잘되지 않을 리가 없다. 모두 행복하게 된다' 고 설명한다. 이것은 마을사람들의 공동체가 자신들의 결속을 위하여 고모라는 성적 대상을 필요로 하고 있다는 사실을 이야기한다. 그러므로 그는 도덕에 어긋나는 자신들의 행동으로 오히려 마을 사람들이 '모두 행복하게 된다'고 생각하고 있는 것이다. 그는 사신의 아버지까지 료이치의 고모를 찾아가는 것을 알고 놀라지만, 결국은 '이제껏 일만 해온 아버지를 비난할 수는 없다. 우리가 씨를 뿌리고 가꿔서 열린 열매를 아버지가 몰래 먹은들 어떻단 말인가. 애당초 우리의 응어리진 감정이 도리에 어긋나는 게 아닐까. 지금 이대로 모두가 행복한 게 아닐까' 라고, 역시 자신들 마음대로 생각하며 간단하게 납득하여 버리는 것이다.

이렇게 양씨형제가 생각하는 요인으로는 공동체적 속성을 들 수 있다. 공동체라는 것은 서로 다른 생각을 가지고 있는 개인들의 집합이기에, 크건 작건 간에 충돌과 대립이 발생하는 과정에서 공동체 내부에 스트레스가 쌓여가게 된다. 굳이 역사가 짧고 체제가 안정되지 않았다고 하더라도 일반적으로 공동체는 이를 축제나 공동노역(公同勞

役), 종교 등의 형태로 승화시키는 나름의 제도(制度)를 보유하는데, 때때로 그것만으로는 충분히 해소가 되지 않는 경우가 있다. 그러한 경우 공동체는 내부의 이질적인, 또는 외부로부터 유입된 특정한 존재를 희생양으로 삼고 적으로 규정하여 공격하는 행위를 통하여 축적된 응어리를 해소하고 구성원의 단결을 꾀한다. 과거의 마녀 사냥, 신분 차별, 인종 차별 뿐만 아니라 현대의 이지메(왕따)현상 등도 그 좋은 예가 될 것이다. 그리고 이는 궁핍한 생활이 사람들의 심성을 거칠게 하고, 공동체를 아우르는 제대로 된 규범이나 질서도 확립되지 않았던 당시 상황 속에서, 극단적인 형태로 나타나게 된다.[8] 요컨대 집단 내부에 응어리진 부정적 감정을 분출하기 위한 대상 찾기라고 할 수 있다.

료이치와 가나코의 관계 또한 이러한 해석을 크게 벗어나지 않는데, 이는 료이치가 일 년에 한번 장터에서 가나코의 모습을 훔쳐보고 다음 일 년간 만날 상상 속 섹스파트너를 구하는 과정에서 명료하게 드러난다. 요컨대 두 여성은 폭력을 긍정(肯定)하고 확대하는 남성들과는 대조적으로, 자의·타의 여부를 떠나서 갈등을 해소하고 화해를 도모하는 역할을 하고 있다. 그러나 이 과정에서 육체라는 수단을 택하게 된다는 부조리함, 그리고 마지막에 맞이하게 되는 참혹한 결말은 공동체를 뿌리 깊게 지배하는 폭력이 가지는 무자비한 속성을 적나라하게 드러내는 또 하나의 예라고 할 수 있다.

료이치에게 가나코는 굴욕이라고 느끼는 분노를 형상화하는 촉매제 역할을 수행한다. 이와 더불어 또 하나 눈여겨 볼 점은 료이치가 취하는 행동양식이다. 모든 자극에 대하여 무조건적으로 반응하지는 않지

---

8) 이러한 현상은 현월의 「그늘의 집」의 숙자와 중국인 노동자에 대한 집단촌 사람들의 폭력사건에서도 극명하게 나타난다. 이것에 대해서는 황봉모 「현월 『그늘의 집』-욕망과 폭력-」(『일어일문학연구』, 한국일어일문학회, 2005년 8월)을 참조할 것.

만, 분노를 느끼게 될 경우 이를 억누르지 않는 모습에서 뼈다귀의 행동양식과 상당히 유사성을 띠고 있다. 가나코를 좋아하게 됨으로써 그녀를 독점하기위한 소유욕을 가지고, 자신의 분노의 감정을 인정하는 료이치의 분노의 범위는 점점 커져간다.

3) 분노의 형상화

가나코와 며칠간 관계를 갖지 못한 료이치는 그녀의 뒤를 밟아, 가나코가 문화주택 사람들에게 얽매여있다는 사실을 알게 된다. 료이치는 이러한 사실에 분노하고, 그의 분노는 곧바로 문화주택으로 향한다. 그는 망설이면서도 자신이 느끼는 분노가 다른 누구도 아닌 자신을 위한 것임을 재인식하고, '그러한 감정이 이끄는 대로 행동하지 않으면 지금까지의 변화가 모두 물거품이 될 것'이라고 다짐하며 각오를 되새긴다. 이어서 약간의 시행착오를 거지지만, 결국 료이치는 문화주택에 불을 지르는데 성공한다. 뼈다귀가 닭의 피를 뿌려대던 것과 마찬가지로, 료이치는 문화주택에 시너를 뿌리며 불을 지르는 것이다. 료이치 또한 스스로의 의지와 행동력(行動力)으로 내면의 분노를 형상화(形象化)하기에 이른 것이다.

자신이 좋아하는 가나코가 문화주택에 들어가는 모습을 보고, 료이치는 '해치워할 놈들은 이놈들이다' 라고 생각한다. 그리고 그는 자신을 위하여 '무슨 일이든 할 수 있다'고 다짐한다. 료이치의 머릿속에는 가나코가 아무렇지도 않게 '그뿐이야' 라고 자신에게 이야기하던 일을 기억하고, '온몸에서 휙 하고 핏기가 가시면서 머리 속에서 해치워할 놈들은 이놈들이라는 목소리가 한꺼번에 북받쳐 올라 피 대신 온몸에 퍼지'게 되는 것이다.

그것은 나 자신을 위해서다! 내 마음속의 그 외침이 나를 몰아댔다. 가
나코가 계단을 올라가서 방에 들어가는 것을 보았을 때 들은 그 소리, 해
치워야만 할 놈들은 이놈들이다, 라는 소리에 따라야 한다. 그렇게 하지
않으면 또 도로아미타불이다......9)

료이치는 가나코를 위하여 문화주택에 불을 질러, 가나코를 문화주택
건달들로부터 해방시킨다. 그는 자신을 위하여 불을 지른다고 하지만
사실 불을 지른 행동은 가나코를 위한 것이었다고 할 수 있다. 궁극적
으로는 가나코와 자신을 위해서였다. 그녀가 문화주택 건달들에게 얽매
여 있어서 자신과 자유롭게 만날 수 없었기 때문이다. 이렇게 료이치는
자신과 가나코와의 만남을 방해하는 것에 대한 분노를 방화(放火)라는
직접적이고 폭력적인 방법으로 표출한다. 이러한 료이치의 분노 표출은
가나코의 배구사건 이후 이미 예견되어져 온 행동이라고 할 수 있다.

문화주택의 방화 이후, 자신이 이해되지 않는 사건에 대한 료이치의
분노의 범위는 점점 에스컬레이트되어 간다. 여기에 가나코 아버지 사
건이 발생한다. 가나코의 아버지가 뼈다귀의 집에서 고모와 성관계 중
쓰러지고 만 것이다. 그런데 뼈다귀를 도와 가나코 아버지를 양씨 형제
에게 데려간 료이치는 충격적인 장면을 접한다. 갈 데 없는 분노의 표
적이 된 뼈다귀가 양씨 형제로부터 무차별로 구타당하면서도 아무런 반
항도 하지 않고 순순하게 물러난 것이다. 돌아오는 길에 궁색(窮色)하
게 변명을 하는 뼈다귀의 모습을 목격한 후, 료이치 내부에서 절대적인
존재로 자리하고 있던 뼈다귀의 위상은 처음으로 흔들리기 시작한다.

---

9) 玄月 『悪い噂』文芸春秋社, 2000년 6월, p.56

왜 삼촌은 계속 얻어맞는 것인가, 당장이라도 주머니에서 칼을 꺼내지 않는 것인가, 삼촌은 세계최강이란 말이다! ......커다란 프라이팬을 갖고 싶다! 눈앞에 있는 모든 것을 한꺼번에 뒤집을 수 있을 만큼 큰 프라이팬만 있다면, 나는 무슨 일이든지.......[10]

사춘기의 소년들이 통과의례(通過儀礼)로서 겪게 되는 부성(父性)에 대한 부정(否定)을 자신의 아버지가 아닌 뼈다귀를 대상으로 경험하게 된 료이치의 내부에서는 새로운 자아가 발현되기 시작한다. 그것은 다른 누구도 아닌 바로 자신이 분노의 주체이며, 그것을 분출하기 위해서는 스스로 강해져야 한다는 의지이다. 이 사건을 통하여 료이치에게 뼈다귀의 위상이 변화되기 시작하는 것이다. 자신의 우상으로 세계 최강이라고 생각하고 있던 삼촌이 아무런 이유도 없이 양씨 형제에게 맞고 있는 것이었다. 료이치는 가나코 아버지의 사건을 대하는 뼈다귀의 행동을 보며 이해할 수 없는 상태를 경험하면서 비로소 뼈다귀를 객관적인 위치에서 바라보게 된다.

아무런 잘못도 없는 뼈다귀를 때린 양씨 형제에게 료이치는 분노의 감정을 느낀다, 그런데 당연히 자신보다 더 엄청난 분노를 느껴야할 뼈다귀는 오히려 양씨 형제를 두둔하고 감싸면서 이 사건에 대하여 변명만을 늘어놓는다. 료이치는 이러한 뼈다귀에게서 실망감을 느끼고, 가나코 아버지 사건을 통하여 삼촌인 뼈다귀에 대한 절대적인 믿음이 사라지게 되는 것이다. 자신의 아버지를 커다란 프라이팬으로 때려눕힌 뼈다귀가 이제 그 커다란 프라이팬을 잃어버리게 되는 것이다. 여기에서 료이치에게 뼈다귀는 '신에서 인간으로'의 위상 변화가 일어난다고 생각할 수 있다.

---

10) 玄月 『悪い噂』文芸春秋社, 2000년 6월, p.107

가나코 아버지 사건 이후로 뼈다귀를 바라보는 료이치의 시선은 계속적인 변화를 겪는다. 일종의 절대신(絶対神)과 같은 존재였던 뼈다귀의 위상은 차츰 하락해가고, 료이치는 그런 삼촌에게 공공연히 반항하기에 이른다. 그리고 절대적인 존재를 부정하는 인식의 확대는 필연적으로 스스로 강해지겠다는 의식의 팽배(彭排)를 수반한다. 이렇게 가나코 아버지 사건은 료이치에게 뼈다귀로부터의 독립된 길을 걸을 수 있는 계기를 만들어 주는 것이다. 마침내 료이치는 자신을 지배하던 삼촌의 영향으로부터 벗어나 '이제 내가 해치운다! …… 세계를 한 번 더 뒤집어 줄 것이다' 라고 결심하게 된다. 그리고 이러한 감정은 결국 '처음으로 삼촌이 우스꽝스럽게 보이'게 되기까지 발전하는 것이다.

4) 료이치의 독립

양씨 형제의 '아우님'이 집에 찾아와 말다툼이 일어나고, 뼈다귀는 가나코를 분노의 대상으로 삼는 데에 동참할 것을 료이치에게 종용한다. 료이치는 가나코와 삼촌 사이에서 갈등하나 결국 가나코를 삼촌에게 데려간 뒤 자신은 사라져버리고 만다. 가나코에 대한 애정과 내면의 분노를 사이에 두고 심한 갈등을 겪던 료이치는 결국 분노를 선택하고, 그 결과 파국(破局)이 찾아온다. 뼈다귀와 양씨 형제가 주고받는 처참한 폭력, 그리고 뼈다귀 집안의 참극(慘劇)을 목격한 료이치는 의식적·육체적으로 완전히 독립하기에 이른다. 억누르지 못하고 터져 나오는 절규는 료이치가 분노의 화신으로 등극하는 과정으로 보이며, 이제 그는 홀로 자신의 길을 찾아 나서는 것이다.

강해지고 싶다.
그러자 어디에서 솟아오르는 것일까. 가슴 가득히 말이 차 억누르지
못하고 뱉어냈더니, 의미 없는 우렁찬 외침이 되어 밤하늘에 퍼져 갔
다.[11]

이렇게 마지막 사건이 일어난 후, 료이치는 마을을 떠나간다. 이 모
든 사건이 종료된 이후 료이치가 어떠한 행적(行績)을 밟았는지에 대
한 직접적인 서술을 작품 내에서 찾아볼 수는 없다. 하지만 그 시점으
로부터 얼마 지나지 않아 상당한 금액의 돈이 입금되기 시작했다는 사
실과 당시 시대 상황, 그의 사회적 신분 등으로 미루어 볼 때 료이치
가 무언가 위험한 일에 종사하게 되었으리라는 점은 어렵지 않게 짐작
할 수 있다. 작품 내에서 벌어진 일련의 사건은 한 십대소년의 가치관
을 송두리째 바꿔놓을 정도로 강렬했기에, 분노와 폭력은 이후 이어질
료이치의 인생 전체를 지배하는 키워드로 작용했을 것이다. 바꾸어 말
하면, 이것은 또 한 명의 뼈다귀가 탄생했음을 의미한다.

한편, 분노에 대한 폭력의 행사라는 점에 있어서 사건 이후 끝까지
마을에 남아 있는 뼈다귀와 비교하여, 마을을 떠난 료이치는 전연 다
른 의미를 가진다.

우선 뼈다귀는 마을사람들의 자신에 대한 소문이라는 폭력을 더 강
한 폭력으로써 대응한다. 그런데 뼈다귀는 굴욕이라고 생각되어 분노
를 느끼면서 행하는 자신의 폭력에 대하여 항상 어떠한 명분을 가지려
고 노력한다. 파친코의 사건을 제외하면, 그의 복수를 위한 행동에는
반드시 어떠한 계기와 명분이 필요했다. 그리고 분노의 감정을 축적할
수 있는 상당한 시간이 필요하였다.

---

11) 玄月 『悪い噂』文芸春秋社, 2000년 6월, p.131

이것은 여러 사건을 통하여 나타난다. 예를 들어 건어물상에 대한 복수 사건을 보아도 알 수 있다. 뼈다귀는 현금이 없다고 자신에게 참기름을 팔지 않은 건어물상에게 굴욕을 느끼면서도 아무 말도 안 하고 조용히 나온다. 그리고 그는 '참기름은 미리 주문해놓은 게 아니니까' 하며 변명하듯 중얼거리는 것이다. 그러나 료이치가 시장에서 넘어진 것을 계기로 하여, 그것을 명분으로 삼아 건어물상에 대한 복수를 행하는 것이다. 뼈다귀에게는 반드시 어떠한 계기가 필요한 것이다. 또한 언제나 복수의 시간은 인적이 없는 밤을 선택한다. 그리고 그 복수라는 행동도 대단한 것이 아니고 닭의 머리를 건어물상의 우편물 투입구에 처넣은 정도이다. 뼈다귀의 이러한 복수는 건어물상을 직접적인 대상으로 한 것도 아니고, 사실 그다지 피해를 주는 것도 아니다. 그의 이러한 행동은 보복이라기보다는 못된 장난에 가깝다고도 할 수 있을 것이다.

그러나 이러한 행동을 하기위하여 평소에 술을 안 먹는 뼈다귀는 술을 먹는다. 만일 료이치가 넘어졌다는 계기가 일어나지 않았으면 뼈다귀의 분노는 자신의 가슴속에 남아있었을 것이다. 그러므로 그는 굴욕을 느끼는데도 불구하고 복수의 명분이 성립하지 않으면, 체육 선생의 사건과 같이 자신을 자해하기도 하는 것이다. 요컨대 뼈다귀의 폭력에는 명분이 있어야 하고 분노의 축적시간을 필요로 한다. 소극적인 폭력이라고 할 수 있다.

이러한 뼈다귀의 행동양식은 가나코 아버지 사건에서 극명하게 나타난다.

가나코의 아버지를 집으로 운반한 뼈다귀는 아무런 잘못을 하지 않았음에도 양씨 형제에게 뭇매를 맞는다. 뼈다귀는 뭇매를 맞으면서도 주머니 속에 들어있는 칼을 꺼내지 않는다. 료이치는 이러한 뼈다귀를 이해하지 못하지만, 그는 '어쩔 수 없지. 우리 집에는 전화도 없고, 주위 사람들까지 끌어들여 소동을 일으킬 수도 없고 말이야. 제 아버지가 강에서 끌어올린 익사체의 모습으로 돌아왔다면 누구든지 그렇게 되지. 어쩔 수 없어' 하고 연약한 어조로, 맞아죽은 사람 같은 얼굴로 변명을 늘어놓으며 자신을 납득시키고 있는 것이다. 요컨대 뼈다귀로서는 자신의 아버지가 죽은 양씨형제의 무차별적인 폭력에 대하여 대응할 명분을 발견할 수 없었던 것이다.

이것은 양씨형제에 대한 복수 사건에서도 확실하다. 뼈다귀는 그 지역에 일어난 방화사건을 복수의 계기로 삼고 료이치를 미끼로 삼아 자신을 폭행한 양씨 형제에 대한 분노를 지속한다. 또 분노를 최대화하기 위하여 분노의 감정을 축적할 시간을 가진다. 이러한 그는 '삼촌, 언제까지 그러한 꼴로 있을거야'라는 료이치의 채근에 비로소 행동을 시작한다. 그러나 뼈다귀의 행동은 한계를 지니는 것이었다. 무엇보다 뼈다귀는 복수 대상으로서 자신이 얻어맞은 양씨 형제가 아니고, 아무런 힘이 없는 양씨 형제의 동생인 가나코를 선택하는 것이다. 뼈다귀는 양씨형제 대신에 가나코에게 복수를 하지만, 그것은 진정한 복수가 아니라 비겁한 행위에 불과한 것이었다.

그러나 료이치는 이러한 뼈다귀와 다르다.

료이치에게는 뼈다귀가 필요로 하는 분노를 축적하는 명분과 계기가 필요 없다. 또 그에게는 분노의 축적시간이 필요하지 않는다. 단지 자신에게 분노의 감정이 일어나면 즉시 행동한다. 그는 자신이 굴욕이라고 느끼면 분노가 일고, 그 자리에서 복수를 결행하는 것이다. 무엇보다 그는 직접적이고 대담하게 행동한다. 뼈다귀가 사람들이 없는 밤이라는 시간을 택하여 행동하는 것에 대하여, 료이치는 한낮이라는 공간을 선택하여 자신의 행동의 정당함을 주장한다. 뼈다귀가 사람들이 없는 밤에 닭의 피를 뿌려대는 것과 달리, 료이치는 한낮에 시너를 뿌리며 문화주택에 불을 지른다. 그리고 뼈다귀의 복수는 단지 상징적인 행동으로 실질적으로 건어물상에게 어떠한 피해도 입히지 않지만, 료이치의 복수는 가나코를 범한 문화주택 건달들의 보금자리를 근본적으로 파괴하여 버리는 것이었다. 요컨대 뼈다귀의 폭력은 소극적인 폭력이고, 료이치의 폭력은 직접적이고 구체적인 행동이라고 할 수 있다. 법의 견해에서 보아도 뼈다귀의 복수는 법의 대상이 아니지만, 료이치의 행동은 건물 방화죄라는 것이 성립하는 것이다.

이것은 가나코 아버지 사건에서도 분명하다.

앞에서 언급했듯이 가나코의 아버지를 집으로 운반한 뼈다귀는 아무런 잘못을 하지 않았음에도 양씨 형제에게 뭇매를 맞는다. 뼈다귀는 이러한 양씨 형제의 폭력을 이해하지만, 그러나 료이치는 맞기만 하는 뼈다귀를 이해하지 못한다. 오히려 이곳에서 그는 '이제 내가 해치울 거야!' 라며 뼈다귀로부터의 독립을 결심하게 되는 것이다. 그리고 료이치는 '세계를 다시 뒤집고 말거야 라는 말을 한 것만으로 심호흡을 한 가슴에 반석 같은 근육이 붙은 느낌이 드는' 것이다. 그는 뼈다귀가 맞고만 있는 충격적인 장면을 보면서 '강해지고 싶다!' 라고 소리 내어 말하며 눈물을 흘린다. 료이치의 분노의 감정이 얼마나 강렬한 것이었는가를 알 수 있다.

가나코의 복수를 위하여 양씨 형제들이 다시 다리를 건널 때, 료이치는 뼈다귀의 칼을 꺼내 양씨 형제에게 뛰어나간다. 그리고 양씨 형제에게 부딪쳐 튕겨 나오자, 그것으로 그는 미련 없이 마을을 떠나는 것이다. 료이치는 칼을 들고 양씨 형제에게 맞섬으로써, 이제 일찍이 그가 그렇게 원하던 어떠한 경우라도 자신의 의지대로 행동할 수 있는 사람이 되었던 것이다.

3 결 론

「나쁜 소문」의 이야기 속에서 묘사되는 폭력은 결코 일방통행이 아니다. 동네사람들이 소문이라는 보이지 않는 폭력을 통해 뼈다귀를 얽어매고, 뼈다귀 또한 분노라는 감정이 이끄는 대로 대응하면서 폭력은 차츰 순환하는 형태를 띠어 간다. 어디서부터 어떤 경로로 시작되었는지의 여부는 이미 의미를 잃었고 남은 것은 점점 덩치를 키워가는 소문뿐이다. 이처럼 혼탁한 상황 속에서 멈출 줄 모르고 계속 확산되어 가는 소문이라는 폭력은 형태와 정도를 불문하고 마을사람들 모두에게 영향을 끼치게 된다. 여기에서 소문과 분노는 서로 폭력의 대응이 된다.

료이치는 이러한 영향 아래 놓이는 이들이 보여줄 수 있는 것 가운데 가장 극단적인 예라고 할 수 있다. 이 사실은 다른 관점에서 보자면, 료이치를 해부해 본다면 인간과 부조리가 상호작용(相互作用)하는 메커니즘에 대한 통찰을 얻을 수 있으리라는 분석과 일맥상통한다. 본고에서 료이치와 주요 인물과의 관계를 분석하고, 료이치의 변화 과정을 세밀히 짚어본 것은 바로 이러한 판단에서였다. 무엇보다 료이치는 해당 사회에 새로이 편입된 인물이어서 이러한 추적을 시도하기가 더욱 용이(容易)했다.

시야를 료이치에게서 마을로 돌려 보면, 비록 한 차례의 참극이 지나간 이후로 표면적인 평화가 찾아오고 뇌리에 남아있는 기억도 세대가 바뀌면서 희석된다지만, 마을을 지배하던 폭력이 사라진 것은 결코 아니다. 어디선가 또 한 명의 뼈다귀로 화(化)한 또 한 명의 료이치가 나타날 것이고 그가 엮어낼 새로운 폭력의 순환은, '소문'이라는 형태로 다시 모습을 드러낼 것임을 현월은 「나쁜 소문」에서 암시하고 있다. 그리고 바로 이것이 작가가 보여주고 싶었던 인간 사회의 모습이라고 할 수 있다. 그렇다면 과연 희망은 없는 것일까? 아마도 이것은 현월 자신이 이후 작품 세계를 구축하면서 짊어지고 나아가야 할 최대의 과제일 것이다.

「나쁜 소문」은 뼈다귀라는 남자를 둘러싼 여러 가지 소문에 대한 이야기이다. 마을사람들이라는 공동체 속에서 뼈다귀는 모든 소문의 근원으로서 악의 상징이 되어 있다. 현월은 이 작품에서 소문이라는 불확실한 매체를 통하여 마을사람들의 집단적 악의가 공동체라는 이름으로 교묘히 은폐되고 면죄되는 사실을 그리고 있다. 이 작품에 나오는 소문과 뼈다귀의 관계에 대하여는 다음을 기약한다.

저자 소개

가와무라 미나토川村湊	일본 법정대학 국제문화학부 교수, 문학 평론가
김정혜	부산외국어대학교 커뮤니케이션일본어학부 교수
김태옥	전북대학교 대학원 박사과정
김환기	동국대학교 일어일문학과 교수
다카야나기 도시오高柳俊男	일본 법정대학 국제문화학부 교수
변화영	전북대학교 인문과학연구소 전임연구원
사가와 아키佐川亜紀	시인, 문학평론가
이소가이 지로磯貝治良	소설가, 문학평론가
이한창	전북대학교 인문과학대학 일어일문학과 교수
추석민	신라대학교 일어일문학과 교수
하야시 고지林浩治	문학평론가
황봉모	전북대학교 인문학연구소 전임연구원

재일동포 연구총서 **2**

재일 동포문학과 디아스포라 2

초판인쇄 2008년 9월 17일   초판발행 2008년 9월 26일

저자 전북대학교 재일동포연구소 편
발행 제이앤씨
등록 제7-220호

주소 서울시 도봉구 창동 624-1 현대홈시티 102-1206
전화 (02)992-3253(代)   팩스 (02)991-1285
전자우편 jncbook@hanmail.net
홈페이지 http://www.jncbook.co.kr
책임편집 김연수

ⓒ 전북대학교 재일동포연구소 편 2008 All rights reserved. Printed in KOREA

ISBN 978-89-5668-645-5 93810   정가 21,000원